L G

HAMBURG UM 1895

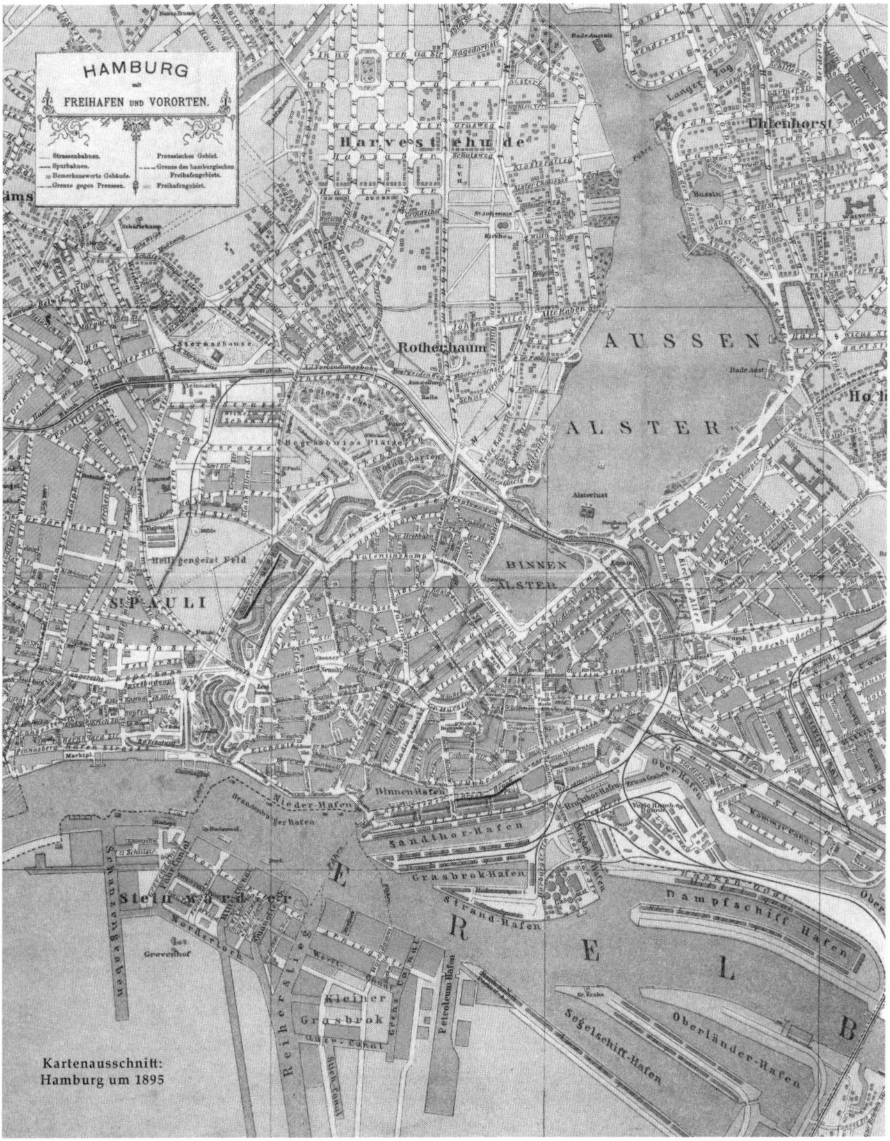

Kartenausschnitt:
Hamburg um 1895

Die gebürtige Hamburgerin Anja Marschall lebt mit ihrer Familie im Westen Schleswig-Holsteins, wo sie als Journalistin und Autorin arbeitet. Sie veröffentlicht seit vielen Jahren Romane und Kurzgeschichten. Im Emons Verlag erscheint ihre erfolgreiche historische Krimireihe um ihren Kommissar Hauke Sötje, der vornehmlich in Hamburg und Schleswig-Holstein ermittelt. Marschall initiierte den ersten Krimipreis für Schleswig-Holstein und ist Herausgeberin mehrerer Anthologien.

Dieses Buch ist ein Roman. Die Handlung ist frei erfunden, wenngleich im historischen Umfeld eingebettet. Einige Personen, Ereignisse und Orte sind historisch, einige sind es nicht.

Anja Marschall

Der Henker von Hamburg

Historischer Kriminalroman

emons:

Bibliografische Information der Deutschen Nationalbibliothek
Die Deutsche Nationalbibliothek verzeichnet diese Publikation in der Deutschen Nationalbibliografie; detaillierte bibliografische Daten sind im Internet über http://dnb.d-nb.de abrufbar.

MIX
Papier | Fördert gute Waldnutzung
FSC® C083411
FSC
www.fsc.org

Umschlagmotiv: AlexanderAntony/stock.adobe.com, shutterstock.com/javarman
Umschlaggestaltung: Nina Schäfer
Karte S. 3: Christian Terstegge/Staatsarchiv Hamburg
Gestaltung Innenteil: DÜDE Satz und Grafik, Odenthal
Lektorat: Nadine Buranaseda, typo18, Bornheim
Druck und Bindung: CPI – Clausen & Bosse, Leck
Printed in Germany 2022
ISBN 978-3-7408-1361-1
Historischer Kriminalroman
Originalausgabe

Unrast und Lärm versanken, als sich am 3. Mai 1827
zum ersten Mal der Vorhang vor der Bühne
unseres Stadttheaters hob und der Genius eines der
Größten im Reiche der Kund und des Geistes
Schauende und Spielende hinlenkte zu der großen,
ewigen Idee der Freiheit des Menschen
und des Volkes.

Bürgermeister Dr. Carl Petersen,
anlässlich des hundertfünfundzwanzigjährigen Bestehens
des Hamburger Stadttheaters

Wenn Sie sich fühlen wollen,
als ob Sie zu etwas Größerem gehörten,
sogar zu etwas außerhalb von diesem Universum,
dann gehen Sie in die Oper!

Mehmet Murat İldan, türkischer Schriftsteller,
Mitglied im PEN-Zentrum

KAPITEL 1

Börse. Oele. Olivenoel knapp und theuer 74 M, Palmoel ruhig bei weichenden Preisen 55 M, Speiseoel 110 bis 150 M auf 100 kg, Käufer rechnen mit weiterem Preisrückgang.

Original: »Hamburgischer Correspondent«, September 1899

Es war spät. Sehr spät. Das Donnerwetter zu Hause würde biblische Ausmaße haben. Hauptkommissar Hauke Sötje eilte die Treppe zur Eingangshalle hinunter, wo die elektrischen Leuchten an den Wänden längst angeschaltet waren. Schichtwechsel beim Wachhabenden hinterm Tresen. Ein kurzer Gruß an die beiden Uniformierten. Schon hatte er den Knauf der ersten Tür in der Hand, um durch den Vorraum nach draußen auf den Neuen Wall zu gelangen, als er seinen Namen hinter sich hörte.

»Kommissar Sötje! Auf ein Wort!«

Hauke drehte sich um, hoffend und zugleich fürchtend, dass eine Dringlichkeit ihn zurück in sein Kommissariat 5 im dritten Stock beordern würde.

Polizeirat Gustav Roscher, seines Zeichens Leiter der Abteilung II der politischen Polizei und der Kriminalpolizei, kam durch das Foyer auf ihn zu. Die beiden Wachleute sprangen auf und salutierten, als sie den zweitwichtigsten Mann im Haus sahen.

Hauke nickte seinem Vorgesetzten zu und tippte sich an die Stirn. Es war nicht üblich, dass ein Mann in seiner Position einem Kommissar nachlief. Es musste also dringlich sein.

»Moin, Herr Polizeirat.« Hauke ahnte, warum Roscher ihn aufhielt.

»Sötje, der Herr Polizeidirektor persönlich ließ mich wissen … Also, Sie sollten es sich noch einmal überlegen.« Roscher blickte durch seinen Nasenkneifer zu ihm auf.

Hauke schwieg. Es gab zu der Sache nichts weiter zu sagen. Die Herren hatten ihren Standpunkt überaus klargemacht. Allerdings gedachte Hauke, darauf keine Rücksicht zu nehmen.

»Sötje, seien Sie nicht so dickköpfig.« Roscher stöhnte. »Sie leiten ein Kommissariat. Auch wenn Ihnen vorerst nur drei Mann unterstehen ... Da können Sie nicht ...« Sein Blick glitt an Haukes Kleidung hinunter, an der Mütze, der geölten Jacke, der derben Cordhose und den bequemen Lederstiefeln, die bei diesem nieseligen Oktoberwetter für Hauke weitaus mehr wert waren als ein Schirm und blank gewienerte Lackschuhe. »Sie repräsentieren die Polizei der Stadt, Sötje.«

Hauke vermutete, dass der Polizeirat Ungemach mit Polizeisenator Hachmann befürchtete, wenn er weiterhin ein Auge in dieser Angelegenheit zudrückte.

»Ich verstehe einfach nicht, warum Sie wie Ihre eigenen Leute inkognito herumlaufen müssen, Sötje. Melone, Gehrock, anständige Schuhe. Am Gehalt kann es nicht liegen.«

Hauke überlegte, wie er seinem Vorgesetzten verständlich machen könnte, dass er sich in Anzügen unwohl fühlte, dass ihn das Klacken der Spazierstöcke und Lederabsätze auf Linoleumfußboden, den Fliesen im Foyer oder den Gehwegen der Stadt am Denken hinderte. Dass er die weite Jacke mit dem hochschlagbaren Kragen einem Gehrock mitsamt engem Binder um den Hals vorzog, konnte doch nicht so schwer zu verstehen sein, zumal Letzterer ihm die Luft raubte und Ersterer nicht wärmte.

Die vergangenen zwei Jahre hatte den Polizeirat Haukes Äußeres nicht interessiert, solange das Kommissariat 5 Ermittlungserfolge vorweisen konnte. Nun aber, da in der Stadt hinter vorgehaltener Hand zu hören war, Gustav Roscher solle der Chef der gesamten Hamburger Polizei werden, und nicht nur der Kriminalpolizei und der Politischen, da schien sich etwas geändert zu haben. Für Roscher. Nicht für Hauke.

»Sötje, versuchen Sie es wenigstens ab und zu einzurichten, in anständigem Aufzug hier zu erscheinen. Wenn man Sie gelegentlich wie einen respektablen Beamten gekleidet sieht, stört es vielleicht auch nicht, wenn Sie an anderen Tagen …« Wieder wanderte sein Blick an Hauke hinunter. »Was sagt eigentlich Ihre Frau dazu?«

Das war etwas, das Hauke nicht mit seinem Vorgesetzten diskutieren wollte. Er tippte ein weiteres Mal an die Stirn, deutete eine Verbeugung an und verließ das Stadthaus. Draußen schlug er den Kragen seiner Jacke hoch und schlenderte Richtung Admiralitätstraße. Seine Dienststelle lag zwischen dem Alster- und dem Bleichenfleet, keine fünf Minuten vom neuen Rathaus entfernt.

Roscher hatte ihn damals ins Stadthaus geholt. Das Gebäude war opulent, der Westflügel vor vielen Jahren das Palais eines reichen Mannes. Heute sah niemand mehr die aufwendigen Wandmalereien im Treppenhaus oder bestaunte den trutzigen Eckturm und den weiten Innenhof, denn mittlerweile war der Pomp hanseatischem Pragmatismus gewichen. Und so lehnten im Hof die neuen Dienstfahrräder an den Wänden, gleich neben den beiden Hachmannschaukeln, wie die Hamburger die grünen Gefängniswagen nannten, deren Existenz auf den amtierenden Polizeisenator zurückging. Polizeirat Roscher hatte sich in den Kopf gesetzt, die Hamburger Kriminalpolizei zur modernsten ihrer Art zu machen. Seit einiger Zeit verfügte das Stadthaus nicht nur über ein Gefängnis im Keller, sondern unterm Dach auch über die erste Foto- und Erkennungsabteilung im gesamten Reich. Dort beschäftigte man Fotografen, um die Tatorte und Leichen abzulichten. Man bildete die Männer der Kriminalpolizei in den neuesten wissenschaftlichen Erkenntnissen aus, was eine intensive und lange Ausbildung der künftigen Kommissare erforderte. Allen hanseatischen Widrigkeiten zum Trotz hatte Roscher seine Ideen für eine moderne Kriminalpolizei vor den Hamburger Kaufleuten durchsetzen können. Eine Leistung, die für sich genommen schon Respekt verlangte, denn die Hanseaten waren für ihre

Knickerigkeit bekannt. Hauke arbeitete gerne für den Mann, dessen technische Neugier seiner ganz ähnlich war.

Dennoch, verkleiden würde er sich nicht.

Tief die Hände in den Hosentaschen verborgen, lief Hauke zu seiner Dienstwohnung, die mit der Position eines leitenden Kommissars verbunden war. Sie lag im zweiten Stock, nahe dem Seemannshaus in der Admiralitätstraße, und hatte stolze fünf Zimmer. In dieser hellen Wohnung, die sogar über ein geräumiges Badezimmer mit Wasserklosett verfügte, würde seine kleine Tochter Henriette bald schon ihren zweiten Geburtstag feiern. Sein Salär war solide bemessen und die Wohnung günstig, sodass es zwar nicht für einen Butler, wohl aber für eine Köchin reichte, die einmal am Tag erschien, und für ein Kindermädchen, das in einem der Zimmer mit ihnen wohnte.

Haukes Gattin Sophie war in ihrer neuen Rolle als Frau des Hauses eine Zeit lang aufgeblüht. Sie hatte Vorhänge und Lampen im neuen »Waarenhaus Hermann Tietz« am Burstah gekauft, bis ihre Freundin Gräfin von Bülow sie dezent darauf hinwies, dass sich Sophie des neuen Standes ihres Gatten bewusst sein solle. Ihre Aufgabe sei es, die Karriere ihres Mannes zu fördern, schließlich sei er kein einfacher Beamter mehr, sondern der Leiter eines Kommissariats. Dazu gehöre auch eine repräsentative Einrichtung. Die Gräfin hatte ihren wohlmeinenden Worten gleich eine Liste mit entsprechenden Geschäften beigelegt. Er bezahlte die Rechnungen stets mit einem Seufzen und gedachte, seiner geliebten Sophie die Freude zu lassen, solange es ging.

Die alte Dame hegte ein besonderes Interesse für das Fortkommen von Sophies Familie. Und so hatte Gräfin von Bülow auch schon einen Geigenlehrer für die kleine Henriette im Auge, sobald das Kind alt genug wäre. Außerdem plante sie, die Familie in der nächsten Sommersaison mit in ihr Landhaus im Mecklenburgischen zu nehmen oder zu einem erholsamen Kuraufenthalt am Meer. Hauke graute davor.

Sicherlich waren die Bemühungen der beiden Frauen hinsichtlich seiner Karriere in jeder Hinsicht lobenswert, nur wollte Hauke nicht einleuchten, warum gerade er das Opfer sein sollte. Konnte die Gräfin ihre Energie nicht auf jemand anders lenken? Gab es nicht genügend Einrichtungen der Wohlfahrt, deren Bewohner weit mehr ihrer Aufmerksamkeit bedurft hätten als er? Hauke schätzte ein ruhiges Leben mehr. Dazu würde es jedoch auch heute nicht kommen, denn die Frauen hatten beschlossen, er müsse mehr unter Menschen, die weder tot waren noch polizeilich gesucht wurden. Und so hatte Sophie ihm kürzlich mitgeteilt, dass künftig seine Anwesenheit bei Kulturveranstaltungen der gehobenen Sorte erforderlich sei. So wie an diesem Abend.

Noch achtundneunzig Schritte bis zu seinem Haus.

Heute würden er und seine Frau ins Stadttheater in der Dammtorstraße gehen, um Wagners »Tristan und Isolde« zu sehen. Er hatte sich zu wehren versucht, gesagt, er befürchte, während der Vorstellung einzuschlafen, so wie es ihm vor einigen Monaten bei einer Dichterlesung im Salon der Gräfin passiert war. Doch nichts half. Sophie war erbarmungslos bei ihrem Vorhaben geblieben. Hauke stöhnte auf, als er die Haustür öffnete.

Sein Frack hing an der Tür im Schlafzimmer. Der Kummerbund war gebürstet, das Hemd gestärkt, die Schleife aus dem Seidenpapier gewickelt, die Schuhe geputzt, und der geliehene Zylinder thronte auf dem Ankleidetisch. Es war alles vorbereitet. Einzig der Träger fehlte. Wenn sich Hauke nicht beeilte, würden sie zu spät ins Theater kommen. Dabei hatte sie der Gräfin versprochen, mit Hauke noch auf ein Glas Sekt in ihrer Loge vorbeizuschauen.

Seit einer Viertelstunde lauschten Sophie und Henriette im Esszimmer den scharfen Worten, die aus der Küche drangen. Die Standuhr im Flur schlug halb acht. Die Kleine saß auf Sophies Schoß und knabberte an ihrer Rassel. Das Kind wirkte unruhig. Ob es wegen des Streits zwischen Köchin Telse und Emma, dem Kindermädchen, war oder weil es ahnte, dass seine Eltern gleich das Haus verlassen würden, wusste Sophie nicht. Sie hauchte ihrer Tochter einen Kuss auf die weichen blonden Locken. Auch sie mochte es nicht, wenn sich das Personal wegen jeder Kleinigkeit stritt. Nur, was sollte sie tun? Sophie seufzte.

Die zeternden Frauen in der Küche waren wie Hund und Katze. Nie waren sie einer Meinung, immer glaubte die eine, die andere wolle ihr hineinreden, wobei auch immer. Anfangs hatte Sophie erfolglos versucht, die streitenden Hennen zur Vernunft zu bringen, dann allerdings aufgegeben, zumal es in diesen Tagen nicht einfach war, geeignetes Personal zu finden, wie ihr die Gräfin erklärte. Von einem strengen Durchgreifen riet sie vorerst ab.

Und so harrten Sophie und Henriette der Dinge, die da kommen mochten, während die Standuhr im Flur die Zeit davontickte.

Endlich hörte Sophie den Schlüssel in der Wohnungstür. Schnell erhob sie sich, lief in die Küche, drückte dem Kindermädchen kommentarlos die Kleine in den Arm und eilte auf den Flur hinaus, wo Hauke gerade seine Jacke an den Haken hängte. Gerne hätte sie ihm entgegengeworfen, dass er viel zu spät nach Hause gekommen sei, doch sie hielt sich zurück. Vor dem Personal solle man nicht streiten, wenn man nicht wolle, dass morgen die ganze Stadt davon erfahre, hatte ihr die Gräfin unlängst empfohlen.

»Oh, wie schön, dass du da bist«, sagte Sophie stattdessen, stellte sich auf die Zehenspitzen und gab ihrem Mann einen Kuss auf die Wange. »Telse kann dir noch schnell etwas …« Erschrocken hielt sie inne, als sie den Blick ihres Mannes sah und er einen Schritt zurücktrat. »Was ist? Habe ich einen Fleck auf dem Kleid?« Ängstlich blickte sie an sich hinunter. Erleichtert stellte sie fest, dass ihre Tochter keine Flecke hinterlassen hatte, denn das nachtblaue Atlaskleid war geliehen, ebenso die Pelerine mit dem aufgestellten Kragen und die seidenen langen Abendhandschuhe. »Es ist zu vornehm, richtig?«

Ihre Schultern sackten tiefer. Sie hatte es gewusst. Dieses schrecklich feine Kleid, der kurze bestickte Umhang, die Seidenschuhe, all das passte nicht zu ihr. Als die Gräfin vorgeschlagen hatte, etwas Dezentes aus dem Bestand ihrer Nichte für den Abend zu verleihen, hatte Sophie nicht Nein sagen können. Die Kleider waren einfach zu schön. Außerdem hatte sie selbst nicht ein einziges Stück Garderobe, das einem Abend in der Oper angemessen gewesen wäre.

Hauke starrte sie mit offenem Mund an.

»Du siehst wunderschön aus«, sagte er endlich.

Strahlend fuhr sie sich mit einer Hand über die Frisur, die die Zofe der Gräfin ihr in nicht einmal einer Stunde aufgesteckt hatte. »Ja?«

Er kam näher. »Darf ich die Königin meines Herzens küssen? Ich meine, richtig küssen?«

Sophie kicherte, wobei sie einen Blick Richtung Küche warf, wo es auffallend still geworden war. Rasch nickte sie. Sie wusste gar nicht mehr, warum sie mit Hauke hatte schimpfen wollen. Es würde ein wunderbarer Abend werden.

Als er sie wieder aus seinen Armen entließ, bemerkte Sophie Emmas Kopf, wie er sich blitzschnell in die Küche zurückzog. Ein leises Kichern war von dort zu hören und Henriettes Rassel.

»Wenn wir pünktlich sein wollen, musst du dich zurechtmachen, Liebster.«

»Muss ich?«

»Keine Widerrede.« Sie schob ihn ins Schlafzimmer. »Telse!«, rief sie. »Bevor Sie gehen, machen Sie bitte meinem Mann noch eine Kleinigkeit zu essen!«

KAPITEL 2

Die tanzenden und heulenden Derwische – 25 Personen –, welche die größte Sensation der Pariser und Berliner Bevölkerung bilden, befinden sich im Panoptikum, St. Pauli, Spielbudenplatz, zur werten Besichtigung.

Original: »Hamburgischer Correspondent«, November 1899

Sie hätten keine Mietdroschke nehmen müssen, denn das Stadttheater lag kaum zwanzig Minuten Fußweg von ihrer Wohnung entfernt, aber Sophie fürchtete um die geliehene Kleidung, und Hauke schmerzten die Füße in den Schuhen bald schon nach dem Anziehen. Außerdem hatte es wieder zu nieseln begonnen.

Und so saßen sie in der rumpelnden Kutsche nebeneinander. Immer wieder prüfte Sophie den Sitz seines Binders, strich über die Seide ihres Kleids und zupfte an ihrer Pelerine, während die Kutschräder über das Kopfsteinpflaster zum Gänsemarkt rumpelten.

»Warum bist du so nervös, Liebste? Du wirst die schönste Frau sein, die je das Portal des Stadttheaters durchschritten hat.« Er nahm ihre Hand.

Dankbar lächelte Sophie ihn an. »Es ist das erste Mal, dass ich mich auf demselben Parkett bewege wie die Warburgs, die Michahelles, die von Melles und die Mönckebergs, die Versmanns, die Lassallys, Senator Hachmann nebst Familie …«

»… und die von Bülows«, ergänzte er. »Hast du Angst, die Alte könnte dich auffressen?«

Sophie nickte.

»Ist es meinetwegen?«, hakte er nach.

Ihr Kopf fuhr zu ihm herum.

»Deinetwegen? Um Himmels willen, nein!« Sie schluckte.

»Ich habe Angst, das Kleid zu ruinieren, die falsche Anrede für den brasilianischen Botschafter oder die Gattin von Regierungsrat ... Oje, wie hieß sie nur gleich? Siehst du, ich habe schon jetzt ihren Namen vergessen. Die Rothaarige, die ...«

»... immer so streng nach Veilchen riecht?«

»Ja, genau die. Du kennst sie?«

Lachend schüttelte er den Kopf. »Nein, scheint mir, die Damen riechen bei solchen Anlässen immer stark nach Frühlingsblumen.«

Sie gab ihm einen Knuff.

Die Kutsche hielt vor dem Portal des hell erleuchteten Stadttheaters, jener Ort der gehobenen Unterhaltung, der für jeden die Krönung eines anstrengenden Tages war. Einzig für Hauke nicht.

Galant half er seiner Frau aus der Equipage, bezahlte den Kutscher, reichte ihr einen Arm und atmete einmal tief ein.

»Auf in den Kampf«, raunte er.

Sie schlossen sich dem Strom der Kulturbeflissenen an, die von überall herbeikamen, um zwischen den hohen Säulen einzutreten, während über ihnen in griechischen Eisenschalen Öl brannte, was dem Gebäude das Ambiente eines Tempels verlieh.

Eine Woge aus vornehmem Gemurmel empfing Hauke und Sophie noch vor der verglasten Doppeltür zum angrenzenden Foyer, als auch schon ein livrierter dienstbarer Geist herbeitrat, um den Herrschaften die Umhänge und Mäntel abzunehmen, um sie gegen eine kleine Metallmarke auszutauschen, die das Auffinden der feinen Garderobe nach der Vorstellung erleichtern würde.

Gewohnheitsmäßig prägte sich Hauke das Gesicht des jungen Mannes ein, der sich nun mit Umhang und Zylinder durch die Menge der Garderobe entgegenschob. Die allgemeine Annahme, man würde sich immer zweimal im Leben sehen, hatte sich für ihn mehr als einmal bestätigt.

Sie betraten das von Menschen überfüllte Foyer. Um Sophies willen würde er diesen Abend so gut es ging überstehen. Sie hatte sich so sehr darauf gefreut.

»Soll ich uns ein Glas …?« Weiter kam Hauke nicht, denn Polizeirat Roscher hatte ihn in dem Gedränge entdeckt.

Überrascht sah Hauke seinen Vorgesetzten mit einer Dame in hanseatisch schlichtem Abendkleid am Arm durch die Menge zu ihnen schlendern. Hauke begrüßte Roscher nebst Gattin mit einer knappen Verbeugung. Galant nahm der Polizeirat Sophies Hand und deutete einen kultivierten Kuss darauf an. Sophie reagierte höchst erfreut. Hauke warf Frau Roscher einen Blick zu. Sollte er auch …? Nein, er würde ihre Hand nicht küssen. Nein.

»Liebe Frau Sötje! Wie ungemein reizend Sie heute wieder aussehen«, flötete Roscher und stellte die Damen einander vor. »Wie haben Sie es nur geschafft, werte Frau Sötje, Ihren Mann in einen anständigen Frack mit Weste und Schleife zu stecken?« Er warf Hauke einen zufriedenen Blick zu. »Sie scheinen genau dort obsiegt zu haben, meine Gnädigste, wo gestandene Männer wie unser werter Herr Senator Hachmann und ich gescheitert sind.«

Fragend sah Sophie Hauke an.

»Gewöhnen Sie sich nicht zu sehr an den Anblick«, bemerkte er. »Kleidung dieser Art ist höchst unbequem.« Sein Finger fuhr zwischen Hals und Kragen.

Roscher lachte.

»Und dennoch ist es ein glücklicher Zufall, dass gerade heute jene Herren hier anwesend sind, die diese lächerliche Angelegenheit so nachhaltig forcieren.« Roscher grinste. »Mir ist es ja egal, was Sie bei der Arbeit tragen. Hauptsache, Sie schaffen mir das Mordsgesindel von der Straße.« Er erklärte den Damen, dass Kommissar Sötje Aufklärungszahlen von ungeahnter Höhe vorweisen könne, die ihm entweder Neid oder eine Beförderung einbringen würden.

Sophie hauchte ein interessiertes »Oh«.

»Verzeihen Sie, meine Damen, wir sollten an einem solch

schönen Abend nicht von der Arbeit reden.« Roscher wandte sich an seine Gattin. »Nicht wahr, meine Gute?«

Sie deutete ein Lächeln als zustimmende Antwort an.

Da erklang der erste Gong, und die Gäste begaben sich die mit rotem Teppich bespannten Marmorstufen hinauf zu den Logen und Rängen. Hauke blickte auf die Eintrittskarten in seiner Hand, um herauszufinden, wohin sie gehen mussten.

»Sie haben kein Abonnement?«, wollte Roscher wissen, als sie sich mit den Damen dem Strom der anderen anschlossen. Als Hauke verneinte, raunte er nur: »Sie Glücklicher.«

Hauke seufzte schwer, als er bald darauf erfuhr, dass der letzte Vorhang erst nach Mitternacht fallen würde. Vier Stunden Wagner. Schon jetzt überfiel ihn Müdigkeit, was auch an der unerträglichen Wärme im Saal liegen mochte, an dem engen Binder oder an seinem Töchterchen, das ihm und seiner Frau seit einiger Zeit wenig Schlaf gönnte. Aus den Augenwinkeln beobachtete er Sophie, wie sie an seiner Seite durch die Menge schwebte. So gestrahlt hatte sie lange nicht mehr, und er fragte sich, warum.

Sie nahmen auf den samtbezogenen Sesseln Nummer 15 und 16 in Reihe 25 Platz. Sophie ließ den Blick umherschweifen und entdeckte Gräfin von Bülow in ihrer Loge. Die Frauen nickten einander zu, und Hauke meinte ein äußerst zufriedenes Lächeln im Gesicht der über Siebzigjährigen zu entdecken, deren angesehene Familie im ganzen Land hohe Regierungsbeamte, Anwälte und namhafte Architekten stellte. Das Wohlwollen der alten Dame zu besitzen, war sicherlich für so manchen Herrn ein geheimer Wunsch, brachte es einen doch in Kreise, die dem einfachen Bürger ansonsten auf Lebzeiten verwehrt blieben.

»Tristan und Isolde«, stand auf dem Programm in Haukes Hand. Er lehnte sich zu seiner Frau hinüber. »Ich vermute, das Stück ist nicht lustig, oder?«

Einer Lehrerin nicht ganz unähnlich, schaute Sophie ihn tadelnd an.

»Es ist eine Oper von Richard Wagner«, antwortete sie, was offenbar alles erklärte.

Hauke nickte betrübt. »Ich weiß. Hatte nur gehofft …«

In diesem Moment begannen Livrierte, die Lampen im Saal zu löschen, bis sich ein diffuses Halbdunkel auf das Publikum legte, genug, um noch die Bühne und schemenhaft den Orchestergraben sehen zu können, in den nun der hochgewachsene Dirigent unter dem Applaus des Publikums trat.

Ein Mann erschien im Orchestergraben und verbeugte sich vor dem Publikum. Vornehmes Klatschen war zu hören.

»Da ist Richard Barth, Leiter des philharmonischen Orchesters«, erklärte Sophie leise, die sich in diesen Dingen weit besser auskannte als Hauke.

Er bevorzugte weniger schwere musikalische Kost. Gleichzeitig aber liebte er seine Frau, die Mutter seiner kleinen Tochter. Für beide würde er über heiße Kohlen gehen und den Ozean durchschwimmen. Nur, musste es gleich Wagner sein? Hauke seufzte. In demütiger Selbstaufopferung und dem festen Willen, nicht einzuschlafen, drückte er das Kreuz durch. Immerhin hatte Sophie ihm den »Ring des Nibelungen« erspart, von dem es hieß, er daure tatsächlich zwanzig Stunden.

Da bemerkte Hauke aus dem Augenwinkel eine Gestalt, die in diese feine Gesellschaft aus Taft und Tüll, Fräcken und Seidenhandschuhen nicht recht hineinpassen wollte. Kriminalassistent Otto Schröder stand am Ende der Reihe 24 und winkte, um die Aufmerksamkeit seines Chefs zu erhaschen. Einige Herrschaften im Publikum kommentierten tuschelnd Schröders ungehörigen Auftritt.

Rasch erhob sich Hauke von seinem Sitz.

»Verzeih, Liebste, ich möchte schnell erfahren, was Schröder hier macht.« Unter gemurmelten Entschuldigungen drängte sich Hauke an den anderen Gästen vorbei. Im Rücken spürte er den feuerspeienden Blick des Dirigenten, der mit seiner Darbietung tatsächlich darauf wartete, dass der Tumult im Publikum sich wieder legte, damit er beginnen könne.

Schröder salutierte, dann raunte er Hauke etwas von einem Toten in der Kirche St. Gertruden zu. »Es ist besser, wenn Sie gleich mitkommen, Herr Kommissar.«

Hauke sah, dass Sophie stur nach vorne blickte, sei es, weil ihr die Aufmerksamkeit der anderen Hamburger peinlich war, oder sei es, weil sie ahnte, was nun folgen würde. Er warf ihr einen besorgten Blick zu.

»Warum denn so dringend, Schröder? Der Tote läuft uns nicht weg«, erwiderte Hauke halbherzig, hin- und hergerissen zwischen Flucht und Angst vor seiner Frau.

Schröder kam noch näher.

»Es ist Pastor Krause.« Der Kriminalassistent brauchte nichts weiter zu sagen. Jeder wusste, dass besagter Pastor Krause Anfang nächsten Jahres zum neuen evangelischen Bischof bestellt werden sollte. Seine Predigten seien Feuer und Flamme, Himmel und Hölle in einem, hatte es kürzlich in den »Hamburger Nachrichten« geheißen. »Und weil Sie sagten, ich solle Sie unter allen Umständen aus dem Stadttheater holen, wenn ein geeigneter Fall …«

»Jaja, das haben Sie richtig gemacht. Warten Sie vor der Tür auf mich.«

Eilig verließ Schröder den Saal und ließ Hauke unter den mordlustigen Augen des Dirigenten zurück, der mit verschränkten Armen vor der Brust dastand und wartete.

Ein weiteres Mal drängte sich Hauke durch die Reihe, zurück zu Platz 15, wo er sich mit einem fahrigen Blick auf das steinerne Gesicht seiner Frau in den Sessel fallen ließ. Mit all der Verachtung, zu der ein Mann seiner Genialität fähig war, drehte sich Dirigent Richard Barth nun dem Orchester zu, hob den Taktstock, und die ersten Töne glitten wie ein drohendes Unheil durch den Saal.

Fragend sah Sophie Hauke von der Seite an, während er nach vorne schaute, um die richtigen Worte zu suchen. Er beugte sich zu ihr.

»Ein Toter«, raunte er und versuchte, dabei so untröstlich

zu gucken wie nur irgend möglich. »Es tut mir sehr leid, wir müssen gehen.«

Sophie kniff den Mund zusammen und starrte über die Köpfe der anderen Gäste hinweg, direkt auf die Bühne, wo sich langsam der Vorhang hob. »Nein.«

»Wie bitte?«

»Ich sagte Nein. Ich bleibe.« Sie reckte das Kinn eine Nuance höher. »Ich habe mich auf diesen Abend gefreut. Ich bleibe.«

»Pst«, kam es von irgendwoher.

Hauke setzte sich wieder. »Du kannst unmöglich allein hierbleiben. Ohne Begleitung. Was sollen die Leute denken?«

»Dass mein Mann auf den Genuss dieses Abends verzichtet, um die Straßen der Stadt von Gesindel zu befreien. Ich werde nach dem ersten Akt nach Hause fahren.«

»Ruhe da vorne!«, zischte jemand hinter ihnen.

»Du hast kein Geld dabei«, flüsterte Hauke. Er kramte in seiner Weste nach einem Geldstück, als ihm einfiel, dass seine Börse im Mantel in der Garderobe war.

»Den Kutscher kann ich zu Hause bezahlen.« Sophie machte nicht im Geringsten Anstalten, ihn nach draußen zu begleiten.

»Wie du meinst.«

Auf dem Weg ins Foyer bemerkte Hauke Roschers verzweifelten Blick aus einer der Logen. Er wusste, dass auch sein Vorgesetzter einer echten Leiche den Vorzug vor dem Morden auf der Bühne geben würde. Gerade noch rechtzeitig konnte Hauke ein zufriedenes Lächeln unterdrücken. Er war dem heutigen Kunstgenuss glücklich entkommen. Einzig seine verärgerte Gattin betrübte ihn.

KAPITEL 3

Hamburger-Stadttheater. Aus Anlaß des 60jährigen Komponisten-Jubiläums Giuseppe Verdis. Bei festlich beleuchtetem Hause. Aida, Oper mit Ballett. Anfang 7 ½ Uhr. Große Preise.

Original: »Hamburger Nachrichten«, Oktober 1899

Endlich fiel der Vorhang! Während das Publikum aus dem Zuschauerraum ins Foyer schwärmte, nestelte Sophie an ihrem Pompadour. So unauffällig wie möglich würde sie sich durch die Menge begeben, um das Stadttheater zu verlassen, denn es schickte sich tatsächlich nicht, ohne Begleitung in der Öffentlichkeit aufzutreten. Derartige Privilegien konnten sich vielleicht die Damen der neuen englischen Frauenvereine erlauben, von denen Sophie in der »Gartenlaube« gelesen hatte und die scheinbar recht energisch auftraten, sie hingegen musste um ihren Ruf fürchten.

Hoffentlich warteten vor dem Portal noch einige Mietkutschen, von denen eine sie nach Hause bringen könnte. In ihrer dunklen Stube würde sie ganz allein sein, gekleidet wie eine Prinzessin. Sie würde hinaus auf die Straße schauen, ohne recht zu wissen, warum sie nicht einfach losschrie.

Dieses Gefühl hatte Sophie seit einigen Monaten, und sie verstand es nicht. Warum fühlte sie sich so einsam, so wütend, so durchsichtig? Sie hatte alles, was sich eine Frau nur wünschen konnte: ein schönes Zuhause, einen Mann, der sie liebte, ein gesundes Kind, genug zu essen auf dem Tisch oder ab und zu eine kleine Ablenkung vom Alltag, wenn sie die Gräfin besuchte.

Unter dem Vorwand, es sei für ihren Mann, besorgte sie sich täglich die »Hamburger Nachrichten« und den »Hamburgischen Correspondent«, die ihr schmerzlich zeigten, wie sehr der Fluss des Lebens an ihr vorbeirauschte.

Deutsch-Neuguinea war seit April Teil des Kaiserreichs, im fernen Südafrika war der Krieg erneut ausgebrochen, und es sah für die Briten nicht gut aus. Ein Engländer hatte erst letzten Monat behauptet, den neunten Mond des Saturns entdeckt zu haben. In einem Gefängnis mit dem lustigen Namen Sing Sing wurde die erste Frau auf einem elektrischen Stuhl hingerichtet. In Frankreich hatte man erstmals eine Wettfahrt mit Automobilen von Paris bis Nantes und zurück durchgeführt. Diese Tour de France sei derart erfolgreich gewesen, dass man sie von nun an jedes Jahr veranstalten wolle, hieß es in der Zeitung. Und Sophie Sötje? Sie saß Tag für Tag in ihrer Wohnung und wartete. Worauf, hätte sie nicht sagen können. Anfangs dachte sie, es wäre ihr Mann, den sie am Abend herbeisehnte, bis sie begriff, dass es seine Erlebnisse waren, von denen sie zu hören hoffte. Er war ihr Fernrohr in eine Welt hinaus, die sie vermisste.

Sie fühlte sich leer. Oft dachte sie an die Zeit, als sie noch nicht die schützenswerte junge Mutter und Gemahlin gewesen war, sondern ein Mensch, der zu kämpfen verstand. War sie es nicht gewesen, die vor zwei Jahren das verschwundene Kind aufgespürt hatte? War sie es nicht, die den vermissten Schreiber halb tot am Nord-Ostsee-Kanal gefunden hatte? War sie es nicht, die dank ihrer Intuition so manchem Fall des Herrn Kommissars eine neue Wendung hatte geben können?

Sophie seufzte.

»Frau Sötje?«

Die Stimme der Dame, die plötzlich neben ihr stand, ließ Sophie zusammenzucken. Sie schaute auf. Die Sitzreihen vor und hinter ihr waren mittlerweile allesamt leer.

Sophie erkannte die Gesellschafterin der Gräfin. »Ja?«

»Gräfin von Bülow lässt Sie freundlichst in ihre Loge bitten, sofern Sie keine anderen Verpflichtungen haben.«

Kurz darauf betrat Sophie den Vorraum der Loge, wo auf die Gäste der Gräfin Horsd'œuvres und Sektgläser im Vorraum warteten. Man plauderte angeregt, so wie die anderen

Zuschauer es im Foyer sicherlich auch taten. Nur hätte mancher dort unten viel darum gegeben, zu den wenigen Auserwählten der Gräfin in ihrer Loge zu zählen.

Die alte Dame mit dem Stock war eine Tante des Staatssekretärs des Äußeren Bernhard von Bülow, der kürzlich vom Kaiser mit einem Adelstitel versehen worden war und von dem es hieß, er könne auf der Klaviatur der Eitelkeiten wahre Sinfonien spielen, was ihm sicherlich eine noch höhere Position im deutschen Kaiserreich eröffnen würde. Auch dass die Familie von Bülow familiäre Beziehungen zum Bankhaus »Godeffroy« unterhielt und so mancher Bülow-Vorfahr Senator in Hamburg gewesen war, erleichtere es der Gräfin, die Gästeschar für ihre Loge nach Gutdünken auszuwählen.

»Meine Liebe!« Die Gräfin ließ den brasilianischen Botschafter kommentarlos stehen, eilte auf Sophie zu und umarmte sie. Anerkennend glitt ihr Blick an Sophie hinunter. »Wie wunderschön Sie wieder aussehen. Wo lassen Sie nur schneidern?«

Sophie unterdrückte ein Lächeln. Immerhin stammte ihre gesamte Garderobe für diesen Abend aus den Schränken der Gräfin persönlich.

»Ich hoffe«, fuhr die Gräfin fort, wobei sie sich bei Sophie einhakte, »Ihr Mann sieht es mir nach, dass ich Sie gerade heute nicht vorzeitig habe gehen lassen können.«

Sophie bemerkte die neugierigen Blicke der anderen, als die Gräfin auch schon laut genug fortfuhr, sie wäre sehr, sehr traurig gewesen, wenn Sophie ihre Einladung nicht angenommen hätte. »Dass Ihr Mann noch vor dem ersten Akkord gehen musste, ist äußerst betrüblich. Wenigstens hat er Sie zu meiner Gesellschaft hiergelassen.« Dass sich uneingeweihte Geister aus dem Fortgang des Herrn Hauptkommissars zu falschen Gedanken verleitet sehen mochten, möge Sophie ihr verzeihen, der Grund der Einladung würde diese Unannehmlichkeit sicherlich wettmachen, versprach sie.

Sophie bemerkte, wie die ein oder andere Dame verschämt

zur Seite blickte. Natürlich hatten alle Haukes plötzlichen Aufbruch gesehen, und die Weigerung seiner Ehefrau, mit ihm zu kommen, hatte das Potenzial für einen kleinen Skandal. Wenn jedoch die Gräfin persönlich der Gattin dieses einfachen Kommissars eine Audienz gewährte, zeigte sich die Szene natürlich in einem ganz anderen Licht.

»Frau Kommissarin Sötje …« Eine elegante Person in gesetzterem Alter begrüßte Sophie. »Wie schön, Sie endlich kennenzulernen. Wir haben schon so oft von Ihnen gesprochen, nicht wahr, Anton?«

Ihr Gatte nickte brav, während sein Blick durch dicke Brillengläser über die Anwesenden huschte. Er erinnerte Sophie an einen aufgeschreckten Hasen. Die Gräfin stellte die beiden als Staatssekretär Anton Hagedorn nebst Gattin Helene Marie Friederike, geborene Krahnstöver, vor.

Man reichte Sophie ein Glas, und sie hätte singen mögen ob der Tatsache, dass sie nun nicht in einer Mietdroschke nach Hause fahren musste, sondern einen rauschenden Opernabend mit den begnadetsten Sängern und Sängerinnen des gesamten Reichs vor sich hatte. So knauserig die Hamburger hinsichtlich Kultur auch sein mochten, der Ruf, den ihr Theater weit über die Stadtgrenzen hinaus genoss, war ihnen so manche Mark wert.

Leider war der berühmte Herr des Stadttheaters, Bernhard Pollini, vor zwei Jahren nach einer fulminanten Aufführung der »Meistersinger« unerwartet verstorben. So mancher musikalisch ungebildete Geist vermutete, dass die viereinhalb Stunden Wagnermusik für den Neunundfünfzigjährigen einfach zu viel gewesen sein mussten. Andere meinten, der Dauerkrieg mit Gustav Mahler könnte schuld gewesen sein oder vielleicht die Tatsache, dass Pollini kurz zuvor eine zwanzig Jahre jüngere Koloratursopranistin geehelicht hatte. Wie dem auch sei, das Gerede beschäftigte auffallend lange so manche Salongesellschaft. Mittlerweile war alles getratscht, was man darüber tratschen konnte, und die Gesellschaft suchte dringend ein neues Sujet. Sophie spürte diesbezüglich ein gewisses Interesse an ihrer Person. Dennoch gedachte sie nicht, Anlass für dummes Gerede zu geben.

»Und? Glauben Sie, sie kommt?«

Sophie lächelte unbestimmt, denn sie wusste beim besten Willen nicht, von wem die Rede war. Jetzt erfuhr sie, bei welch besonderem Anlass sie Zeugin werden sollte. Offenbar hatte man sich hier versammelt, um eine begnadete Sängerin zu begrüßen, die in der Stadt weilte.

»Die Francini ist in Hamburg, heißt es. Ist das nicht wunderbar!« Die Gattin des Staatssekretärs glühte vor Erregung.

Ob das der Wahrheit entsprach, musste sich allerdings erst herausstellen. Die Tatsache, dass die neuen Direktoren des Stadttheaters, Bachur und Bittong, ebenfalls anwesend waren und ungeduldig in der gräflichen Loge warteten, ob vor dem zweiten Aufzug noch etwas geschähe, ließ immerhin darauf schließen, dass an dem Gerücht etwas dran sein musste.

Die Zeit bis zum nächsten Aufzug drängte. Und so schaute Bachur erneut auf seine silberne Kettenuhr, die er aus der Westentasche zog, während Bittong unruhig von einem Fuß auf den anderen tippelte.

»Die beiden Herren sind nur hier«, flüsterte die Gräfin Sophie zu, »weil sie die Francini für eine ganze Spielzeit verpflichten wollen.« Als die Gräfin Sophies fragenden Blick bemerkte, lachte sie auf. »Sie kennen sie nicht? Carlotta Francini? *Die* Sopranistin. Göttlich. Die Italiener liegen ihr zu Füßen. Jung, bildschön, von ungeahntem Talent. Mozart, Schumann, Puccini, ach, sie brilliert in allem. Außerdem soll sie die gleichen schauspielerischen Qualitäten haben wie die große Sarah Bernhardt.« Die Gräfin lächelte in die Runde. »Die Bernhardt sei exzentrisch, überspannt und launisch, heißt es. Ich denke ja, dass ihre Tage vorbei sind. Carlotta Francini hingegen ist der aufgehende Stern am Himmel der Oper. Sie stellt die Bernhardt mit ihren zu Tränen rührenden Arien in den Schatten. Und Francinis Stimmumfang! Einfach himmlisch. Wenn sie erst die nötige Reife hat, wird sie jede Wagneroper mit einer Leichtigkeit singen, die selbst den Meister sprachlos machen würde.« Die Gräfin hielt inne. »Nein, ich bezweifle, dass es ihn sprachlos gemacht hätte. Ich habe ihn vor Jahren kennengelernt und kann versichern, Sprachlosigkeit oder gar Bescheidenheit sind nicht die rechten Begriffe, um Richard Wagner zu beschreiben.«

Während sich die Älteren unterhielten, manövrierte die Gräfin Sophie zu einigen Damen, die auf dem Balkon zum Zuschauerraum aufmerksam den Worten eines jungen Mannes mit vollem Haar und sonorer Stimme lauschten. Er lehnte wie zufällig an der Logenbrüstung, sodass die Bühne genau hinter ihm zu sehen war, als wäre er ein Teil davon. Erst glaubte Sophie, er müsste ein Opernsänger sein, wie er so mit großer Geste seinen Monolog führte.

»Das spezifisch deutsche Tempo ist das Andante, müssen Sie wissen, meine Damen.«

Seine Zuhörerinnen nickten artig.

»Und die einzige Form der Musik ist die Melodie. Wagner hat dies zu einer vollendeten Kunst erhoben, der sich keine Seele entziehen kann.« Er war offenbar ein begeisterter Verehrer des Komponisten.

Die Gräfin schob Sophie auf die kleine Gruppe zu.

»Darf ich vorstellen«, begann sie, ohne Rücksicht auf seinen Monolog zu nehmen, was den jungen Mann mit der lockigen Haarpracht zu verwirren schien, ja gar ein wenig zu verärgern. Er fasste sich schnell wieder, deutete eine Verbeugung an.

»Frau Gräfin …«

»… Frau Sötje, die Gattin unseres Hauptkommissars Hauke Sötje. Sicherlich haben Sie schon von ihm gehört, mein lieber Max.«

Der junge Mann nickte Sophie knapp zu.

»Maximilian von Siems, Kenner des Wagner'schen Universums und ältester Sohn des Werftbesitzers Freiherr von Siems.«

Sophie hatte den Namen der Familie erst vor einiger Zeit in den »Hamburger Nachrichten« gelesen. Dort hieß es, dass der erst kürzlich geadelte von Siems wohl schon bald mit einem kaiserlichen Auftrag für ein oder zwei Schiffe rechnen könne. Sicherlich war die Werft drüben in Finkenwerder nicht so bedeutend wie jene von den Herren Blohm und Voss, aber das spielte hier und heute keine Rolle, denn der junge Mann fuhr sogleich mit seinem Diskurs fort, sobald die Gräfin Sophie in seine Obhut übergeben hatte.

»Der Wert einer Opernbühne beruht nicht auf befriedigender Wiedergabe einiger Wagnerwerke, einiger Straußeinakter oder ›Carmen‹-Vorstellungen«, dozierte er. »Es bedarf nicht der Einzelleistung, sondern der Zusammenkunft aller als Grundfeste der künstlerischen Arbeit. Ein stetes Treiben himmelwärts bewahrt uns vor dem Herabsinken auf Provinzniveau. Unser wunderbarer, leider von uns gegangener Freund Pollini, seines Zeichens selbst Opernsänger, hatte das verstanden. Er war ein Genie.« Maximilian von Siems hielt inne, um sein wallendes Haar, das er ein wenig zu lang trug, mit den Fingern zu durchstreifen. »Dass man allein in diesem Jahr schon zweimal das Trauerspiel der ›Nibelungen‹ von Hebbel in dieser Halle brachte, ist empörend. Ein Sprechstück!« Energisch schüttelte er sein Haupt. »So famos die Darsteller auch sein mögen, sie haben nichts in einem Opernhaus zu suchen. Der gehörnte Siegfried? In unserem Stadttheater? Einem Haus von diesem Ruf? Infam, wenn Sie mich fragen. Pollini hätte Derartiges niemals geduldet. Es gibt genügend Tingeltangeltheater in der Stadt. In einem Tempel wie diesem hat ein Hebbel nichts zu suchen!«

Die Damen nickten folgsam, während die Herren Bachur und Bittong dem Von-Siems-Sprössling einen scharfen Blick zuwarfen. Immerhin waren sie für das Programm verantwortlich. Und für die möglichst gefüllten Kassen am Ende eines Abends.

All diese kleinen Eitelkeiten, die in wohlmeinende Worte

gewickelten Sticheleien, die Intrigen und Ränke erinnerten Sophie sehr an die Vorstellung, zu der man sich heute eingefunden hatte. Es amüsierte sie zu sehen, wie sich nicht nur auf der Bühne in Szene gesetzt wurde, sondern auch hier. Und sie war in beiden Fällen die unbeteiligte Zuschauerin, die sich genüsslich unterhalten ließ.

KAPITEL 4

Kunst-Salon, Alsterthor No 20. Gr. Auswahl wirklich guter Bilder. Plastische Kunstwerke. Annahme von Aufträgen für Oel-Portraits. Garantie für Aehnlichkeit.

Original: »Hamburgischer Correspondent«, November 1899

Er fühlte sich wie ein verkleideter Pfau auf einer Trauerfeier. Den Zylinder hatte er in der Kutsche gelassen und trotz Kälte und Nässe die Frackjacke geöffnet. Mit wehenden Schößen marschierte Hauke zum Pastorat der St.-Gertruden-Kirche. Kriminalassistent Schröder folgte ihm mit großen Schritten. Hauke hatte den ehemaligen Schutzpolizisten in sein Kommissariat geholt, weil er wusste, dass der Mann nicht nur akkurat arbeitete, sondern auch einen wachen Blick für Kleinigkeiten hatte. Otto Schröder war ihm vor zwei Jahren aufgefallen, als ein recht verwirrender Fall in der Speicherstadt ihn von Kiel nach Hamburg geführt hatte.

»Die Haushälterin alarmierte den Streifenpolizisten durch ihre Hilfeschreie«, erklärte Schröder im Gehen. Das Pastorat befand sich neben der Kirche, die nach dem großen Brand vor fast sechzig Jahren gebaut worden war. Ein spitzer Turm bohrte sich gen Himmel. Kein Licht fiel aus den Bleiglasfenstern in den Garten, der zwischen Kirche und Pastorat lag. »Klattmeyer, Käthe, wohnhaft vor Ort, ledig, gefesselt im Esszimmer. Schutzmann Mehlert war auf seiner Runde, als er die Schreie hörte. Er befreite die Frau und entdeckte dann erst den Toten am Baum.«

Hauke blieb stehen, als sie den Rand des Gartens erreicht hatten. So gut wie möglich versuchte er, sich einen Überblick zu verschaffen. Eine Eiche dominierte den Garten, den die Gemeinde wohl auch zum Flanieren nutzte, denn es befand sich eine Bank an der Außenmauer des Kirchengebäudes.

»Das zuständige Kriminalrevier wurde informiert«, fuhr Schröder fort. »Der erste Angriff konnte noch nicht erfolgen, da die Beamten im Gängeviertel benötigt werden. Selbsttötung einer Frau, wie es scheint.«

»Warum?«

Schröder sah ihn überrascht an. »Warum sie sich umbrachte?«

»Nein, warum wir hier sind. Eigentlich ist das Kommissariat 4 zuständig. Hauptkommissar Schindler wird toben.«

Schröder zögerte. »Na ja, das Pastorat gehört zu meinem alten Revier. Wohne nur zwei Straßen weiter. Dachte mir, ich nutze die Gelegenheit. Und da Sie mich baten, Sie aus dem Stadttheater zu retten, sobald ich von einem neuen Fall hörte …«

»Stimmt. Und ich bin Ihnen sehr dankbar dafür, Schröder. Sagen Sie es nur nicht meiner Frau.«

»Natürlich nicht, Herr Kommissar.«

Sie traten auf zwei Uniformierte zu, die nahe einem mit Reisig abgedeckten Rosenbeet herumlungerten. Zwischen ihnen und Hauke lag der Leichnam mitten auf dem Rasen.

Hauke ging zu dem Toten hinüber und betrachtete ihn eingehend. Jemand hatte dem Mann seinen Talar übergezogen und die Halskrause mit den hundertfach gefältelten Schleifen umgelegt. Die Hände des Mannes ruhten wie zum Gebet gefaltet auf dem Bauch. Eine mitfühlende Seele hatte ihm die Augen geschlossen, was der herausquellenden Zunge eine eigentümliche Note gab. Die Füße des Toten waren nackt. Von einem starken Ast über Haukes Kopf hing noch das Ende eines abgeschnittenen Seils.

»Wer hat den Mann abgenommen?«, bellte er durch den Garten.

Sogleich eilten die beiden Schutzleute herbei. Nebeneinander aufgestellt, salutierten sie, wobei sie weder Hauke noch den Leichnam zu ihren Füßen ansahen.

»Schutzmann Mehlert, Alfons, Revier Paulusstraße!«, rief

der Älteste von ihnen. Er trug einen mächtigen Zwirbelbart. »Melde gehorsamst, habe Hilferufe einer Weibsperson gehört. Bin hin. Habe Person im Esszimmer vorgefunden, verschnürt wie ein Paket am Stuhl.«

»Du bist doch an dem Herrn Pastor vorbeigerannt, Mehlert«, bemerkte Schröder, dessen früheres Revier einmal die Straßen um St. Gertruden waren. Man kannte sich. »Haben Sie ihn da nicht gesehen?« Er fiel der Befehlskette gehorchend sicherheitshalber ins Sie zurück.

Mehlert warf ihm einen wütenden Blick zu. »Hätte ja gar nichts machen können. Dod is dod.«

»Wer hat Ihnen erlaubt, den Toten abzunehmen?«, wollte Hauke wissen.

Überrascht sahen sich die Männer an.

»Melde gehorsamst«, Schutzmann Mehlert salutierte erneut, »der Herr Pastor war nur leicht bekleidet.«

»Jo«, mischte sich sein Kollege ein. »Schutzmann Eichner, Friedhelm!«, sagte er zackig, wobei auch er die Hand an den Helm schlug. »Kam dazu. Half Schutzmann Mehlert, unter Zuhilfenahme eines Küchenhockers den Verblichenen aus seiner peinlichen Lage zu befreien.« Die Stimme des jungen Beamten zitterte ein wenig, und sein Gesicht wirkte selbst im Halbdunkel auffallend blass. »Der Herr Pastor trug ja nur ein Nachthemd. Und darunter nix.«

»Darum habe ich die Weibsperson angewiesen, ordentliche Kleidung zu bringen. Sah ja nicht schön aus, der Herr Pastor«, unterbrach Mehlert ihn, wohl in der Annahme, für sein rücksichtsvolles Benehmen dem Verstorbenen gegenüber ein Lob des Herrn Kommissars zu erhalten.

Hauke musste sich zusammenreißen, um den Männern keine Standpauke zu halten, dass sie, verdammt noch einmal, nichts anzufassen hatten, solange die Kollegen vom Kriminalrevier nicht eingetroffen waren. Die hatten den sogenannten ersten Angriff zu tätigen, zu dem das Sichern von Spuren gehörte und fotografische Aufnahmen des Tatorts. Danach wurde das zuständige Kommissariat im Stadthaus informiert, wenn der Tod auf Fremdverschulden schließen ließ. Bei derartigen Tötungsdelikten war das Kommissariat 4 unter der Leitung von Hauptkommissar Schindler, einem alten Haudegen aus dem Deutschen Krieg von 1866, zuständig.

Hauke ahnte, dass es Ärger mit Schindler geben könnte, denn er hatte ihm den Fall aus sehr privaten, ja fast schon niederen Beweggründen vor der Nase weggeschnappt. Dass zwischen ihnen seit einiger Zeit ein kleiner Krieg ausgebrochen war, den Schindler weitaus ernster nahm als Hauke, machte die Sache nicht leichter. Und so hielt sich Haukes Schuldbewusstsein heute Abend in Grenzen, da ihm dank dieser Volte ein endlos langer Abend mit Tristan und Isolde erspart geblieben war. Er würde den Rüffel des Polizeirats über sich ergehen lassen und den toten Pastor an Schindler abgeben, wenn der es unbedingt wünschte. Sicherlich würde Schindler die Sache als Selbsttötung abtun. Hauke allerdings glaubte nicht recht daran, dass der Herr Pastor seinem Leben selbst ein Ende gesetzt haben könnte.

»Die Kollegen vom Revier sind noch im Gängeviertel beschäftigt. Darum machen wir heute den ersten Angriff, Schutzmann Mehlert.«

»Jawoll, Herr Kommissar.«

Wieder fiel Haukes Blick auf den Toten zu ihren Füßen. Er seufzte. Offenbar hatten Roschers Vorschriften zur Vorgehensweise beim Auffinden von Leichnamen noch nicht ihren Weg in die Köpfe der Schutzleute gefunden oder wurden dort geflissentlich ignoriert. Nun, Gustav Roscher war ja auch nicht ihr Vorgesetzter, sondern jener der Krimsches und der Politischen.

»Wo ist der Rest vom Strick?« Hauke sah vom Leichnam zum Ast hinauf, wo das Ende des durchgeschnittenen Hanfseils im Wind hin und her schaukelte.

»Na, den haben wir gehorsamst entfernt, weil ja sonst die Halskrause nicht gepasst hätte.« Mehlert wies zum Rest des

Taus, das wie eine Schlange ein Stück weiter im nassen Gras lag. Sie hatten den Knoten gelöst.

»Haben Sie sonst noch etwas angefasst?«, bellte Schröder.

Sie schüttelten die Köpfe. Der eine mit betroffenem Gesicht, der andere trotzig.

»Haben Sie wenigstens den Garten auf Hinweise durchsucht?«, wollte Hauke wissen.

Wieder Kopfschütteln.

»Nee, dachten ja, die vom Kriminalrevier würden kommen. Konnten ja nicht wissen, dass die woanders beschäftigt sind.«

»Haben uns schon gewundert, dass es so lange dauert«, stimmte Schutzmann Eichner ihm zu.

Kurz schloss Hauke die Augen. Als er sie wieder öffnete, wies er die Männer an, den Garten Zentimeter für Zentimeter auf Hinweise zu durchforsten. »Fangen Sie am Zaun an.«

»Hinweise?« Mehlert schaute Eichner fragend an.

»Fußabdrücke in der Erde. Verlorene Knöpfe. Zigarrenreste. Dinge, die um diese Zeit nicht an diesen Ort gehören.«

Zackiges Salutieren war die Antwort. Eilig zogen sich die beiden Beamten zurück und begannen mit gebeugten Rücken im mickrigen Schein der Gaslaterne an der Straße mit der Suche.

Hauke und Schröder beobachteten sie.

»Die finden bei der Dunkelheit bestimmt nix.«

Hauke nickte. »Mal sehen, wie lange sie brauchen, bis sie es merken.«

Da rollte ein Mann in dunklem Mantel und mit einer Melone auf dem Kopf durch das steinerne Tor auf sie zu. Er fuhr auf einem Fahrrad, an dem vorne und hinten je ein Holzkasten befestigt war. Über der Schulter trug er eine Leiter. Geschickt sprang er ab und schob das Rad die letzten Meter. Gezielt hielt er auf Hauke zu.

»Moin. Kriminaloffiziant Griebel. Bekam Nachricht, dass hier noch jemand den Gang nach oben angetreten hat.« Er lehnte das Rad an die Kirchenwand. »Zwei von der Sorte in einer Nacht. Muss am Vollmond liegen.« Sein Blick erfasste den Garten, den Baum, den Toten. Er schüttelte den Kopf. »So geiht dat nich«, murmelte er. »Da kann ich keine Aufnahmen von machen. Zu dunkel hier. Selbst wenn sich unser Kunde dahinten nicht bewegt. Nee, dat geiht nich. Zu duster. Tut mir leid.«

Schon schickte er sich an, das Dienstfahrrad wieder zur Hand zu nehmen.

Hauke spürte, wie ihm der Binder am Hals immer enger wurde.

»Sie da! Schutzmann Mehlert!«, rief er zu den Beamten hinüber. »Gehen Sie mal ins Haus und besorgen Sie so viele Lampen, wie Sie auftreiben können. Stellen Sie sie nach den Anweisungen von Offiziant Griebel auf, damit er seine Arbeit erledigen kann.« Er wandte sich an den jungen Mann. »Morgen früh will ich die Bilder auf meinem Schreibtisch im Stadthaus sehen.«

»Und wer sind Sie?«

»Hauptkommissar Sötje«, erklärte Schröder ungeduldig. »Das Kommissariat 5 übernimmt die Untersuchung.«

»Soll mir recht sein.« Der Mann drückte Schröder die Leiter in die Hand und entfernte die Ledergurte der Kästen, während Mehlert hinter ihnen ins Pastorat marschierte.

Schröder gab dem zweiten Schutzmann einen Wink, ihm bei der Leiter zu helfen.

Gemeinsam stellten sie die Leiter über dem Toten auf. Griebel kletterte hinauf, um den Fotografierkasten oben in den Scharnieren zu befestigen, sodass die Linse nach unten ausgerichtet auf den Leichnam zeigte. Die Schutzleute brachten mehrere Petroleumlampen, die sie um den Toten herum aufstellten. Die Szenerie erinnerte Hauke an eine Theaterbühne.

Griebel, offenbar nur mäßig mit den Lichtverhältnissen zufrieden, klemmte seine Melone zwischen die Knie. Anschließend verschwand er unter einem schwarzen Tuch, um aus stattlicher Höhe durch den Apparat einen Blick auf das groteske Bild unter ihm zu werfen.

»Reichen Sie mir mal die Fotoplatte hoch!«, rief er niemand Bestimmtes zu und wedelte mit der Hand zu einer Platte, die im Gras lag.

Schröder nahm sie aus der Kiste am Boden und gab sie ihm.

Während Griebel tat, was ein Mann wie er nun einmal tun musste, machte sich Hauke auf den Weg ins Pastorat, als er noch einmal die Stimme des Fotografen hinter sich hörte.

»Da liegt was bei Ihrem Toten, Herr Kommissar«, sagte er und wies auf den Leichnam.

Hauke kehrte zurück. Er legte den Kopf schief, um zu erkennen, was der Fotograf zu sehen glaubte.

»Wenn ich die Aufnahme gemacht habe, sollten Sie Ihren Kunden mal umdrehen.«

Der Mann hatte recht. Dort lag ein Zettel. Eine Ecke blitzte unter dem Leichnam hervor. Er wartete, bis der junge Mann seine Arbeit erledigt hatte. Sie drehten den Leichnam auf die Seite.

Tatsächlich lag in der nassen Erde ein mit nur einem Wort beschriebener Zettel. Behutsam nahm Hauke das Papier auf. Die Tinte war teilweise zerlaufen.

»SCHULDIG!«, stand dort in großen Buchstaben und mit einem Ausrufezeichen endend.

Er reichte den Zettel Schröder.

»Aufbewahren.« Hauke wandte sich erneut dem Pastorat zu. »Lassen Sie den Toten abholen und zur gerichtlichen Begutachtung bringen. Ich will wissen, ob der Herr Pastor bereits tot war, als man ihn aufgeknüpft hat.«

Schröder hielt inne. »Was macht Sie so sicher, dass er es nicht selber getan hat?«

Haukes Mundwinkel zuckte.

»Der Mann war Pastor. Solche Leute begehen normalerweise keine Taten dieser Art. Außerdem ist mir nicht klar, wie er es geschafft haben könnte, die Angelegenheit ohne Stuhl oder Leiter zu bewerkstelligen.« Er schaute zu den Wachtmeistern, von denen einer die Leiter mit dem Fotografen darauf hielt und der andere mit einem Stöckchen in der einen Hand Laub zur Seite schob, während er mit der anderen eine Petroleumlampe umherschwenkte, auf der Suche nach was auch immer. »Fragen Sie sicherheitshalber unsere ordnungsliebenden Schutzleute, ob sie einen Stuhl oder Ähnliches beiseitegeschafft haben. Zuzutrauen wäre es ihnen. Den Zettel haben sie ja auch übersehen.«

***

Als Hauke die Haustür des Pastorats erreichte, stand plötzlich eine hohe Gestalt dort. Ein hagerer Herr in schwarzem Gehrock und mit Monokel im rechten Auge bat Hauke schweigend herein, nicht ohne einen Blick auf den Toten im Garten geworfen zu haben. Der Mann stellte sich als Eugen Wiegand vor, Küster der Gemeinde.

Düster, mit allerlei in Schwarz gerahmten Bibelsprüchen an den Wänden, wirkte das Pastorat wie aus der Zeit gefallen. Die dunkel vertäfelte Decke drückte die Diele und ihre Besucher zu Boden, und die schwarze Mahagonigarderobe tat ihr Übriges, während über der Tür zum Salon ein halb nackter Jesus aus Messing ans Kreuz genagelt hing und aus offenen Augen jeden Besucher anklagend musterte.

Hauke trat in den Salon, dessen Einrichtung sich unentschlossen zwischen christlicher Bescheidenheit und repräsentabler Bürgerlichkeit zeigte. Sogar eine samtbezogene Ottomane stand vor einem deckenhohen Bücherregal, eine Brille auf den Seiten eines aufgeschlagenen Buchs ließ vermuten, dass der Herr des Hauses gleich zurückkommen würde, um seine Lektüre zu beenden.

Dem aber war nicht so, denn Pastor Krause lag draußen im Gras.

Küster Wiegand führte Hauke zu einer Frau Mitte sechzig,

die auf einem Stuhl saß und in ein Taschentuch schluchzte. Über den Schultern trug sie ein einfaches Häkeltuch. Schnell erhob sie sich, als der Küster und Hauke auf sie zutraten.

»Das ist Fräulein Klattmeyer«, sagte Küster Wiegand. »Sie ist … war die Haushälterin von Pastor Krause.«

Ein Schluchzen brach aus ihr heraus. Schwer ließ sie sich zurück auf den Stuhl fallen. In diesem Moment betrat eine weitere Person den Raum. Hager, mit verkniffenem Mund und wachen grauen Augen, stellte sie das Tablett in ihrer Hand auf den Tisch. Drei Tassen heißen Tees und eine Flasche Rum befanden sich darauf. Küster Wiegand stellte die Frau als seine Gattin Hermine vor.

»Wir wohnen gegenüber dem Pastorat und hörten Fräulein Klattmeyer, wie sie um Hilfe rief«, erklärte er mit grabestiefer Stimme. »Als wir hereinkamen, waren die Schutzleute bereits da.«

Hauke bemerkte, dass die Augen der Haushälterin vom Weinen ganz rot waren. Die Haare hatte sie zu einem strengen Knoten gebunden. Anders als der Herr Pastor trug sie keine Nachtkleider.

»Wie kann jemand nur so etwas tun? Er ist ein guter Mann, der Stolz seines Standes«, begann sie ohne Aufforderung. »Seine Predigten werden sogar in Berlin bei Hofe gelesen. Man wollte ihn zum Bischof von Hamburg ernennen, wussten Sie das?« Ohne Luft zu holen, plapperte sie weiter, ab und an von Schluchzen unterbrochen. Sie erzählte, welch großartige christliche Erscheinung Pastor Krause gewesen sei, für den sie immerhin die letzten dreißig Jahre ihres Lebens gearbeitet habe. Er habe stets das Wohl seiner Gemeinde im Blick gehabt und seine Schäfchen mit strenger, dennoch gütiger Hand geleitet. Währenddessen rollte Träne um Träne über Fräulein Klattmeyers Wangen. »Wer tut nur so etwas Schreckliches? Bestimmt waren es Ausländer. Man hört ja so viel.«

»Welch schrecklicher Verlust für uns und die Welt«, murmelte der Küster, faltete die Hände und blickte auf seine Schuhe, als stünde er bereits am Grab des Verstorbenen.

»Was genau ist vorgefallen, Fräulein Klattmeyer?«, fragte Hauke.

Die Stimme versagte ihr. Sie hielt ihm die Handgelenke hin, an denen sich rote Schürfwunden abzeichneten. Der Strick, mit dem man sie gefesselt hatte, lag auf dem Boden. Der Knebel ebenfalls. Ein schrecklicher Weinkrampf überfiel die arme Frau. Sogleich eilte Frau Wiegand herbei, legte einen Arm um Fräulein Klattmeyers Schultern und tröstete sie, so gut es ging. Hauke wurde klar, dass er heute nichts Vernünftiges mehr aus der Haushälterin herausbringen würde.

»Holen Sie einen Arzt«, wies er den Küster an.

Die Frau war die einzige Zeugin, die sie hatten. Nur sie konnte die Täter beschreiben. Eine hysterische Person aber war keine zuverlässige Informationsquelle. Sie musste sich unbedingt fangen, bevor sie ihre Aussage machte.

Wiegand ging im Raum umher, als wäre ihm der Ausbruch der Haushälterin peinlich.

»Die Situation ist äußerst heikel«, sinnierte er laut, wobei er nach drei Schritten stets umdrehen musste, da der Raum mit allerlei Mobiliar bestückt und nicht sonderlich groß war. Er blieb vor einem dunklen Ölgemälde mit einem kahlköpfigen Mann stehen, der flehend gen Himmel blickte und dabei betete. »Denken Sie, Herr Kommissar, unser Pastor Krause könnte die Hand gegen sich selbst erhoben haben?«

Die Haushälterin jaulte weidwund auf.

»Das werden wir prüfen müssen. Bitte zeigen Sie mir das Schlafzimmer des Herrn Pastors.«

»Es ist in der ersten Etage.« Wiegand ging in den Flur und erklomm die Stufen.

Hauke und Schröder folgten ihm.

»Wo ist Fräulein Klattmeyers Zimmer?«, fragte Hauke beiläufig.

»Soweit ich weiß, hat sie unter dem Dach eine Kammer.«

Hauke hob die Brauen. Eine einfache Dienstbotenkammer für eine treue Haushälterin, die seit über dreißig Jahren ihren Dienst beim Pastor versah?

Als könnte er Haukes Gedanken lesen, erklärte Wiegand, dass sie damit vollkommen zufrieden sei. »Der Mensch braucht nur Gottes Gnade, um glücklich zu sein. Und natürlich die tröstenden Worte der Bibel.«

Er öffnete die Tür zum Schlafzimmer des Herrn Pastors. Kaum trat er ein, wich er zurück.

Hauke schob sich am Küster vorbei. Der Raum war spartanisch eingerichtet, jedoch in einem Zustand, als wären hier hundert wilde Pferde hindurchgaloppiert. Das Bettzeug lag auf dem Boden, der Nachtschrank war umgekippt. Die Vorhänge zu Boden gerissen. Es schien, als hätte ein verzweifelter Kampf stattgefunden.

Hauke trat in die Mitte des Zimmers. Was war hier geschehen? Und warum hatte die Haushälterin den Lärm nicht gehört? Oder hatte sie etwas gehört und versteckte sich nur hinter ihren Tränen?

KAPITEL 5

Selbstmordversuch. Bei der Brücke über dem Isebek-Kanal sprang heute Mittag die Tochter eines in der Linden-Allee wohnhaften Grünwarenhändlers ins Wasser. Als die Fluten über ihr zusammenschlugen, schien ihre Lebenslust wieder erwacht und das Mädchen schrie um Hilfe.

Original: »Hamburgischer Correspondent«, November 1899

Es war kurz vor dem zweiten Aufzug, als endlich jene Person dem Stadttheater die Ehre gab, auf die nicht nur die Gäste der Gräfin, sondern auch alle anderen an diesem Abend gewartet hatten.

In delikateste Seide und Spitze gekleidet, schritt ein Engel am Arm von Hermann von Siems ins Foyer des Opernhauses. Die elektrischen Lüster an der hohen Stuckdecke verliehen der Frau eine zarte Aura, die selbst ihr Kleid schimmern ließ. Mit sichtlichem Besitzerstolz, das Kinn ein wenig zu hoch gereckt, ging der Werftbesitzer neben der italienischen Diva einher.

Die Gäste des Abends traten tuschelnd auseinander, um dem Paar den Weg zu den Logen zu öffnen.

Die Direktoren Bachur und Bittong eilten die Freitreppe herunter, um die Francini untertänigst zu begrüßen.

Sophie stand mit vielen anderen oben an der Balustrade und beobachtete das devote Spiel der Herren um die Gunst der italienischen Nachtigall. Sie fragte sich, wie aus einem derart grazilen Körper nur die raumumgreifende Stimme einer Opernsängerin kommen konnte. Carlotta Francini wirkte so zerbrechlich wie ein kleiner Vogel. Ihr Blick glitt unter dichten Wimpern scheu über die Menge, während sie den galanten Worten der beiden Direktoren freundlich lauschte. Es schien fast, als wäre es Carlotta Francini unangenehm, von all den Menschen angestarrt zu werden. Das wunderte Sophie.

Da bemerkte sie unter jenen, die hinunterschauten, auch Maximilian von Siems. Sie glaubte, er würde schwanken. Seine Hände umklammerten die Balustrade, als müsste er sich festhalten. Seine Augen funkelten voll Traurigkeit und zugleich Wut, dass Sophie unwillkürlich an Othello denken musste, dessen Eifersucht so tragisch endete. Ein Ruck ging durch den Körper des jungen Mannes. Er sah auf. Entdeckte Sophie. Ihre Blicke trafen sich. Ein unbestimmtes Lächeln huschte über sein Gesicht, ein kurzes Neigen des Kopfes, dann begab sich der Kaufmannssohn nach unten zu seinem Vater.

Bald darauf erklomm Carlotta Francini die Stufen, an ihrer linken Seite Hermann von Siems und an der anderen Seite sein Sohn Max. Sophie machte sich auf den Weg zurück zur Loge der Gräfin, wo man sicherlich von der Ankunft der Primadonna gehört hatte, als sie eine junge Dame in ihrer Nähe seufzen hörte: »Was für ein hübsches Paar die beiden abgeben würden.«

Als Sophie die Loge erreichte, wusste sie über Carlotta Francini so einiges. Da war die bescheidene Kindheit in einem norditalienischen Dorf, wo sie in der Taverne ihres Vaters gesungen hatte und bald schon entdeckt worden war, um in Mailand als Sängerin ausgebildet zu werden. Der italienische Lehrer Francesco Lamberti, der auch schon die berühmte Emilia Tagliana zu einer weltweit gefeierten Sängerin gemacht hatte, nahm sich ihrer an. Erst kürzlich war die Francini von einer Reise aus Amerika zurückgekehrt, wo sie in der Metropolitan Opera von New York gastiert haben sollte. Carlotta Francini konnte Gerüchten zufolge alles in einer Perfektion singen, dass sich bereits Kolleginnen der Scala geweigert hatten, mit ihr aufzutreten. Ein Skandal, der der bescheidenen jungen Frau nur noch mehr Applaus bescherte.

Sophie war ungemein neugierig auf diese Person.

Mit einem Glas Champagner in der Hand wartete sie neben der Gräfin auf den großen Auftritt der Francini. Als die Dame nach fast einer halben Stunde noch immer nicht in der Loge erschienen war, obwohl man der Gräfin dies versichert hatte, trat zumindest Freiherr Hermann von Siems ein.

»Verehrteste, vergeben Sie mir.« Unter seinem Bart zuckte ein verschmitztes Lächeln, als er sich zum Handkuss vorbeugte. Die Gräfin, mittlerweile kaum noch in der Lage, ihren Missmut zu verheimlichen, schwieg verbissen. »Ich denke, ich kann Sie für Ihre unendliche Geduld des Wartens entschädigen.« Er hob die Stimme und sah sich um. »Einer Eingebung folgend, wird unser italienischer Gast im dritten Aufzug die Isolde geben.«

Überrascht schauten sich die Anwesenden an und applaudierten spontan.

Auch im Gesicht der Gräfin zeigten sich unerwartet wohlwollendere Züge. »Das ist in der Tat eine Überraschung, mein Lieber von Siems. Wer hatte diese hervorragende Idee? Sie?«

Ein wenig bescheiden gab der Angesprochene zu, dass sein Sohn Max der Urheber dieser Überraschung sei. »Das Fräulein Francini sagte sofort zu.«

»Aber ist sie nicht viel zu jung?«, wollte jemand wissen. »Hat sie denn schon einmal Wagner gesungen? Oder gar diese Partie?«

Zweifel machten sich unter den Zuhörern breit.

Von Siems drehte sich zu der Dame, die gefragt hatte. »Seit einiger Zeit schon probt Fräulein Francini diese Rolle. Wie Sie ja alle wissen, ist ihr Repertoire sehr umfangreich. Ich nehme an, sie sucht neue künstlerische Herausforderungen.«

Die Gäste waren sichtlich beeindruckt, schließlich war Wagner dafür bekannt, seine Sänger aufs Höchste zu quälen und ihnen mehr als jeder andere Komponist eine Perfektion abzuzwingen, die die Künstler oftmals an ihre Grenzen brachte. Nicht jeder konnte Wagner singen. Und dass sich eine solch junge Stimme dem stellte, war in jeder Hinsicht bemerkenswert.

»Sie befindet sich bereits in der Garderobe unserer geschätzten Bertha Lauterer, die ihr für den Abend die Rolle leihen wird, wenn ich es so sagen darf.«

Ein Raunen ging durch die Gästeschar.

Die Gräfin hob eine Braue.

»Sieh an, die Lauterer tritt einen Schritt zurück, um unserem Gast aus Italien die Bühne zu überlassen. Wie reizend von ihr.« Sie wandte sich an ihre Gesellschafterin, die Sophie nach dem ersten Aufzug in die Loge der Gräfin gebeten hatte. »Resi, seien Sie so gut und laden Sie sie als Dank zu meiner nächsten Soiree ein. Sie wird unser Ehrengast sein.«

Die Dame war sich unsicher. »Wer von beiden? Die Italienerin oder Frau Lauterer?«

Von Siems lachte auf. »Nun, das Fräulein Francini wahrscheinlich nicht, denn sie wird just an diesem Tag ein Privatkonzert in meiner Villa geben.«

»Oh«, hauchte die Gräfin, die es sicherlich nicht gewohnt war, dass ihr ein Kaufmann die Gäste für einen Empfang abspenstig machte. Die mehrgängigen Diners der Gräfin mitsamt exquisiten Künstlern waren bemerkenswert. Anders als besagtes Privatkonzert in der Villa von Siems fanden die Soireen bei der Gräfin mehrmals im Jahr statt. Ob sich von Siems dieses Affronts bewusst war oder ob er ihn in seiner Begeisterung für den außergewöhnlichen Gast in seinem Haus einfach ignorierte, war unklar. Auf alle Fälle hatte er sich gerade den Unbill der Gräfin zugezogen, die ihn herzallerliebst anlächelte und bat, man möge ihr erlauben, nach dem dritten Aufzug die wunderbare Francini in der Garderobe persönlich aufsuchen zu dürfen. Selbstredend wurde ihr das gewährt.

Sophie saß wenig später schräg hinter der Gräfin in der Loge, um den letzten Teil der fulminanten Wagneroper genießen zu dürfen. Ihr entging nicht, dass ihre Gastgeberin während Isoldes Auftritts nicht bei der Sache war. Zu gerne hätte Sophie in den Kopf der alten Dame geschaut, um herauszufinden, was sie plante. Denn dass sie etwas plante, stand außer Frage.

Bald schon hatte Carlotta Francini das gesamte Publikum in ihren Bann gezogen. Niemand im Auditorium nickte ein oder erlaubte sich gar, tuschelnd mit dem Nachbarn über dieses oder jenes zu schwatzen. Ein jeder starrte zur Bühne hinauf, unter der die Klänge des Orchesters in himmlisch reiner Folge ertönten, um mit Francinis unvergleichlicher Stimme den Saal zu fluten. So anrührend hübsch die Francini im Foyer noch gewirkt hatte, so unschuldig und elysisch, dort vorne auf der Bühne durchfloss sie die ganze Verzweiflung einer schicksalsumwobenen Liebe.

Die Gesellschafterin der Gräfin schluchzte in ihr Taschentuch. In einer der anderen Logen entdeckte Sophie Hermann und Maximilian von Siems. Während der Vater mit geschlossenen Augen dem musikalischen Vortrag folgte, bewegten sich die Lippen des Sohns zum Gesang auf der Bühne, und die Hand dirigierte unauffällig mit. Der junge Mann musste ein wahrer Kenner der Oper sein. Er war sogar des Italienischen mächtig, zumindest kannte er jede Zeile des Textes. Sophie war überzeugt, dass der Sprössling des Werftbesitzers auch die Libretti all der anderen Opern auswendig hätte singen können. Sie war beeindruckt.

In diesem Moment warf sich Isolde auf den sterbenden Tristan. Ihr Leid durchströmte auch Sophie. Diese unglückliche Liebe, all der Schmerz. Die letzte Illusion einer immerwährenden Liebe zu Tristan überfiel Isolde, während sie ihren toten Geliebten in Armen hielt.

So mancher im Publikum tupfte sich mit einem Taschentuch eine Träne von der Wange, während man Isoldes herzzerreißender Vision lauschte, die den Geliebten noch am Leben wähnte.

»Immer lichter wie er leuchtet,
Sternumstrahlet hoch sich hebt?
Seht ihr's nicht?
Wie den Lippen, wonnig mild,
Süßer Atem sanft entweht –
Freunde! Seht!
Fühlt und seht ihr's nicht?
Ertrinken, versinken, unbewusst – höchste Lust!«

Der letzte Ton war verklungen, hing noch über den Köpfen des Publikums, wehte und verging.

Stille.

Da sprang Maximilian von Siems auf und applaudierte frenetisch.

»Bravo!«, rief er. »Bravo!«

Sogleich taten es ihm alle im Saal nach. Ein ungeahnter Beifallssturm brandete über die Sänger, als sie kurz darauf noch einmal gemeinsam auf die Bühne traten. Tenor Birrenkoven, der sich als Tristan wieder bester Gesundheit erfreute, ließ es sich nicht nehmen, die zarte Italienerin vor aller Augen auf die Wangen zu küssen.

Schon eilten die Direktoren Bachur und Bittong mit einem überwältigend großen Rosenstrauß, der sicherlich für die Lauterer gedacht gewesen war, auf die Bühne.

Dankbar nahm die Francini die Blumen entgegen, knickste artig wie ein kleines Mädchen und schickte sich an, die Bühne zu verlassen. Doch die Herren Direktoren wollten, dass sie bleibe. Ein weiterer Applaus müsse wohl sein.

Publikum und Direktoren konnten sich kaum von der Bühne lösen, wohingegen es die Francini immer wieder fortzog.

Sie muss erschöpft sein, dachte Sophie.

Die livrierten, stillen Geister des Opernhauses öffneten die Türen zum Foyer. Doch keiner der Gäste machte Anstalten zu gehen.

»Vivat!«, riefen sie wieder und wieder.

Selbst die Gräfin konnte sich der Darbietung nicht entziehen und applaudierte eifrig.

Da bemerkte Sophie die Lauterer, die in einer der offenen Parketttüren stand und voll Ingrimm zur Bühne blickte. Wie so oft ist des einen Freud stets auch des anderen Leid.

***

Niemals zuvor war sie hinter der Bühne eines richtigen Theaters gewesen. Mit großen Augen folgte Sophie an der Seite der Gräfin den Herren Bachur und von Siems zur Garderobe der Francini, die am Ende eines langen Gangs, weitab vom unablässig hektischen Treiben der Bühne lag. An der Tür mit dem Namen »Lauterer« klopfte Bachur und bat um Einlass.

Dort, inmitten eines Blumenmeers, saß die Sängerin in ihrer griechisch anmutenden Bühnenkleidung vor einem Spiegel und ließ sich abschminken. Sophie erschrak, als sie sah, wie übertrieben die Künstlerin herausgeputzt war. Blutrote Lippen, hellblaue Lider, die Wangenknochen betont. Carlotta Francini bemerkte ihr Entsetzen und erklärte lächelnd, dass dies nötig sei, damit auch die letzten Reihen im Saal die Mimik der Sänger erfassen können.

»Natürlich«, murmelte Sophie und dachte, dass sie darauf auch hätte von selbst kommen können.

Fasziniert beobachtete sie, wie ein jeder die Diva umgarnte, ihr zu gefallen versuchte, einen Blick oder gar ein Wort von ihr zu erhaschen hoffte.

Einige Komplimente und eine Einladung zum Diner bei der Gräfin später verließ man die Garderobe der Künstlerin wieder, damit sich Carlotta Francini umkleiden konnte. Dabei war Sophie aufgefallen, wie blass die Künstlerin ohne ihre Schminke war. Elfenbeinweiß.

Kurz darauf standen sie im publikumsleeren Foyer. Durch die gläserne Doppeltür konnte Sophie die wartende Equipage der Gräfin erkennen, samt den beiden Pferden davor und dem livrierten Kutscher auf dem Bock.

»Und? Was halten wir von ihr, meine liebe Sophie?«, wollte die Gräfin wissen, während sie ungeduldig darauf wartete, dass ihre Gesellschafterin den Opernmantel brachte.

»Sie ist absolut bezaubernd«, schwärmte Sophie. »Und eine großartige Sopranistin noch dazu.«

Die Gräfin nickte. »Dem ist nichts hinzuzufügen, meine Gute, außer vielleicht die Frage, warum diese reizende Person noch immer nicht verheiratet ist. An Galanen gibt es sicherlich keinen Mangel.« Die Gesellschafterin der Gräfin trat hinter einer Säule hervor, über ihrem Arm trug sie den Mantel. »Na endlich.«

Die Gräfin ließ sich den Opernmantel umlegen.

»Bei aller Begeisterung muss ich sagen«, sie schaute Sophie mit hochgezogenen Brauen an, »das Libretto hätte Herr Wagner einem anderen überlassen sollen. Solch geschwülstiges Reden verwirrt den Kopf und stört den Genuss.« Sophie hatte nur mit halbem Ohr zugehört. »Was ist, Kind?«

»V-verzeihen Sie, Frau Gräfin«, stotterte Sophie. »Ich befürchte, ich habe mein Retikül in der Garderobe liegen lassen.«

Hörbar sog die alte Dame die Luft ein.

»Bitte warten Sie nicht auf mich. Ich nehme eine Mietkutsche nach Hause.«

»Papperlapapp.« Die Gräfin schnaufte und ging zur Tür, welche sogleich von einem Bediensteten des Opernhauses für sie geöffnet wurde. »Beeilen Sie sich. Es ist Zeit für alte Frauen wie mich, ins Bett zu kommen.«

Sophie eilte den Weg zurück zu den Garderoben. Sie lief durch den verwaisten Zuschauersaal hin zu der Tür am rechten Rand der Bühne. Arbeiter versperrten ihr den Weg, als sie Teile der Kulisse an ihr vorbeischleppten, die eben noch den Garten auf Tristans Burg Kareol in der Bretagne dargestellt hatten, von Nahem aber all die Erhabenheit eines edlen Landsitzes verloren und eigentümlich banal wirkten. Hier war kein Durchkommen. Sie musste also über die Bühne, um auf die andere Seite des Hauses zu gelangen, wo die Garderoben der Sänger lagen. Im Vorbeilaufen bemerkte sie noch den Orchestergraben, wo ein Arbeiter die Noten einsammelte. Sicher hatten bereits die Posaunisten, Geiger, Flötisten, Bratschisten und all die anderen Musiker über den Seiteneingang das Gebäude verlassen.

Als Sophie die andere Bühnenseite erreichte, lief sie die drei Stufen hinunter und zu dem langen Gang, an dessen Ende sich die Garderobe der Lauterer befand. Die Geräusche von der Bühne waren hier kaum noch zu hören.

Am Ende des Korridors stellte sie erleichtert fest, dass die Garderobentür einen Spalt offen stand. Zum Glück war noch jemand da. Licht fiel auf den dunklen Flur. Gerade wollte Sophie anklopfen, als erregte Stimmen aus dem Raum drangen.

»… ich werde es zu verhindern wissen, dass du mein Leben zerstörst.«

Sophie hielt inne. Die wütende Männerstimme war ihr unbekannt. Offenbar war sie unfreiwillig Zeugin eines Streits geworden. Sollte sie sich bemerkbar machen oder lieber zurückgehen? Nein, die Gräfin wartete in der Kutsche auf sie. Schon wollte Sophie an die Tür klopfen, als sie Carlotta Francinis sich überschlagende Stimme vernahm.

»Ihr Leben? Sie haben meines zerstört. Und ich werde es Ihnen niemals verzeihen.« Etwas leiser fuhr die Italienerin fort: »Ich schwöre, Sie werden dafür büßen, denn ich war nicht die Einzige. Davon bin ich überzeugt.«

»Du drohst mir?« Seine Stimme klang wie ein Schwert, das zum letzten Schlag ausgeholt wurde.

Sophie hielt die Hände vor den Mund. Sollte sie Hilfe holen?

»Ich sage dir, du Flittchen …«

Ihr wurde schwindelig.

»Du bist verkommen. Genau wie deine Mutter! Es wäre

besser gewesen, du wärst niemals zurückgekehrt. Verlasse die Stadt!«

Sophie spürte, wie das Blut in ihrem Kopf pochte.

»Ich lasse mich nicht vertreiben.« Die Stimme der Francini klang fest, obwohl sie vibrierte.

Der Mann schnaufte. »Wie wäre es, wenn deine Gönner und Freunde, ja die ganze Welt erführe, was für ein liederliches Ding du in Wahrheit bist?« Sein plötzlich zärtlich-eisiger Ton ließ Sophie vor der Tür frösteln.

Dennoch schien Carlotta Francini Herrin der Lage zu sein. »In diesem Fall wird die Stadt auch erfahren müssen, welcher Teufel in ihrer Mitte lebt. Und glauben Sie mir, Sie haben mehr zu verlieren als ich, denn ich weiß, wie es ist, nichts zu haben.«

Erst jetzt fiel Sophie auf, dass Carlotta Francini nicht den leisesten Hauch ihres sonst so charmanten italienischen Akzents sprach. Bevor sie diesen Gedanken zu Ende gebracht hatte, wurde die Tür vor ihr aufgerissen.

»Wir werden sehen«, fauchte der Mann. »Deine Taten werden der Skandal der Saison sein!«

Er hatte die heimliche Zuhörerin noch nicht entdeckt, Carlotta Francini hingegen schon. Die Sängerin erschrak zutiefst.

Der Mann fuhr herum, zuckte zusammen, als er Sophie sah. In seinen Augen glühte unbändige Wut. Und Angst.

»Wer sind Sie?«, herrschte er Sophie an. »Haben Sie etwa gelauscht?«

Unfähig, etwas zu sagen, schüttelte sie den Kopf und drückte sich an die Wand, wobei sie tapfer versuchte, ein unbeteiligtes Lächeln aufzusetzen.

»Guten Abend«, säuselte sie so charmant wie möglich, in der Hoffnung, er möge annehmen, sie hätte tatsächlich nichts von dem Streit mitbekommen. »Ich suche mein Retikül …«

In diesem Moment stand Carlotta Francini in der Garderobentür.

»Hier, meine Liebe.« Die Sängerin hielt Sophie den üppig mit Perlen und Stickerei verzierten Beutel mit zitternder Hand hin. Ihre Stimme verriet nicht, wie sie sich wirklich fühlte. Sophie bemerkte die tiefmeerblauen Augen. »Sie hatten es auf dem Tisch liegen lassen. Ich hätte es Ihnen bringen lassen können.«

Es kostete den Mann unglaubliche Anstrengung, ein Mindestmaß an Zivilisiertheit über seine Wut zu stülpen, als er den Zylinder aufsetzte und ein »Guten Abend« murmelte. Er stürmte den Gang entlang und verschwand um die Ecke.

Betroffen folgte Sophie der Sängerin in die Garderobe. Die Francini war noch blasser im Gesicht als zuvor.

»Geht es Ihnen gut?«, wollte sie wissen. »Ich hatte den Eindruck, Ihr Besucher hatte sich nicht unter Kontrolle.«

Schweigend sah Carlotta Francini ihr Spiegelbild an. Schließlich lächelte sie müde.

»Denken Sie, ich wäre verkommen?«, fragte sie leise.

»Um Himmels willen! Nein!« Sophie ging zu ihr und legte eine Hand auf den Arm der jungen Frau. Die Francini zitterte. »Wäre ich ein Mann gewesen, ich hätte diesen unmöglichen Kerl zur Rechenschaft gezogen. Es ist mir unsäglich peinlich, dass ein Mensch wie dieser in unserer Stadt lebt und sich derart …« Ihr verschlug es die Sprache. »Ein Mann von Stand tut so etwas nicht! Und ein Hamburger schon gar nicht. Sie sollten Herrn von Siems über den Vorfall informieren. Er wird wissen, was zu tun ist.«

Die Worte des Mannes waren weit mehr als nur eine Frechheit gewesen. Sie waren eine Drohung. Sophie überlegte, ob sie Hauke von der Angelegenheit erzählen sollte.

Die Francini drehte sich um. Traurigkeit lag in ihren dunklen Augen.

»Es kommt manchmal vor, dass begeisterte Musikanhänger ihre gute Kinderstube vergessen, wenn sie merken, dass ich ihre Aufwartungen nicht erwidere.« Sie schaute Sophie lange an. »Männer. So sind einige von ihnen. Ich habe mich daran gewöhnt.«

Für einen Moment standen sie sich gegenüber, und Sophie

überkam das Bedürfnis, die bedauernswerte Frau zu umarmen. Brachte ihre Berühmtheit es mit sich, dass Männer glaubten, so mit ihr reden zu dürfen? Wäre die Francini verheiratet gewesen, hätte dieser Kretin es sich niemals erlaubt, so zu reden. Sophie spürte, wie ihre Knie bei dem Gedanken an den Fremden nachgaben.

»Liebe Freundin, ob ich Sie um einen Gefallen bitten dürfte?«, riss Carlotta Francini sie aus ihren Gedanken.

»Jeden«, platzte es aus Sophie heraus. Und sie meinte es so.

Die Francini lächelte, als hätte sie nichts anderes erwartet. »Ich bin bereits seit drei Wochen in Hamburg.«

Erstaunt hob Sophie die Brauen. »Seit drei Wochen schon? Und dann gewährt Herr von Siems uns erst heute Ihre Anwesenheit?«

»Ich hatte ihn darum gebeten. Meine Konzertreise durch Amerika war recht anstrengend. Und mein Besuch in Wien war es nicht minder. Darum nahm ich das Angebot des Herrn von Siems auf einige Wochen Hamburg ohne Tourneen und gesellschaftliche Verpflichtungen sehr gerne an.«

Sophie verstand.

»Nun aber«, fuhr die Francini fort, »da ich mich so wunderbar erholen konnte, würde ich Ihre Stadt gerne näher kennenlernen. Ob Sie mich begleiten würden?«

Sophies Herz machte einen Hüpfer.

»Es wäre nur bis zum Ende der Saison.«

»Mit Freuden zeige ich Ihnen Hamburg, obwohl ich selbst nur eine Zugereiste bin. Mein Mann und ich leben erst seit zwei Jahren in der Stadt.«

Die Francini klatschte in die Hände.

»Wie wunderbar! Gemeinsam erkunden wir Hamburg.« Sie hakte sich bei Sophie ein.

Arm in Arm verließen sie die Garderobe, als Sophie die Herren von Siems am anderen Ende des Korridors entdeckte, die offenbar Carlotta Francini abholen wollten.

»Vielleicht können wir sogar richtige Freundinnen werden«, raunte die Sängerin Sophie verschwörerisch zu. »Was meinen Sie?«

»Ich wüsste nicht, was ich lieber wäre«, sagte Sophie leise, als hätten sie beide ein kleines Geheimnis.

Sie lachten und verabredeten sich für den nächsten Tag zu einer Kutschfahrt durch die Stadt.

KAPITEL 6

Automobilismus. Die Rekordfahrt Petersburg–Paris auf Motorrad, die der Russe Orlowsky unternahm, um den guten Zustand der russischen Landstraßen dazuthun, hatte das gegentheilige Ergebnis. Orlowsky erreichte die Grenze nicht.

Original: »Hamburgischer Correspondent«, Oktober 1899

»Es ist gestern Abend recht spät geworden.« Mit gerunzelter Stirn sah Hauke ihr zu, wie sie großzügig die Leberwurst auf der Brotscheibe verteilte und ihm reichte.

Hatte sie einen Vorwurf in seiner Stimme gehört? Sophie nahm einen Schluck Kaffee.

»Dass diese Wagneropern aber auch immer so lang sein müssen«, murmelte sie über den Rand der Tasse. Ob dies der rechte Moment war, ihn zu fragen? Eigentlich könnte er nichts dagegen haben, schließlich verbesserte es seine Position in der Stadt. Und das, so wurde die Gräfin niemals müde zu bekunden, sei oberste Pflicht einer Ehefrau. »Ich würde sagen, Liebster, du hast eine ganz ungewöhnliche Aufführung verpasst.« Sie setzte die Tasse ab.

Ihr Mann räusperte sich. »Das ist wirklich sehr bedauerlich, doch wenn die Pflicht ruft …«

Gerne hätte Sophie ein wenig schnippisch geantwortet, dass diese Pflicht ihm gestern Abend äußerst gelegen gekommen zu sein schien. Sie beschränkte sich auf ein Lächeln.

»Ein neuer Fall?«, fragte sie betont gleichmütig und platzte schier vor Neugier.

Aus der Küche war Henriettes Glucksen zu hören, die in einem Stühlchen saß und mit ihren zwei Jahren schon fleißig den Löffel zu schwingen wusste. Kindermädchen Emma vergötterte Henriette und verwöhnte sie manchmal zu sehr.

Andererseits war Emma als Älteste in einer Familie mit sieben Kinder aufgewachsen und kannte sich mit diesen Dingen ganz wunderbar aus, was Sophie nicht von sich behaupten konnte. Ihre eigene Mutter war viel zu früh gestorben, und außer einer stets Gift und Galle sprühenden Tante hatte sie keinen Menschen gehabt, der sie in Sachen Haushalt, Ehe oder Kindererziehung gebildet hätte. Umso dankbarer war sie für die Gräfin und die beiden Streithennen Emma und Telse. Letzterer hatte sie für heute freigegeben, was sich als Fehler herausstellen könnte, sollte Hauke zum Mittagessen nach Hause kommen.

Sophie beobachtete ihren Mann. Die Uhr im Flur tickte. Sie wollte ihn gerade fragen, als sie feststellte, dass er mit den Gedanken ganz woanders war. Zumindest nicht hier am Frühstückstisch bei ihr. »Der Fall von gestern? Er beschäftigt dich, oder?«

Hauke nickte. »Du wirst es eh bald hören. Ein Pastor. Erhängt am Ast einer Eiche. Im Nachthemd.«

Sophie horchte auf.

»Ein Pastor?« Sie stellte die Kaffeekanne zur Seite, aus der sie sich gerade hatte einschenken wollen.

»Bevor du falsche Schlüsse ziehst: Er hat nicht selbst Hand an sich gelegt.«

Sophie dachte nach. »Warum sollte jemand einen Pastor töten? Hatte er denn Feinde?«

Haukes Brust hob und senkte sich zu einem Seufzer. »Die Frage stellt sich tatsächlich, denn bei dem Toten fand sich ein Zettel. Darauf stand nur ein Wort: ›Schuldig!‹«

»Mysteriös.« Sophie legte ihre Leinenserviette zusammen, in die das Monogramm »H & S« in der Ecke eingestickt war. »Wie gehst du vor?«

»Ich suche Zeugen und ein Motiv. Daher werde ich die Haushälterin, den Küster und einige andere Leute befragen müssen. Schröder ist bereits in Eppendorf, um bei der inneren Leichenschau zu assistieren.«

»Ist das nötig? Ich meine, wenn die Todesursache doch bekannt ist.«

»Vorschrift ist Vorschrift.«

»Armer Schröder.« Sie erinnerte sich an einen Tag, an dem die Nachbarin ein Huhn im Hof geschlachtet und Schröder mit Übelkeit gekämpft hatte.

Kriminalassistent Schröder war noch bis vor zwei Jahren Wachtmeister gewesen. Er hatte sich bei Haukes erstem Fall in der Speicherstadt als äußerst aufmerksam erwiesen. Seither gehörte der gutmütige Hüne zur Familie Sötje und kam am Wochenende zum Sonntagsbraten vorbei, wenn sein halbseidener Schwager und er sich mal wieder in die Haare gekriegt hatten.

Hauke lächelte. »Er hat darum gebeten, bei der Leichenschau dabei zu sein. Er möchte sich für die Stelle eines Kommissars qualifizieren. Dazu gehören auch derartige Unannehmlichkeiten. Mitleid ist also nicht nötig. Du hast ein zu gutes Herz, meine Liebe.«

Seine Laune schien sich zu bessern. Darum fasste Sophie Mut.

»Ein gutes Herz? Ja, du könntest recht haben. Ich habe nämlich jemandem einen Gefallen versprochen und bin mir nicht sicher, was du davon hältst.«

Seine Stirn legte sich wieder in Falten. »Dachte ich es mir. Also, was ist es?«

Sophie spürte, wie die Freude des gestrigen Abends, nein der vergangenen Nacht sie erneut überfiel. Als sie nach Hause gekommen war und sich leise neben ihren Mann ins Bett gelegt hatte, hatte sie vor lauter Aufregung nicht einschlafen können.

»Carlotta Francini ist in der Stadt«, platzte es aus ihr heraus.

»Wer?«

Sie stockte.

»Die berühmte Sopranistin.« Da fiel ihr wieder ein, dass auch sie erst im Laufe des Abends von der Italienerin erfahren hatte. Und so erzählte sie Hauke von Hermann von Siems und der jungen Frau, die auf Einladung des Werftbesitzers in Hamburg war, um einige Konzerte zu geben, während sie in der Villa ihres Gönners an der Elbchaussee residierte.

»Du scheinst ja ganz begeistert von ihr zu sein.«

Sie nickte.

»Und du wirst es mir kaum glauben! Ihre Mutter war Deutsche. Darum spricht Carlotta auch ganz ausgezeichnet unsere Sprache, obwohl sie in einem kleinen italienischen Dorf aufwuchs. Ist das nicht reizend?« Sophie hielt es nicht auf dem Stuhl. Sie ging zu ihrem Mann, der auf der anderen Seite des Tisches saß und sie amüsiert ansah. »Warum grinst du so?«

»Tue ich das?« Auch er erhob sich, denn die Uhr auf dem Flur mahnte zur Eile. Er nahm sie in die Arme. »Ja, ich tue es wahrscheinlich. Verzeih mir. Es ist lange her, dass ich dich so aufgekratzt erlebt habe. Was also willst du mir sagen? Denn dass eine Sängerin in der Stadt ist, wühlt dich normalerweise nicht so auf.«

Stolz, als hätte sie etwas Großes vollbracht, berichtete Sophie ihm von ihrem Besuch in der Garderobe der Künstlerin, zusammen mit der Gräfin. »Wir plauderten ein wenig, und dann bat sie mich, ich möge ihre Begleitung sein, solange sie in der Stadt sei.«

Hauke zögerte. »Was bedeutet das genau?«

»Ich soll ihr die Stadt zeigen, sie zu dieser oder jener Veranstaltung begleiten und, ja, so nannte sie es, ihre neue Freundin sein.« Sophie strahlte. »Wir waren uns vom ersten Moment an sympathisch.«

Haukes Gesicht verdüsterte sich. »Wie lange bleibt sie in der Stadt?«

»Bis die Saison zu Ende ist, nehme ich an. Also bis Mai.«

»Henriette und ich werden also in der Zwischenzeit ohne Mutter und Ehefrau auskommen müssen?«

»Unsinn! Ich bin doch hier«, versicherte sie ihm. »Nur werde ich öfter als sonst Verpflichtungen haben.« Sophie legte eine Hand auf seinen Arm. »Hauke, bitte verstehe mich. Ich liebe dich und Henriette mehr als mein Leben, aber dieses Abenteuer muss ich einfach leben.«

»Dir fehlt die Aufregung?«

Sie nickte. »Wir hatten das ein oder andere. Das Feuer in Glückstadt, dieser schreckliche Spion in Kiel, der Tote in der Schleuse …«

Hauke schüttelte den Kopf und lief in den Flur, um seine Jacke anzuziehen und die Mütze aufzusetzen. Sophie folgte ihm.

»Du bist jetzt Ehefrau und Mutter, Sophie. Die Zeit der Abenteuer sollte wirklich vorbei sein.« Er öffnete die Wohnungstür.

Wütend sah sie ihn an. »Bitte, Hauke, es ist nur, dass ich vielleicht eine Freundin in der Stadt gefunden habe.«

Er seufzte.

Sophie stellte sich auf die Zehenspitzen und gab ihm einen Kuss. Sie wusste, sie hatte gewonnen. »Danke, Liebster. Du wirst fast gar nicht merken, dass ich nicht da bin.«

»Quid est demonstrandum.«

Sie lächelte.

»So ist es, was zu beweisen wäre. Vertraue mir.« Sie schob ihn ins Treppenhaus hinaus. »Und nun fange deinen Mörder, und ich gehe einkaufen.«

Er drehte sich zu ihr um. »Einkaufen? Bei ›Tietz‹?«

»Natürlich. Ich brauche doch für die Ausfahrten mit Carlotta einen neuen Hut.«

KAPITEL 7

Vermischtes. Das Reichspostamt bereitet für die Pariser Weltausstellung eine Ausstellung elektrischer Apparate vor. Die zuerst in Aussicht genommene Idee, eine Ausstellung deutscher Briefmarken zu veranstalten, hat man fallen lassen.

Original: »Hamburgischer Correspondent«, November 1899

Die Aufnahmen waren größtenteils unbrauchbar. Dass das nicht am Fotografen lag, war Hauke klar. Dennoch hätte er den Mann gerne in Grund und Boden gestampft oder wenigstens Schröder wegen irgendeiner Kleinigkeit zurechtgerupft. Leider war das nicht möglich, denn er hatte den Kriminalassistenten und die anderen in die Nachbarschaft des Pastorats geschickt, um Zeugen zu finden.

Er schob den Stuhl nach hinten. Die Nägel an den Enden der Stuhlbeine schrammten über den Holzboden. Langsam, die Hände auf den Rücken gelegt, ging er um seinen Schreibtisch herum rüber zum Fenster. Er blickte hinaus, so wie er es häufig tat, denn noch immer fühlte er sich in geschlossenen Räumen höchst unwohl. Seit Sophie und Henriette in sein Leben getreten waren, stellte er fest, dass die Anfälle nachließen. Mittlerweile konnte er sich sogar schon einige Stunden im Stadthaus aufhalten, ohne dass ihn die Enge in der Brust in Panik hinaustrieb. Das erleichterte vieles, denn weder seine Vorgesetzten noch seine Untergebenen ahnten etwas von den Teufeln in seinem Leib, so hoffte Hauke zumindest.

Draußen vor dem Fenster lag das Bleichenfleet. Flache Schuten, beladen mit Fässern, dümpelten auf der anderen Seite und warteten darauf, dass man sie zu den Kontoren der Kaufleute oder den Kunden brachte. Zwei Männer staksten gerade eine leere Schute Richtung Ellerntorsbrücke. Wahrscheinlich hatten sie ihre Waren bereits ausgeliefert. Hamburg, so hatte Sophie ihm berichtet, solle mehr Brücken haben als Venedig.

Sein Blick ging an der roten Backsteinwand des gegenüberliegenden Gebäudes hinauf. Es war eines der neueren, die man nach dem Großen Brand von 1842 errichtet hatte. Backstein statt Fachwerk und Lehm. Damals lebten dort die einfachen Menschen in windschiefen Behausungen, die noch aus dem Mittelalter stammten. Nach dem Feuer musste sich Hamburg von Grund auf neu erfinden. Und wie die Hamburger nun so waren, verband man das Praktische mit dem Kostengünstigen. Vorne präsentierten sich dem geneigten Besucher der Stadt prächtige Fassaden, die Rückseiten der Gebäude waren dagegen nur blanke Backsteinwände. Sehen konnten das nur jene, die die Fleete der Stadt befuhren oder wie Hauke aus einem der hinteren Fenster blickten.

Er öffnete das Fenster. Sogleich schob sich der dichte Kohlegeruch herein, der mit dem Rauch aus den Schornsteinen der Kontor- und Kaufhäuser quoll. Hauke widerstand dem Wunsch, das Fenster schnell wieder zu schließen, denn in diesem Dunst glaubte er, einen Hauch salzigen Meerwassers wahrgenommen zu haben.

Kurz hob sich der immerwährende Schleier über seiner Vergangenheit. Für einen Moment hatte er die Wellen vor Augen, wie sie sanft auf ihn zurollten, spürte das Auf und Ab der Planken unter seinen Stiefeln, roch die klare Luft, hörte das Knarzen der Wanten, das Quietschen der Winden, vernahm das Säuseln des Windes in den Segeln. Sehnsucht überkam ihn. Er vermisste das Meer.

Schnell schob er den Gedanken beiseite, straffte den Rücken, versuchte sich zu konzentrieren. Was hatten sie? Einen Toten am Baum im Nachthemd und eine Hauswirtschafterin, die behauptete, nichts gehört zu haben, obwohl der Zustand der Kammer des Toten einen Kampf vermuten ließ. Allerdings sei der Herr Pastor betäubt gewesen, als man ihn erhängte. Das zumindest konnte Professor Temming bestätigen. Man habe dem Mann Chloroform mit einem Wolltuch verabreicht, von dem einige Fasern in der Nase des Toten gefunden worden seien.

Pastor Krause war stadtweit ein äußerst geachteter Mann mit Prinzipien. Man hatte ihn zum Bischof berufen wollen. Lag hier ein mögliches Motiv? Wollte jemand verhindern, dass er dieses ehrenvolle Amt übernahm?

Spekulation!, maßregelte sich Hauke. Vorerst lag das Motiv im Dunkeln. Zuerst galt es herauszufinden, wie der Mord begangen worden war, denn das ließ unerbittliche Rückschlüsse auf den oder die Täter zu. Zumal die Tat kein Zufall gewesen war, sondern geplant. Zumindest mussten die Täter wissen, wo sie den Mann wann finden konnten, um ihn zu überwältigen.

Hauke ging in seinem Büro auf und ab, als die Tür aufgestoßen wurde und Polizeirat Roscher hereinplatzte. Sein Vorgesetzter trug einen Zylinder auf dem Kopf, den Spazierstock mit der Hirschkrücke in der Hand und den Kneifer auf der Nase, ohne den er nie das Haus verließ. Er kam gleich zum Punkt.

»Die Sache wird unangenehm, Sötje.« Er stieß den Spazierstock auf die Dielen unter seinen Sohlen. »Was kann ich den Herren Senatoren sagen? Immerhin gehörte Pastor Krause zur Gemeinde von Senator Hachmann, und der will wissen, was da los war.« Der Erste Kriminalkommissar der Stadt begann, in Haukes Büro auf und ab zu gehen. »Was also haben wir?«

Hauke nahm hinter dem Schreibtisch Platz, um seinem Vorgesetzten nicht im Weg zu stehen. Er beobachtete Roscher, der von seiner Statur her mittelgroß geraten war, bereits in jungen Jahren einen hohen Haaransatz gehabt haben musste und einen prächtigen Bart sein Eigen nannte. Besonders fielen die flinken, klugen Augen auf, die in aller Kürze komplexe Dinge erfassen konnten, wenn andere noch versuchten zu begreifen, worum es in Gänze überhaupt ging. Roscher hatte in den letzten Jahren die Hamburger Kriminalpolizei zur modernsten und erfolgreichsten ihrer Art gebracht. Seine Neuerungen basierten auf seinen Erfahrungen als Staatsanwalt, wo er eng mit der Polizei zusammengearbeitet hatte, aber so manchen Verbrecher hatte ziehen lassen müssen, weil zuvor schlampig gearbeitet worden war. Stets war Roscher auf der Suche nach neuen wissenschaftlichen Erkenntnissen, die er für seine Kriminalpolizei nutzen konnte.

Er hielt inne. »Also?«

Hauke schob ihm eine dünne Mappe über den Tisch.

»Mehr nicht?«

»Wir fangen erst an. Schröder und die anderen befragen gerade die Nachbarn. Vielleicht hat jemand etwas von dem Tumult im Pastorat bemerkt.«

»Wo war die Haushälterin?«

»Es scheint so, als hätte man erst die Frau überfallen, gefesselt und geknebelt, um sich danach in die obere Etage zu begeben, wo das eigentliche Opfer schlief.«

»Überfall also. Konnte sie die Männer beschreiben?«

»Eine erste Aussage hat Schutzmann Mehlert protokolliert. Seither ist die gute Frau nicht ansprechbar.«

Sie schwiegen, denn nach einer Tat blieb nicht viel Zeit, um die Suche nach den Tätern aufzunehmen. Meistens bevorzugten Verbrecher es, schnellstmöglich den Ort ihres Handelns zu verlassen.

»Eine Idee, warum …?« Roscher sprach die Dinge ungern aus. Er erwartete, dass man wusste, was er meinte.

»Bisher gibt es keine Hinweise darauf, warum jemand die Tat begangen hat.«

»Die fotografischen Aufnahmen?«

Hauke zuckte bedauernd mit den Schultern.

»Auf denen ist nicht viel zu erkennen. Eines jedoch ist interessant.« Er holte den Zettel aus der Schreibtischschublade. »Das lag bei dem Toten.«

»Ach.« Roscher kam näher, schob seinen Kneifer zurecht

und betrachtete die verwischte Tinte. »›Schuldig‹. Soso. Hier spielt sich jemand als Richter und Henker in einer Person auf. Konnten wir einen Abgleich mit unserem Schriftenarchiv vornehmen?«

Neben der erkennungsdienstlichen Abteilung des Stadthauses gab es auch eine Sammlung von Schriftproben, die man bei Erpressungen, Betrügereien oder sonstigen verbrecherischen Tätigkeiten gefunden hatte, und Lebensläufe, die jeder Strafgefangene schreiben musste, damit seine Handschrift in besagtes Archiv überführt werden konnte.

»Noch sitzt Neubauer oben und prüft.«

Das Schriftenarchiv umfasste bereits Hunderte, wenn nicht Tausende von Proben. Kriminalassistent Franz Neubauer würde wahrscheinlich bis tief in die Nacht dort oben sitzen und S-Bogen vergleichen, Schwünge und Buchstabenneigungen. Da die Tinte auf dem kleinen Papier teils verlaufen war und es sich auch nur um ein einziges Wort als Referenz handelte, erwartete Hauke keine brauchbaren Hinweise auf den Täter. Trotzdem hatte sich Neubauer für diese undankbare Tätigkeit freiwillig gemeldet. Er und Theodor von Kelling waren die Neuzugänge im Kommissariat 5. Hauke hatte ganz bewusst zwei junge Männer ausgesucht, die mit Eifer bei der Sache waren. Von Kelling war ein Spross aus gutem Hause, der unbedingt hatte Polizist werden wollen statt Arzt wie sein Vater. Weil von Kelling eine gewisse vornehme Aura umgab, setzte Hauke ihn nur selten im Hafen ein. Der junge Mann fiel dort auf wie ein Pfau im Mauseloch. Im Umgang mit der besseren Gesellschaft allerdings war er unschlagbar.

»Wir können zumindest sagen, dass die Schrift mit blauer Tinte und in geübten Zügen ausgeführt wurde«, fuhr er fort.

»Mehr nicht?« Roscher kräuselte die Stirn.

Hauke schüttelte bedauernd den Kopf.

»Wohlan.« Roscher streckte den Rücken und hob das Kinn. »Ich werde mich derweil in die hohe Politik begeben und hoffen, dass ich die Herren Senatoren beruhigen kann. Es ist eines, wenn sich das Verbrechervolk gegenseitig umbringt. Bei Pastoren, die die feinen Häuser unserer Kaufleute besuchen, hört der Spaß auf.« Bevor er hinausging, sagte er noch, dass er täglich einen ausführlichen Bericht auf seinem Schreibtisch erwarte.

KAPITEL 8

Vom Motorwagen überfahren. Ein schrecklicher Unglücksfall ereignete sich heute Morgen gegen 9 ½ Uhr in der Kaiser-Wilhelm-Straße. Dort gerieht ein Hausknecht, als er den Fahrdamm überschreiten wollte, unter einen Motorwagen der Straßeneisenbahn. Der Bedauernswerte wurde noch lebend ins Neue Allgemeine Krankenhaus gebracht.

Original: »Hamburgischer Correspondent«, September 1899

Die Kutsche rollte die Glacischaussee Richtung Norden entlang. In der Nähe lag das Heiligengeistfeld, wo öfter der Jahrmarkt mit seinen Karussells und Buden stattfand. Zu ihrer Linken befand sich der alte Stadtwall, der vor einigen Jahren zu einem hübschen Park mitsamt Teepavillon und schattigen Plätzen unter exotischen Bäumen angelegt worden war.

»Der Hut steht Ihnen ganz ausgezeichnet, liebe Sophie.«

»Ich danke Ihnen, Fräulein Francini. Mein Mann wird das, so fürchte ich, anders sehen.« Sophie dachte an die Rechnung, die in den nächsten Tagen bei ihnen in der Admiralitätstraße eingehen würde. Fast zwanzig Mark für einen Hut. Wie hatte sie nur so leichtsinnig sein können!

Vorsichtig tastete Sophie über die samtweiche Krempe des guten Stücks und zupfte den hauchzarten Tüllschleier zurecht. Sie hatte auf eine Feder verzichtet, die ihr im strengen Hamburg allzu extravagant vorgekommen und außerdem im unablässig pustenden Wind wohl schon bald abgeknickt wäre. Es war ihr unmöglich gewesen, den mehrfach gefältelten und hintereinander drapierten Filzschleifen im Ton ihres Kostüms und dem dazu passenden Schalkragen zu widerstehen.

Sophie warf Carlotta Francini einen Blick zu, die in jedem Teil ihrer geschmackvollen Garderobe Vornehmheit und kosmopolitische Lebensart zeigte. Vielleicht wirkte sie selbst nicht so elegant wie die junge Frau neben ihr in der Kutsche, aber der Hut machte einiges an Einfachheit wett, versuchte Sophie sich zu trösten.

Ihnen gegenüber saß Maximilian von Siems, denn eine Ausfahrt ohne Herrenbegleitung stand natürlich außer Frage. Dabei hätte Sophie der schönen Italienerin die Stadt viel lieber ohne ihn gezeigt, wobei sie sich auch nicht gescheut hätte, die Tratschgeschichten aus dem Salon der Gräfin zum Besten zu geben. Leider hatte sich Maximilian von Siems zu ihrem Stadtführer aufgeschwungen und erzählte unablässig der stets interessiert dreinschauenden Carlotta Erbauliches zu seiner Heimatstadt, wobei er auf wundersame Weise immer wieder auf das Theater und die Musik zu sprechen kam.

»Das Kunstwerk, welches in allen Zeiten als das vollendetste gelten muss, ist das Drama, weil hierin die höchste und tiefste künstlerische Absicht am deutlichsten und allgemeinverständlichsten zutage tritt.« Er lächelte Carlotta an. »Sehen Sie das auch so, liebe Freundin?«

Huldvoll neigte Carlotta den Kopf, was er als Zustimmung verstand, und er fuhr fort. Ab und zu besann er sich auf seine Rolle als Stadtführer, wobei er in einen monotonen Singsang verfiel, als rezitierte er aus einem entsetzlich langweiligen Buch.

Sobald sich der junge Mann hinausbeugte, um dem Kutscher Anweisungen für den weiteren Verlauf der Route zu geben, lächelten sich Sophie und Carlotta klandestin zu.

Und als es mal wieder so weit war – gerade befahl er dem Kutscher, dieser solle nahe dem Justizgebäude haltmachen, damit sich das Fräulein Carlotta in den Wallanlagen ein wenig die Füße vertreten könne –, beugte sich die Sängerin zu Sophie herüber. »Haben Sie eine Idee, wie wir flüchten könnten?«

Ohne eine Antwort abzuwarten, legte sie wieder ein interessiertes Lächeln auf, als der Sprössling ihres Gönners auch schon seinen Vortrag wiederaufnahm.

»Bei uns ist die echte Kunst revolutionär, weil sie nur im Gegensatz zur gültigen Allgemeinheit existiert«, dozierte er.

Unterdessen sah Sophie erschrocken aus dem Fenster. Hatte sie recht gehört? Carlotta wollte flüchten? Sie musste zugeben, dass Maximilian von Siems' Gerede auch ihr den letzten Rest guter Erziehung abverlangte. Umso lieber wollte Sophie dem Wunsch ihrer neuen Freundin entsprechen. Die nächsten Minuten zermarterte sie sich das Hirn, wie es wohl anzustellen wäre, den Nachmittag ohne Maximilian von Siems zu verbringen, dessen Bericht von Minute zu Minute eifriger und somit anstrengender wurde.

Da kam ihr eine recht verwegene Idee, die, sollten sie ertappt werden, sicherlich für eine gewisse Kompromittierung sorgen würde. Dennoch gefiel Sophie der Gedanke, denn sie konnte sich gut vorstellen, dass ihre neue Freundin ab und an ein Schwätzchen mit ihresgleichen führen und, ja, sogar auch etwas Verwegenes tun wollte. Ganz ohne begeisterte Herren, die ihr auf Schritt und Tritt folgten.

Und so plante Sophie, sie und Carlotta würden sich wie unartige Backfische fortstehlen, um den armen Maximilian von Siems dem Ärger seines Vaters zu überlassen, der sich sicherlich nicht erbaut darüber zeigen würde, dass die beiden jungen Frauen allein durch die Stadt gondelten.

Sophie wandte sich Carlotta zu, als wäre ihr gerade etwas eingefallen. »Haben Sie eigentlich den Rat der Gräfin befolgt, Fräulein Francini, und ›Ladage & Oelke‹ wegen des Tweeds aufgesucht?«

Maximilian von Siems blickte Sophie überrascht an, als sähe er sie zum ersten Mal in der Kutsche. »Was sollte Fräulein Carlotta denn bei einem Herrenausstatter, Frau Sötje?«

»Oh, es ist in den Hamburger Salons ein offenes Geheimnis, dass seit Kurzem bester Tweed mit dem Prince-of-Wales-Muster zu haben ist. Ausschließlich bei ›Ladage & Oelke‹ in den Alsterarkaden.« Aufmunternd lächelte sie ihn an, tat, als wäre ihm diese Information sicherlich bekannt. Amüsiert bemerkte sie, wie sein Mund aufging, jedoch kein Wort herauspurzelte. Irritiert schloss er ihn wieder.

In verschwörerischem Ton fuhr Sophie fort, dass Fräulein Carlotta ein besonderes Geschenk für Herrn von Siems senior plane. »Als Dank für die Gastfreundschaft in Ihrem Haus soll Ihrem Herrn Vater ein Mantel genäht werden, dessen Schnitt exakt jenem des englischen Kronprinzen entspricht, welchen seine Mutter Königin Victoria für ihn hat anfertigen lassen.«

Als Sophie das blanke Gesicht ihres Gegenübers sah, hätte sie auflachen mögen.

»Ein Mantel für meinen Vater?«, fragte er ungläubig.

»Ein *englischer* Mantel für Ihren Vater, mein lieber Max«, fiel Carlotta ein. »Wie jeder weiß, verehren die Deutschen ihre Verwandten in England sehr. Immerhin ist der deutsche Kaiser ein Neffe Königin Victorias, wie ich hörte.«

Sophie wandte sich an Carlotta. »Wem sagen Sie das! Man nennt die ersten Diener in den besseren Häusern unserer Stadt auch Butler. Und das Kindermädchen meiner Tochter wird als Nanny bezeichnet. Dabei spricht sie gar kein Englisch. Ist das nicht amüsant?«

Sie lachten herzlich. Das hatte allerdings nichts mit Henriettes Kindermädchen zu tun, sondern eher mit dem Gesichtsausdruck des jungen Mannes in der Kutsche, der offenbar nicht recht wusste, was er sagen sollte.

Carlotta beugte sich vor und legte eine Hand auf sein Knie.

Verwegen!, dachte Sophie. Da erinnerte sie sich, welch schreckliches Wort der ungehobelte Kerl in der Garderobe der Sängerin ausgesprochen hatte. Ein Wort, mit dem man nur die tief gefallenen Frauen der Reeperbahn bezeichnete. Sophie erschrak über ihre eigenen Gedanken.

Carlotta lächelte milde. »Lieber Max, darf ich an Ihre Verschwiegenheit appellieren, dass das kleine Geheimnis um den Mantel unter uns bleibt? Ich wäre Ihnen auf ewig dankbar.«

Zaghaft nickte er.

»Und«, fiel Sophie ein, »würden Sie unserer gemeinsamen

Freundin den Dienst erweisen, das Stoffpaket höchstselbst bei ›Ladage & Oelke‹ abzuholen? Es ist bereits bezahlt.«

»Wird nicht der Schneider den Stoff ...?«

Sie schauten sich überrascht an.

»Nein, nein«, erwiderte Carlotta schnell. »Mir wurde ein ganz herausragender Schneider in Altona empfohlen, der bereits einige dieser Mäntel genäht hat, nicht wahr, Sophie?«

»Genau!« Sophie legte die Stirn in Falten. »Mir will nur gerade nicht sein Name einfallen. Auf alle Fälle exquisit. Auf dem Weg nach Blankenese könnte man den Stoff bei ihm abgeben. Das spart erheblich Zeit.«

Maximilian von Siems seufzte schwer. »Wenn die Damen es wünschen. Dabei hatte ich noch einige äußerst interessante Stationen für unsere Ausfahrt geplant.«

Sophie hatte sogleich ein schlechtes Gewissen. Aber die Scharade war ja längst nicht vorbei.

Nachdem Maximilian den Kutscher angewiesen hatte, zum Rathausmarkt zu fahren, weil er noch eine Besorgung für die Damen zu machen habe, schlug Sophie vor, sie und Carlotta könnten währenddessen im »Alsterpavillon« auf ihn warten.

»Der ›Alsterpavillon‹? Was ist das?«, wollte Carlotta wissen.

»Ein sehr mondänes Café mit besten Torten und sogar einem Orchester«, erklärte Sophie.

Dass Maximilian von Siems dieses Etablissement für ungeeignet hielt, um einen guten Eindruck bei der Diva zu hinterlassen, zeigte sich, als er vorschlug, man solle lieber das neue Hotel »Vier Jahreszeiten« aufsuchen.

»Es liegt nur wenige Schritte vom ›Alsterpavillon‹ entfernt und hat einen ebenso wunderbaren Ausblick auf die Alster.« Er bestand darauf, die Damen in das Hotel zu führen, das erst vor zwei Jahren eröffnet worden sei und bereits zu den besten Adressen des gesamten Reiches zähle. »Sogar der jüngere Bruder unseres Kaisers, Prinz Heinrich, geht dort ein und aus. Vielleicht sehen wir ihn ja.«

»Gut, es ist also abgemacht«, erklärte Carlotta. »Wir treffen uns im Restaurant des Hotels.«

***

»Ich fühle mich schrecklich«, sagte Carlotta, als sie sich aus dem Hotel schlichen, nachdem Maximilian hinüber zu den Alsterarkaden gelaufen war, um besagten Stoff abzuholen.

Sophie hatte an der Rezeption eine Nachricht für den jungen von Siems hinterlassen, wonach der Sängerin schwummrig geworden sei und man ein paar Schritte zu Fuß um die Alster zurücklegen wolle. Die Damen würden eine Mietkutsche zurück zur Villa nehmen und ihn dort treffen.

Auch Sophie fühlte sich elend. Vor ihren Augen sah sie Max, wie er mit leeren Händen in die Hotellobby kam. Verzagt bis wütend würde er dort stehen, weil niemand bei »Ladage & Oelke« je etwas von Tweed im Prince-of-Wales-Muster gehört hatte und ein Fräulein Francini ebenfalls unbekannt war.

Der Kummer und das schlechte Gewissen über den Streich waren schon bald vergessen, als Carlotta vorschlug, man könne einen der Alsterdampfer besteigen und sich Hamburg vom Wasser aus anschauen.

»Eine wunderbare Idee«, stimmte Sophie ihr zu.

Sie überquerten die Straße, passierten den Alsterpavillon, aus dessen offenen Fenstern ein Walzer erklang. Dann gingen sie hinüber zum Anleger, wo gerade einer der kleinen weißen Dampfer einen langen Pfeifton ausstieß, der Carlotta zusammenzucken ließ.

Ein Mann in blauer Matrosenuniform half ihnen an Bord, während über ihren Köpfen eine dichte Rauchfahne gen Himmel stieg. Sie setzten sich hinten auf die Außenplattform, wo ein kühler Wind pfiff. Sophie lobte sich im Stillen, dass sie auf die Feder an ihrem Hut verzichtet hatte.

Kurz darauf legte der Alsterdampfer mit nur wenigen Gästen ab.

Der Matrose trat, nun mit einem Geldwechslergurt um den Bauch geschnürt, zu ihnen auf die Plattform hinaus. »Moin, wo soll's hingehen, die gnäd'gen Damen?«

»Zweimal Walhalla bitte«, sagte Carlotta und hielt dem Mann ein Markstück hin.

Fragend sah Sophie sie an. Woher kannte Carlotta die Stationen der Route?

Als könnte Carlotta Sophies Gedanken lesen, erklärte sie: »Ich sah auf einem Schild den Namen und fand ihn außerordentlich passend für uns beide. Schließlich haben wir uns nach einer Wagneroper kennengelernt.«

»Ja richtig.« Sophie beschlich das eigentümliche Gefühl, Carlotta könnte sehr genau wissen, wo sie hinwollte. Und schlimmer noch, die Sängerin könnte sie benutzt haben, um vor Max zu fliehen. Hatte ihre neue Freundin etwa einen ganz eigenen Plan?

Während der Dampfer an den stolzen Kontorhäusern der Binnenalster entlangfuhr, die Zentrale der Hamburg-Amerika-Linie am Alsterdamm passierte und die Fahrgäste einen Blick auf die neue Kunsthalle erhaschen konnten, bevor er unter der Lombardsbrücke in die Außenalster schnaufte, rang Sophie mit sich, ob sie Carlotta darauf ansprechen sollte.

Schließlich hielt sie es nicht mehr aus. »Darf ich fragen, ob unsere Fahrt ein bestimmtes Ziel hat?«

Carlotta schaute sie ernst an. »Ja. In der Tat. Bitte verzeihen Sie mir.«

Zögerlich nickte Sophie.

»Ich erfuhr kürzlich«, beichtete Carlotta, »von einer großartigen Sängerin in dieser Stadt, die bedauerlicherweise vor einigen Jahren sehr verarmt starb. Ich möchte ihr Grab aufsuchen. Aber natürlich nur, wenn es Ihnen nichts ausmacht, meine liebe Sophie.«

Nein, es machte Sophie nichts aus, sie hätte es nur gerne erfahren, bevor sie sich Lügen aus den Fingern sog. Gerne hätte Sophie Carlotta gefragt, warum diese Farce notwendig gewesen sei, doch sie schwieg. Carlotta würde ihre Gründe haben.

Die steinerne Brücke über ihnen ließ jedes Wort an Bord als Echo verhallen, das verschwand, als der Himmel wieder erschien und sie in die Außenalster fuhren, vorbei an der »Alsterlust«, einem großen Pavillon, der auf Pfählen im Wasser stand und im Sommer das liebste Ausflugsziel der Hamburger war. Weiter ging es zum Anleger Gurlittstraße, wo die Ufer grün und von mächtigen Weiden gesäumt waren. Dort stieg eine Gruppe junger Männer ein, von denen einer laut wissen wollte, ob nun auch Frauen auf dem elektrischen Stuhl hingerichtet werden sollten wie Männer. Immerhin sei kürzlich eine gewisse Martha Place in Amerika so zu Tode gekommen. Seine Freunde interessierte eher die Frage, ob das elektrisch betriebene Fahrzeug von diesem Belgier Jenatzy tatsächlich eine Geschwindigkeit von über hundert Stundenkilometer erreicht haben könnte oder ob das eine infame Angeberei sei.

Ein anderer schnaufte verächtlich. »Automobile! Pah, mein Vater sagt, die werden sich niemals durchsetzen. Wichtiger ist, dass dieser Italiener eine drahtlose telegrafische Verbindung über den Ärmelkanal geschaffen hat. Wenn wir das übernehmen könnten für den Atlantik!« Er schien von seiner Idee begeistert. »Mein Vater würde jubeln.«

»Pfeffersäcke jubeln nicht«, erwiderte ein anderer und kassierte einen heftigen Knuff, der ihn von der Bank auf den Boden schickte.

Die anderen lachten.

Die kleine Seefahrt ging an der Badeanstalt vorbei, wo sich um diese Jahreszeit nur noch die ganz Mutigen ins Wasser trauten, hinüber zum Schwanenwik. Dort verließen die jungen Männer den Dampfer, während sie sich angeregt über eine neue Oper in Berlin namens »Frau Luna« unterhielten. Als das Schiff ablegte, hörte man die Herren daraus recht hübsch singen. »›Das macht die Berliner Luft, Luft, Luft‹.«

»Warum gerade dieses Grab?«, erkundigte sich Sophie, als Ruhe an Bord eingekehrt war.

»Ihr Schicksal rührt mich an, denn sie starb nicht nur verarmt, sondern war auch ihrer wunderschönen Stimme beraubt und krank an Herz und Körper. Sie und ich haben viele Gemeinsamkeiten.« Carlottas Blick glitt über das silbrig graue Wasser. »Wir sind einsam und ohne Männer.« Es klang zutiefst traurig.

Diese Worte überraschten Sophie. Eine Frau wie die Francini konnte unmöglich einsam sein. Und ohne Verehrer war sie schon gar nicht.

»Das dürfen Sie nicht sagen! Sie sind jung und bildschön«, widersprach sie. »Die Männer stehen Schlange, um von Ihnen ein Lächeln zu erhaschen. Sie können unter allen den wunderbarsten und besten für sich auswählen!«

Carlotta lächelte. »Ich bin siebenundzwanzig Jahre alt. In jeder Stadt, die ich bereise, erhalte ich mindestens einen Antrag. Auch Max hat sein Glück versucht.«

»Maximilian von Siems?«, fragte Sophie.

Sie nickte. Auf Sophies fragenden Blick hin, ob sie den Heiratsantrag des jungen Mannes annehme, schüttelte sie den Kopf und lächelte. »Auch seinen nicht. Welchen aber soll ich annehmen? Gehe ich nach Geld, wäre es einfach. Gehe ich nach dem Äußeren, wäre es ebenfalls einfach. Gehe ich nach Charakter, wird es schon schwerer, denn die Herren zeigen sich stets von ihrer besten Seite, sobald ich den Raum betrete. Doch, so frage ich Sie, wie lange hält ihr gutes Benehmen an? Sie haben einen jener Verehrer kennengelernt, die mit einer Zurückweisung nicht gebührend umgehen können.«

»Der ungehobelte Kerl im Theater?« Sophie dachte voll Unbehagen an die Szene.

Carlotta nickte. »Lassen Sie uns diese unangenehme Episode vergessen.«

Erleichtert nickte Sophie, denn offenbar schien der Vorfall Carlotta nicht sonderlich aus der Fassung gebracht zu haben.

Wer also war sie, sich darüber aufzuregen? Die ungebührlichen Worte hatten ja nicht ihr gegolten.

»Zurück zu einem möglichen Gatten für mich. Denken Sie nicht auch, liebe Sophie, dass sich erst in der Bedrängnis zeigt, aus welchem Holz ein Mann geschnitzt ist? Ob seine Liebe auch nur den ersten Sturm übersteht?«

Unwillkürlich musste Sophie an Hauke denken. Sie hatten schon so manche schreckliche Situation gemeinsam ertragen. Vor ihrer Ehe. Manchmal war es sogar um ihr Leben gegangen. Stets konnte sie sich auf Hauke verlassen. Seit sie allerdings verheiratet waren, die Dinge in ruhigen Bahnen liefen, fühlte sie sich überflüssig, gereizt, wollte fliehen. Es war die Ruhe, die ihr die Ehe so schwierig machte. Aus welchem Holz also war sie selbst? Vielleicht musste sie sich erst an das neue Leben als Ehefrau und Mutter gewöhnen. Nur, wie lange würde sie dafür benötigen? Und warum schien es anderen Frauen nicht so zu gehen?

Sophie seufzte. »Ich beneide Sie, Carlotta. Sie haben vom lieben Gott mehr als ein unglaubliches Talent geschenkt bekommen, das Ihnen die Türen in die allerhöchsten Kreise öffnet. Und vor allem leben Sie in der Musik.«

Carlotta lachte auf. »Liebe Freundin! Das ist die eine Seite der Medaille. Die andere Seite besteht aus stundenlangen Gesangsübungen, Proben und der Angst, eben diese Gabe eines Tages zu verlieren. Was bin ich, wenn ich nicht mehr singen kann?«

Sophie erschrak. »Sie befürchten, Ihnen könnte das Schicksal ebenjener Dame drohen?«

»Die wir gleich besuchen werden. Ja.«

Schweigend blickten sie aus dem Fenster.

»Manchmal frage ich mich, ob das Leben eine tragische Oper ist oder umgekehrt.«

»So?«

»Ich sinnierte gerade über die Rollen der Frauen in Opern. Ganz wie im echten Leben haben sie nur drei Möglichkeiten:

Heirat, Wahnsinn, Tod. Hochzeiten finden Sie in Opern recht selten, denn dann sind alle glücklich. Das scheint für das Publikum wenig interessant. Wahnsinn und Tod hingegen sind für so manchen Komponisten verheißungsvolle Alternativen, wenn es um die Gunst der Leute geht. Die Figur darf weiterleben, auch über das Ende der Oper hinaus. Schicksale, die die Menschen aufwühlen und nach dem Operndinner noch im Herzen bewegen.«

Etwas sagte Sophie, dass Carlotta dieses Thema nicht ohne Grund anschnitt.

»Wussten Sie, dass aufgeregt trillernde Flöten stets den Wahnsinn ankündigen? Harfen und Streicher das nahe Paradies, sobald der Tod die Bühne betritt. Ist Ihnen schon einmal aufgefallen, dass es immer die Frauen sind, die für eine gute Sache ihr Leben lassen müssen? Wenn eine Frau mit ihrem letzten Atemzug auch noch die Männer von der Schuld erlöst, befindet sich das Publikum mit Sicherheit in einer Oper unseres geschätzten Freundes Wagner. Denken wir an Rigolettos Tochter Gilda, die stellvertretend für den schrecklichen Herzog stirbt. Als sie ihren Mördern vergibt, hört man wieder einmal Flöten.«

Sophie spürte eine gewisse Beklemmung in der Brust. Carlottas Plauderton und das Thema Tod wollten ihr nicht gefallen.

»Aber«, warf sie darum ein, »Gilda stirbt ja nicht einfach. Sie singt noch eine ganze Weile, bevor es mit ihr zu Ende geht. Ein Mensch, der durch ein Messer schwer verletzt wurde, wird nicht …« Sie hielt inne, wollte nicht darüber sprechen, was sie von diesen Dingen durchaus wusste. »Jedenfalls denke ich, dass Oper und Leben nur schwerlich vergleichbar sind.«

Carlotta kräuselte die Stirn.

»Denken Sie das wirklich? Ist es nicht so, dass im wahren Leben immer die Frauen verlieren, sei es ihre Ehre oder ihr Leben, ihren Glauben oder ihre Träume? Was bleibt, ist der Mann, der ihr Leid verursacht hat. Doch nicht nur das«, ihre

Stimme senkte sich zu einem Flüstern, »die Frau vergibt auch noch.« Sie lächelte, als müsste sie sich für ihre trüben Gedanken entschuldigen. »Die menschliche Größe findet sich übrigens in Wagners Opern weitaus häufiger als im echten Leben. Dabei sind es die Frauen, die am meisten zu verlieren haben und darum auch als Engel in den Herzen des Publikums weiterleben. Ich liebe diese Rollen.«

Sophie dachte an Carlottas spontane Vorstellung im Stadttheater, als stürbe sie selbst.

»Und die Männer? Jene, die Schuld haben, was wird aus ihnen?« Ihr Hals war plötzlich trocken wir Schmirgelpapier.

Carlotta seufzte. »Wagner liefert dazu keine Antwort. Er sagt nicht, ob die Vergebung durch die sterbende Frau die Männer zu besseren Menschen macht. Wahrscheinlich nicht.«

In diesem Moment ging ein Ruck durch das Schiff.

»Walhalla!«, rief der Matrose ihnen zu.

Rasch stiegen Carlotta und Sophie aus. Es hatte ein wenig zu nieseln begonnen, und keine hatte an einen Schirm gedacht.

Carlotta erhob sich. »Wir sollten uns beeilen.«

Eilig passierten sie hübsche vierstöckige Häuser, die noch nicht besonders lange das Stadtbild prägten. Wer konnte, hatte sich hier draußen eine Wohnung genommen, um Lärm und Enge zu entfliehen. Tatsächlich waren die Straßen breiter als in der Neustadt, wo Sophie und Hauke lebten. In der Admiralitätstraße gab es nicht einmal Vorgärten. Hier aber schon.

Sie überquerten eine belebte Straße, die Hofweg hieß, wie ein verschnörkelt geschmiedetes Schild verriet. Zielstrebig eilte Carlotta weiter, als ihnen eine Gruppe Mädchen entgegenkam, die in mausgrauen Schuluniformen ihrer Lehrerin in Zweierreihen folgten. Die Kinder gingen zur Seite, um die Damen vorbeizulassen. Carlotta lächelte ihnen dankbar zu.

Bald darauf kam eine ältere Backsteinkirche in Sicht, auf die Carlotta zuhielt. Zielsicher ließ sie eine große Eiche hinter sich, die zwischen Kirchenschiff und Pastorat stand, als hätte sie diesen Weg schon öfter genommen. Es schien Sophie, als zöge eine Macht an Carlotta, denn die Schritte der jungen Frau wurden immer schneller.

»Es ist die St.-Magdalenen-Kirche. Hier auf dem Friedhof soll sie begraben sein.«

Sie umrundeten die Kirche, bis sie den Totenacker erreichten, unter dessen Bäumen sich verwitterte Grabsteine aneinanderreihten.

Sophie musste sich beeilen, um ihrer Freundin zu folgen, die geradewegs auf ein hölzernes Kreuz am äußersten Rand zuhielt.

»Da ist es!«, rief Carlotta und senkte den Kopf zum Gebet.

Als Sophie zu ihr aufschloss, sah sie, wie sich die Lippen ihrer Freundin bewegten, als spräche sie mit der Toten. Plötzlich sackte Carlotta auf die Knie. Schon dachte Sophie, ihr könnte übel geworden sein. Sie sprang ihr bei, um zu helfen. Carlotta Francini wehrte ab. Mit geschlossenen Augen und gefalteten Händen kniete sie vor dem Grab einer Frau, deren Name auf dem verwitterten Holzkreuz kaum zu erkennen war. Einzig das Todesjahr war zu entziffern: »1886«.

Niemand schien sich um das Grab zu kümmern. Abgesehen von einem Strauß Lilien, den wohl eine mildtätige Seele erst kürzlich hierhergelegt haben mochte, wirkte das Grab recht ungepflegt. Wer immer hier lag, die Menschen hatten sie vergessen.

Es rührte Sophie, wie sehr Carlotta für die Sängerin betete. Gleichzeitig mutete es ein wenig pathetisch an, denn ihre Freundin konnte die Frau nicht kennen, die vor achtzehn Jahren gestorben war. Nun waren Italiener und allen voran wohl die Künstler unter ihnen bekannt für ihre Leidenschaft und ihr Pathos. Dennoch hatte die Szene etwas zutiefst Trauriges an sich. Sophie trat näher.

»Liebe Freundin«, sagte sie leise. »Sie ruinieren Ihren schönen Rock. Kommen Sie, wir können in der Kirche gemeinsam für die Verstorbene beten.«

Carlotta schüttelte den Kopf. Sie sei katholisch, entschuldigte sie sich mit einem müden Lächeln, da müsse man leider auf den Knien beten. Tränen schimmerten in ihren Augen.

Die Fahrt zurück verlief in Schweigen.

KAPITEL 9

Dr. A. Müller. Künstlicher Zahnersatz in Gold und Kautschuk mit und ohne Gaumenplatten. Füllen der Zähne in Gold und Emaille. Gr. Allee No 7, St. Georg.

Original: »Hamburger Nachrichten«, Oktober 1899

Roscher bestand darauf, die Befragung der Haushälterin selbst zu führen. Hauke fragte sich, warum, denn normalerweise mischte sich der Polizeirat nicht in die laufenden Fälle ein. Und schon gar nicht überging er deren Leiter. Er legte stets äußersten Wert auf die Einhaltung von Zuständigkeiten. Und nun das?

»Warum will der Herr Polizeirat die Frau sprechen?«, fragte Schröder, als sie sich auf den Weg zu Roschers Amtszimmer begaben.

Hauke zuckte mit den Schultern. Er wusste nur, dass Gustav Roscher nichts ohne Grund tat. Seit der Polizeirat vor sechs Jahren sein Amt angetreten hatte, baute er unablässig die Kriminalpolizei der Stadt auf. Nur von dieser neuen Fingerabdrucktechnik, der Daktyloskopie, hatte Hauke ihn noch nicht überzeugen können.

Seit Roscher das Zepter im Stadthaus übernommen hatte, gab es spezialisierte Kommissariate für Raub, Betrug, Prostitution und nicht natürliche Todesfälle. Jedes Kommissariat hatte einen Leiter und mindestens zwei versierte Kommissare sowie einige Kommissaranwärter und Offizianten. Jeder Kommissaranwärter musste eine vierjährige Probezeit und eine umfangreiche Ausbildung absolvieren, bevor er sich um eine Stelle als Kommissar in Staatsdiensten bewerben konnte. Diese Ausbildung umfasste seit Roschers Antritt Kriminalistik, Anatomie und Rechtsmedizin, Waffenkunde, Stenografie, Zeichnen, Jiu-Jitsu und vieles andere mehr.

In Haukes Fall hatte man auf die vierjährige Probezeit verzichtet, da er bereits in Kiel seine Meriten verdient habe und auf dem Stand der Zeit sei, wie Roscher an Haukes erstem Tag vor aller Ohren kundgetan hatte, als er ihm das neue Kommissariat 5 übertrug. Dessen Aufgabe bestand offiziell darin, die anderen vier Kommissariate zu entlasten. Tatsächlich aber unterstand Haukes Kommissariat Roscher direkt.

Die anderen Leiter der Kommissariate waren nicht sonderlich gut auf das Kommissariat 5 zu sprechen. Schon nannte man Hauke hinter vorgehaltener Hand einen politischen Protegé vom Chef und fragte sich, was der Polizeirat mit dem Dickschädel aus Schleswig-Holstein vorhatte. Man hätte ja auch aus den eigenen Reihen einen Leiter für das ominöse Kommissariat finden können.

Dennoch wagte niemand, Polizeirat Roscher zu widersprechen.

Roscher hatte angewiesen, man möge die Frauensperson zur Befragung in sein Büro bringen.

Pünktlich um sieben Uhr stiegen Polizeirat Gustav Roscher und Hauke die Stufen in den ersten Stock hinauf. Die stämmige Frau mit den verweinten Augen sprang von der Bank vor Raum 12 auf, wo sie gewartet hatte. Küster Wiegand begleitete das Fräulein Klattmeyer.

Roscher klemmte den nassen Schirm unter seinen Arm mit der Aktentasche und reichte der Haushälterin die Hand. »Liebes Fräulein Klattmeyer, danke, dass Sie der Polizei für einige Fragen zur Verfügung stehen.«

Sie nickte nur, brachte keinen Ton heraus. Dennoch schien sie Hauke gefasster als noch bei ihrer ersten Begegnung. Die Frau war trotzdem sehr nervös. Es war stets ein schlechtes Zeichen, wenn jemand ins Stadthaus beordert wurde. Der Ruf, vor allem jener einer anständigen Frau wie Fräulein Klattmeyer, litt darunter erheblich. Sie fürchtete sicher, man hielte sie für liederlich.

Hauke hätte die Hausdame des Pastors daher lieber in ihren

eigenen Räumen befragt. Die Leute neigten dazu, in ihren Stuben ungezwungener zu reden. Damit waren sie manchmal auch einfacher zu überführen, weil sie sich in trügerischer Sicherheit wähnten. Aber wenn Roscher es so wünschte …

Gustav Roscher schob die Frau in sein Büro.

Gemeindevorsteher Wiegand schickte sich an, ihnen zu folgen, doch der Polizeirat hielt ihn auf. »Sie warten draußen.«

Der Mann wollte widersprechen, klappte dann aber den Mund zu und setzte sich zurück auf die Bank.

Hauke fragte sich, warum Roscher diese Befragung durchführte. Verdächtigte er die Haushälterin etwa? Absurd. Die Person hätte weder ihren Arbeitgeber überwältigen noch sich selbst fesseln können. Sie war weder in der Lage noch willens, den Mann an einem Baum aufzuknüpfen.

Der Polizeirat legte Hut und Mantel nebst Schirm ab. Er blickte zu der kleinen fülligen Frau mit den zu einem strengen Dutt gesteckten grauen Haaren.

»Ich habe schon alles dem Schutzmann Mehlert erzählt. Er fand mich, als ich …« Sie drückte das Taschentuch in ihrer Hand vor den Mund, um nicht laut aufschluchzen zu müssen.

Roscher wies wortlos zu einem Stuhl, auf dem die Frau Platz nehmen solle. Sie gehorchte.

Er selbst setzte sich hinter seinen Schreibtisch, der zwischen den beiden Eckfenstern stand. Seine gepflegten Hände lagen gefaltet auf dem hochglanzpolierten Möbelstück, das so groß war, dass sich Hauke fragte, wie man es damals, vor sechs Jahren, in diesen Raum geschafft haben mochte.

»Fräulein Klattmeyer …«, begann Roscher in halb versöhnlichem, halb lehrerhaftem Ton.

Hauke saß hinter ihr und bemerkte, dass die Frau zusammenzuckte. Lagen ihr die Vorkommnisse jener Nacht noch immer in den Knochen, oder hatte sie ein schlechtes Gewissen?

»Sie sagten …« Roscher zog eine Schublade auf, nahm ein Stück Papier heraus. Er holte seinen Zwicker aus der Westentasche und studierte die Zeilen, von denen Hauke wusste, dass es unmöglich die Aussage der Frau aus jener Nacht sein konnte, denn das Protokoll lag in der Mappe in seiner Hand. »Also, drei Männer überfielen Sie, als Sie im Esszimmer das Frühstück für den Herrn Pastor am nächsten Tag vorbereiteten.«

Eifrig nickte sie. »Ich decke immer den Tisch am Abend vorher ein.«

»Wie gelangten die Männer ins Haus?«

Wieder presste sie das Taschentuch an den Mund.

»Ich weiß es nicht. Plötzlich standen sie hinter mir. Einer hielt mir den Mund zu. Mir wurde ganz übel!« Sie schluchzte und brauchte einen Moment, um sich zu fassen. »Der andere zwang mich auf den Stuhl … Ich wurde ohnmächtig.« Die Tränen schüttelten sie.

»Was tat der dritte unterdessen?«

»Der dritte?« Sie sah auf. »Ich weiß nicht. Er stand einfach nur da.«

Roscher blickte auf das Blatt vor sich. »Wie waren die Männer gekleidet?«

Sie schniefte in ihr Taschentuch. »Vor den Mund hatten sie Tücher gebunden. Sonst schwarz oder grau.«

»Feine Anzüge oder eher grobe Jacken?«

Sie hob die Schultern.

»Rochen die Männer? Nach Zigarren? Fisch? Alkohol?«

Die Frau schaute auf. »Parfüm.«

Überrascht sahen sie Fräulein Klattmeyer an.

»Ja, bestimmt. Es roch nach Parfüm. Keine Veilchen. Etwas anderes.«

»Und als Sie wieder aufwachten …?«

»Da waren die Männer auf und davon. Überall brannte Licht.« Sie schluchzte auf. »Ich wusste doch nicht, dass Pastor Krause am Baum …«

Roscher reichte der guten Frau sein eigenes Taschentuch über den Tisch, als ein neuer Weinkrampf sie überfiel. Sie warteten, bis sich die Haushälterin beruhigt hatte.

»Ich habe um Hilfe gerufen. Ganz laut.«

Roscher nickte. »Wann war das?«

Sie überlegte. »Die Uhr auf dem Korridor, sie schlug, es muss bestimmt schon zehn Uhr gewesen sein.«

»Also lag wie viel Zeit zwischen dem Überfall und dem Aufwachen?«

Sie nestelte an dem Taschentuch herum. »Fast eine Stunde, glaube ich.«

»Können Sie mir sagen, Frau Klattmeyer …?«

»Fräulein«, korrigierte sie ihn.

»Fräulein Klattmeyer, genau. Also, neigen Sie zu Ohnmacht?«

Entschieden schüttelte sie den Kopf.

»Ich trage ja auch kein Mieder …« Sie warf die Hände vor den Mund. So etwas erzählte man nicht, wenn ein Mann im Raum war. Und schon gar nicht zwei. »Ich bin noch nie in Ohnmacht gefallen. Solche zarten Saiten kann ich mir nicht erlauben. Niemals hätte der Herr Pastor es geduldet, dass ich mich so gehen lasse. Meine Nerven würden selbst einer biblischen Katastrophe standhalten, sagte er mir einmal.« Stolz schwang in ihrer Stimme mit. »Ich sei sein Fels, hat er gesagt.«

Langsam begriff Hauke. Es ging hier nicht um die Abläufe an dem Abend, sondern um die Frage, was für ein Mann der Herr Pastor wirklich gewesen war.

Hauke erhob sich von seinem Stuhl und stellte sich neben Roschers Schreibtisch. »Als man Sie niederdrückte und das Tuch auf Ihren Mund presste, ist Ihnen da etwas aufgefallen?«

»Was hätte mir denn auffallen sollen?«

»Ein Geruch?«, half Hauke.

Sie nickte eifrig. »Süßlich! Es roch entsetzlich süß. Ich werde den Gestank niemals vergessen.«

Roscher und Hauke sahen sich an. Chloroform. Das erklärte auch, warum die Frau so lange weggetreten war und die Männer in aller Ruhe hatten tun können, was sie getan hatten. Die Tücher vor den Nasen der Täter hatten verhindern sollen, dass die Verbrecher selbst ohnmächtig wurden, denn je nach Dosierung konnte es bis zu fünf Minuten dauern, bis jemand unter Chloroform das Bewusstsein verlor. Und durch die Luft verbreitete sich das Narkosemittel bekanntermaßen rasant. Chloroform erfreute sich neben Äther großer Beliebtheit bei Operationen und in der Geburtshilfe. Die Königin der Briten hatte die letzten beiden ihrer Sprösslinge unter Chloroform entbunden, hieß es. Dummerweise war Chloroform überall recht einfach erhältlich.

»Was war denn so Schreckliches passiert, dass der Herr Pastor Ihre Kühnheit derart zu schätzen wusste?«, wollte Roscher wissen.

Die Frau setzte sich auf. »Dieser unmögliche Walter Hansen stand vor der Tür. Er wollte den Herrn Pastor sprechen, aber der war nicht da. Das glaubte dieses Subjekt mir nicht. Ungehobelter Kerl! Er verschaffte sich auf brutalste Weise Zutritt zum Haus. Ich wollte noch nach der Polizei rufen, da war er schon drinnen und rannte die Treppe hoch.«

»Warum tat er das?«

»Na, er wollte doch den Herrn Pastor sprechen.« Sie schaute Hauke an, als überraschte sie seine Einfältigkeit. »Durchs ganze Haus ist er gelaufen, hat jede Tür aufgerissen und nach dem Herrn Pastor gerufen. Da habe ich das Nudelholz aus der Küche geholt. Den Teufel wollte ich nicht im Haus haben!« Ihre Stimme zitterte vor Wut und nicht mehr vor Kummer.

»Sie haben ihn aus dem Haus gejagt?«

»So ist es.« Sie hob das Kinn, als erwartete sie ein Lob.

»Aber warum war der Mann so in Brass?«, hakte Hauke nach.

Statt einer Antwort widmete sie ihm einen missbilligenden Blick, der an seinen Kleidern auf und ab wanderte. Sie schien zu überlegen, ob das, was sie zu sagen hatte, bei ihm in guten Händen wäre. Wieder und wieder ging ihr Blick zu Roscher, der sich jedoch nicht einzumischen gedachte.

Hauke studierte diese Zierde einer christlich-rechtschaffenen Frau, die sicherlich seit vielen, vielen Jahren dem Herrn Pastor eine zuverlässige Stütze in allen Lebenslagen gewesen war. In allen Lebenslagen?

»Seit wann haben Sie Pastor Krauses Haushalt geführt?«

»Vierunddreißig Jahre!«, kam es wie aus der Pistole geschossen. »Und nun ist er von mir ... uns ... von uns gegangen.« Sie sackte erneut zusammen.

Bevor sich der nächste Weinkrampf seinen Weg brach, wollte Hauke noch einmal von ihr wissen, was es mit Walter Hansen auf sich hatte.

»Ach der!« Sie knetete Roschers mittlerweile ebenfalls nasses Taschentuch zwischen den Fingern. »Ein Querulant ist das. Das hat Pastor Krause sofort erkannt. Ohne viel Federlesens hat er den Hansen als das gesehen, was er ist, denn Pastor Krause ist nicht nur Kenner der Bibel, nein, er weiß auch stets den Menschen in seiner ganzen Verderbtheit zu erfassen.« Die Worte kamen immer schneller aus ihrem Mund. »Niemand, keine noch so verführerische Seele, kann Pastor Krause mit süßen Worten, Drohungen, Tränen oder Teufel rühren. Die Bibel in der Hand«, sie hob ihre Linke und hielt sie gen Himmel, »jagt er all jene aus dem Hause Gottes, wie einst Jesus die Kaufleute aus dem Tempel vertrieben hat.«

Roscher hob den Kopf. »Pastor Krause ist ein energischer Mann des Herrn gewesen, wie mir scheint.«

Hauke meinte einen milden Spott in den Worten seines Vorgesetzten gehört zu haben, galt in dieser Stadt doch die Bibel des Kontobuchs mehr als die Bibel der Kirche. Nicht umsonst weigerten sich die Hamburger seit jeher, das Knie vor Kirchenmännern oder auch dem Kaiser zu beugen.

Fräulein Klattmeyer schien den Unterton des Polizeirats nicht zu bemerken.

»Oh ja!« Ihre Augen leuchteten. »Zum neuen Bischof wollte die Kirche ihn berufen. Er hatte so viele gute Eingebungen, wie er dem Herrn, unserem Hirten, seine Schäfchen voll Demut wieder in den Schoß treiben könnte.« Dann wurde ihr bewusst, dass dieses große Ereignis nicht mehr eintreten würde, da Pastor Krause ja nun tot war. Wieder hob sie das Taschentuch, um es an die Nase zu pressen.

»Eine letzte Frage, verehrtes Fräulein Klattmeyer, was genau hatte sich Walter Hansen zuschulden kommen lassen?«

»Ein zutiefst sündhaftes und sittenloses Element ist er.« Offenbar war das für sie Erklärung genug.

»Er war Mitglied der Gemeinde des Herrn Pastors?« Hauke rang mit seiner Geduld.

»Nein! Das war es ja!« Sie schlug die Faust auf Roschers Schreibtisch. »Die kleine Mechthild Kerstens hat er geheiratet, aber sich geweigert, die Verantwortung für ein gottgefälliges Leben zu übernehmen. Seit der Kaiser den Leuten erlaubt, auch ohne christlichen Segen zu heiraten, sagt der Herr Pastor, stehen wir am Rand der Agonie. Der Kaiserparagraf, sagt er, wird der Untergang unseres Reiches sein. So sei Gottes Wille.«

Hauke und Roscher wechselten einen Blick. Würde jemand tatsächlich einen Pastor aufknüpfen, nur weil er die zivile Ehe verdammte, die es immerhin schon seit fünfundzwanzig Jahren in Preußen gab? Bei allem Respekt für die Gläubigkeit der Frau vor ihnen, *das* konnte sich Hauke nicht vorstellen. Andererseits konnte er auch nicht in den Kopf eines Mörders schauen.

»Wissen Sie, wo wir Walter Hansen finden können?«

»Nein, denn weder Pastor Krause noch ich pflegen Kontakt mit derlei Gottesleugnern!«

Hauke fiel auf, dass sie noch immer von ihrem Arbeitgeber sprach, als würde er leben. Arme Frau.

»Gibt es weitere Personen, die einen Groll gegen Pastor Krause gehabt haben könnten?«

Vehement schüttelte sie den Kopf. Es folgte eine Auflistung all der mildtätigen Werke und erbaulichen Taten des Herrn Pastors. Sie sprach von einer größeren Spende aus dem Ausland, mit der eines der alten Bleiglasfenster endlich hatte ausgetauscht werden können. Vor zwei Wochen erst sei das Ehepaar ins Pastorat gekommen, um sich von dem schönen Ergebnis zu überzeugen.

»Eine sehr elegante Dame war das. Und sie sprach ganz ausgezeichnet unsere Sprache. Es waren wirklich sehr feine Herrschaften.« Sie knetete das Taschentuch des Polizeirats in den Händen.

»Wann waren die Herrschaften bei Ihnen?«

Die Frau überlegte nicht lange. »Vor zehn Tagen. Ich hatte gerade mit der Frau vom Küster die Wäsche im Garten aufgehängt, als die Kutsche vorfuhr. Wirklich nette Leute.«

»Name?«

Sie überlegte. »Ich kann mich nicht entsinnen. Etwas Ausländisches auf alle Fälle.«

»Und wann war der Zwischenfall mit Walter Hansen?«

»Oh, das war zum Osterfest. Er stand da, mitten in der Kirche, und verfluchte den Pfaffen, wie er unseren Herrn Pastor schimpfte. Können Sie sich das vorstellen! Geschrien hat er, dass seine Kinder atheistisch erzogen würden.« Empört sah sie Roscher an. »Der Mann muss betrunken gewesen sein!«

Mit einigen freundlichen Worten und der Versicherung tiefsten Beileids entließ Polizeirat Roscher kurz darauf das Fräulein Klattmeyer, das eilig zum Gemeindevorsteher hinauslief.

Als die Tür hinter der Haushälterin ins Schloss fiel, erhob sich Roscher, ging zum Wandhaken, an dem sein Mantel hing, und warf ihn über. »Und? Was denken wir, Herr Kommissar?«

»Ein Mann mit klarer christlicher Überzeugung.«

Roscher neigte den Kopf zur Seite. »Diplomatisch ausgedrückt. Der Mann scheint ja eine leicht fanatische Ader gehabt zu haben. Ich kann mir vorstellen, dass so mancher Angst vor ihm hatte, wenn er oben auf der Kanzel stand und den ein oder anderen zu verdammen drohte.« Roscher setzte seinen Hut auf. »Für meinen Geschmack neigen Menschen mit wohlfeilen

Prinzipien oftmals zu eklatanter Fehleinschätzung ihrer eigenen Bedeutung. Leute dieser Art brauchen eine Umgebung, die sie anstrahlt.«

»Fräulein Klattmeyer?«

Roscher nickte.

»Ein derartiges Umfeld kann einen Mann krank machen. Krank im Kopf und im Benehmen. Das ruft besonders jene auf den Plan, die sie vor aller Augen gedemütigt haben. Hatte da mal so einen Fall vor einigen Jahren. Gott sei Dank kann ich persönlich Konformisten und Wendehälse ja nicht leiden.« Er grinste Hauke wissend an, denn er schätzte dessen gelegentlichen Widerspruch.

»Wir sollten uns diesen Hansen mal genauer ansehen. Wütend genug schien er ja auf Pastor Krause zu sein«, schlug Hauke vor, als er und Roscher auf den Flur hinaustraten.

»Aber nach so vielen Monaten? Hm. Außerdem braucht es für Mord noch einiges mehr als nur Wut.«

Hauke begleitete seinen Vorgesetzten zum Treppenhaus.

»Machen Sie diesen Hansen ausfindig, Sötje. Der Bischof lässt unentwegt anfragen, ob wir den Mörder schon haben. Und Senator Hachmann hat mich für heute Mittag einbestellt.« Roscher schüttelte den Kopf. »Als könnten wir uns einen Schuldigen aus den Rippen schneiden.« Er grinste, als er seinen Kneifer in der Westentasche verschwinden ließ. »Herrlich. Endlich mal wieder richtige Verbrecherluft schnuppern. All diese trockene Politik kribbelt in meiner Nase wie Staub. Ach ja, gehen Sie mal ins Archiv und schauen Sie nach, ob unser Walter Hansen schon einmal Kunde bei uns war.« Behände machte er sich auf den Weg hinunter in die Halle. »Suchen Sie auch unter den Politischen. Männer ohne christlichen Glauben glauben zumeist an andere Dinge.«

»Sie meinen die Verhaftungslisten vom Hafenarbeiterstreik?«

»So ist es, Sötje.«

Hauke sah, wie unten in der Halle zwei Kinder und eine

Frau durch die Tür traten. Das kleine Mädchen lief auf den Polizeirat zu, Roscher nahm es auf den Arm. Hauke wusste, dass die beiden Kleinen zu einem Bündel von sechsen gehörten, von denen nur je zwei den Vater von der Arbeit abholen durften. Frau Roscher nickte zu Hauke hinauf. Er tippte sich an seine Mütze. Sie hatten sich erst gestern im Stadttheater kennengelernt.

KAPITEL 10

Bekanntmachung. Am 30. Juli d. J. ist die Leiche eines unbekannten Mannes gefunden worden. Bei der Leiche befanden sich folgende Gegenstände: Schnapsflasche, ein Bindfaden, eine Brille, Taschenuhr mit Kette, Taschenspiegel, 10 M baares Geld, ein Stock. Der rechtmäßige Verlierer möge sich binnen 3 Monaten auf dem zuständigen Amte melden.

Original: »Hamburgischer Correspondent«, September 1899

Walter Hansen, der Mann, der sich gewaltsam Zugang zum Pastorat verschafft hatte, war bisher ihre einzige Spur. Leider war der Name des Mannes so gängig wie das Hamburger Wetter launisch. Heute beispielsweise schien die Sonne am strahlend blauen Himmel, als hätte sie über der Stadt niemals etwas anderes getan. Dennoch ging kein Hamburger ohne Regenschirm vor die Tür.

Unterm Dach des Stadthauses stand Hauke vor dem Generalkartenregister, einer ganzen Wand mit hölzernen Karteikartenschränken, die ihm vom Knie bis zur Schulter reichten. Schublade an Schublade reihte sich hier aneinander, darin Hunderte von Pappkarten mit Nummern und Verweisen auf Personalakten, die wiederum im Strafjustizgebäude oder in den Regalen im Haus lagerten. Weiße Karten für Männer. Blaue Karten für Frauen. Die Nummern auf den Karten bezogen sich auf Pappordner, in denen jedes noch so kleine Detail über den Delinquenten aufs Akkurateste gesammelt worden war, sowie Fotografien, die das Subjekt von vorne und von der Seite, mal mit, mal ohne Kopfbedeckung zeigten. Detaillierte Körpermaße waren notiert, vom linken Kleinfingerknochen bis zur Länge des Jochbeins oder des Unterarmknochens, dazu

Informationen zu Komplizen, die sich ebenfalls in den Weiten des Erkennungsamts oder in den Gerichtsakten befanden. Verbindungen in alle Richtungen.

Diese Sammlung von Dieben und Mördern, Hausierern und Betrügern, liederlichen Weibspersonen und Agitatoren war die umfangreichste ihrer Art im ganzen Kaiserreich und umfasste schon bereits in über achtzig Karteikästen fast zweihunderttausend Nummern, hinter denen sich jeweils ein Verbrecher oder zumindest eine verdächtige Person verbarg. Außerdem gab es ein Kennzeichen- und ein Spitznamenregister. Hier enthüllte sich die wahre Identität von Motten-Tetje, Quallenkopf-Kalle, der Kaffee-Hyäne, von Köm-Tilli und Zuchthaus-Paula.

Besonders stolz war Polizeirat Roscher auf das Verzeichnis internationaler Verbrecher, die sich gerne ein Stelldichein in einer Stadt wie Hamburg gaben. Das berühmte Detektivinstitut Pinkerton aus New York hatte erst kürzlich für diese Sammlung ein Album mit amerikanischen Bankräubern und eines mit Mädchenhändlern aus Buenos Aires senden lassen.

Im Dachgeschoss lag auch die fotografische Anstalt des Stadthauses. Roscher hatte sie mit den neuesten Fotoapparaturen ausstatten lassen, mit Vergrößerungsautomaten und Geheimkameras, einem Laboratorium, einer Lichtdruckschnellpresse, die in nur vierundzwanzig Stunden dreißigtausend Kopien einer Fotografie erstellen konnte, und den Fotografierraum nebenan mit einem Glasdach versehen lassen.

Die Systematik, nach der die Karten geordnet waren, verstand Hauke nicht. Man hätte sie nach Delikten sortieren können. Wenn aber jemand sein Handwerk von Dieberei auf Mord verlegte, fand man ihn unter den Delikten nicht wieder. Eine Sortierung nach Aussehen wäre ebenfalls möglich gewesen. Jedoch konnte ein Gauner sein Erscheinungsbild jederzeit ändern. Aus blondem Haar wurde nach mehrmaligem Waschen mit Gerbsäure eine dunkle Haarpracht und mit

Essigwaschungen ein heller Farbton. Aus »unauffälliger Gang« wurde »beinkrank«, indem man einen Stein in den Schuh legte und mit einem Stock durch die Straßen humpelte. Mal mit, mal ohne Bart. Es war äußerst schwierig, in dieser umfangreichen Sammlung jenen Mann zu identifizieren, der besagter Walter Hansen sein könnte. Hauke zog wahllos einige Karteikästen heraus.

»Finger weg!« Eine schneidende Stimme durchfuhr den hohen Raum. Auf den langen Eichentisch in der Mitte hatte Hauke die Schubladen mit Kateikarten abgestellt.

Er drehte sich langsam um.

Vor ihm stand ein Mann um die fünfzig mit schütterem Haar und einem Zwicker auf der Nase. Trotz des Gehstocks verriet jede Faser den Polizisten. Das musste Wachtmeister Wehling sein, der neue Archivar. Konrad Wehling war über viele Jahre Streife in den Straßen seiner Stadt gelaufen. Er war ein Mann, der sein Revier liebte und seine verirrten Schäfchen bestens kannte. Als er vor zwei Jahren einen kleinen Dieb verfolgte, geriet er unter die Pferdebahn am Großneumarkt und verlor sein Bein.

Sein Schicksal grassierte seither wie ein Schauermärchen auf den Fluren des Stadthauses und seiner Reviere, denn so manchen Uniformierten auf der Straße überfiel seit einiger Zeit die Angst, nicht mehr gesund die wohlverdiente Alterszeit erreichen zu können, weil die Verbrechen auch in Hamburg von Jahr zu Jahr rücksichtsloser und brutaler zu werden schienen. Die Fälle, in denen Handfeuerwaffen bei Verbrechen zum Einsatz kamen, nahmen zu. War es da klug, nur mit einem Schlagstock bewaffnet, verdächtige Subjekte zu verfolgen? War nicht sogar Wehlings Eifer daran schuld, dass er nun ein Holzbein hatte?

Von Wehlings Schicksal wusste jeder Polizist. Er hatte einen Orden vom Senat erhalten. Glücklich wirkte der Mann dennoch nicht. Klackend humpelte er in den Raum, drückte Hauke grob beiseite.

»Sie haben sich zwecks Einsicht in das Archiv bei mir anzumelden.« Er nahm die Schubladen vom Tisch und schob sie schwungvoll in die leeren Höhlen des Schranks. »Werde Beschwerde gegen Sie einlegen. Name?«

Hauke schwieg. Er hatte die Ringe unter den Augen des Mannes bemerkt, die von Schlaflosigkeit zeugten. Dass Wehling offenbar unter ständigen Schmerzen litt, zeigte sein schmaler, zusammengekniffener Mund. Hauke konnte sich gut vorstellen, dass diese Schmerzen nicht nur körperlicher Natur waren. Seit er selbst nach dem Untergang seines Schiffs erfahren hatte, dass der Mensch mehr war als nur Körper und der Wille darüber, betrachtete er Gequälte anders. Bei ihm war es die Angst vor engen Räumen, die ihn unvermittelt überflutete und zu ertränken suchte. Aufmerksam betrachtete Hauke ihn, wie er humpelnd zwischen Tisch und Karteischrank hin- und hereilte.

»Name?«, wiederholte Wehling.

»Hauptkommissar Hauke Sötje.« Bisher hatte er stets Neubauer ins Archiv geschickt, um die staubige Arbeit hier zu erledigen.

Wehling musterte Hauke von oben bis unten, als glaubte er nicht recht, einen Hauptkommissar vor sich zu haben. »Formular zur Einsichtnahme in Raum 412 beim Diensthabenden.«

»Und der wäre?«

»Ich natürlich.« Wehling knallte den letzten Kasten in den Schrank. Dann schaute er Hauke ins Gesicht. Wut sprühte aus seinen Augen, doch Hauke wusste, dass es keine Wut auf ihn war oder gar auf die Tatsache, dass er kein Formular in Raum 412 ausgefüllt hatte.

»Wachtmeister Wehling …«, begann er.

»*Archivar* Wehling. Wachtmeister bin ich nicht mehr.« Der Mann spuckte die Worte trotzig aus und klopfte an sein Holzbein.

»Wie auch immer Ihre Bezeichnung im Haus ist, Sie sind und bleiben ein Mann des Reviers, Wehling.«

Wehlings Augen flackerten.

»Die Sache ist die …« Hauke setzte sich an den Tisch und bot Wehling mit einer Geste einen Stuhl an. Der Archivar wider Willen zögerte. Hauke ahnte, dass er Schmerzen in seinem Beinstumpf haben musste. Noch einmal wies er auf den Stuhl. »Ein Befehl, Sie können ihn nicht abschlagen, Wachtmeister Wehling«, sagte er ernst. »Das wäre Gehorsamsverweigerung.«

Der Mann überlegte. Schließlich zog er den Stuhl heran und ließ sich mit einem leisen Seufzer fallen. »Das war nicht nötig, Herr Kommissar.«

»Ich weiß, aber was ich Ihnen nun sage, wird Sie als Wachtmeister ebenso fordern wie als Archivar. Ich brauche Ihre Hilfe.« Zufrieden bemerkte Hauke, dass er Wehlings ganze Aufmerksamkeit hatte. »Sie haben von dem Vorfall im Pastorat von St. Magdalenen gehört?«, fragte er in verschwörerischem Ton.

»Jawoll, Herr Kommissar. Erhängt, Pastor Krause. Kein Selbstverschulden.«

»So ist es. Derzeit gibt es Hinweise auf einen Mann, der Streit mit Pastor Krause hatte: Walter Hansen. Ich muss wissen, ob wir jemanden dieses Namens in der Kartei haben. Vielleicht ein Politischer. Er muss früher mit Frau und Kind in der Gemeinde des Pastors gewohnt haben.« Hauke lächelte. »Sie sind derjenige, der sich im Archiv am besten auskennt. Sie wissen, wo Sie suchen müssen. Wozu ich Stunden benötige, machen Sie mit einem Handgriff.«

»Und Kriminalassistent Neubauer? Sonst kommt er immer.«

»Unterwegs.«

Wehlings Augen wurden klein. »Verstehe. Sie wollen Ihre Arbeit auf meine Schultern abwälzen. Als hätte ich nicht schon genug zu tun.«

Hauke grinste. »Das ist der offizielle Teil. Der inoffizielle ist, Sie sind Wachtmeister, Wehling. Sie kennen Ihre Pappenheimer noch aus der aktiven Zeit. Sie kennen die Kollegen in den Revieren. Wenn Sie den Mann nicht im Stadthaus finden, hören Sie sich um, ob irgendwo ein konfessionsloser Walter Hansen in der Stadt herumläuft. Er soll eine Mechthild Kerstens geheiratet haben. Eventuell existieren Kinder.«

Wehling überlegte, wobei er über seinen Beinstumpf strich.

»Sie könnten ein Rundschreiben an die Reviere schicken«, schlug er halbherzig vor.

Hauke hatte bereits den Zweifel in seinen Augen entdeckt. Die Aussicht, mit einem Erkundungsauftrag in die Reviere zurückkehren zu können, schien Wehling zu gefallen.

»Als Wachtmeister wissen Sie selbst, wie aufmerksam Rundschreiben gelesen werden.«

»Geschweige denn beantwortet.«

»So ist es.«

Wehling kratzte sich am Bart. »Ein Sozialist, sagen Sie?«

»Möglich. Jedenfalls ein Mann ohne Kirche.«

Wehling drehte sich zum Karteiarchiv um. »Viel Arbeit.«

»Jo.«

»Und wie inoffiziell ist der zweite Auftrag?«

»Nun, ich bin Ihnen nicht weisungsbefugt. Und im aktiven Dienst sind Sie bedauerlicherweise auch nicht mehr. Dennoch benötige ich Ihre Expertise.« Hauke seufzte, als müsste er eine schwere Entscheidung treffen. »Sagen wir, ein Bier im Brauhaus ›Teutonia‹ am Großneumarkt.«

Dieses Wirtshaus war bei den Männern der Schutzpolizei recht beliebt. Hauke war sich sicher, dass Wehling dort früher ein und aus gegangen war, bis die Sache mit dem Bein passierte. Als Mann mit Stolz im Leib und ohne Uniform schämte er sich wahrscheinlich, dorthin zu humpeln wie ein bettelnder Krüppel. Mit einem Auftrag jedoch und auf Einladung eines Hauptkommissars sah die Sache ganz anders aus.

Wehling überlegte.

»Wissen Sie, dass ich hier sogar den Staub von den Karteikästen wischen muss?«, fragte er halblaut. Verbitterung lag in seinem Gesicht.

»Ob auf Streife in den Straßen oder hier oben unterm Dach, Sie sind und bleiben ein Polizist, Wehling.« Hauke schlug ihm freundschaftlich auf die Schulter. »Vergessen Sie das nicht.«

Traurig nickte der Mann. »Also gut. Wenn dieser Hansen in meinen Karteikästen ist, finde ich ihn. Und wenn er da nicht ist, klappere ich die Kollegen ab. Einer von ihnen wird Ihren Gotteslästerer schon kennen, wenn sich das Subjekt noch in der Stadt aufhält.«

In diesem Moment zog jemand die Tür zum Flur auf. So schnell es ihm möglich war, erhob sich Wehling von seinem Stuhl. In der Tür stand Polizeirat Roscher mit einigen Herren, die Hauke nicht kannte. Ihre Röcke waren schwarz, die Westen silbergrau, die vollen Bärte nach englischer Manier geschnitten, die Arroganz in ihren Augen ließ auf Briten schließen.

Roscher stellte seine Gäste als Inspektoren der Londoner Polizei vor.

»Scotland Yard«, fügte er nicht ohne Stolz hinzu. »Man wünscht sich, mit den hiesigen Entwicklungen der Verbrechererkennung vertraut gemacht zu werden und mit unserem Fotografierdienst«, erklärte er und sah sich um. »Ist Fotograf Griebel im Haus?«

»Ja, im Entwicklungsraum, Herr Polizeirat.« Wehling drückte das Kreuz durch und warf die Hand an die Stirn. Ganz in seinem Element bot er Gustav Roscher an, den Fotografen zu suchen.

»Tun Sie das, Wehling, tun Sie das.«

KAPITEL 11

Israelitische Höhere Töchterschule. Die Anmeldung neuer Schülerinnen zum April 1900 wird im Schulhause, Biberstraße 4, entgegengenommen.

Original: »Hamburgischer Correspondent«, Oktober 1899

»Nee, so tut man das nich machen, Frau Sötje.« Telse nahm Sophie das Messer aus der Hand. »Ich weiß ja man gar nich, warum Sie unbedingt kochen lernen wollen.« Flott ging das Messer über das Bund Petersilie auf dem Holzbrett. »Sie ham doch mich. Ich mein ja man nur.« Die Köchin hob das Brett hoch und schob mit der Messerklinge die fein gehackte Petersilie in die cremige Suppe. »Hat Ihn' denn Ihre Muddern dat nich beigebracht? In 'ne Rumford'sche Suppe kommt die Petersilie gaaaanz klein gehackt rein. Wenn de Stück to grot sün, blieven de zwischen de Zähne hang'. Dat is nich schön anzusehen, Frau Sötje.«

Verzagt band Sophie die Schürze ab und hängte sie an den Haken hinter der Tür. »Ich glaube, ich habe Henriette eben weinen hören. Ich schaue nach ihr.«

»Tun Sie das man mal!«, rief Telse ihr hinterher, und es klang in Sophies Ohren erleichtert, dass die Dame des Hauses endlich aus ihrem Reich verschwand.

Sophie ging den langen Flur entlang zum Wohnzimmer, wo ihre Tochter vorhin noch mit Emma gespielt hatte, als ihr einfiel, dass das Kindermädchen mit Henriette hinausgegangen war, um noch ein wenig Luft zu schnappen. Sophie hatte die Vermutung, Emma könnte das Kind als Vorwand benutzen, um einen gewissen jungen Mann zu treffen, mit dem sich an diesem herrlichen Herbsttag trefflich spazieren gehen ließ. In letzter Zeit wirkte Emma recht aufgekratzt und ihr Gesicht eindeutig rosiger als sonst. Und wenn sie ihren freien Tag hatte, konnte sie gar nicht schnell genug das Haus verlassen. Noch nie war Emma mit der kleinen Henriette so oft freiwillig in den Park gegangen.

Sophie verharrte unschlüssig im Flur, während in der Küche die Töpfe klapperten und Telse ein fröhliches Lied anstimmte. Sophie begab sich ins Wohnzimmer. Ratlos, was sie nun tun sollte, sah sie sich um.

An der Wand stand das Klavier. Ihr ganzer Stolz, zumal sie auch recht passabel spielen konnte. Wenigstens das kann ich, dachte sie im Stillen. Immerhin war sie bis zu ihrer Ehe Lehrerin bei Familie Winter gewesen und hatte dort die drei Kinder des reichen Kieler Werftbesitzers unterrichtet. Manchmal vermisste sie die Zeit.

Zur Wohnungseinrichtung im Hause Sötje gehörte auch eine ansehnliche Bibliothek, deren Werke zumeist aus Sophies Besitz stammten. Kapitäne pflegten selten ganze Bibliotheken ihr Eigen zu nennen. Nach Lesen aber war Sophie gerade nicht zumute.

Ihr Blick fiel auf den Nähkorb in der Ecke, wo noch ein paar Wollsocken darauf warteten, gestopft zu werden. Sie würde es heute Abend erledigen, wenn Hauke zurück war und ihr dabei Gesellschaft leisten konnte. Unter den Socken lugte ein Stück blauer Stoff hervor. Es war der klägliche Rest eines ganzen Meters, den sie gekauft hatte, um Henriette ein Mäntelchen zu schneidern. Sophie hatte den gesamten Wollstoff verschnitten.

Wie hatte Tante Dora damals noch gesagt? »Vom vielen Abschneiden wird es auch nicht länger.« Schnell schob Sophie den Gedanken an die schreckliche Verwandte beiseite, die um Haaresbreite ihre Stiefmutter geworden wäre.

Wie viel anders ihr Leben doch als jenes glanzvolle Dasein der Carlotta Francini war. Und um wie viel langweiliger! Sophie seufzte. Sollte sie der Gräfin einen Besuch abstatten? Ach nein, die Gräfin war ja bei ihrem Neffen in Berlin.

Sophie stellte sich ans Fenster und schaute hinunter auf die Admiralitätstraße, wo jeder zu wissen schien, wohin sein

Weg führte. Fuhrwerke rumpelten über das Kopfsteinpflaster Richtung Hafen, Hausfrauen eilten mit Körben über den Armen vom Marktplatz nach Hause, um ihren Familien etwas zu kochen, ein fliegender Händler bot Schnürsenkel feil, und ein Mann mit einem Schleifstein auf seinem Wägelchen schärfte Messer und Scheren, während er ein Lied pfiff. Über dem Haus auf der gegenüberliegenden Seite strahlte ein blauer Himmel. Es würde wohl einer der letzten schönen Tage in diesem Herbst sein.

Sophie dachte an Carlottas Angebot, sie durch die Stadt zu führen. Heute wäre ein Spaziergang durch den Zoologischen Garten genau das Richtige. Bei herbstlichem Sonnenschein, unter buntem Laub, dazu ein Abstecher zu den Affen und Elefanten, das wäre ein herrlicher Zeitvertreib. Sophie überlegte, dass sie an einem Tag wie diesem sogar Maximilian von Siems ertragen könnte.

Sollte sie Carlotta ein Telegramm schicken und den Vorschlag unterbreiten? Sophie schüttelte den Kopf. Nein, das wäre übertrieben. Womöglich hatte ihre neue Freundin es auch gar nicht so ernst gemeint, als sie Sophie gebeten hatte, ihr Gesellschaft zu leisten. Ein unbedacht dahingeworfener Satz.

Enttäuschung erfasste sie.

Andererseits hatte Carlotta nicht den Eindruck einer gedankenlos daherplappernden Person erweckt. Ob es mit dem Ausflug auf den Friedhof zu tun haben könnte? War Carlotta derart mitgenommen und berührt vom Schicksal ihrer Sangeskollegin, dass sie darüber erkrankt war? Carlotta erschien ihr tatsächlich danach noch blasser gewesen zu sein als zuvor.

Voller Sorge überlegte Sophie, ob sie in die Villa von Siems fahren sollte, um sich nach Carlottas Gesundheit zu erkundigen. Aufdrängen hingegen wollte sie sich nicht. Vielleicht ging es der Sängerin gut und sie war nur durch unerwartete Besucher verhindert. Frauen wie Carlotta Francini hatten sicherlich viele Gäste, die ihr am Tag ihre Aufwartung machten. Sophie rieb sich die Stirn.

Eigenartig war Carlottas Betroffenheit am Grab aber schon gewesen.

Ruckartig drehte sie sich um. Es nützte nichts, sich in Vermutungen zu verlieren, wenn sie mit wenig Aufwand Klarheit schaffen konnte. Sie marschierte in den Flur, warf den Mantel über, richtete ihr Haar und befestigte sorgsam den neuen Hut mit den langen Nadeln in ihrer Frisur. Sophie nahm den Regenschirm von der Garderobe, rief Telse in der Küche zu, sie werde zum Abendessen zurück sein, und verließ die Wohnung im zweiten Stock in der Admiralitätstraße.

***

Bald darauf rollte die Mietdroschke die Elbchaussee entlang, eine private Straße, die parallel zur Elbe verlief und zu den Villen jener Familien führte, die die Geschicke der Stadt Hamburg so trefflich lenkten. Sophie schaute aus dem Fenster, wo zu ihrer Linken der Fluss zwischen alten Eichen und weißen Villen hervorblitzte. Hinter hohen Staketenzäunen lagen weite Parks, und Sophie stellte sich vor, wie wunderbar es sein musste, morgens am Salonfenster zu stehen und die Wahl zwischen einem Blick auf den ruhig dahinfließenden Strom oder dem in einen der herrlichen Parks zu haben. Sie fragte sich, ob sich die Bewohner dieser Anwesen jemals an den prächtigen Anblick gewöhnten oder ob sie an jedem neuen Tag überwältigt waren. Sie würde es sein.

Sophie spürte, wie der Kutscher die Pferde langsamer gehen ließ. Wenig später bogen sie auf einen breiten Weg, der durch ein offenes Tor verlief. Sophie lehnte sich ein wenig hinaus, um die Villa der Familie von Siems besser sehen zu können, auf die die Kutsche nun gemächlich zurollte. Ein Stück entfernt entdeckte sie einige Gärtner, die Büsche schnitten und Laub harkten.

Endlich hielt die Kutsche vor dem Haus, das eher einem Schloss glich. Sophie schluckte, als sie ausstieg. Von hanseatischer Bescheidenheit war hier nicht viel zu merken. Dieses strahlend weiße Gebäude mit all seinen Giebeln und den beiden Türmchen sowie dem mit einem Familienwappen versehenen Portal sollte beeindrucken. Und das tat es.

Noch halb verwirrt reichte Sophie dem Kutscher das vereinbarte Markstück und beschloss, auf dem Rückweg die Straßenbahn zu nutzen. Sie prüfte den Sitz ihres Huts.

Ein Bediensteter in Livree öffnete ihr die Tür. Sie erkundigte sich nach Fräulein Francini. Man bat sie herein, ließ sie jedoch in der marmornen Halle stehen, statt sie in den Salon zu bitten. Sophie fragte sich, ob ihre Kleidung zeigte, dass sie nicht zu den Vons und Zus der Gesellschaft gehörte. Oder war es in diesem Haus üblich, den unangemeldeten Gästen die marmorne Grandezza der Villa in Ruhe betrachten zu lassen, während man sie warten ließ?

In diese Halle, dachte Sophie, würde unsere gesamte Wohnung in der Admiralitätstraße passen. Sie schaute sich um, entdeckte weiße Marmorbüsten alter Herren, von denen sie meinte, den Kaiser sowie die Musiker Wagner und Brahms erkannt zu haben.

Sophies Blick folgte dem Butler, der die Stufen in den ersten Stock hinauf nahm. In diesem Moment wurde eine der Türen oben auf der Balustrade aufgerissen, und ein junges Mädchen stürmte weinend heraus. Es war jene Bedienstete, die Carlotta im Stadttheater beim Umkleiden geholfen hatte.

Da hörte Sophie Carlottas Stimme aus einem der oberen Räume dringen. Sie schien erbost, obwohl Sophie keines der italienischen Wörter verstand. Unter dem wütenden Wortschwall ihrer Herrin lief das Mädchen in diesem Moment an dem überraschten Butler vorbei und presste weinend eine Hand an die linke Wange. Kurz darauf stürzte Carlotta in den Gang.

»Creatura ingrata!«, rief sie ihrer Zofe nach. Da bemerkte sie den Butler.

Peinlich berührt deutete er eine Verbeugung an und wies

mit der Hand zu Sophie hinunter, die die ganze Szene wie aus einem Zuschauerraum heraus beobachtet hatte.

Vor Wut schwer atmend trat Carlotta an die Brüstung der Empore. Es hätte Sophie nicht gewundert, hätte sie plötzlich eine Arie angestimmt, so unwirklich erschien ihr der Auftritt.

»Sophie!« Carlotta eilte die Stufen herunter.

»Bitte verzeihen Sie! Mein Überfall ist unentschuldbar«, erklärte sich Sophie. »Ich kann gerne ein anderes Mal wiederkommen, wenn es Ihnen besser passt.«

»Aber nein!« Carlotta erreichte Sophie und hakte sich bei ihr ein. »Lassen Sie uns ein wenig im Park spazieren gehen.«

Sie ließ sich vom Butler den Umhang über die Schultern legen. Dann traten Sophie und Carlotta aus dem Haus.

»Sie müssen diesen kleinen Zwischenfall entschuldigen, liebe Sophie«, begann Carlotta, als sie über einen Sandweg an einer hohen Rhododendronhecke entlangspazierten. »Meine Zofe, ihr Name ist Isabella …« Ihr Atem ging schneller, als strengte sie der Spaziergang an. »Ich hatte gedacht, ich könnte ihr vertrauen.« Sie lächelte entschuldigend. »Sie ist bis zum heutigen Tag ein gutes und braves Mädchen gewesen. Ich kann mir das alles nicht erklären.«

Sophie ließ Carlotta reden, verstand bisher aber nicht, was vorgefallen sein könnte.

»Sie kommt aus einem Waisenhaus in der Nähe von Verona und ist seit fünf Jahren in meinen Diensten. Sie war erst sechzehn, als ich sie fand.« Carlotta löste ihren Arm aus Sophies und lief auf dem Weg hin und her, als trieben böse Gedanken sie. »Sie kennt mich besser als jeder andere. So eigentümlich es klingen mag, aber wir sind im Herzen recht ähnlich. Aus dem wenigen, das der Herrgott uns gab, machen wir das Beste.«

Dieser Vergleich verwunderte Sophie, schließlich war Carlotta eine international gefeierte Opernsängerin und die kleine Isabella nur eine Zofe aus armen Verhältnissen. Ihre Leben hatten wenig gemein. Carlotta sah das offenbar anders.

»Warum mussten Sie sie vorhin rügen?«, fragte Sophie

vorsichtig. Es gehörte sich nicht, in derart private Kammern eines Menschen einzudringen, den man gerade ein paar Tage kannte.

Carlotta sah Sophie lange an, als überlegte sie, ob sie die Frage beantworten wollte. »Es geht um einen Brief. Er ist verschwunden. Aus meinem Boudoir. Es ist ein sehr persönlicher Brief. Er darf nicht in falsche Hände geraten.« Zögerlich erklärte sie, dass es der letzte Brief ihrer verstorbenen Mutter sei. »Und nun ist er fort.«

Sophies Herz machte einen freudigen Sprung. Ein klitzekleines Geheimnis galt es zu lüften. Vielleicht konnte sie helfen? Dagegen war bestimmt nichts einzuwenden? »Und Sie vermuten, Isabella könnte ihn genommen haben?«

Verzweifelt sah Carlotta Francini sie an und nickte. »Sie ist die Einzige, die in mein Schlafzimmer geht. Die Einzige, die weiß, wo meine private Korrespondenz liegt.«

»Fehlt nur dieser Brief?«

Die Sängerin nickte.

»Und obwohl Sie glauben, Isabella könnte ihn genommen haben, glauben Sie es zugleich nicht.«

»Ja. Ja, so ist es.«

Sophie legte ein zuversichtliches Lächeln auf. »Ich könnte Ihre Zofe fragen, was sie davon weiß. Außerdem sollten wir uns in Ihren Räumen umsehen. Vielleicht fällt uns gemeinsam etwas auf.«

Carlotta fiel Sophie um den Hals. »Danke, liebe Freundin. Der Brief bedeutet mir so unendlich viel.«

Sie fanden Isabella in einem Kämmerchen hinter Carlottas Schlafräumen. Nach dem Vorfall hatte sie sich dorthin geflüchtet. Mit verweinten Augen saß das Mädchen auf einem Hocker in der Ecke, als Sophie eintrat. Als Isabella sie sah, sprang sie auf und wischte sich schniefend die Tränen aus dem Gesicht.

Kaum bemerkte das Mädchen seine Herrin hinter Sophie in der Tür, schickte es sogleich einen italienischen Redeschwall über Sophies Kopf hinweg.

Schnell trat Sophie zu Isabella und legte beruhigend eine Hand auf ihren Arm. »Du verstehst Deutsch?«

Fragend schaute Isabella an Sophie vorbei zu ihrer Herrin. Carlotta nickte ihr zu.

»*Sì.* Ja. *Un peu*«, flüsterte Isabella. Offenbar hatte Carlottas Zofe einige Sprachbrocken in jedem Land aufgeschnappt, das sie bereist hatten.

Sie verlegten die Befragung des Mädchens in die weitaus bequemeren Räume Carlottas, die ihr vom Hausherrn zur Verfügung gestellt worden waren und von denen eines als Schlafraum fungierte.

Zu dritt durchquerten sie einen Salon und ein Musikzimmer, betraten das Schlafzimmer der Diva. Es war bis auf einen großen Spiegel mitten im Raum erstaunlich unprätentiös eingerichtet. Sophie spürte Isabellas ängstlichen Blick im Rücken. Das Mädchen wartete in der Tür, weigerte sich einzutreten.

Für Sophie klangen Isabellas Beteuerungen glaubhaft. Danach hatte sie den Brief nicht aus der Schatulle auf dem Frisiertisch genommen. Sophie konnte kein Motiv für einen solchen Diebstahl erkennen. Natürlich taten Frauen manchmal dumme Dinge für einen Mann, den sie liebten. Hatte jemand Isabella zu dem Diebstahl aufgefordert? Nein, auch das hielt Sophie für unsinnig. Nie waren Carlotta oder Isabella lange genug an einem Ort, als dass das Mädchen eine Männerbekanntschaft hätte machen können, die es seine ganze Existenz gefährden ließ. Für Sophie war klar, das Mädchen in der Tür wusste sehr genau, was es an Carlotta Francini hatte. Es schien seiner Arbeitgeberin vollkommen ergeben zu sein. Immer wieder liefen Isabella Tränen übers Gesicht. Und Sophie spürte, sie war vor allem enttäuscht, dass Carlotta Francini ihr den Diebstahl zutraute.

Carlotta fühlte sich ebenfalls unwohl in ihrer Haut. Nervös knetete sie ihre zarten Finger. Sophie fragte sich, was wohl in dem Brief der Mutter gestanden haben mochte, dass Carlotta derart besorgt war, er könnte in die falschen Hände gelangen.

Plötzlich horchte Sophie auf. Deutlich hatte sie ein Geräusch gehört. Mit zwei Schritten war sie an der Tür und riss sie auf. Der Flur aber war menschenleer. Dennoch hätte sie schwören können, dass da draußen jemand gewesen war.

Stirnrunzelnd kehrte sie zu Carlotta zurück.

»Zeigen Sie mir bitte die Schatulle, in der der Brief lag, Carlotta.«

Ihre Freundin ging zur Frisiertoilette, die zwischen zwei hohen Fenstern platziert war, umrahmt von schweren Samtvorhängen. Auf der glänzenden Fläche vor dem Spiegel verteilten sich Spangen und Haarnadeln, Kämme und Bürsten sowie eine silberne, mit Edelsteinen verzierte Puderdose.

Sie zog die obere Schublade auf und holte einen schlichten Holzkasten hervor. Die teils herausgefallenen Intarsien zeigten eine kleine Ballerina. Carlotta reichte Sophie die Schatulle.

»Das Kistchen erinnert mich daran, dass ich aus einfachen Verhältnissen komme«, fügte sie fast entschuldigend hinzu.

Sophie nahm die Kiste entgegen und öffnete den Deckel. Darin befanden sich mehrere Briefe, die mit einem rosafarbenen Seidenband umschlossen waren.

»War der vermisste Brief in einem Kuvert wie diesem? Vielleicht sogar mit Postmarke?«

Carlotta verneinte. »Zwei Seiten einfaches Briefpapier, eng beschrieben. Sie wusste, sie würde sterben. Man erlaubte mir, ihre Zeilen zu behalten.«

Man erlaubte es ihr? Die Formulierung irritierte Sophie. »Wann starb Ihre Mutter?«

»Als ich neun war.«

»Ist der Brief auf Italienisch verfasst?«

Carlotta schüttelte den Kopf. »Sie war Deutsche, das sagte ich Ihnen ja schon.«

»Natürlich.« Sophie schloss die Schatulle, warf einen Blick in die Schublade des Frisiertischchens selbst, um zu prüfen, ob besagter Brief nicht nach hinten gerutscht sein könnte. Sie konnte nichts entdecken. »Wann haben Sie den Brief zum letzten Mal in Händen gehalten, Carlotta?«

»Als wir in Hamburg eingetroffen sind. Ich packe meine persönlichen Dinge gerne selbst aus.«

Isabella nickte eifrig. »*Sì.* Ich nix dürfen, sonst la Signorina böse mit mir.«

Carlotta hatte also vor ihrer Zofe und der Welt Geheimnisse. Nun, dachte Sophie, wer hatte das nicht? »In diesen drei Wochen haben sicherlich die Dienstmädchen des Hausherrn den Raum gelüftet oder abgestaubt, die Fenster geputzt oder vielleicht ein Glas Sherry gebracht. Es könnten also auch andere Personen den Brief …«

»Warum sollte jemand einen Brief von mir stehlen? Warum nicht Juwelen oder eine von einem berühmten Kapellmeister dirigierte, handsignierte Partitur wie den ›Parsival‹? Sie liegen offen auf dem Klavier nebenan. Warum nicht hübsche Handschuhe oder einen wertvollen Kamm? Warum gerade dieser Brief?«

Sie hatte recht. Ein persönlicher Brief hatte für jemanden nur einen Nutzen, wenn … »Stand etwas Ungewöhnliches darin?«

Carlotta setzte sich auf die Bettkante und starrte aus dem Fenster.

»Es ist nichts Verwerfliches oder Geheimes, sollten Sie das meinen, Sophie. Es sind einfach nur die letzten Worte meiner Mutter an mich.« Sie seufzte, als läge eine schwere Last auf ihrem Brustkorb. »Sie bat mich, weiterhin an Gott zu glauben, brav in die Kirche zu gehen und jenen Menschen, die es gut mit mir meinen, zu vertrauen. Ich hätte eine große Gabe vom Schöpfer geschenkt bekommen, die ich niemals verleugnen solle. Dieses Talent würde mich auf meinem Weg leiten.«

Sophie dachte nach. »Es ist also nichts in dem Brief zu lesen, das Sie in irgendeiner Weise kompromittieren könnte?« Der Gedanke, jemand könnte die Sängerin erpressen, war ihr bereits gekommen.

»Was meinen Sie damit?«

»Nun, finden sich in den Zeilen Hinweise auf Dinge, mit denen ein Fremder sein Schweigen erkaufen könnte?«

Carlotta schüttelte den Kopf.

Sophie überlegte weiter, dass im Fall einer Erpressung der Dieb bisher keine Forderungen gestellt hatte, um die Seiten der rechtmäßigen Besitzerin zurückzugeben.

Vielleicht war der Dieb ob der Harmlosigkeit des Inhalts enttäuscht gewesen. In diesem Fall wäre es nicht abwegig, zu unterstellen, dass er die letzten Worte von Carlottas Mutter vernichtet hatte. Andererseits, fragte sich Sophie, warum hatte der Dieb ausgerechnet diesen Brief an sich genommen? Es gab sicherlich den ein oder anderen Liebesbrief einer höhergestellten Persönlichkeit, der sich einfacher hätte zu Geld machen lassen.

»Warum also dieser eine Brief?«, murmelte Sophie.

Noch einmal ging ihr Blick zum Frisiertisch. Die dunkelblauen Samtvorhänge erinnerten sie unwillkürlich an den Bühnenvorhang im Stadttheater. Sophie lief zum Fenster, schaute hinaus in den dunkel werdenden Park. In ihrem Rücken spürte sie Carlottas Blick. Von draußen war der Gong zum Abendessen zu hören.

Es war später, als sie gedacht hatte. Zum Abendessen würde sie es wohl nicht mehr zeitig in die Admiralitätstraße schaffen. Das aber erschien ihr in diesem Moment auch unwichtig. Wo, zum Himmel noch einmal, war dieser Brief?

Sophie legte ihre Finger an die Schläfen, um sich besser konzentrieren zu können, als sie zwischen zwei Falten des Vorhangs etwas aufblitzen sah, das ihre Aufmerksamkeit auf sich zog. Sie schob den Samt zur Seite. Das Weiße war verschwunden. Sophie beugte sich hinter den Sekretär und hob den schweren Vorhang ein wenig an. Sogleich entdeckte sie ein gefaltetes Papier. »Ist das der Brief?«

Carlotta sprang auf. Mit zwei Schritten war sie bei Sophie, nahm ihr die handbeschriebenen Seiten ab. Tränen mischten sich in ein Stottern aus Dankbarkeit und Freude, während sie das Papier an ihren Busen drückte.

»Der Wind«, meinte sie. »Vielleicht hat ihn der Wind hinuntergeweht. Und mit dem langen Vorhang wurde er jeden Abend und jeden Morgen auf dem Boden hin und her geschoben.«

»Ja, so könnte es gewesen sein«, stimmte Sophie halbherzig zu. Aus irgendeinem Grund konnte sie dieser einfachen, ja schon fast offensichtlichen Erklärung nicht ganz trauen. Es war jedoch nur schwer vorstellbar, dass die Dienstmädchen im Hause von Siems derart nachlässig waren und einen Brief auf dem Boden nicht bemerkt hätten.

»Sie müssen zum Abendessen bleiben, liebe Freundin!«, rief Carlotta glücklich und umarmte Sophie. »Ich bestehe darauf.«

Bei einer solch dringend vorgebrachten Bitte blieb Sophie keine Wahl, als zuzusagen, zumal sich das schlechte Gewissen ihrem Mann gegenüber in Grenzen hielt. Telse würde ihm etwas zu essen machen, und Henriette wäre bei Emma in guten Händen. Außerdem hatte sie Hunger.

Sophie wandte sich leise an Carlotta. »Ich denke, Sie sollten Isabella Gerechtigkeit zuteilwerden lassen. Was meinen Sie?«

Sie schauten Isabella an, die ängstlich aus verweinten Augen zu ihnen herüberstarrte.

Carlotta nickte.

»Ich warte unten«, erklärte Sophie und lächelte im Hinausgehen dem Mädchen aufmunternd zu, das einen Knicks vor ihr machte.

KAPITEL 12

Verhandlungen des Seeamtes zu Hamburg. Es wurde verhandelt über einen Unfall an Bord des zur »Fischerei-Actien-Gesellschaft« in Glückstadt gehörenden Fischloggers »Wels«, betreffend den Tod des Matrosen Wilhelm Bahlsing, der auf der Reise von Cuxhaven verunglückt ist. Dem Kapitän wird kein Vorwurf gemacht. Die Witwe erhält 25 M Entschädigung.

Original: »Hamburgischer Correspondent«, Oktober 1899

Unten am Hafen, dort, wo die Niederbrücke in die Speicherstadt führte und der Fluss zäh zwischen den Schuten und Seglern floss, lag der Baumwall. Hier gab es eine Menge Kneipen. Eine davon wurde, so der vage Kenntnisstand der politischen Abteilung im Stadthaus, als Agitationsort von Sozialisten aufgesucht. Ein Treffpunkt noch aus Zeiten des Hafenarbeiterstreiks vor sieben Jahren.

Hier wollte Schröder sein Glück versuchen, denn die Gastwirtschaft lag dem Wohnort von Walter Hansen am nächsten, wo sich der Gesuchte aber seit Tagen nicht hatte blicken lassen, wie Schröder von seinem Informanten für eine Mark erfahren hatte. Von dem Mann erfuhr Schröder auch, dass die Frau von Hansen bei der Geburt des ersten Kindes gestorben war. Schröder, der ja von Hansens Auftritt in der Kirche wusste, war sich sicher, hier das eigentliche Motiv des Mannes gefunden zu haben, denn besagter Pastor Krause habe sich geweigert, Mutter und Kind auf dem Friedhof der Gemeinde zu beerdigen, da die Frau vor seinen und vor den Augen Gottes nicht verheiratet gewesen war. So hatte Hansen die beiden auf einem anderen Gottesacker beerdigen lassen. Hass und Verzweiflung waren gute Motive für einen Mord.

Ins Gängeviertel traute sich Schröder nicht. Die engen Gassen waren zu gefährlich. Nicht nur dass man sich dort als kundiger Hamburger problemlos verlaufen konnte, nein, die verschachtelten Behausungen und Hinterhöfe boten einen perfekten Unterschlupf für Diebe und Mordsgesindel. Und so mancher wurde schon aus dem Hinterhalt zusammengeschlagen und konnte danach nicht sagen, wer oder wie viele es waren. Darum gingen selbst Polizisten nur zu dritt in die Tiefen der Armenviertel und stets mit Schlagstöcken bewaffnet.

Schröder hatte die Hand tief in der Jackentasche vergraben, wo er die Pappkarte mit den Fahndungsbildern des Gesuchten zwischen den Fingern spürte. Man hatte Hansen vor einem Jahr kurz in Haft genommen, weil er im Verdacht stand, bei einem Streik das Wort geführt zu haben. Auch wenn man den Mann bald darauf freilassen musste, hatte man ihn beim Erkennungsamt im Stadthaus zumindest fotografiert und vermessen. Das würde Schröder bei seiner Suche helfen, sollte Hansen ihm über den Weg laufen.

Bevor er sich in Bewegung setzte, zog er ein letztes Mal die Doppelkarte mit den Bildern hervor. In den Innenseiten klebten zwei kleine Fotografien des Gesuchten. Eine Aufnahme zeigte Hansen von vorne und eine von der Seite mit einer Kopfbedeckung. Schröder prägte sich die leicht schiefe Nase und die abstehenden Ohren ein. Er schob die Fahndungskarte zurück in die Jacke und überquerte zwischen zwei Fuhrwagen die Straße.

Kurz nickte er einem Straßenfeger zu, der mit einem Besen unweit vom Eingang der Gastwirtschaft das Trottoir säuberte. Mit einem Grinsen nickte der Mann zurück. Offenbar beobachtete auch die Politische die Wirtschaft. Das beruhigte Schröder ein wenig, denn allein in eine derartige Spelunke zu gehen, könnte unangenehm werden.

Schröder hatte in seiner Ausbildung zum Kriminaler gelernt, dass er seinen Gang verändern musste, wenn man ihn nicht gleich als Polizisten erkennen sollte. Also sackte er ein wenig mit dem Oberkörper vor und deutete ein Hinken an, als hätte er es im Bein. Diesen Gang hatte er tagelang geübt. Sollte jemand ihn fragen, war er auf Arbeitssuche bei den Werften oder in der Actienbrauerei in der Hopfenstraße.

Schröder ging die vier Stufen ins Souterrain hinab und öffnete die Tür. Seine Augen brauchten einen Moment, bis sie sich an die Dunkelheit gewöhnt hatten.

Der Wirt, das wusste Schröder bereits, hieß mit bürgerlichem Namen Erwin Weddemann und war eine mehr oder weniger schillernde Figur im Viertel. Überall, wo sich leicht Geld verdienen ließ, tauchte sein wie Wachs zerlaufenes Pfannkuchengesicht auf, aus dem zwei dunkle Äuglein misstrauisch in die Welt blickten.

Stickig warme Luft schob sich Schröder entgegen.

Im Halbdunkel des Raums konnte er vereinzelt Männer an den Tischen entdecken, von denen zwei ihre Köpfe auf die Arme gelegt hatten und schliefen. Sie waren nicht betrunken. Es waren Arbeiter, die darauf warteten, dass irgendjemand in der Stadt Tagelöhner brauchte. Der Wirt verdiente als Vermittler, wenn ein Vorarbeiter hereinkam, sagte, wie viele Leute er benötige, und dem Wirt die Auswahl überließ. Und so hockten die Gestalten hier Stunde um Stunde vor ihren halb leeren, mittlerweile schalen Gläsern Bier.

Schröder erfasste sogleich, dass Hansen nicht hier war.

Er schlenderte auf den Wirt zu, der gerade einige Gläser abwusch. »Moin.«

»Moin auch. Was darf es sein?« Der Wirt trug ein gestreiftes Hemd ohne Kragen, wie Schröder es von den Elbfischern kannte. Sein mächtiger Bart war an den Enden gezwirbelt, ganz so wie es der Kaiser trug. Misstrauisch begutachtete er ihn.

»Ich suche einen Freund. Walter Hansen sein Name«, murmelte Schröder.

»Kenn ich nicht. Bier?«

Schröder nickte und setzte sich an einen Tisch, von dem aus er den Eingang im Blick hatte. Hier schlief auch einer der Arbeiter. Leise schnarchte er vor sich hin, als sich Schröder zu ihm auf die Bank schob. Schon stand das Bier vor ihm.

»Zwanzig Pfennig«, sagte der Wirt und hielt die Hand hin. »Was wollen Sie denn von diesem Hansen?«

Schröder reichte ihm zwei Groschen. »Er soll drüben bei ›Blohm & Voss‹ gearbeitet haben. Dachte, er könnte mir als Schweißer Arbeit vermitteln. Ich nehm aber auch was in der Brauerei.«

Wortlos ging der Wirt zurück hinter den Tresen.

»Bei ›Blohm‹?« Der Mann neben Schröder hob den Kopf. »Das lass man lieber, Kollege.«

»Warum das?«

»Sklaventreiber. Bei denen krepieren mehr Arbeiter in einem Monat als bei den anderen zusammen.«

Schröder sah den Arbeiter neben sich genauer an. War das auch einer dieser verwirrten Sozialisten, die glaubten, die natürliche Ordnung von oben und unten ad absurdum führen zu können? Es war schon schlimm genug, dass die Sozialisten seit letztem Jahr die stärkste Partei im Reichstag waren. Zum Glück half ihnen das nicht viel, denn der Reichstag war gegen den Kaiser machtlos. Dennoch, es braute sich über dem jungen Deutschland etwas zusammen.

Der Mann reichte Schröder die Hand. »Eduard Sievers, armes Schwein aus Schwerin. Seit acht Jahren in Hamburg und noch immer ein armes Schwein. Wenigstens habe ich die Cholera überlebt. Was willst denn vom Walter? Der arbeitet schon längst nicht mehr bei ›Blohm‹.«

In diesem Moment war der Wirt bei ihnen am Tisch.

»Noch 'n Bier?«, raunzte er den Mann neben Schröder an. Der schüttelte den Kopf. »Wenn du nichts bestellst, dann raus hier.«

»Wenn du mir keine Arbeit vermittelst, kann ich auch kein Bier kaufen.«

Der Wirt grinste unter seinem ungepflegten Bart. »Wenn du Arbeit hast, biste eh weg und kannst auch kein Bier bestellen. Also?«

»Ein Bier für meinen Freund und eine Schmalzstulle mit dick Mettwurst«, sagte Schröder. Er wollte unbedingt in Erfahrung bringen, was der Mann über Hansen wusste.

Bevor sich der Wirt in die Küche aufmachte, warf er dem Mann neben Schröder einen warnenden Blick zu.

»Sie mögen den Wirt nicht?«, raunte Schröder.

»Morgen verlasse ich die Stadt. Ich versuche mein Glück woanders. Vielleicht in Bremen.« Er musterte Schröder. »Du bist keiner von uns. Polizist?«

Schröders Nackenhaare stellten sich auf, und ein kalter Schauder lief über seinen Rücken. Plötzlich sprang der junge Mann auf, riss Schröder am Revers hoch und gab ihm eine schallende Ohrfeige.

»Ich lasse mich nicht aushorchen, dass das klar ist!«, brüllte er.

Die anderen Männer hoben die Köpfe. Der Wirt eilte in den Schankraum zurück. Bevor Schröder wusste, wie ihm geschah, hatte sein Gegner den Tisch umgeworfen. Schröders Bierglas rollte über die Kante. Der Mann schleuderte ihn gegen einen der Stützbalken. Schröder versuchte auszuholen, aber der Mann drängte sich gegen ihn.

Dicht kam der Mund des Mannes an Schröders Ohr. »Sie lassen hier gerade meine Tarnung auffliegen, Herr Kollege.«

Bevor Schröder begriff, was er da gerade hörte, hatte der Kerl ihn auch schon mit einem linken Haken zu Boden befördert.

In den Beinen leicht federnd, die Hände zu Fäusten vor den Brustkorb gehoben, tänzelte der Mann vor Schröder hin und her.

»Spinnst du?«, brüllte Schröder. Umständlich rappelte er sich auf. Jiu-Jitsu gehörte zwar zum Ausbildungsprogramm für Kriminalbeamte in Hamburg, aber mit seinen vierzig Jahren war er dem jungen Mann hoffnungslos unterlegen, sollte der seine Vorführung ernst meinen. »Ich suche nur einen Freund!«

Schröder rieb sein schmerzendes Kinn. Er holte aus, bevor sein Gegner reagieren konnte. Schröder griff mit den Fingern in die vollen Haare seines Gegenübers und warf ihn gegen die Wand. Das Bild des Kaisers fiel hinunter. Dann stürzte er sich mit einem Schrei auf den jungen Mann. Keuchend rollten sie über den bierverklebten Lehmboden, als plötzlich der Wirt mit einem Gewehr über ihren Köpfen war.

»Raus hier. Beide!«

Schon wollte Schröder seine Marke aus der Hosentasche ziehen, die er dort an einer Kette aufbewahrte, als der andere unauffällig seine Hand auf Schröders Arm legte.

»Jo, ick wul all längst gohn. Dat Etablissement hier ist nich ganz nach meiner Fasson.« Umständlich stand der junge Mann auf, wischte sich den Dreck von der nicht weniger dreckigen Cordhose und hob das Kinn. »Schönen Tach auch.«

Schon war er durch die Tür.

»Los!« Der Wirt fuchtelte mit der Waffe vor Schröders Gesicht. »Rut hier. Oder hest du dächt, ick bün een Trumpsöben? Ick heff all mitkreegen, dat du een Udel büst.«

Stolpernd verließ auch Schröder die Gastwirtschaft. Was, um alles in der Welt, hatte ihn als Polizisten verraten?

Draußen schien noch immer die Sonne. Schröder blinzelte. Er entdeckte den Straßenfeger, der gerade Besen und Schaufel auf den Handkarren legte. Er nahm seinen Karren und ging dicht an Schröder vorbei. Dabei nickte er zu einer Litfaßsäule gegenüber.

Schröder schlenderte über die Straße und ging auf die von der Gaststube abgewandte Seite. Dort zündete sich der junge Mann gerade eine Pfeife an.

»Das haben Sie ja prächtig hinbekommen!«, schnauzte er Schröder an. »Hätten Sie sich nicht woanders hinsetzen können?«

Schröder strich über sein schmerzendes Kinn. »War das mit der Prügelei nötig? Wer sind Sie überhaupt?«

»Ebert, Politische. Wir suchen einen Engländer, der sich unerlaubt in der Stadt aufhält und agitiert.«

Es ärgerte Schröder, für wie wichtig sich die Männer der politischen Abteilung hielten. Faselten von Attentaten und sahen hinter jeder Ecke einen russischen oder französischen Spion. Oder auch mal einen Engländer. »Sie werden Ihren Mann schon finden. Was ist mit Walter Hansen?«

Der Mann stieß sich von der Litfaßsäule ab und lief am Kai der Elbe entlang. »Wem?«

»Ich dachte, Sie kennen Hansen? Wir suchen ihn in Zusammenhang mit einem Mord.« Schröder zog die Fahndungskarte aus der Jacke und klappte sie auf. »Das ist er.«

Ebert warf einen langen Blick auf die Fotografien. »Mord? Wann war das?«

»Vor drei Tagen. Ein Pastor. Erhängt.«

»Da kommen Sie zu spät, Kollege.« Ebert sog den Pfeifenrauch tief in die Lunge. Dabei blickte er fast schon versonnen über das Treiben auf dem Wasser, wo gerade eine Fähre von der anderen Elbseite herüberstampfte, um an den Landungsbrücken die Arbeiter zur nächsten Schicht aufzunehmen. Ein Amerikadampfer zog flott an den Viermastern vorbei, die mit nackten Masten ein Stück weiter vertäut lagen, um be- oder entladen zu werden. »Den haben wir vor fünf Tagen erwischt.«

»Erwischt?«

»Jo, hatte aufwieglerische Flugblätter im Gepäck, als er aus Berlin zurück nach Hamburg wollte. Außerdem eine Waffe. Er schoss auf unsere Leute.«

»Und wo ist er jetzt?«

Ebert sah zum Himmel hinauf.

»Entweder da«, sein Blick wanderte Richtung Hölle, »oder da. Mir egal. War eh nur ein kleiner Fisch.«

Wut stieg in Schröder auf. »Warum wissen wir nichts davon?«

»Woher sollen wir wissen, dass ihr ihn sucht?« Ebert klopfte die Pfeife an der Hacke seines Schuhs aus. »Jedenfalls ist mein Posten bei Weddemann dank Ihnen nun perdu. Es wird sich nicht vermeiden lassen, dass ich Bericht erstatte. Sie und Ihr Vorgesetzter werden sich vor höherer Stelle verantworten müssen. Ich jedenfalls halte meinen Kopf nicht hin.«

Schröder ging dieser vorwurfsvolle Jammerton mächtig auf die Nerven.

»Hau di man een Nogel int Knie. Dann hest wat to quäsen bi di höhere Stelle«, sagte er und verließ den jungen Mann grußlos.

Die Schuld stets bei anderen suchen war für Schröder von jeher die billigste Art, sich durchs Leben zu schummeln. Erfahrungsgemäß kamen diese Leute am schnellsten nach oben. Noch so eine Sache, die ihn ärgerte.

Am meisten machte es ihn wütend, dass sie fast zwei Tage Zeit mit der Suche nach Hansen vertan hatten.

»Schiet ober ock!«, rief er.

***

»Und nun? Dieser Hansen war unsere einzige Spur.« Neubauer lehnte sich mit vor der Brust verschränkten Armen an den Fensterrahmen und stierte schweigend vor sich hin.

Schröder ging im einzigen Raum, den man dem Kommissariat 5 zugewiesen hatte, auf und ab, als könnte er nur so seine Wut unter Kontrolle halten. »Hätte ich mich nicht mit diesem halben Hemd geprügelt, wüssten wir noch immer nichts von Hansens Tod. Wir würden wie die Dösbaddel suchen und suchen.«

Hauke spürte, wie verärgert seine Männer über die Situation waren. »Wir müssen uns noch einmal mit der Haushälterin und dem Gemeindevorsteher unterhalten. Ein Mann wie der Pastor muss mehr als nur einen Menschen gehabt haben, den er mit seiner Art störte, verbiestert, wie der war.«

Schröder nickte. »Dieses Fräulein Klattmeyer scheint ihren Pastor ja richtig gern gehabt zu haben. Glaube nicht, dass die uns weiterhilft.«

»Ich könnte in die Nachbargemeinde gehen«, schlug Neubauer vor. »Kenne dort den Pastor noch aus meiner Pennälerzeit. Lustiger Mann, der gerne mal einen hebt und dabei viel zu tratschen weiß.«

Hauke nickte.

»Gut.« Er blickte zu Kriminalassistent Theodor von Kelling. »Sie kommen mit mir. Ich will dem Fräulein Klattmeyer noch einen Besuch abstatten.«

Man verabredete sich für sieben Uhr im Stadthaus.

KAPITEL 13

Corsets aller Spezialitäten. Anfertigung nach Maß. Mit und ohne Versteifung. Auswahllieferung ins Haus. Corset-Fabrik Paul Hoffmann, Stadthausbrücke 3.

Original: »Hamburger Nachrichten«, November 1899

Man wartete auf das Fräulein Francini im Salon. Sophie saß auf dem Sofa beim Kamin und fühlte sich in ihrem einfachen Kleid entsetzlich fehl am Platz, denn die Herren waren in angemessener Abendkleidung erschienen. Sicherlich würde Carlotta gleich in einem atemberaubenden Kleid zu ihnen hereinschweben, was das Aschenputtel am Kamin noch grauer und unscheinbarer wirken lassen würde, selbst mit dem kristallenen Sherryglas in der Hand.

Sophie nippte an ihrem süßen englischen Getränk und hörte dem Sohn des Hausherrn zu, der vor dem Feuer stand und über die Notwendigkeit eines eigenen Konzerthauses lamentierte, das sich die Stadt zwar leisten könne, aber wohl kaum bauen würde, da die Leidenschaft für höhere Künste nicht sonderlich ausgeprägt sei. »Ein Stiefkind von Soll und Haben, sage ich immer.«

Der Redeschwall war von Aufregung durchdrungen. Für einen Hanseaten seines Alters, silbernes Haar mitsamt leichtem Bauchansatz, der von einer Menge gutem Essen und Wein zeugte, plapperte er heute Abend recht viel. Vielleicht war es ihm peinlich, eine einfache Frau wie sie zu Gast zu haben, die er nicht einmal persönlich eingeladen hatte? Man sah der italienischen Diva im Hause offenbar viel nach. Ihr Blick glitt zu Max, der wie ein Tiger im Käfig im Salon auf und ab ging. Er hatte die schöne Sängerin heiraten wollen, obwohl sie älter war als er.

»Junge, hast du schon gehört«, wandte sich der Hausherr an seinen Sohn, »dass unser lieber Freund Laeisz plant, einen Teil seines Vermögens nach dem Tod für eine solche Musikhalle zu stiften?«

Ohne innezuhalten, kommentierte Max, dass dies ein Glück sei, da so die leichte Muße endlich aus dem Stadttheater verjagt werden könne.

»Wagner neben Straußwalzern auf ein und derselben Bühne«, spuckte er aus. »Entwürdigend. Sollen die Laeisz ihr Geld gerne dafür verschwenden.«

Hermann von Siems warf ihm einen strengen Blick zu.

»Mein Sohn ist der Oper mit Haut und Haar verfallen«, entschuldigte er sich bei Sophie.

Sie lächelte unbestimmt. »Das ist sicherlich nicht die schlechteste Beschäftigung für einen gebildeten jungen Mann.«

Von Siems beugte sich ein wenig zu ihr. »Mir wären weniger tiefgründige Beschäftigungen für ihn lieber. Mit Schwermut und Elegie wird er keine junge Frau betören.«

Ob er von dem abgelehnten Antrag seines Sprösslings wusste? Sophie musterte Max unauffällig, dessen Habitus irgendwo zwischen Gloriole und Lächerlichkeit schwankte. Maximilians Auftreten zeugte von der Selbstsicherheit einer höheren Geburt. Seine etwas zu weiten Gesten und der trotzige Blick aus dunklen Augen trugen dazu bei, dass Sophie manchmal an sich halten musste, um diese theatralische Figur nicht zu belächeln. Er kämpfte einen jugendlichen Kampf, den nur er sah. Aber war das nicht das Privileg der Jugend?

Natürlich war es zutiefst anmaßend von ihr, so zu denken. Wer war sie, sich ein solches Urteil zu erlauben? Ein Urteil, das nach nur wenigen Minuten in der Pause im Stadttheater entstanden war und bei einer Ausfahrt in einer Kutsche, wo sie und Carlotta sich alles andere als gut benommen hatten. Noch nie hatte sie mit Maximilian von Siems auch nur ein persönliches Wort gewechselt. Hatte sie, das graue Mäuschen, das man aus Dankbarkeit großzügigerweise zum Abendessen geladen und dem man ein Glas Sherry angeboten hatte, das Recht auf solch herablassende Gedanken?

Zum Glück erlöste Carlottas Erscheinen Sophie von einer sicherlich äußerst beschämenden Antwort.

Beim Eintreten bedachte sie die entzückten Herren mit einem engelsgleichen Lächeln und ließ sich ebenfalls ein Gläschen Sherry reichen, während sie sich neben Sophie aufs Sofa setzte. Sie plauderte charmant, ohne die Aufmerksamkeit der anwesenden Herren zu bemerken.

Selbst nicht mehr im Mittelpunkt zu stehen, war Sophie mehr als recht, zumal es ihr die Gelegenheit bot, Carlotta genauer zu betrachten. So fragte sie sich, wovon ihr Zauber ausgehen mochte. Das Kleid konnte es nicht sein. Auch andere Frauen wussten sich exquisit zu kleiden. War es ihr Lächeln? Oder war es die Traurigkeit hinter ihren türkisfarbenen Augen, die so gar nicht zu einer Italienerin passen wollten? War es die durchscheinende Blässe, die ihr die Aura eines verletzlichen Rehs gab?

Sophie ahnte anderes. Ihrer Ansicht nach saß hier eine Frau, die ihre Möglichkeiten in einer Männerwelt perfekt zu nutzen wusste. Sie würde ihre neue Freundin aufmerksam beobachten, um von ihr zu lernen. Da riss die Stimme des Hausherrn sie aus ihren Gedanken.

»Ich hörte, dass es heute zu einem kleinen Vorfall gekommen sei, bei dem Sie unserem reizenden Gast hilfreich zur Seite stehen konnten, liebe Frau Sötje.«

Sophie wiegelte bescheiden ab. »Es handelte sich nur um ein Missverständnis.«

»Ich hatte einen mir sehr wichtigen Brief vermisst«, mischte sich Carlotta ein. »Sophie entdeckte ihn hinter dem Vorhang am Fenster. Ich nehme an, der Wind hat ihn unbemerkt vom Tisch gefegt.«

Hermann von Siems kräuselte die Stirn, was Sophie verstehen konnte, denn Carlotta neigte nicht dazu, offene Fenster in ihrer Nähe zu dulden, um einer Erkältung ihrer Stimmbänder vorzubeugen. Zugluft war der Feind des Sängers.

Hermann von Siems trat näher. »Sicherlich hatte eines der Mädchen in Ihrer Abwesenheit gelüftet und so das Malheur verursacht. Der Brief scheint für Sie von großer Bedeutung zu sein.«

»Ja, er liegt mir sehr am Herzen.«

»Ein Verehrer?«, hakte er nach.

Carlotta lachte auf. »Nein, ganz bestimmt nicht.«

»Nun, die Zahl der Lilien und Rosen im Haus hat seit Ihrer Ankunft, meine Liebe, erheblich zugenommen. Ich vermute, in der ganzen Stadt gibt es nicht eine mehr.« Von Siems lächelte schmal. »Und wie ich erfuhr, wurden die Blumen ganz ohne Karte abgegeben.«

Carlotta erklärte, dass gelegentlich unbekannte Verehrer Blumen schicken ließen. Es sei nichts Besonderes.

Hermann von Siems war offenbar nicht von der Harmlosigkeit der Angelegenheit überzeugt. »Wäre es nicht von Vorteil, wenn Sie Ihre künftigen Ausflüge in Herrenbegleitung absolvierten?«

Beschämt blickte Carlotta auf ihre Hände. »Sie sprechen von unserem kleinen Streich, den wir Max gespielt haben?«

Der Sohn des Hauses blickte mit verkniffenem Mund aus dem Fenster, als hätte er die Worte nicht gehört. Derart vorgeführt zu werden, musste ihn sehr verärgert haben.

»Das war nicht nett«, wandte sich Sophie an ihn. »Bitte verzeihen Sie. Die Idee war meine gewesen. Eine kleine übermütige Dummheit«, log sie. Ihr war es lieber, dass sie in Ungnade fiel statt Carlotta, die immerhin im Haus lebte.

Überrascht schaute Hermann von Siems seinen Sohn an.

»Von einem Streich ist mir nichts bekannt. Ich dachte eher an die gesellschaftlichen Verpflichtungen von Fräulein Francini, von denen sie offenbar einige ohne angemessene Begleitung zu absolvieren gedenkt.« Sein Ton hatte eine gewisse Schärfe.

Carlotta nickte ergeben.

»Ich danke Ihnen für Ihre Fürsorge, lieber Herr von Siems.

Ich sollte tatsächlich vernünftiger sein.« Die Strenge in seinen Gesichtszügen verschwand zugunsten einer gewissen Milde. Sie schaute zu ihm hoch. »Es wäre mir eine Freude, wenn wir gewisse Verpflichtungen gemeinsam tragen könnten.«

Sophie hielt die Luft an. Hatte Carlotta soeben Hermann von Siems einen Heiratsantrag gemacht? Von Siems blickte sie erst überrascht, dann fast zärtlich an, während sein Sohn erneut in dieses unstete Auf-und-ab-Gerenne verfiel.

»So werden Sie also gemeinsam mit mir zur morgigen Einladung im Waisenhaus am Schulweg kommen, mein lieber Hermann? Ein Liedernachmittag mit dem dortigen Kinderchor um halb drei am Nachmittag.«

Von Siems wirkte nicht sonderlich enthusiastisch.

»Ich bedaure sehr. Gerade morgen erwarte ich viel Arbeit im Büro.« Er sah Max fragend an.

Der zuckte nur mit den Schultern. Auch er habe wichtige Termine, obwohl er natürlich gerne …

»Wie schade«, unterbrach Carlotta ihn. »Ich hoffe, dass wenigstens meine liebe Freundin Sophie Sötje mich begleiten kann. Sie ist immerhin die Gattin eines Kommissars. Welch besseren Schutz könnte ich mir wünschen?«

Mechanisch nickte Sophie.

»Mein Besuch dort wird auch kaum länger als ein oder zwei Stunden in Anspruch nehmen«, versicherte Carlotta ihr.

KAPITEL 14

Aufruf!
Altersvorsorge-Lotterie. Loos 1 M.
Original: »Hamburgischer Correspondent«, September 1899

In »Schümanns Austernkeller« ließ es sich trefflich speisen. Balthasar Kroppke, seines Zeichens Vertreter der Jurisprudenz mit besten Kontakten zum Senat, hatte gerade erfahren, dass man gedachte, ihn zum Mitglied des Oberschulpräsidiums zu machen und ihn zum Senatssyndikus zu ernennen, sobald von Melle erst einmal Senator wäre und der Posten frei würde. Seit dem Tod des zweiten Bürgermeisters Johannes Versmann vor drei Monaten mussten einige Positionen in der Stadt neu besetzt werden.

Mit stolzgeschwellter Brust und ein, zwei Weinchen zu viel im Kopf trat Kroppke auf den Jungfernstieg hinaus. Mit fast sechzig Jahren und einer tadellosen Reputation war es an der Zeit gewesen, seine Stellung in der Stadt angemessen zu würdigen. Er setzte seinen Zylinder auf den mittlerweile fast kahlen Kopf, blickte hocherhobenen Hauptes die Prachtstraße an der Alster auf der Suche nach einer Droschke hinunter, die ihn zu seiner jungen Gattin und den beiden Töchtern in den Harvestehuder Weg bringen würde.

Er hob den Arm, rief dem nächsten Kutscher ein »He da!« zu, woraufhin dieser kurz schnalzte und den Gaul vor den Eingang zum »Austernkeller« dirigierte. Kroppke nannte dem Mann auf dem Kutschbock die Adresse und stieg ein. Mit einem wohligen Seufzen ließ er sich auf die gepolsterte Bank fallen und sinnierte bereits darüber, dass von nun an auch ein Senatorenamt in Reichweite seiner Ambitionen lag. Er musste es nur klug anstellen.

Mit geschlossenen Augen ließ er noch einmal dieses außerordentlich angenehme Gespräch und das vorzügliche Essen an sich vorbeiziehen. Bald schon spürte er, wie das sachte Schaukeln ihn wegdösen ließ und sich unschickliche Gedanken von nackter zarter Haut und langen blonden Haaren ihren Weg in seinen Geist bahnten. Er würde nachher noch bei den Mädchen reinschauen müssen.

Plötzlich wurde die Kutschtür aufgerissen. Zwei Männer stürmten hinein. Kroppke wollte schreien, da presste einer ihm einen stinkenden Lappen ins Gesicht. Jemand hielt seine um sich schlagenden Hände fest und drückte die strampelnden Beine zusammen. Kroppke merkte noch, dass die Kutsche unbeeindruckt weiterfuhr. Der Kerl vorne musste doch gemerkt haben, dass dieses Gesindel aufgesprungen … Dann sackte Kroppkes Kopf zur Seite.

KAPITEL 15

Sturmwarnung für Nordsee und westliche Ostsee. Minimum westlich von Schottland macht stürmische südwestliche Winde wahrscheinlich. Signalball beachten. Starkes Hochwasser im Hamburger Hafen.

Original: »Hamburger Nachrichten«, Oktober 1899

Als Hauke ins Stadthaus trat, brannten die Straßenlampen schon, und in der Portiersloge trat der diensthabende Nachtwächter seine Schicht an.

»Moin!«, rief Hauke hinüber.

Der Mann salutierte.

Gemeinsam mit Neubauer an seiner Seite nahm er zwei Stufen auf einmal, bis sie den dritten Stock erreicht hatten.

»Meinen Sie, die anderen hatten mehr Erfolg, Herr Kommissar?«

»Fanden Sie denn, dass wir keinen hatten, Neubauer? Ich bin recht zufrieden mit unserem Besuch beim Küster. Zumindest mit dem, was seine Frau zu sagen hatte.«

Überrascht sah der junge Mann ihn an. Er hatte sich direkt nach dem Militärdienst im Stadthaus beworben und war mit seinen sechsundzwanzig Jahren der Jüngste im Kommissariat 5. Was er an Lebenserfahrung noch nicht aufzuweisen hatte, machte er durch sein technisches Verständnis und Waffenkunde wett. Hauke war froh, dass man ihm den jungen Mann zugewiesen hatte.

»Aber sie konnte uns kaum Neues sagen, oder?«, fragte Neubauer.

»Sind Sie sich sicher? Und was war mit der Frau, die der Herr Pastor empfing? Jene ausländische Frau, die unsere Haushälterin als sehr elegant beschrieben hat? Die Küsterin erwähnte keinen Mann in deren Begleitung.« Hauke wich einer Gruppe Uniformierter aus, die ihnen entgegenkam.

»Stimmt. Bedauerlicherweise konnte die Frau Küsterin nicht hören, worüber die Unbekannte und der Pastor sprachen.«

»Auch das ist nicht korrekt, Neubauer. Sie glaubt, gehört zu haben, dass Pastor Krause ihr nachrief, der Apfel fiele nicht weit vom Stamm.« Abrupt blieb Hauke stehen, sodass Neubauer ihn fast umgerannt hätte.

»Die Haushälterin hat also gelogen, als sie sagte, die Dame sei nach dem Besuch in bestem Einvernehmen gegangen.«

»Lügen würde ich es nicht nennen. Fräulein Klattmeyer sieht die Dinge, wie sie sie sehen will. Sie lässt nichts auf ihren Pastor kommen.«

Der junge Mann überlegte. »Also müssen wir die Frau noch einmal befragen, richtig?«

Inzwischen hatten sie die dritte Etage erreicht.

Hauke nickte. »Unsere Aufgabe ist es, Unstimmigkeiten in den Aussagen aufzudecken. Und hier ist eindeutig etwas im Busch.«

Draußen schlugen die Kirchturmuhren bereits die zehnte Stunde, als Hauke mit den Männern vom Kommissariat 5 seine Aufzeichnungen abglich. Auf dem Flur brannten längst die Gaslampen.

»Die Unbekannte und der Pastor trennten sich nicht im Guten, behauptet die Küsterin«, beendete Neubauer gerade seinen Bericht.

»Wer war sie?«, wollte Schröder wissen.

Von Kelling drückte das Kreuz durch und verzog das Gesicht vor Schmerzen. »Bei der unklaren Beschreibung weiß ich nicht, wo wir die Dame suchen sollen. Ausländerin, elegant und jung. Das ist nicht viel. Nein, mir scheint dieser Hinweis zu vage, zumal mir auch nicht einleuchten will, warum eine vornehme Frau einen Pastor umbringen sollte. Geschweige denn, wie sie es zustande gebracht haben soll.«

»Komplizen«, warf Neubauer eifrig ein. »Die drei Männer.«
Von Kelling grinste. »Eine Bande also. Und die Frau ist ihr Kopf.«

»Wir wissen nicht einmal, ob die Person noch in Hamburg ist«, merkte Schröder an. »Und die Mörder sind sicherlich auch längst über alle Berge.«

»Es sei denn«, warf Neubauer mit jugendlicher Energie ein, »es sei denn, die Frau hat noch etwas in der Stadt zu erledigen.«

Von Kelling stöhnte. »Was könnte das sein? Eine Alsterrundfahrt?«

Schröder grunzte amüsiert, während Neubauer dem Kollegen einen bösen Blick zuwarf.

Hauke indes spürte, dass seine Männer unleidlich wurden. Sie waren seit heute früh um halb sechs auf den Beinen. Es wurde Zeit, nach Hause zu gehen. Auch für ihn. Er nahm Jacke und Mütze vom Haken. »Wir befragen morgen noch einmal das Fräulein Klattmeyer zur Aussage der Küstersgattin.«

Sie verließen das Stadthaus über einen Nebeneingang, der durch einen Torbogen hinaus auf den um diese Zeit menschenleeren Neuen Wall führte. Der nasse Asphalt glänzte im gelben Licht der Gaslaternen. Neubauer fuhr mit einem »Tschüss!« auf seinem Veloziped vorbei, um nach Eimsbüttel zu kommen, wo er bei seiner Mutter lebte. Das Fahrrad war neu und sein ganzer Stolz.

Von Kelling begleitete Schröder und Hauke bis zur nächsten Ecke, um von dort zur Gertrudenkirche zu gelangen, wo er bei einer Witwe unterm Dach ein Zimmer zur Miete bewohnte.

Schweigend gingen Hauke und Schröder noch ein Stück nebeneinanderher.

»Ob unser Herr Pastor wirklich so ein weißes Schaf war, wie alle sagen?«, fragte Schröder.

»Suchen Sie das Haar in der Suppe?«

»Mag sein. Seit ich bei der Polizei bin, weiß ich, dass es mehr Haare in den Suppen der Stadt gibt als auf den Köpfen.«

Hauke schob die Hände tief in die Hosentaschen. Es war

kalt heute Nacht. »Wem sagen Sie das, Schröder! Gehen Sie am besten noch einmal zum Bischof und schauen Sie, ob Sie da jemanden finden, der kein Loblied auf Krause singen will oder kann. Der beredte Pastor aus der Nachbargemeinde jedenfalls war wenig hilfreich.«

»Stochern im Nebel?«

Hauke nickte. »Gefällt mir auch nicht.«

An der nächsten Ecke verabschiedeten sie sich voneinander.

»Bis morgen, Schröder.«

»Jo, schön Obend ock. Und Grüße an die Frau Gemahlin.«

Kaum ein Mensch war noch unterwegs. Das Klacken seiner Stiefel hallte von den Wänden. Gelegentlich rumpelte eine Mietdroschke vorbei. Die meisten Fenster der Admiralitätstraße waren um diese Zeit dunkel. Die Kirchenglocken der Stadt würden gleich elf Uhr schlagen. Hamburg war in einen unruhigen Schlummer gefallen. Nur vom Hafen her hörte Hauke das Schlagen der Hämmer auf den Werften oder das gelegentliche Signalhorn eines Dampfers. Wenn er Glück hatte, war Sophie noch wach. Sie würde ihm von ihrem Tag berichten, in dem Mord und Totschlag keine Rolle spielten. Vielleicht würden sie noch an Henriettes Bettchen schleichen und ihrer Tochter beim Schlaf zuschauen. Bei diesem Gedanken musste Hauke lächeln, und sein müder Gang beschleunigte sich.

So viele Jahre hatte er sich ein Zuhause gewünscht, zu dem er zurückkehren konnte, wenn die Arbeit getan war. Einen Ort, wo er Frieden finden konnte, und sei es nur bis zum nächsten Morgen.

KAPITEL 16

Trauer-Magazin. Costüme, Röcke, Blusen, Hüte. Anfertigung in kürzester Zeit für traurige Anlässe. Hochzeitsmoden ebenfalls vorhanden. Gebr. Dabelstein, Gänsemarkt 61, Fspr. 327.

Original: »Hamburger Nachrichten«, Dezember 1899

Es war stockdunkel im Schlafzimmer, als Sophie leise die Zimmertür öffnete. Sie horchte auf Haukes gleichmäßigen Atem. Schon im Nachthemd und mit offenen Haaren, wollte sie schnell ins Bett huschen. Um nicht mit den nackten Füßen gegen den Stuhl oder den Bettpfosten zu stoßen und ihren Mann zu wecken, tastete sie sich zu ihrer Seite des Betts. Von draußen hörte sie die Kirchturmuhr von St. Michaelis. Es war bereits Mitternacht. Vorsichtig warf sie die Federdecke zurück und setzte sich auf die Bettkante.

»Du bist spät.«

Seine Stimme ließ sie zusammenfahren.

Hauke klang verärgert. Schon hob sie zu einer Entschuldigung an. »Ja, aber ich kann es erklären …«

»Du musst mir nichts erklären.«

»Doch, Hauke, du hast das Recht dazu. Ich bin zur Villa von Siems gefahren, um Fräulein Francini in den Zoologischen Garten zu begleiten. Die Dinge entwickelten sich allerdings anders als gewünscht. Eine unleidliche Angelegenheit um einen verschwundenen Brief. Wir fanden ihn wieder, und aus Dankbarkeit bat Carlotta mich, zum Abendessen zu bleiben. Danach spielten wir ein wenig Bridge und unterhielten uns im Salon.«

»Du hättest eine Nachricht schicken lassen können.«

»Ich weiß, aber der Tag war äußerst aufwühlend.«

Er schwieg. Als sie schon meinte, er wäre wieder eingeschlafen, hörte sie seine Stimme noch einmal.

»Du vernachlässigst deine Pflichten als Mutter.«

Die Worte trafen Sophie wie ein Schlag. Sie fuhr auf. »Wie kannst du so etwas sagen! Ich liebe meine Tochter. Niemals würde ich sie vernachlässigen. Sie ist mein Ein und Alles! Außerdem war Emma bei ihr.«

»Als ich nach Hause kam, saß Emma in der Küche, obwohl sie eigentlich ihre kranke Mutter hatte besuchen wollen.«

Sophie warf die Hand vor den Mund. Mein Gott, das hatte sie in all der Aufregung ganz vergessen. Emma hatte sie extra darum gebeten, früher gehen zu dürfen, um mit der Mutter einen Arzt aufsuchen zu können.

»Oh nein!«, rief sie. »Das ist mir entfallen. Wie unangenehm. War sie sehr erbost über mich? Ich werde ihr morgen den ganzen Tag freigeben und der Mutter einen Korb mit Wurst und Käse hinüberbringen.«

»Davon rate ich dir ab. Die Mutter trägt einen Vollbart und heißt Kurt Schmelsky, Kurzwarenhändler aus Lübeck.«

»Oh.«

Wieder legte sich Schweigen über das eheliche Schlafzimmer.

»Unsere Tochter ist heute zum ersten Mal gelaufen«, sagte Hauke in vorwurfsvollem Ton, ohne die Stimme zu erheben. »Allein.«

Sophie hielt die Luft an. »Allein?«

Seit Wochen hatte sie mit Henriette das Laufen geübt, aber das Kind hatte einfach nicht gewollt. Immer wieder ließ sich ihre Tochter auf den Boden plumpsen, wenn es hieß, an den Händen ihrer Mutter loszugehen. Überhaupt war das Kind am glücklichsten, wenn es in der Karre durch die Stadt geschoben wurde. Dabei brabbelte die Kleine ohne Unterlass, kommentierte mit strahlendem Lächeln jeden Hund und jedes Blatt. Doch laufen wollte sie partout nicht. Schon hatte Sophie begonnen, sich Sorgen zu machen, dass mit ihrer Tochter etwas nicht stimmen könnte, denn alle anderen Kinder in dem Alter zogen sich an Stühlen und Tischen hoch, wankten tapsend durch die Gegend, nur Henriette nicht. Erst kürzlich riet die Nachbarin, Sophie solle mit dem Kind einen Arzt aufsuchen, weil das nicht normal sei. Immerhin sei sie selbst Mutter von vier munteren Kindern und kenne sich aus. Ihre eigenen Gören seien mit zwei Jahren längst gelaufen, hatte sie im Treppenhaus gesagt und angedeutet, dass Henriette wohl Muskelschwund oder Typhus haben müsse.

Sophie hatte nächtelang nicht schlafen können, sich die Adresse eines Spezialisten geben lassen, der sie wiederum an das neue Krankenhaus in Eppendorf verwiesen hatte, wo ein Termin in der nächsten Woche ausstand. Und nun lief die Kleine! Und sie, die Mutter, war nicht dabei gewesen, um zu applaudieren.

Sie machte alles falsch! Ihr war zum Heulen zumute.

»Was ist bloß los mit dir, Frau?«

Sie schwieg, wusste es ja selbst nicht. Was hätte sie auch sagen sollen, ohne ihn zu verärgern? Er hatte das Stadthaus, seine Männer, die aufregenden Fälle und ganz Hamburg. Und sie? Eine Küche, zwei streitlustige Bedienstete, die sich einen Kehricht darum scherten, was sie sagte, eine gute Stube und ein Schlafzimmer. Und natürlich ihre wunderbare Tochter, die alles für sie war.

»Es tut mir leid, Hauke.« Diese geflüsterte Entschuldigung war ihr Eingeständnis, dass sie auf ganzer Linie versagte. »Ich bin eine schreckliche Hausfrau, eine unfähige Mutter und als Ehefrau mehr eine Belastung als eine Hilfe.« Sie spürte, wie ihr die Tränen in die Augen traten. »Und nun habe ich auch noch meine Tochter enttäuscht.«

KAPITEL 17

Das zweite Volksschüler-Concert fand gestern Mittag unter Leitung des Herrn Professor Richard Barth im Concerthaus Hamburg statt und wurde ausgeführt vom Orchester des Vereins Hamburgischer Musikfreunde. Auf dem Programm standen Beethovens 2. Symphonie und Webers Oberon-Ouvertüre. Die Kinder meisterten ihre Aufgabe zur Zufriedenheit des Publikums.

Original: »Hamburger Nachrichten«, Oktober 1899

Gerade hatte Hauke die Wohnung verlassen, um ins Stadthaus zu gelangen, als Schröder die Stufen in der Admiralitätstraße herauflief.

»Wir haben einen Toten, Herr Kommissar!«, rief er, noch eine halbe Treppe von seinem Vorgesetzten entfernt.

In diesem Moment trat Haukes Nachbarin mit einem Kohleeimer in der Hand aus ihrer Wohnungstür. Sie sah Schröder nicht, hörte ihn nur. Wie angewurzelt blieb sie stehen, als Hauke an seine Mütze tippte und ihr einen guten Morgen wünschte.

»Sie haben ihn am Trosttor aufgehängt!«, rief Schröder hoch. Das Trosttor war eine Brücke zwischen St. Nikolai und der Börse. Wem genau die Brücke Trost spenden sollte, war Hauke unbekannt. Schröders Stimme kam näher. »Muss gezappelt haben wie ein Fisch an der Angel.«

Entsetzt starrte die Nachbarin Schröder an, dessen Kopf nun erschien.

»Moin!«, rief er ihr fröhlich zu, woraufhin die Frau eilig in ihre Wohnung zurückkehrte und die Tür zweimal hinter sich abschloss.

»Ob es eine Selbsttötung war, bei der der Mann es sich

anders überlegt hat, lässt sich noch nicht sagen. Die vom zuständigen Revier riefen im Stadthaus an, weil sie wohl von unserem Herrn Pastor gehört haben.«

Hauke und Schröder eilten gemeinsam die Stufen ins Parterre hinunter. Mit großen Schritten machten sie sich auf zur St.-Nikolai-Kirche, deren hoher Turm über die Häuserdächer ragte.

»Ist schon komisch, dass da schon wieder einer hängt. Also, wenn das kein Suizid war …«, murmelte Schröder.

»Sie meinen, unsere Mörder könnten noch in der Stadt sein?«

Schröder nickte.

»Warten wir es ab, Schröder. Warten wir's ab.«

Als Hauke und Schröder wenige Minuten später die Trostbrücke erreichten, mussten sie sich durch eine Traube Menschen schieben, die ihren Weg versperrten.

Die Männer vom Kriminalrevier hatten mit je einem Seil die Enden der Brücke für jedermann gesperrt, was bei dem ein oder anderen, der zum Markt vor der Kirche wollte, zu Unmut führte. Drohende Fäuste und derbe Worte waren die Folge. Alle anderen hatten sich eingefunden, um mit schaurigschöner Miene die Beamten bei ihrer Arbeit zu beobachten, wie sie den Leichnam heraufzogen oder der Fotograf seine Kamera auf ein Stativ stellte, während unten im Modder des Nikolaifleets zwei Polizisten umherstiefelten, in der Hoffnung auf Hinweise, die die einsetzende Ebbe nicht mit in die Elbe genommen hatte. Viel Zeit würden die armen Kerle da unten nicht haben, denn das Wasser kehrte schon wieder zurück.

»Moin«, grüßte Hauke den Schutzmann bei der Absperrung.

Der Mann erkannte den Leiter des Fünften und Schröder. »Moin auch.«

Hauke und Schröder begaben sich zur Mitte der Brücke, wo die Männer vom Revier gerade den Leichnam über die Balustrade hievten und auf den Boden legten. Das Seil, an dem der Tote hing, hatte man um die steinernen Schuhe Graf Adolfs III. geschlungen, des Gründers der Hamburger Neustadt. Sein Blick über das emsige Treiben zu seinen Füßen wirkte überrascht.

Einer der Beamten trat zu ihnen.

»Kröger.« Er reichte Hauke und Schröder die Hand. »Hatte von Ihrer Leiche bei St. Magdalenen gehört. Dachte, Sie würden sich das hier gerne mal ansehen.« Er nickte zu dem Mann am Boden, über dem nun der Fotograf Stellung bezog, um seiner Arbeit nachzugehen.

Maßgefertigte Schuhe, neue Ledersohlen, schwarze Strümpfe mit Sockenhaltern, dunkle Hose mit Streifen, Gehrock, nicht die neueste Mode, aber solide geschneidert.

»Wer hat ihn gefunden?«, fragte Hauke.

Kröger wies zu drei blassen Jungen mit Schulranzen auf dem Rücken. »Gerber, Ludwig, acht Jahre alt. Schmittgens, Ernst und Brömmelsiek, Hannes. Letztere neun. Waren auf dem Weg in die Schule. Sind kurz nach acht im Revier aufgekreuzt.«

Hauke hob die Brauen.

»Ach, hätten sie da nicht längst im Unterricht sitzen müssen?« Er warf den Jungen einen zweiten Blick zu. Die Blässe um ihre Nasen musste nicht unbedingt ursächlich mit dem Toten zusammenhängen. Es könnte auch die Angst vor den Eltern sein, die nun unweigerlich herausfinden würden, dass ihre Bengel die Schule schwänzten.

»Sie sind dran, meine Herren«, tat der Fotograf kund und stieg von der Leiter.

Hauke drehte sich zu ihm. »Ich brauche den Knoten, so detailliert wie möglich.«

»Da muss ich mich ja auf den Boden knien«, sagte er.

»Tja, is dann wohl so«, erwiderte Schröder.

»Dauert aber. Muss erst eine neue Platte einlegen.« Mit einem Seufzer ging der Fotograf zu seinem Fahrrad, das einige Meter weiter am steinernen Geländer lehnte, und kramte in einer der Holzkisten herum.

Hauke und Schröder knieten sich zu dem Toten und betrachteten ihn aufmerksam. Schröder zückte sein Notizbuch und den Bleistiftstummel aus der Jackentasche.

Im Gehrock des Toten fand Hauke ein Etikett.

»Schreiben Sie, Schröder: Herrenschneider ›Ladage & Oelke‹. Rock aus Schurwolle, würde ich sagen. Recht neu, keine gestopften Stellen. Einer der beiden Knöpfe am Gehrock fehlt, der seidene Reversspiegel ist zerrissen, der Klappenkragen am Hemd offen. Es sieht ganz danach aus, als hätte er sich gewehrt.« Er untersuchte die Hände.

Schröder schaute von seinem Block auf.

»Die Hose ist zwischen den Beinen nass«, kommentierte er unnötigerweise. »Ich halte das am besten auch fest.« Sein Bleistift kratzte über das Papier.

»Das wird post mortem passiert sein«, sagte Hauke.

Schröder widmete sich wieder seinen Aufzeichnungen. »Na ja, kann ihm ja egal sein.«

Hauke blickte zu seinem Assistenten auf.

»Etwas mehr Respekt vor dem Verstorbenen, wenn ich bitten darf!«, zischte er scharf.

Schröder zuckte zusammen. »Verzeihen Sie, Herr Kommissar. Ist mir nur so rausgerutscht.«

»Wo sind das Plastron und die dazugehörige Krawattennadel? Hat man sie ihm abgenommen, damit der Strick besser umgelegt werden kann?« Hauke erhob sich und blickte über das Geländer hinunter ins Nikolaifleet. »Wenn wir Glück haben, Schröder, sind die fehlenden Sachen noch dort, wo man den Mann überfallen hat. Wenn wir Pech haben, schwimmen sie in der Elbe.« Er beugte sich wieder zum Leichnam. »Schauen wir uns den Knoten genauer an. Immerhin ist er diesmal in einem Stück.«

Der Knoten war akkurat geknüpft, als wüsste jemand, was er tat.

»Hat die Strafanstalt eigentlich einen eigenen Henker?«, wollte Hauke wissen.

Schröder schüttelte den Kopf. »Soweit mir bekannt ist, leistet sich der Senat keinen eigenen Scharfrichter. Lohnt sich wohl nicht. Warum?«

Hauke stand auf. »Und wer führt die Todesurteile durch?«

Schröder kratzte sich am üppigen Bart. »Ein Abdecker, nehme ich an. Vielleicht einer aus Altona.«

»Um einen Menschen hinzurichten, braucht es schon etwas mehr. Außerdem hängen Abdecker die Tiere nicht auf, falls sie sie überhaupt schlachten. Sie verwerten sie ja nur. Fragen Sie doch mal im Gefängnis nach, wer diese Arbeit in Hamburg erledigt. Ich würde gerne wissen, ob dieser Knoten von einem Kenner gebunden wurde.«

Der Fotograf kehrte mit zwei quadratischen Platten unterm Arm zurück. Auffordernd sah er Hauke und Schröder an.

Hauke ignorierte ihn. »Schröder, schauen Sie mal in den Taschen nach, ob da ein Zettel ist.«

Sie rollten den Toten auf die Seite, um in die Jacke fassen zu können. Nach kurzem Suchen zog Schröder einen gefalteten Zettel heraus.

Er reichte ihn Hauke. »Wenn da wieder ›schuldig‹ draufsteht, sind unsere Freunde tatsächlich noch in der Stadt.«

Hauke nickte besorgt. Er faltete den Zettel auseinander und zeigte ihn Schröder.

»Verdoorig ober ock!«, rief sein Assistent. »Noch einer!«

Man verbrachte den Leichnam in das Pathologische Institut ins Krankenhaus St. Georg. Schröder begleitete den Transport, um dafür zu sorgen, dass der Knoten am Hals des Toten möglichst unbeschadet blieb und später ins Kommissariat 5 gelangte. Eine Henkersschlinge mit acht Rundtörns erschien Hauke interessant, gab es nicht irgendwo eine alte Vorschrift, wonach bei einer ordentlichen preußischen Hinrichtung eben diese Zahl vorgeschrieben war? Oder sollte er sich irren? Hauke brauchte einen kundigen Henker, so viel stand fest.

KAPITEL 18

Auf Anordnung des Herrn Stationsvorstehers Peters ist gestern die gesamte Fassade der Innenseite der Empfangshalle des Hauptbahnhofes in Altona, ferner die Perronhalle, deren Glasdach etc. einer gründlichen Reinigung unterzogen worden.

Original: »Altonaer Nachrichten«, Oktober 1899

Hauke öffnete die Metalldose mit den Klappstullen. Mittag war längst vorbei, und bisher hatte er keine Gelegenheit finden können, sein Schmalzbrot zu essen. Für das Bier hatte er in Archivar Wehling einen glücklichen Abnehmer gefunden, der sich mehrfach bedankt und gefragt hatte, ob er noch etwas für den Hauptkommissar tun könne. Den Walter Hansen im Archiv zu finden, sei ja nun wirklich keine Herausforderung gewesen. Hauke hatte ihm versprochen, beim nächsten Mal mit Größerem aufzuwarten. Nun saß Hauke an seinem Schreibtisch, dessen eines Bein er mit einer älteren Ausgabe des Reichsjustizgesetzes von 1879 abstützen musste, da das Möbel sonst wackelte.

Gerade wollte er die Stulle aus der Dose nehmen, als Schröder hereinplatzte. »Wir haben sie fast gefunden.«

Hauke sah auf. »Wen?«

»Die Ausländerin.«

»Ach.« Nur ungern löste Hauke seinen Blick von dem Brot vor sich, das so herrlich roch.

Schröder setzte sich und schlug seinen Block auf.

»Sie kam in einer schwarzen Kutsche mit einem Wappen auf der Tür. Schiff und Hamburger Burgtor.« Zufrieden sah der Kriminalassistent auf, da fiel ihm noch etwas ein. »Ach so, und eine Zeichnung habe ich auch angefertigt.« Er zog ein Papier hervor und reichte es Hauke. »Bin zwar nicht so talentiert wie unser von Kelling, aber ich denke, so in etwa kommt das hin.«

»Wer von den beiden Frauen hat das Wappen beschrieben?«, wollte Hauke wissen, während er die Zeichnung auseinanderfaltete.

»Die Küstersfrau. Diese Dame war vor zwei Wochen beim Pastor. Man hatte sich gestritten.«

»Macht die Küstersfrau einen zuverlässigen Eindruck?« Die Dame auf Schröders Zeichnung war etwa Mitte zwanzig. Aus großen Augen blickte sie ihn fast schon verwundert an, als fragte sie sich, wer er sei. Hauke wusste, er war dieser Person noch nie begegnet, und dennoch kam sie ihm bekannt vor. Er überlegte, wo er sie gesehen haben könnte, musste aber schon bald aufgeben.

Schröder klappte sein Notizbuch zu. »Die Küstersfrau hat Augen wie ein Adler, wenn Sie mich fragen. Sie hat sogar aus zwanzig Metern Entfernung erkannt, dass das Wappen auf der Kutschentür eine Krone enthielt.«

»Krone? Ungewöhnlich in einer Hansestadt. Wie viele Zacken?«

Schröder wurde unsicher. »Das habe ich nicht gefragt. Ist das wichtig?«

Hauke legte die Zeichnung beiseite. »Adelskrone: fünf Zacken, Grafenkrone: neun Zacken, Freiherrenkrone: sieben Zacken.«

»Ich hätte fragen sollen, oder?« Schröder wirkte zerknirscht. »Aber vielleicht ist das gar nicht nötig. Ich habe mir nämlich das preußische Adelsregister angeschaut. Steht ja oben im Archiv. Und da habe ich drei Wappen gefunden, die in Frage kommen. Raten Sie, wer zu den dreien gehört.«

Hauke biss herzhaft von seinem Brot ab und kaute gemächlich, während Schröder ihn auffordernd musterte. »Wenn die Krone sieben Zacken hatte, war es wohl das Wappen der Familie von Siems. Freiherr Hermann von Siems, Werftbesitzer und langjähriger Freund der Familie von Bismarck.«

»Woher wissen Sie das denn?« Schröder war sichtlich enttäuscht.

Hauke gedachte seinem Untergebenen nicht zu erzählen, dass er die Kutsche derer von Siems aus dem Fenster seiner Wohnung beobachtet hatte, als der Kutscher in der letzten Nacht seine Frau nach Hause brachte. »Und die Haushälterin? Was sagt sie zu der Aussage der Küstersgattin?«

Schröder wiegte den Kopf hin und her. »Sie bleibt beharrlich dabei, dass der Herr Pastor kein böses Wort über die Frau gesagt habe. Man habe sich im besten Einvernehmen getrennt. Die Küsterin sei eine geschwätzige Person, hat sie gemeint und sich ziemlich aufgeregt. Zumindest hat sie ihre Aussage dahin gehend korrigiert, dass es kein Ehepaar gewesen sei, das den Herrn Pastor aufsuchte, sondern nur eine Frau. Sie begründete ihre falsche Aussage damit, dass es sich für eine junge Frau nicht schicke, ohne männliche Begleitung durch die Stadt zu kutschieren wie eine, nun ja, Sie wissen schon.«

»Ein wahrlich ehrenwertes Fräulein.« Hauke wischte sich mit einem karierten Taschentuch den Mund sauber, schob es ordentlich in die Hosentasche und packte die Brotdose in die Ledertasche. »Bringen Sie das Fräulein Klattmeyer und die Küstersgattin doch mal zu mir. Heute um Punkt vier Uhr. Sagen Sie keiner von beiden, dass die andere auch erscheint. Nur dass ich sie bitte, uns noch ein paar Fragen zu beantworten.«

Schröder erhob sich. »Und warum sollen die Frauen tatsächlich kommen?«

Hauke lächelte nur und schwieg. Kurz darauf ging er zum Amtszimmer von Polizeirat Roscher.

KAPITEL 19

Chauvinismus bei den Ringkämpfen. Sehr unpassend benimmt sich fortwährend das Publikum der Ringkampfweltmeisterschaft in Paris. Der Deutsche Hitzler wurde ausgepfiffen, weil er sich erlaubte, den Franzosen Pibens binnen 40 Sekunden zu werfen.

Original: »Hamburgischer Correspondent«, Oktober 1899

Mit zutiefst schlechtem Gewissen richtete Sophie ihre Garderobe. Sie hatte Hauke eigentlich von dem Besuch im Waisenhaus erzählen wollen und es dann doch gelassen. Er schien zu verärgert über ihr spätes Heimkommen in der letzten Nacht.

Außerdem steckte sie in einer Zwickmühle. Einerseits hatte sie versprochen, Carlotta zum Waisenhaus zu begleiten, andererseits wollte sie ihre Pflichten als Mutter und Gattin nicht vernachlässigen. Und ihren Mann noch mehr verärgern wollte sie auch nicht. Wie, um alles in der Welt, machten es nur die anderen Frauen?

Sophie versuchte, ihre Gewissensbisse zu ignorieren. Sie würde ja nur zwei oder drei Stunden außer Haus sein. Wenn Hauke am Abend vom Dienst käme, wäre sie längst zurück. Telse und Emma würde sie nicht sagen, wo sie in der Zwischenzeit war, damit sich keine verplapperte.

Kritisch prüfte Sophie, ob der Kragen ihres Kleids ordentlich gebügelt war. Sie hatte den alten gegen einen neuen aus Spitze ausgetauscht, um nicht zu sehr in Carlottas Nähe als Mauerblümchen dazustehen. Immerhin würde sie in deren Begleitung heute an einem offiziellen Termin teilnehmen. Unruhig nestelte sie an ihrem Kleid.

Da klingelte es an der Wohnungstür. Schritte aus der Küche waren zu hören.

»Fru Sötje! Dor is 'n Kutscher anne Dör!«, hörte sie Telse rufen.

Sophie trat aus dem Schlafzimmer, nahm ihren Umhang von der Garderobe und setzte den Hut auf. »Ich bin zum Essen zurück, Telse. Denken Sie bitte an die Sahne. Mein Mann bemäkelte die Bratensoße letztens als zu dünn.«

Entgeistert sah die Köchin sie an.

Als Sophie die Stufen im Treppenhaus hinunterging, hoffte sie inständig, sich nicht getäuscht zu haben. Sahne gehörte doch in eine Soße? Oder war es Suppe?

In der Aula des Waisenhauses im Schulweg roch es nach Bohnerwachs und Erbsensuppe. Gerade hatte die Leiterin, eine gewisse Frau Nihan, den Mädchenchor angekündigt. Der Musiklehrer der hiesigen Volksschule betrat die Bühne, verneigte sich vor dem Publikum und in Besonderem vor der berühmten Opernsängerin Carlotta Francini. Er gab ein Zeichen, und die Doppeltür der Aula öffnete sich.

In Zweierreihen folgten die Zöglinge einer streng dreinblickenden Frau, die in ihrer Hand einen Taktstock hielt, als wäre er eine Waffe. Alle Mädchen trugen einfache Baumwollkleider, dazu schwarze Strümpfe und polierte Schnürstiefel. Die Haare waren zu Zöpfen geflochten und mit weißen Schleifen versehen. Die Kinder hielten die Blicke gesenkt, als sie zwischen den Stuhlreihen auf die Bühne zugingen, um einige Lieder für den hohen Gast zu singen. Nur eine kleine Rothaarige blickte verstohlen zu Carlotta. Für einen kurzen Moment lächelten sich die beiden an.

Wohlmeinender Applaus erfüllte den Raum, als die jungen Sängerinnen die Stufen zur Bühne erklommen. Der Musiklehrer hob den Taktstock. Die Mädchen hoben die Köpfe ein wenig an, und schon flogen die ersten Töne durch den Saal.

Für Sophies Geschmack war die Auswahl der Stücke ein wenig zu erbaulich. Telemann, Bach, das Repertoire einer Einrichtung, die auf ihren Ruf zu achten hatte. Wer aus keiner achtbaren Familie stammte, musste sich tausendmal mehr anstrengen als alle anderen, um auch nur in der Welt geduldet zu werden. Sophie wusste genau, was das bedeutete.

Carlotta hingegen schien von der Darbietung hingerissen und ließ den Blick gütig über die Kinderschar gleiten.

Sophie fragte sich, was ihre Freundin an dem Gesang so begeisterte. Sie selbst konnte darin nichts Ungewöhnliches erkennen. Und so bemühte sie sich, aufmerksamer zuzuhören.

Mit Schuberts »Gott ist mein Hirt« wurde es ein wenig leichter. Ernst und konzentriert trugen die Kinder auch dieses Lied vor, und Sophie überlegte, ob die Kleinen hier je lachten, denn recht erwachsene Züge lagen um ihre Münder, als hätten so manche von ihnen bereits viel Schlimmes erlebt. Wahrscheinlich Dinge, die selbst einem Erwachsenen die Haare zu Berge stehen lassen würden. Sophie dachte an ihre kleine Tochter, die mit ihrer Nanny durch den Park spazieren durfte und wie eine Prinzessin geliebt wurde.

In der Reihe hinter ihnen tuschelte eine Dame mit ihrer Nachbarin, wonach die Darbietung ja höchst anrührend sei und sie sich kaum vorstellen könne, dass diese Kleinen von verruchten Müttern abstammten. »Dennoch, ich für meinen Teil würde keines dieser sündhaften Kinder in mein Haus lassen. Verkommenheit ist nun einmal erblich.«

Sophie bemerkte, wie Carlotta zusammenzuckte, als hätten diese boshaften Worte ihr gegolten.

Der letzte Ton verklang, und Applaus brandete auf. Die Mädchen knicksten vor dem Publikum, der Chorleiter hob den Taktstab, woraufhin sich die Kinder zur Seite drehten, um die Bühne zu verlassen.

Da erhob sich Carlotta von ihrem Stuhl in der ersten Reihe. Noch klatschend trat sie an die Bühne und bat den Musiklehrer mit einer zarten Geste an den Bühnenrand. Überrascht beugte sich der Mann vor. Gedämpfte Worte fielen, Neugierde breitete sich unter den Anwesenden aus. Zögerlich nickte der musikalische Leiter. Auch auf der Bühne wurde es unruhig.

Die Kinder schauten sich an, und die Leiterin Frau Nihan wurde blass, als sich der Musiklehrer zu ihr begab und den Wunsch der berühmten Sängerin kundtat.

Ein spitzbübisches Lächeln ging über Carlottas Gesicht, als sie an Sophie vorbeilief, um am Bühnenrand die Stufen emporzusteigen.

Schon kam ihr der Musiklehrer entgegen, Schweiß auf der Stirn. Er reichte ihr eine Hand, half ihr auf die Bühne. Mit fester Stimme, die ein leichtes Tremolo unterlegte, rief er dem Publikum zu, dass der Ehrengast gemeinsam mit den Mädchen nun ein Lied von Schumann zum Besten geben werde. »›So sei gegrüßt viel tausendmal, holder süßer Frühling‹.«

Überrascht sahen sich die Kinder an und strafften noch einmal die Rücken. Ihre Stimmen erfüllten erneut den Raum. Erst zaghaft, dann voller Freude, als sich Carlotta Francini zu ihren kleinen Stimmen gesellte. Fort war die Düsternis eines Herrn Telemann, die mahnende Stimme eines Kantors Bach. Carlottas Stimme trug die Kinder mit sich. Selbst die Dame hinter Sophie schien ganz beseelt von der Darbietung.

Kaum war der letzte Ton verklungen, brauste ungeheurer Applaus auf. In den Gesichtern der Mädchen entdeckte Sophie so manches zaghafte Lächeln. Und auch die Leiterin des Waisenhauses war mit dem Verlauf des Nachmittags sichtlich zufrieden. Ja, Musik konnte betören. Aber nur eine Carlotta Francini war in der Lage zu verzaubern.

Später erkundigte sich Carlotta bei der Leiterin genauer über die Geschichte des Hauses und seiner Kinder, wobei sie selbstredend die Qualität des Gesangsunterrichts am meisten interessierte. »Ich hörte, Ihr Haus habe vor vielen Jahren sogar mit der Hamburger Singakademie Kontakte gepflegt.«

Sophie war beeindruckt, wie gut ihre Freundin informiert war.

Die Hamburger Singakademie war eine der angesehensten Institutionen für dilettierende Sänger und Chöre. So manche Stimme hatte es von hier zu den großen Bühnen der Welt geschafft. Dennoch schien es Sophie recht weit hergeholt, Kinder eines Waisenhauses bis in diese Höhen musikalischer Kunst einführen zu wollen.

Die Leiterin des Heims nickte auf diese Frage hin vorsichtig und merkte an, dass es bis vor einigen Jahren tatsächlich gewisse Ambitionen in diese Richtung gegeben habe. Der damalige Chorleiter Dr. Kroppke sei recht anspruchsvoll gewesen und stets auf der Suche nach geeigneten kleinen Sängerinnen, die er sogar privat unterrichtete, um sie für einen Auftritt in der Singakademie vorzubereiten.

»Nach seinem Fortgang blieb uns Dr. Kroppke als Vorsitzender des Wohltätigkeitsausschusses weiterhin erhalten. Er wollte heute ebenfalls hier sein.« Die Leiterin des Waisenhauses sah sich kurz um. »Er scheint aufgehalten worden zu sein.« Sie lächelte entschuldigend. Den Grundstein für den Gesang habe ihre Vorgängerin gelegt, eine gewisse Frau Franke, die nach ihrer Heirat selbstredend die Leitung des Hauses nicht weiterführen konnte.

»Natürlich.« Ob der entzückende Chor vielleicht Interesse habe, dem Stadttheater einen Besuch abzustatten, wollte Carlotta wissen. Sie würde Herrn Bachur bitten, den Kindern eine Führung hinter die Bühne zu gewähren. Und für die älteren Mädchen den Besuch eines Opernabends.

Die Leiterin zögerte. Carlotta aber bestand darauf, den Kindern einen wunderbaren Abend zu schenken. Hatte Carlotta die Herzen der Anwesenden bereits zuvor im Sturm erobert, so wäre spätestens jetzt auch der griesgrämigste Patron ihrem Charme erlegen.

Als man bald darauf die Kutsche bestieg, sah Sophie viele Kinder an den Fenstern der berühmten Opernsängerin nachwinken. Sophie winkte zurück.

»Welch herrlicher Nachmittag«, schwärmte sie. Die Kutsche fuhr an. »Sie haben allein durch Ihre Anwesenheit Licht in das triste Leben der Kinder gebracht.«

Carlotta schwieg.

Da bemerkte Sophie, dass ihre Freundin Tränen in den Augen hatte. »Warum weinen Sie? Es war doch ein wunderschöner und am Ende sogar kurzweiliger Nachmittag.«

Carlotta tupfte sich mit einem Taschentuch die Augen ab. »Ach, ich hätte am liebsten all diese armen Seelen mitgenommen.«

»Was wohl Ihr Gastgeber Herr von Siems dazu sagen würde, wenn Sie mit dreißig Mädchen vor seiner Tür stünden?«

Carlotta musste lächeln. »Ach, Sophie, Sie sind immer so klug und praktisch. Ich wünschte, ich wäre mehr wie Sie.«

»Ich?« Überrascht sah Sophie ihr Gegenüber an. Wie konnte jemand mit ihr tauschen wollen, wenn das Schicksal einem ein derart berauschendes Leben voll Schönheit und Musik, voll Ehrerbietung und Liebe zu Füßen legte?

»Ja, wie Sie, Sophie.«

Schweigend fuhren sie in die Stadt zurück.

Anfangs musste Sophie über Carlottas Worte nachdenken, da fiel ihr auf, dass ihre Freundin äußerst blass war. Immer wieder schloss sie die Augen, als kostete es sie Kraft, aufrecht sitzen zu bleiben. Schon befürchtete Sophie eine nahende Ohnmacht.

»Ist Ihnen nicht gut, meine Liebe?« Sie nahm Carlottas Hände. Sie waren eiskalt.

»Ich ... mir ... ist nur etwas übel«, stammelte Carlotta. »Es geht gleich wieder. Bestimmt.«

Sophie setzte sich neben sie. Da fiel Carlottas Kopf an ihre Schulter. Eine Ohnmacht! Mit der freien Hand schlug Sophie energisch gegen den Himmel der Kutsche.

»Anhalten!«, schrie sie.

Sofort blieb die Equipage am Straßenrand stehen, und der Kutscher sprang vom Bock.

»Fahren Sie auf kürzestem Weg zur Villa von Siems!«, rief Sophie ihm zu. »Das Fräulein ist unpässlich.«

Sophie legte einen Arm um Carlotta, denn es schaukelte

erheblich, und sie hatte Angst, ihre Freundin könnte von der Bank rutschen. Carlotta schlug die Augen auf, presste eine Hand auf den Leib, verzog das Gesicht. Sie schien Schmerzen zu haben.

Bald darauf rollte die Kutsche über den Sandweg vor die Villa von Hermann von Siems. Der Kutscher rief nach dem Personal. Gemeinsam brachten sie das Fräulein Carlotta ins Haus. Der Hausherr ließ nach einem Arzt schicken, während Sophie und Carlottas Zofe die Kranke oben umzogen. Immer wieder verzog Carlotta schmerzvoll das Gesicht, drückte die Hände gegen den Leib.

Isabella träufelte einige Tropfen aus einer braunen Flasche auf einen Löffel und flößte sie Carlotta ein. Kraftlos ließ sich die Sängerin in das Kissen zurückfallen und schloss die Augen.

»Hat sie sich den Magen verdorben?«, fragte Sophie.

Die Zofe schüttelte den Kopf.

»Ist so etwas denn schon öfter passiert?«

Isabella stellte die Schuhe der Kranken in den Schrank.

»Madame nix gut. Dottore in Chicago sagen, Fräulein müssen viel schlafen. Aber Signorina Francini nix hören.« Resigniert seufzte sie, während sie die Strümpfe ihrer Herrin ordentlich über eine Stuhllehne legte.

Besorgt betrachtete Sophie Carlottas blasses Gesicht. War es der Besuch im Waisenhaus, der ihre Freundin derart überfordert hatte? Carlottas Kopf war unnatürlich zur Seite geneigt.

Sophie sprang auf und gab ihr leichte Klapse auf die Wange. »Carlotta? Hören Sie mich?« Als ihre Freundin nicht reagierte, fuhr sie herum. »Schnell! Hole Riechsalz!«

Die Zofe glättete weiter die Kleider ihrer Herrin. »Sie wachen gleich auf. Ich kennen das. Auf Schiff, sie viel schlafen.«

»Von Schlaf kann hier keine Rede sein. Fräulein Carlotta ist ohnmächtig.«

Isabella zuckte mit den Schultern. »Sie dann nix Schmerz. Das gut.«

Schon wollte Sophie dem Mädchen eine Rüge erteilen, als Carlotta wieder zu sich kam. Erleichtert ließ sich Sophie auf dem Bettrand nieder.

»Himmel, haben Sie mich erschreckt!«, entfuhr es ihr.

In diesem Moment trat der Arzt ein. Er stellte seine schwarze Tasche auf den Nachtschrank, prüfte das Fläschchen, aus dem Isabella eben einige Tropfen entnommen hatte, hob die Brauen und bat alle Anwesenden, den Raum zu verlassen, damit er mit der Untersuchung beginnen könne.

Aufs Höchste besorgt, durchmaß Hermann von Siems den Flur vor Carlottas Schlafgemach, wobei er die Finger knetete, als wäre ihm kalt. Maximilian hingegen drückte sich in die dunkelste Ecke des Flurs und kaute auf den Fingernägeln.

»Wollen wir nicht lieber im Salon auf den Herrn Doktor warten?«, schlug Sophie vor.

Der Hausherr hielt im Gehen inne, warf einen Blick zur geschlossenen Tür, hinter der der Arzt Carlotta untersuchte.

»Gut, warten wir unten.«

Im Salon nahm er in einem der Sessel Platz, die der Tür zur Halle gegenüber standen. Sein Sohn ging zu einem kleinen Tisch mit unzähligen Karaffen. Er goss sich trotz der frühen Stunde ein großzügiges Glas Whisky ein.

Der wütende Blick des Hausherrn traf Sophie unvorbereitet.

»Was genau dachten Sie sich eigentlich dabei, Fräulein Francini in diese verantwortungslose Lage zu bringen?« Sophie schnappte nach Luft. Bevor sie etwas sagen konnte, fuhr er fort. »Sie hat sich in Amerika keinen Moment geschont. Eine Tournee durch das ganze Land! Kein Wunder, dass sie anschließend über Schwächeanfälle klagte, die noch immer Anlass zur Sorge geben. Und nun kommen Sie daher und unternehmen mit ihr wilde Rundreisen, überreden sie zu Streichen der kindhaftesten Art und sorgen dafür, dass es ihr wieder schlechter geht.«

Sophie glaubte, nicht richtig zu hören. Schon wollte sie dem Hausherrn entgegenwerfen, dass die Lage genau andersherum gewesen sei. Dass das Fräulein Francini nur den beiden Herren von Siems hatte entfliehen wollen, die ganz offenbar glaubten, ein Anrecht auf ihre Anwesenheit zu haben. Da fielen ihr die Worte der Gräfin ein, eine Frau müsse unter allen Umständen Contenance bewahren. Zwar meinte die Gräfin dies eher in Dingen der Weiblichkeit, aber Sophie hatte festgestellt, dass sie mit spontanen Ausbrüchen jeglicher Art bei Männern stets nur die Vorurteile über das weibliche Geschlecht untermauerte. Frauen wären unbeherrscht, Frauen wären schwach, Frauen wären kindisch und dumm, egal was man sie lehrte. Sophie atmete tief ein. Es gab einen Grund, warum Hermann von Siems so reagierte. Und sie begriff, er war zutiefst in die Sopranistin verliebt. Sie musste ihm seinen besorgten Ausbruch nachsehen. Sophie warf Maximilian einen Blick zu, der nicht minder besorgt seinen Drink herunterstürzte. Er, der Galan, den Carlotta abgelehnt hatte und der noch immer verliebt in sie war. Ahnte der junge Mann, wie es um seinen Vater stand?

Sophie holte tief Luft, zwang sich zu einem Lächeln. »Sie machen sich beide Sorgen um Fräulein Francini. Das ist nur zu verständlich. Dennoch sollten wir abwarten, was der Doktor sagt.«

Hinter ihrem Lächeln verbarg sie den Wunsch, schnellstmöglich diesen ungehobelten Mann, seinen gezierten Sohn und diese überladene Villa zu verlassen.

Nie wieder würde sie die Schwelle dieses Hauses übertreten!

KAPITEL 20

Die »Patria« brennt! Auf dem Dampfer »Patria« der Hamburg-Amerika-Linie, wurden die Passagiere ungefähr um 6 Uhr gestern Morgen an's Deck gerufen, wo sie erfuhren, daß Feuer in der Ladung ausgebrochen sei; da es unmöglich war, das Feuer zu bewältigen, erachtete der Kapitän es für rathsam, sie in die Boote zu bringen.

Original: »Hamburgischer Correspondent«, November 1899

Kurz nach Sonnenaufgang würde man ihn am Eingang des Gefängnisses in der Holstenglacis erwarten, wo er den Scharfrichter Friedrich Reindel treffen wollte. Hauke blickte auf seine Taschenuhr. Er hatte noch eine Dreiviertelstunde, bevor Schröder mit der Kutsche erscheinen würde, um ihn abzuholen.

Die ganze Nacht hatte Hauke darüber gegrübelt, was der Bericht des Rechtsmediziners ihm sagen sollte. Das Genick des Toten war durch den Sturz nicht gebrochen worden. Ein kurzer Tod war dem Mann also nicht vergönnt gewesen. Stattdessen war er elendig erstickt, zappelnd, röchelnd. Ein paar Minuten wird es wohl gedauert haben, sofern er nicht zuvor ohnmächtig geworden ist. Wieder zog der leere Blick des Leichnams, in dem noch immer blankes Entsetzen gelegen hatte, an Haukes Augen vorbei.

Hauke griff zum tönernen Topf mit dem Griebenschmalz, um es sich auf die Scheibe deftigen Roggenbrots zu streichen. Er mochte den Geschmack von Äpfeln und ausgelassenem Schweinespeck, von festem Brot mit dicker Rinde. Erinnerte es ihn doch an seine Fahrten an Bord, an die Härte eines Lebens auf einem Schiff. Diese Härte würde er heute brauchen.

Das Bild des Toten verschwand.

»Noch ’n Tass Kaff, Herr Kommissar?«

Hauke zuckte zusammen. Mit einer Porzellankanne in der Hand schaute Telse ihn fragend an. Er nickte.

Da ging die Tür zur Küche auf. Sophie trat herein.

»Guten Morgen, Telse.« Seine Frau steckte eine vorwitzige Haarsträhne zurück in ihre Frisur. »Du bist schon auf, Hauke? Du weißt, dass du auch im Esszimmer dein Frühstück einnehmen kannst?«

Sophie nahm ihm gegenüber am Küchentisch Platz, als Telse auch schon eine Tasse vor sie stellte und eingoss.

»Nee, lassen Sie Ihren Mann man ruhig hier bei mir inne Küche sitzen, Frau Sötje«, widersprach Telse. »Dat is vehl gemütlicher. Außerdem is das Speisezimmer noch nich angeheizt. Dazu bün ick noch gar nicht kummen, so plötzlich as wie de Herr Kommissar mittenmang vor mir stand.«

»Unsere Telse hat recht. Die Küche ist wärmer.« Herzhaft biss er von der Brotscheibe ab und kaute. Dabei beobachtete er seine Frau, die die Tasse zum Mund führte und ihn ihrerseits ansah.

»Hast du schlecht geschlafen, Liebster?«

Er nickte. Wie gerne hätte er ihr von dieser verzwickten Sache erzählt. Zwei Erhängte. An beiden Leichen fand sich je ein Papierfetzen mit dem Wort »schuldig«. Leider waren Name und Wohnort des letzten Toten unbekannt, denn man hatte ihm alle Papiere gestohlen. Einzig das Etikett im Gehrock ließ auf jemanden aus Hamburg schließen. Zumindest gehörte der Rock einer Person, die es sich leisten konnte, bei »Ladage & Oelke« maßfertigen zu lassen. Dieser Fall war vertrackt, sehr vertrackt. So zumindest hatte Polizeirat Roscher es ausgedrückt. Niemand im Stadthaus wagte auszusprechen, was alle dachten. Hatte man es hier mit Verrückten zu tun, die wahllos Leute erhängten? Oder gab es eine Verbindung zwischen den beiden Opfern? Hatten die Mörder ihre Aufgabe erfüllt, oder musste man mit weiteren Erhängten rechnen? Wer würde der Nächste sein?

Noch hatte niemand außerhalb der Polizei einen Zusammenhang zwischen den zwei Fällen erkannt. Nichtsdestoweniger war es nur eine Frage der Zeit, bis es jemandem auffallen musste.

Mord in der heilen Welt des Bürgertums war selten zu finden. Dass sich das Gesindel der Stadt gegenseitig umbrachte, nahm man hin. Aber Gewaltverbrechen in den guten Stuben der braven Leute? So etwas durfte nicht geschehen. Die Aufmerksamkeit war dem Kommissariat 5 garantiert.

Hauke musterte seine Frau. In schwierigen Fragen hatte sie mehr als einmal neue Gedanken in die verfahrensten Situationen gebracht. Was hatte Polizeirat Roscher vor zwei Jahren noch zu ihr gesagt? »Schade, dass Sie kein Mann sind, Frau Sötje. Sie wären eine Bereicherung für unser Stadthaus.« Hauke musste ihm insgeheim zustimmen. Vielleicht lag es an dieser gewissen weiblichen Intuition, die ihm und seinen Männern verständlicherweise fehlte.

Nur wollte Hauke seine Frau nicht mit dem Leid und Elend seiner Arbeit behelligen. All das Schreckliche sollte niemals die Schwelle ihres Heims übertreten. Er würde kein Wort über die Toten verlieren. Außerdem verbat es sich, vor den Ohren der Köchin derartige Themen anzuschneiden. Andererseits wäre ihm Sophies Rat gerade in dieser Sache … Hauke seufzte.

***

Sie stellte die Tasse ab. Gerne hätte sie mit ihrem Mann über den gestrigen Vorfall gesprochen, ihm von den Anschuldigungen Hermann von Siems' erzählt und von Carlottas Schwächeanfall, den sich Sophie nicht erklären konnte. Der Arzt jedenfalls war diesbezüglich nicht hilfreich gewesen. Er verbrachte fast eine halbe Stunde in Carlottas Räumen. Als er endlich in den Salon kam, murmelte er nur, dass sie Ruhe brauche. Sophie fragte ihn, ob der Ausflug der Grund für die Unpässlichkeit sein könnte, was er verneinte. Dennoch hatten seine Worte sie nicht beruhigen können. Sophie fühlte sich schuldig. Nicht unbedingt gegenüber Carlotta, sondern gegenüber ihrem Mann, der von der heimlichen Ausfahrt ins Waisenheim nichts wusste. Wenn ein günstiger Moment kam, würde sie es ihm bestimmt noch sagen.

Sie trank ihren Kaffee. Ob Hauke ihr von seinem Fall berichten würde? Es würde sie von den Geschehnissen des gestrigen Tages ablenken.

Sophie hielt die Ohren in den Salons und beim Einkauf stets offen, denn es waren die unbedacht geäußerten Dinge, die einen Blick hinter den sonst so sorgsam verschlossenen Vorhang der Lüge freigaben. Und Hamburg war, das hatte sie nach zwei Jahren wohl erkannt, trotz seiner Größe ein Dorf. Jeder kannte jeden, und jeder redete über jeden. So war der Mensch nun einmal. Egal ob auf dem Land oder in der großen Stadt.

Und so hatte die Gerüchteküche bereits einige Erklärungen für den schrecklichen Tod des armen Herrn Pastors gefunden, als da wären ein gemeingefährlicher Sozialist, dann ein vor Jahren aus der Gemeinde gejagter Organist, der sich der Widerrede gegen Pastor Krause schuldig gemacht hatte, und eine verwirrte Alte, die ihm den Teufel an den Leib wünschte. Dennoch, so manchem schienen die moralinen Reden und Predigten des Herrn Pastors ein Dorn im Auge gewesen zu sein. Niemand sagte etwas Schlechtes über den Verstorbenen, es waren die Dinge, die nicht gesagt wurden, die das wahre Bild des Mannes ergaben.

Sophie beobachtete ihren Mann, wie er herzhaft in die nächste Scheibe Brot mit Griebenschmalz hineinbiss.

Seit der Geburt ihres gemeinsamen Kindes hatte er sich verändert, war verschlossener geworden und manchmal sogar recht abweisend, wenn sie ihn nach seinen Fällen fragte.

Sophie schaute zu Telse, die ihnen den Rücken zuwandte, während sie einige Mittagsstullen für Hauke schmierte. Eigentlich wäre es an der Ehefrau, das zu tun. Nur war die Köchin der Auffassung, dass das heutzutage die Aufgabe des Personals sei. Und das, so erfuhr Sophie außerdem von der Gräfin, neige nun einmal dazu, beleidigt zu sein. Es sei als Hausherrin kein Ausdruck von Freundlichkeit, die Arbeit der Angestellten zu erledigen, sondern eine Warnung, dass man mit selbiger nicht zufrieden sei. Dienen sei der Lebensunterhalt von Bediensteten. Das dürfe eine Dame nie vergessen.

Dennoch hätte Sophie gerne für ihren Mann das Frühstück bereitet, das Abendessen für die Familie gekocht oder sogar Gäste mit ihren Kochkünsten beeindruckt. Leider schien ihr auch das Talent dazu zu fehlen. Sie wischte den Gedanken fort und legte ein Lächeln auf ihre Lippen.

Telse trat an den Tisch und reichte ihrem Arbeitgeber die Brotdose sowie eine Flasche Aktienbier mit Bügelverschluss. Er nickte ihr kauend zu, griff nach seiner Ledertasche, die neben ihm am Stuhlbein lehnte, und verstaute alles sorgsam.

Sophie wusste, dass Hauke kein Bier während der Arbeit trank, das aber störte Telse nicht. Ein ordentlicher Mann müsse etwas Ordentliches trinken, hatte sie geantwortet, als Sophie vor einigen Wochen versuchte, es ihr zu erklären. »Und Wasser kann der Herr Kommissar ja wohl nich trinken. Is doch keen Fisch.« Damit war die Sache für Telse erledigt. Dass Hauke das Bier im Stadthaus verschenkte, um die Köchin nicht zu verärgern, verschwieg Sophie ihr. Irgendein ordentlicher Beamter mit Bierdurst ließ sich immer finden.

Da schlug sich Telse mit der flachen Hand an die Stirn.

»Ick Dösbaddel, ick!«, rief sie und eilte aus der Küche. Mit einem kleinen Briefumschlag in der Hand kehrte sie zurück. »Dat heff ick glatt vergeden, Fru Sötje.« Sie reichte ihr den Umschlag. »Gestern Abend hett een an de Dör klingelt. Kam ut Blankenese.«

Sophie erkannte Carlottas Schrift. Schnell riss sie das Kuvert auf und überflog die Zeilen. Es schien ihrer Freundin besser zu gehen, als zu erwarten gewesen war, denn sie ließ fragen, ob Sophie und ihr Gatte am Fünfzehnten des Monats anlässlich eines kleinen Konzertabends Gäste im Hause von Siems sein mögen. Ein Ensemble des Stadttheaters würde aufspielen und sie bei einigen bekannten Arien begleiten. Sie wüsste ihre Freundin Sophie an dem Abend gerne an ihrer Seite.

Sophie sah auf. Zwei Gedanken rasten durch ihren Kopf. Da war die Frage, wie sich, um alles in der Welt, Carlotta so schnell von ihrem Zusammenbruch hatte erholen können, dass sie bereits Einladungen zu dem Konzertabend aussprach. Ihr kam der Gedanke, dass Hauke wohl kaum von der Einladung begeistert sein würde. Schon wieder Opern. Sie spürte seinen Blick und überlegte, ob sich nicht ein günstigerer Moment finden lassen könnte, in dem sie Hauke von der Einladung erzählen sollte. Sophie faltete den Brief zusammen und steckte ihn zurück ins Kuvert.

»Etwas Wichtiges?«

Sie schüttelte den Kopf und zwang sich zu einem Lächeln. Sophie begleitete ihren Mann auf den Flur hinaus, wo er seine Jacke anzog und die Mütze aufsetzte.

»Sehe ich dich, wenn ich heute Abend nach Hause komme?«, wollte er in der Tür wissen.

Diese Spitze hätte er sich sparen können!, dachte Sophie. Aber statt es zu sagen, lächelte sie. »Natürlich. Ich denke, ich werde mit Henriette heute in den Park gehen.«

Er gab ihr einen Kuss.

Sophie sah ihrem Ehemann nach, wie er zügig die Stufen nach unten nahm. Sie fühlte sich schrecklich.

KAPITEL 21

Diebstahl und Schmuggel. Beim Passieren der Zollgrenze wurde gestern ein Schiffseigner mit 7 Pfd. Zucker angehalten; er ward in Haft genommen, als sich herausstellte, er hatte den Zucker an Bord eines anderen Schiffes gestohlen.

Original: »Hamburgischer Correspondent«, November 1899

Schröder schlug mit der Faust gegen die eisengenietete Tür. Ein kleines Fenster wurde darin geöffnet.

»Kommissar Sötje wünscht, den Herrn Gefängnisdirektor zu sehen.« Er zeigte seine kupferne Dienstmarke, die seit einigen Jahren jeder nicht sogleich als Polizist kenntliche Kriminalbeamte zwecks Identifizierung bei sich trug. Mit solch einer Marke hatte man in Berlin so manchen inkognito ermittelnden Beamten vor dem Schlagstock oder Schlimmerem bewahren können. Roscher hatte diese Marke auch in Hamburg eingeführt.

Die Klappe wurde zugeschlagen. Hinter der Tür klapperten schwere Schlüssel in einem Schloss. Jemand zog die schwere Tür auf. Hauke und Schröder traten in das Dunkel eines Vorraums, den nur eine einzige Glühbirne ausleuchtete und der mit einem Tisch und einem Stuhl möbliert war. Die Feuchtigkeit eines dicken Mauerwerks hing in der Luft.

»Sie müssen sich gedulden«, sagte der Gefängnisaufseher. »Der Herr Direktor wohnt von Amts wegen der Hinrichtung dieser Wiesner bei.« Er schaute auf seine Taschenuhr. »Müsste gleich so weit sein. Der Scharfrichter ist schon da.«

Schröders Rücken versteifte sich. »Wir sollten wohl lieber warten, Herr Kommissar.«

Der Mann wies auf eine Tür zu Haukes Rechten. »Ich bringe Sie zum nächsten Beamten. Er wird Sie ins Büro des Herrn Gefängnisdirektors begleiten.«

Sichtlich erleichtert trat Schröder auf die Tür zu. Hauke hingegen blieb stehen.

»Die Wiesner? Gertrud Wiesner?«, wollte er von dem Uniformierten wissen.

Der Aufseher nickte.

»Grauenhafte Person.« Es schüttelte ihn. »Hat kleine Kinder gegen Geld aufgenommen und sie …« Er machte eine Schnittbewegung mit der Handkante an seiner Kehle.

Hauke dachte an seine Aussage vor Gericht gegen die Frau. Das war zwei Jahre her. Eine hexengleiche und abgestumpfte Person, angeklagt als mehrfache Kindsmörderin. Ihr Lachen auf der Anklagebank ließ Hauke noch heute erschaudern. Ihre gezischelten Beteuerungen, sie habe die Kleinen nicht umgebracht, die seien allesamt ohne ihr Zutun gestorben, waren unter den Buhrufen der Zuschauer verhallt.

Hauke schluckte. Er hatte nicht gewusst, dass diese Person überhaupt noch lebte, und ihre entsetzlichen Taten erfolgreich in die allertiefste Kammer seiner Erinnerungen geschoben, in der Hoffnung, sie mögen niemals wieder ihren Weg ans Licht finden. Und nun waren die Bilder plötzlich wieder da. Er, wie er vor dem Küchenherd in der Wohnung der Frau hockte und die kleinen Knochen in der kalten Asche im Herd fand. Er, wie er Sophie im Arm hielt und ihr versicherte, dass die kleine Martha noch leben würde. Zum Glück hatte er recht behalten und das Kind konnte zu seinem Vater zurück. All die anderen aber …

Hauke schob die Bilder beiseite.

»Ich will sehen, wie die Frau stirbt«, sagte er mit kratziger Stimme.

»Das ist, glaube ich, nicht möglich«, unternahm der Aufseher einen zaghaften Versuch, Hauke davon abzuhalten.

Schwindel kroch in Haukes Kopf. Der enge Raum begann, sich langsam zu drehen. »Bringen Sie mich in den Hof. Ich will es mit eigenen Augen sehen!«

Als der Mann noch immer zögerte, trat Schröder zu ihm.

»Kommissar Sötje hat die Wiesner damals überführt. Und er hat die Kleinen gefunden ...«, fügte er flüsternd hinzu.

Der Uniformierte schaute Hauke neugierig an.

»Habe selber Kinder«, nuschelte er in seinen Vollbart und schob einen großen Schlüssel in die eiserne Tür zu Haukes Linken. Sie führte ihn aus dem Gebäude hinaus.

Eine Gruppe Männer stand ein Stück entfernt im Halbkreis. Hauke erkannte den Richter, der damals beim Prozess den Vorsitz gehabt hatte. Es waren rund zwanzig in Schwarz gekleidete Herren anwesend, als wäre dies eine Beerdigung, bei der die Tote noch gar nicht tot war. Ein Zustand, der hoffentlich bald ein Ende fand.

Auf einem hölzernen Podest warteten weitere Männer in schwarzen Gehröcken. Zwei von ihnen, schlanke Gestalten mit Vollbärten, die Hände vor sich gefaltet, verharrten nahe einer Liege, die mit Ledergurten ausgestattet vor einem Holzblock platziert war. Das mussten die Scharfrichter sein. Ihre Helfer hielten sich ein wenig abseits.

Schweigen hing wie klebrige Melasse in der feuchten Luft. Hände umklammerten die eisernen Gitterstäbe der Zellenfenster des gegenüberliegenden Gebäudes. Hauke spürte die Blicke der Insassen auf seiner Haut.

Da wurde eine kleine Tür geöffnet. Vier Aufseher schoben eine hagere Frauengestalt heraus, die mehr stolpernd als gehend aus dem Gebäude fiel. Man hatte ihre Hände auf dem Rücken gefesselt. Sie blinzelte in den Regen.

Seit ihrem Prozess hatte sich die Wiesner kaum verändert. Ein hageres fahles Gesicht, stumpfe Haare, nachlässige Frisur und ein eisiger Blick, der voll Verachtung die Anwesenden musterte, ja verfluchte.

Eine tote Seele.

Das Böse steckte in jeder Faser ihres verdorrten Leibs. Hauke fragte sich, wie man diese Frau nur so lange hatte gewähren lassen können. Irgendjemand hätte doch merken müssen, was da in der Wohnung dieser Person geschah. Aus reiner Habgier hatte sie kleine Kinder getötet, die verzweifelte Mütter gegen Geld in ihre Obhut gegeben hatten.

Hauke wusste, dass Armut Menschen Dinge tun ließ, die eine christliche Seele niemals tun würde. Der Fall von Gertrud Wiesner aber lag anders. Die Gräueltaten gegen die eigene Tochter, die Morde an den Kindern gefallener Frauen, die unsägliche Schwärze der Seele dieser Person hatten ganz Hamburg monatelang in ungläubigen Schrecken versetzt.

Und nun sollte sie sterben. Hauke war sich sicher, dass keiner der Anwesenden Mitleid mit ihr empfand.

Die Delinquentin entdeckte das Podest, auf das sie gleich zu ihren Henkern steigen würde. Sie riss die Augen auf, wand sich unter den Griffen ihrer Bewacher. Die Männer hielten sie an den Oberarmen, zerrten sie vor den Richter, der ein letztes Mal das Urteil verlas und ihre Strafe.

Mit unbewegter Miene, eher als müsste er Maß nehmen, blickte der ältere der beiden Scharfrichter zu der Frau. Der jüngere, das Ebenbild des alten, hingegen schaute zu den vergitterten Fenstern hinauf, als ginge ihn all das hier unten wenig an. Als wäre dies ein Theaterstück, das er längst kennte.

Zwischen den Beinen der Helfer am Bühnenrand meinte Hauke das Richtbeil ausgemacht zu haben, das von den Körpern der Männer vorerst gnädig verdeckt wurde.

Nachdem der Gefängnispastor noch einige halbherzige Worte gemurmelt hatte, in denen das Wort Barmherzigkeit vorkam, zerrte man die Wiesner zum Podest. Nur noch wenige Meter trennten sie von ihrem Tod.

Aufmerksam beobachtete Hauke die Mörderin, wie ihre Gesichtszüge immer schärfer wurden, die Augen hektisch von einem Zuschauer zum nächsten gingen, ihr Kopf herumflog, auf der verzweifelten Suche nach einer mildtätigen Seele, die ihr Aufschub gewähren könnte. Ihre stockenden Schritte stemmten sich gegen die Männer auf dem Podest, die alles mit unbeweglicher Miene verfolgten.

Sie begann zu wüten, verfluchte die Anwesenden, spuckte

den Geistlichen an, der die Bibel umkrallte. Ihre Flüche kreischten an die Gefängnismauern, brachen sich an den nassen Wänden, in deren Fenstern die anderen Insassen dem Schauspiel beiwohnten. Vereinzelte Rufe aus den Zellen, sie möge in der Hölle schmoren, wurden laut.

Die Gefängnisaufseher übergaben die Frau an die Henkershelfer. Jetzt konnte jeder das Beil sehen. Auch die Wiesner. Sie schrie auf. Winselte um Gnade. Es half nichts. Geübt nahm man den Männern die sich windende Kindsmörderin ab, zerrte sie zur Richtbank. Einer trat ihr in die Kniekehle, woraufhin sie mit einem schrillen Schrei niederging. Man drückte ihren Oberkörper nach vorne, zog sie auf die Bank. Hände umfassten die Beine, banden die Lederriemen darum. Die Frau wand sich. Es brauchte vier ausgewachsene Mannsbilder, damit sie still lag. Einer der Helfer griff beherzt in ihre Haare. Sie schrie noch einmal auf, während er ihren Kopf in Position zog und der ältere der beiden Scharfrichter alles aufmerksam betrachtete. Schließlich nickte er, und man reichte dem jüngeren das Beil.

Ein ernster Blick. Dann trat der Henker näher an die Person auf der Bank. Er verharrte, drehte den Kopf nach links und rechts, sog die feuchte Morgenluft tief ein und schwang das schwere Richtbeil um die Schulter. Er holte zu einem mächtigen Schlag aus, den er weit von hinten her ausführte. Schon sauste das Beil nieder und trennte den Kopf vom Rumpf.

Ein Stöhnen ging durch den Gefängnishof. Es konnte die Erleichterung der Zeugen gewesen sein oder auch das restliche Leben, das dem Leib der Mörderin entwich.

Der Henkershelfer hielt den toten Kopf an den Haaren hoch und zeigte den bluttropfenden Körperteil den anwesenden Richtern.

»Das Urteil ist vollstreckt!«, rief der Alte mit dröhnender Stimme, die sich an den Gefängnismauern brach.

Der Direktor trat vor, um dem älteren der beiden Scharfrichter mit einigen Worten des Dankes und einem festen Händedruck das Salär zu überreichen. Unterdessen verschwand hinter ihnen das in Entsetzen und Angst verzerrte Gesicht der Mörderin in einem Leinensack, den der Helfer mit einem groben Seil zuband.

Bewegung kam in die Zuschauermenge, und die Scharfrichter machten sich daran, ihr Werkzeug zu reinigen, derweil sich zwei Bestatter aus der Menge lösten, um den Körper der Wiesner in einer Holzkiste mitsamt Sack fortzuschaffen.

Hauke und Schröder warteten, bis nur noch die Scharfrichter und einer ihrer Helfer im Gefängnishof waren. Das langstielige Beil wurde in einem Koffer verstaut und die Richtbank für den Transport zusammengepackt. Das blutgetränkte Stroh fegten zwei Gefängnisinsassen zusammen und warfen es in einen Handkarren.

Noch immer glaubte Hauke, das letzte Stöhnen der Wiesner zu hören, als sich Friedrich Reindel anschickte zu gehen.

Hauke trat ihm in den Weg.

»Guten Morgen, Herr Reindel.« Noch als er die Begrüßung aussprach, kam sie ihm fehl am Platz vor. »Mein Name ist Kommissar Sötje, und das ist Kriminalassistent Schröder. Wir sind im Auftrag der Hamburger Polizei hier und hätten Sie gerne kurz gesprochen.«

»Was kann ich für die Herren tun?« Die Stimme des Scharfrichters hatte das Donnernde gänzlich verloren. Nun war sie weich und passte weit besser zu seinem großväterlichen Aussehen samt weißem Vollbart als Beil und Richtbank. »Ich sage Ihnen gleich, dass ich persönlich keine Exekutionen mehr vornehme.« Entschuldigend lächelte er. »Rheuma. Sehr schmerzhaft. Mein Sohn Wilhelm aber steht Ihnen als ausführender Scharfrichter gerne zur Verfügung.« Er wies zu dem jungen Mann, der einen Schritt hinter ihm stand und ungeduldig auf den Füßen wippte, als könnte er diesen Ort gar nicht schnell genug verlassen.

Wilhelm Reindel hatte glasige Augen, die Hände zitterten. Bei der Exekution war Hauke das nicht aufgefallen.

»Wir bräuchten in einem heiklen Fall Ihre Expertise.« Hauke sah, wie Erleichterung über das Gesicht des Alten huschte, jenes des Sohns verriet dagegen erschrockene Ungeduld.

»Wir haben keine Zeit, Vater«, drängte Wilhelm Reindel. »Unsere Ausrüstung muss noch aufgegeben werden, und der Zug wartet nicht.«

»Es dauert sicherlich nicht lange.« Hauke griff in die Innentasche seiner Jacke und zog eine Fotografie hervor. »Vielleicht könnten Sie uns anhand dieses Lichtbilds eine Einschätzung geben. Es handelt sich um einen Henkersknoten, den wir an einem Tatort fanden.«

»Jemand wurde damit aufgeknüpft«, ergänzte Schröder unnötigerweise.

Der Scharfrichter nahm die Aufnahme entgegen und holte aus der Westentasche ein altmodisches Monokel heraus, das er sich ans Auge klemmte.

Wilhelm Reindel warf einen Blick über die Schulter seines Vaters auf die Schwarz-Weiß-Aufnahme. »Und was soll mein Vater Ihnen dazu sagen? Es ist ein Knoten. Mehr nicht.«

»Wir hatten gehofft, Sie könnten uns etwas über die Machart verraten«, sagte Hauke. »Irgendetwas, das uns denjenigen näher bringt, der diesen Knoten gemacht hat.«

Friedrich Reindel betrachtete das Bild unentschlossen, ja vielleicht sogar besorgt.

Es schien Hauke fast, als kämpfte sein Innerstes mit sich. »Was sehen Sie, Herr Reindel?«

»Nun, ich kann mich irren. Sicherlich ist es so, dass ich mich irre …« Er reichte ihm das Bild zurück. »Ich brauche mehr als eine Fotografie. Sie ist nicht deutlich genug. Ich muss den Knoten in Händen halten.«

Hauke schöpfte Hoffnung. »Wir haben den Knoten in der Asservatenkammer im Polizeihauptquartier, wenn Sie sich ihn anschauen wollen.«

Langsam nickte Reindel. »Es ist mir eine Ehre, wenn ich Ihnen behilflich sein kann.«

»Vater, der Zug«, mischte sich Wilhelm Reindel erneut ein.

Der alte Scharfrichter drehte sich zu seinem Sohn. »Wenn die Herren meine Hilfe benötigen, werden sie sie erhalten. Ich bin preußischer Scharfrichter und meinem Kaiser und meinem Land verpflichtet.«

Seine leise Stimme zerschnitt mit jedem Wort den Widerstand des Sohns. Hauke wusste, dass Reindel vom Kaiser höchstselbst einen Orden für seine Dienste erhalten hatte. Trotz seines hohen Alters war Reindel eine energische Persönlichkeit.

»Wie du meinst, Vater.« Der Sohn drängte sich zwischen ihnen hindurch. »Ich lasse ein Fuhrwerk kommen, damit wir aufladen können.«

Mit einer Handbewegung wies er die beiden Helfer an, die den Kasten mit dem Richtbeil trugen, ihm zu folgen.

»Verzeihen Sie meinem Sohn. Er ist stets darauf bedacht, keine Zeit zu verlieren. So sind unsere modernen Tage eben, nehme ich an.« Der Alte räusperte sich. »Ich exekutiere schon lange keine Verurteilten mehr mit Hilfe eines Seils«, sagte er entschuldigend. »Sie waren ja Zeuge, wie ich vorgehe. Das Beil ist schneller, wenn man sein Geschäft versteht. Die Richtbank, die Sie eben sahen, habe ich übrigens vor einigen Jahren behufs humanerer, schnellerer und sichererer Ausführung der Exekution konzipiert. Es war 1883, als ich damit in Holzminden den Weber und Fabrikarbeiter Franz Ille enthauptete. Der Kaiser persönlich bedankte sich in einem Schreiben bei mir dafür.« Stolz schwang in seiner Stimme mit.

Fragend sah Hauke zu Schröder, der ihm Friedrich Reindel als Fachmann für ihren Fall präsentiert hatte. Schröder fühlte sich genötigt nachzufragen, ob der Herr Scharfrichter denn früher mit Seil und Knoten …

Reindel wiegte den Kopf hin und her. »Früher ja, aber das kommt heute nur noch sehr selten vor. Ich persönlich halte das Beil für die humanste aller Arten, einen Verurteilten dem Herrn zu überantworten.«

Es überraschte Hauke, dass sich Reindel über das seelische Wohlbefinden seiner Schützlinge Gedanken machte.

»Es gehört noch heute zur Ausbildung eines Scharfrichters«, erklärte Reindel, »in allen Tötungsmethoden firm zu sein. Es sind die Gerichte, die die Art des Todes festlegen. Nicht wir.«

In der Annahme, die Herren würden ebenso wie alle anderen vorhin schnellstmöglich das Gefängnis verlassen wollen, öffnete ein Aufseher die Tür zur Straße. Der Lärm eines ganz normalen Morgens drang herein. Kutschen rumpelten vorbei, Pferdehufe klapperten auf dem Kopfsteinpflaster, schemenhafte Gestalten mit Regenschirmen über den Köpfen, ein Mann, der Zündhölzer und Schnürsenkel anpries. Keiner von ihnen wusste, was vor wenigen Minuten hinter den Gefängnismauern geschehen war.

Sie blieben in der Tür stehen.

Hauke schickte Schröder los, den jungen Reindel zu finden, um ihn nach dem Zug zu fragen.

»Wir werden Sie pünktlich zum Gleis bringen«, wandte er sich an den alten Mann, der sich bescheiden bedankte.

***

Es war nicht das erste Mal, dass Schröder im Untersuchungsgefängnis gewesen war. Allerdings hatte er es noch nie so eilig gehabt, zurück auf die Straße zu gelangen. Er spürte den Regen kaum, der zugenommen hatte und ihm schon nach wenigen Schritten in den Kragen lief, als er die Straße hinauf- und hinunterblickte. Ein Stück entfernt entdeckte er die beiden Helfer der Reindels, die sich mit dem makabren Koffer und dem Gepäck der Scharfrichter unter einen Vorsprung der Gefängnismauer gestellt hatten, um dem Regen zu entfliehen.

Schröder klappte den Kragen hoch und eilte zu ihnen. »Wo finde ich Herrn Reindel?«

»Welchen von beiden?«

»Den jungen natürlich. Wilhelm. Mit dem sind Sie eben hinausgegangen.«

Der eine zuckte mit den Schultern.

»Der wollte nur ein Fuhrwerk holen gehen. Wir sollen warten. Aber«, griesgrämig wies er mit der Hand zur Fahrbahn, wo gerade zwei Mietdroschken und ein leeres Gefährt vorbeirollten, »er scheint wohl etwas mit den Augen zu haben. Ich jedenfalls hätte schon zehn davon bekommen können, wenn ich gewollt hätte.«

»Vielleicht hat er sich wegen des Regens untergestellt.«

Die Männer sahen sich amüsiert an.

»Ja, so kann man es auch nennen. Behaupten wird er es jedenfalls. Bis dahin sind wir nass wie räudige Hunde.«

»Gedenkt er, seinen alten Vater vor dem Gefängnis stehen zu lassen?« Dass sich die beiden Reindels nicht grün waren, hatte Schröder bemerkt.

»Nee, der alte Herr wird eine Droschke nehmen und zum Bahnhof fahren. Dort wird er warten, bis der verlorene Sohn mit einer Fahne wie zehn besoffene Kürassiere wiederauftaucht. Ist immer so.«

Schröder mochte es nicht, wenn Leute über ihre Arbeitgeber tratschten, dennoch interessierte ihn etwas. »Macht der Wilhelm Reindel das immer nach einer Exekution?«

Die Männer nickten.

»Ja, und vorher auch.«

Der andere grinste feist. »Und dazwischen erst recht.«

»Danke!«, rief Schröder ihnen zu.

Jetzt hatte er wenigstens eine Ahnung davon, wo er den Sohn des Scharfrichters suchen musste. Er eilte Richtung Carolinenstraße, die keine hundert Meter vom Gefängniseingang entfernt war. Dort gab es eine Gastwirtschaft, in der die Gefängnisaufseher und einige Revierpolizisten manchmal einkehrten. Die Herren Anwälte vom nahen Justizgebäude hingegen bevorzugten das vornehmere Restaurant »Schülke«, Ecke Holstenwall. Schröder vermutete, dass diese teure Restauration zu so früher Stunde noch nicht aufhatte, also lief er zur Feldstraße. Die Eckkneipe der Elbschlossbrauerei schloss erst, wenn kein Gast mehr im Haus war, was selten vorkam.

Zufrieden stellte Schröder fest, dass er richtiglag. Die Tür zum Wirtshaus war offen. Düsternis und schwerer Zigarrengestank umfingen ihn in dem Moment, als er in den Gastraum trat. Nur vier Gestalten saßen hier. Und Wilhelm Reindel. Er stand am Tresen und ließ sich vom Wirt gerade ein Glas Bier einschenken. Als Schröder ihn ansprach, zuckte Reindel so heftig zusammen, dass Schröder erschrak.

»Was wollen Sie von mir?«, blaffte der junge Reindel ihn an. Das Bier, das der Wirt dem Gast gerade reichte, schien nicht sein erstes zu sein.

Schröder stellte sich ordnungsgemäß vor. »Ihr Vater wird gebeten, in einer wichtigen Angelegenheit seine Expertise abzugeben. Die Frage ist, wann er am Zug sein muss.«

Reindel junior winkte mit der Hand, als müsste er etwas fortwischen.

»Jaja, der Zug, er geht erst in zwei Stunden. Ich treffe ihn am Berliner Bahnhof. Gleis 2. Sagen Sie ihm das.« Er griff in seine Jackentasche, holte einen Geldschein hervor und drückte ihn Schröder in die Hand. »Geben Sie das den Männern. Sie sollen das Gepäck zum Zug bringen. Ich komme nach.«

Überrascht blickte Schröder auf den Schein, während der junge Scharfrichter mit seinem Glas an einen der Tische wechselte. Dabei wankte er sichtlich.

Am liebsten hätte Kriminalassistent Schröder diesem unverschämten Kerl das Geld vor die Füße geworfen und ihm gesagt, er solle es selbst machen. Doch Schröder tat es nicht. Stattdessen schluckte er seinen Ärger herunter. Eine der ersten Lektionen bei der Kriminalpolizei, die er hatte lernen müssen, war, seine Gefühle nicht zu zeigen. Also schwieg er und ging zurück zum Gefängnis. Man traf sich immer zweimal im Leben.

Als er bald darauf die triefend nassen Helfer passierte, reichte er ihnen den Geldschein mit der Anweisung des ungehobelten Kerls in der Kneipe. »Den Rest sollt ihr für ein ordentliches Frühstück ausgeben, hat er gesagt.«

Überrascht von der Großzügigkeit ihres Arbeitgebers, nickten die beiden und dankten Schröder.

KAPITEL 22

Ordensverleihung. Dem Inhaber der Firma Blohm & Voss, Herrn Hermann Blohm zu Hamburg, ist der Rothe Adlerorden Dritter Klasse verliehen worden.

Original: »Hamburgischer Correspondent«, Dezember 1899

Sichtlich beeindruckt betrat der alte Mann das Foyer des Stadthauses. Mit seinem Zylinder auf dem Kopf, dem schwarzen Gehrock und dem Spazierstock, auf den er sich stützen musste, wirkte er fast wie ein vornehmer Herr aus dem Senat. Niemand, der ihnen begegnete, ahnte, dass ein Henker das Haus am Neuen Wall besuchte.

Polizeirat Roscher kam persönlich in die Räume des Kommissariats 5, um Friedrich Reindel zu begrüßen und ihm eine Führung hinauf zum Erkennungsamt und zur Fotografierstube anzubieten.

Der Scharfrichter lächelte wohlwollend, wie ein Großvater, der seine Enkel betrachtet. Leider aber müsse er die Führung ablehnen, da weder die Zeit noch das Rheuma ihm dafür Gelegenheit ließen. »Dennoch ist es gut zu wissen, dass die Hamburger Polizei dem Gesindel mit derart modernen Methoden entgegentritt. Es erleichtert mir die Arbeit.«

Roscher sah ihn fragend an. »Wie darf ich das verstehen?«

»Ach, sehen Sie, ich bin der Letzte in einer ganzen Reihe von Personen, die ihre Arbeit tun, um Mörder ihrer gerechten Strafe zuzuführen. Kriminalbeamte, Staatsanwälte, Richter, Schöffen. Ich jedoch bin jener, dessen Arbeit nicht rückgängig gemacht werden kann. Alle vor mir dürfen Fehler begehen. Ich nicht.«

Er nahm einen Schluck des heißen Kaffees, den ihm einer der Uniformierten gebracht und den er mit viel Sahne und Zucker versehen hatte. Ein leichtes Seufzen entfuhr der Brust des über Siebzigjährigen. Es hieß, er sei der dienstälteste Scharfrichter im Kaiserreich.

Endlich öffnete sich die Bürotür, und Schröder kam mit einem offenen Holzkasten in der Hand herein. Darin lag jener Knoten, den sie dem zweiten Opfer abgenommen hatten. Ein Opfer, dessen Namen sie noch immer nicht kannten, darum hatte man in der Vervielfältigungsanstalt des Hauses achthundert Plakate, versehen mit einer Zeichnung des Toten, drucken und überall in der Stadt aufhängen lassen. Irgendjemand musste wissen, wer der Mann war.

Reindel stellte die Tasse ab und zeigte auf das Asservat. »Darf ich?«

Roscher nickte.

Vorsichtig, ja fast schon ehrfürchtig nahm Reindel den Knoten aus dem Kasten. Er drehte und wendete ihn in den Händen. »Für einen Laien mag dieser Knoten aussehen wie jeder andere Henkersknoten auch. Knoten, wie man sie früher bei uns für Hinrichtungen gebrauchte, hatten üblicherweise acht Schläge. Ich glaube, in der Seefahrt sprechen sie von Rundtörns. Jedenfalls hat dieser nur sechs.«

»Ist das von Bedeutung?«, wollte Roscher wissen.

Der Alte schüttelte den schmalen Kopf. Geduldig erklärte er, dass das Erhängen im Kaiserreich nicht mehr angewandt werde. »Dennoch gehört der Galgenknoten zur Ausbildung eines Henkers. Jeder meiner Leute lernt ihn. Es ist Tradition. Und sollte kein scharfes Beil zur Hand sein, ist das Erhängen eine gute Methode, wenn man weiß, wie es gemacht wird.«

Roscher schluckte. Das Leben des Polizeirats ist bestimmt von Paragrafen, Verordnungen und Vorträgen über Kriminalistik, dachte Hauke, von politischen Strategien und wohlgefälligen Gesprächen mit den Mächtigen der Stadt und des Landes. Zu detailliert wollte er sich mit den Folgen seiner äußerst erfolgreichen Arbeit sicherlich nicht beschäftigen.

»Starb das Opfer sofort?«, erkundigte sich Reindel.

»Das erste Opfer wurde betäubt, das zweite von einer Brücke gestoßen. Es sieht aber so aus, als wäre er nicht sofort tot gewesen«, sagte Hauke.

Reindel verstand. »Genickbruch wäre dienlicher gewesen. Jeder gute Scharfrichter weiß, wo er den Knoten anzulegen hat, um den Tod schnell herbeizuführen, nämlich unter und hinter dem linken Ohr. Durch das Zuziehen der Schlinge werden die Luftzufuhr zur Lunge und die Blutzufuhr zum Gehirn unterbunden, was zum langsamen und qualvollen Tod durch Strangulation führt. In Kombination mit dem Gebrauch einer Falltür und einem Sturz aus größerer Höhe aber tritt der Tod durch Genickbruch ein.« Er legte den Knoten zurück in den Kasten. »Das Berechnen ist nicht einfach. Fällt der Delinquent nicht tief genug, erstickt er. Ist das Seil zu lang und der Fall zu tief, trennt sich der Kopf vom Rumpf.«

Roscher räusperte sich. »Letzteres ist in unseren Fällen nicht geschehen.«

»Auch nicht an der Brücke?« Reindel legte die runzelige Stirn noch mehr in Falten.

»Denken Sie, die Mörder wollten ihre Opfer leiden lassen?«, mischte sich Hauke ein.

Reindel drehte sich zu ihm.

»Das kann ich Ihnen nicht sagen.« Er griff noch einmal nach dem Knoten. »Mir scheint es eher so, als hätte jemand mit Kenntnissen gepfuscht. Sehen Sie hier.« Er wies auf die Rundtörns. Hauke erhob sich und trat näher an den Scharfrichter heran. »Das Seil ist an mehreren Stellen minderwertig. Es könnte reißen. Die Schläge sind nicht gleichmäßig und hier …« Er wies zu einer Stelle in der Mitte. »Wenn mich nicht alles täuscht, wurde dieses Seil zuvor für andere Dinge benutzt. Der Hanf ist beschädigt. Schauen Sie, hier und hier.« Reindel sah ihm in die Augen. »Wenn Sie mich fragen, spielte jemand Henker, der vielleicht ein wenig Wissen um das Handwerk besitzt, aber weder das Talent noch das Können. Ein Pfuscher.«

KAPITEL 23

Hamburger Verein der Kampfgenossen von 1870/71. Das diesjährige Wohltätigkeits-Concert findet am 25. November in Sagebiels-Etablissement statt. Es spielen der Gemischtenchor »Siegeslohn«, die Kapelle des 76. Regiments und die Sängerin Jenny Peine, Hamburg.

Original: »Hamburgischer Correspondent«, Oktober 1899

Polizeirat Roscher stand am Fenster und blickte auf das Treiben vor dem Fenster hinaus. Freiherr von Siems musste jeden Moment erscheinen. Und mit ihm die Frau.

»Verdammt!« Roschers Faust ging auf die Fensterbank nieder. Wie hatte er sich nur zu so etwas hinreißen lassen können? Ja, er war äußerst diskret, aber lügen? Er? Was predigte er stets seinen vier Kindern? Niemals dürfe man lügen. Unter keinen Umständen. Und nun das. Roscher fuhr herum. Vielleicht hatte er Glück und von Siems verspätete sich. Vielleicht konnte man ihn noch vor der Abfahrt erreichen. Er griff zum Telefonhörer, um sich mit der Villa an der Elbchaussee verbinden zu lassen, als ein Uniformierter eintrat.

»Ihr Besuch ist da, Herr Polizeirat.«

Mit einem tiefen Seufzer ließ Roscher den Hörer auf die Gabel sinken, legte ein schmales Lächeln auf und ergab sich ins Unvermeidbare.

***

Eine Etage über dem Amtszimmer des Polizeirats wartete Hermine Wiegand auf einer Holzbank darauf, vorgelassen zu werden.

»Ich bin schon seit einer halben Stunde hier«, kläffte sie

einen der Beamten an, der mit einem fahrbaren Aktenregal an ihr vorbeirollte. »Wann kommt denn endlich der Herr Kommissar? Ich habe meine Zeit nicht gestohlen.«

Der Mann nickte.

»Is ja man auch besser so«, nuschelte er gelangweilt. »Weil sonst müssten wir Sie ja dabehalten.«

Sprach's und rollte weiter.

Noch während Hermine Wiegand versuchte zu verstehen, was der Mann gemeint haben könnte, sah sie eine ihr bekannte Person die Stufen des Treppenhauses heraufsteigen. Mit schmalem Mund und erhobenem Kinn umklammerte ihre Nachbarin, Fräulein Klattmeyer, den Griff des Korbs in ihrer Hand, sodass die Fingerknöchel weiß hervortraten.

»Du? Was willst du denn hier?«, wollte Hermine Wiegand wissen.

Die Haushälterin des verstorbenen Pastors stockte.

»Man bittet mich um eine Zeugenaussage«, presste die Frau zwischen den Zähnen hervor, während sie die Zahlen an den Bürotüren prüfte. Vor der Tür mit der 331 blieb sie stehen, schnaufte verächtlich. Dann drehte sie sich um und ließ sich neben Hermine Wiegand auf die Bank fallen, wohl bedacht, eine vielsagende Lücke zwischen sich und ihr zu lassen.

Gemeinsam starrten sie die geschlossene Tür gegenüber an.

Plötzlich wandte sich Fräulein Klattmeyer zu ihr. »Welch falsche Schlange du bist! Lügen verbreiten über jenen Mann, der so viel Gutes getan hat. Auch für dich und deinen Mann! Alle haben Pastor Krause verehrt. Er war …«

»Ach, halt doch den Mund! Dein Pastor war verbissen und rechthaberisch. Dass das mit ihm ein schlimmes Ende nehmen würde …«

»Er sollte Bischof werden!«

»Er hatte Feinde. Sonst würde er ja wohl noch leben!«

Die Gesichtsfarbe der Haushälterin changierte ins Rötliche. Gleich würden Tränen fließen. »Wie konntest du nur so etwas sagen? Das ist Verleumdung!«

Hermine Wiegand zog einen Mundwinkel nach oben.

»Ich weiß Dinge, die jeder hinter vorgehaltener Hand sagt«, meinte sie kryptisch. »Und ich weiß, dass diese Dinge wahr sind. Wenn es sein muss, werde ich es schwören. Und du weißt es auch.«

Fräulein Klattmeyer schnappte nach Luft.

Plötzlich öffnete sich die Tür. »Was soll sie wissen?«

Hauke trat in den Flur. Hinter ihm stand Kriminalassistent Schröder mit Block und Bleistift in der Hand, als hätte er sich Notizen gemacht.

Fräulein Klattmeyer sprang auf. Tränen der Wut in ihren Augen. Sie versuchte sich zu sammeln. Stammelte etwas. Auch die Gattin des Küsters erhob sich.

»Was weiß Ihre Nachbarin, Fräulein Klattmeyer?«, verlangte Hauke erneut zu erfahren. Dabei legte er einen strengen Gesichtsausdruck auf.

Die Frauen tauschten einen Blick aus. Es war eine Sache, Dinge hinter dem Rücken gewisser Personen zu behaupten. Eine andere, diese einem Polizisten zu erzählen.

»Ich warte, meine Damen.«

»Die Leute sagen«, begann die Frau des Küsters hastig, »dass Pastor Krause …«

»Lüge!«, unterbrach das Fräulein Klattmeyer. »Er hat kein Geld veruntreut!«

»Natürlich hat er das!«, widersprach die Küstersgattin. »Es war eine großzügige Spende für ein Armengrab. Blumen, Grabstein, Pflege, ein Gedenkgottesdienst. Und was hat der Herr Pastor mit dem Geld gemacht?« Aus den Augen der Frau schossen Pfeile auf die Haushälterin. »Er hat zwei Bleiglasfenster in der Kapelle einbauen lassen. Du hast mir den Brief selbst gezeigt! Du hast meinen Rat haben wollen.«

»Es war schmutziges Geld von einer verrufenen Person. Er hat es mir selber erzählt! Es war seine heilige Pflicht, dieses anzügliche Geld in etwas Gutes zu verwandeln.«

In diesem Moment erschien eine Gruppe Personen im Treppenhaus, das am Ende des Korridors lag. Gustav Roscher folgten zwei elegante Herren und eine Dame, die von einer Bediensteten begleitet wurde. Munter plaudernd erklärte der Polizeirat gerade seinen Gästen die neuesten Errungenschaften der Hamburger Kriminalpolizei.

Neugierig drehten sich die streitenden Frauen zu den vornehmen Leuten um, die soeben die Stufen in den nächsten Stock emporklommen.

Deutlich konnte Hauke erkennen, dass das Fräulein Klattmeyer eine Spur blasser wurde.

»Das ist sie«, raunte die Frau des Küsters. »Ich erkenne sie wieder. Das ist sie.« Ihr Kopf fuhr zu Hauke herum. »Haben Sie sie verhaftet?«

»Wen?«

»Na, die Frau, die der Herr Pastor nicht ins Haus lassen wollte.«

»Wie konntest du nur?«, hauchte Fräulein Klattmeyer und ließ sich kraftlos zurück auf die Bank fallen.

Nun trat auch Schröder in den Flur hinaus. »Wenn die Damen mir bitte ins Amtszimmer folgen würden? Wir möchten Ihre Aussagen aufnehmen. Diesmal aber bitte die Wahrheit.«

Hauke nickte Schröder zu. Zufrieden folgte er Polizeirat Roscher, der auf seinen Wunsch hin Hermann von Siems und das berühmte Fräulein Francini zu einem Rundgang durch das legendäre Erkennungsamt im Stadthaus geladen hatte. Und zwar exakt um vier Uhr am Nachmittag.

KAPITEL 24

Amerika. Eine neue Art von Torpedo, der die bisherigen Torpedos an Schnelligkeit weit überflügeln soll, wird in der nächsten Zeit vom dortigen Marineamt eingeführt werden. Das Boot soll für unterseeische Operationen sehr praktisch sein.

Original: »Hamburgischer Correspondent«, Oktober 1899

Sophie ging mit dem Korb über dem Arm zum Markt, um nach Äpfeln aus dem Alten Land Ausschau zu halten. Die Bäuerinnen von der anderen Elbseite kamen in diesen Wochen fast täglich mit ihrem rotbackigen Obst über den Fluss, um die Ware zu verkaufen.

Sie fielen zwischen all den anderen Händlern auf dem Schaarmarkt mit ihren bunten Trachten auf. Über den roten Wollröcken, die mit schwarzer Spitze und schwarzen Samt- und Taftbändern verziert waren, trugen sie strahlend weiße Schürzen, aufwendig geschmückt mit Biesen und Lochstickerei oder Spitze. Unter den geschnürten Jacken aus Samt- und Seidenbrokat steckten gestickte Brusttücher in ihren Ausschnitten. Ihre Haare verbargen sie vor neugierigen Blicken unter Hüten und Haarbändern. Roter Rock und weiße Schürze, das wusste Sophie, waren die Zeichen der verheirateten Frau. Unverheiratete junge Frauen trugen nach der Konfirmation bis zu ihrer Hochzeit Schwarz.

Sophie schlenderte zwischen den Ständen entlang, auf der Suche nach einer dieser stolzen Frauen, die die knackigsten Äpfel in ihren Körben hatten.

Beim Geflügelhändler gackerten die Hühner in engen Schilfkäfigen, ein Hahn krähte. Der Fischhändler ein Stück weiter hatte heute Matjes im Angebot, den er aus einem salzgefüllten Fass herausholte und mit viel Theater und Tamtam einer Kundin in die Einkaufstasche rutschen ließ.

»Echter Glückstädter Matjes, fangfrisch eingetroffen, Stück nur fünf Pfennige!«, brüllte er in sonorem Ton über den Markt.

Sophie zögerte. Matjes, das war für sie Heimat, denn in Glückstadt war sie geboren worden, wuchs als glückliches Kind bis zu dem Tag auf, an dem ihre Mutter starb. Matjes, in früheren Tagen als Dünger auf den Feldern ausgebracht, weil er als wertloser Beifang nicht zu verkaufen gewesen war, gewann unter dem jungen Kaiser Wilhelm einen neuen Ruf. Der Herrscher der Deutschen wollte den Hunger der rasant wachsenden Zahl seiner Untertanen mit dem leicht zu fangenden Hering stillen. Zumindest jener, die nicht viel Geld hatten. Und so wurde auf Anweisung des Kaisers der Hering zur Delikatesse für jedermann. Zwar rümpfte so mancher die Nase, aber Sophie kannte Rezepte, die aus dem unscheinbaren Fisch tatsächlich etwas Besonderes machten. Matjes in Sahnesoße mit Äpfeln. Matjes gebraten mit Speckstippe. Matjes in Blätterteig. Es kam nicht auf den Fisch an, sondern auf das Drumherum. Ganz wie im echten Leben.

Sie prüfte die toten Augen des Tiers, ließ den Finger über die silbernen Schuppen gleiten, nickte. »Zehn Stück bitte.«

Heute Mittag würde es Matjes im Hause Sötje geben. Sollte Telse doch denken, was sie wollte. Vielleicht konnte sie mit ihren einfachen Kochkünsten ja wenigstens Hauke beeindrucken, wenn schon nicht ihre Köchin.

Vor dem Heimweg erstand sie noch einige Äpfel. Jetzt hieß es, sich zu sputen, denn Fisch war nun einmal Fisch und hielt nichts davon, wenn die Hausfrau herumtrödelte.

Als sie in den Schaarsteinweg einbog, wäre sie fast in eine Traube Menschen gelaufen, die sich vor einer Berliner Litfaßsäule versammelt hatte. Seit Neuestem gab es diese runden Bekanntmachungstürme auch in Hamburg. Hier hingen Anschläge für eine Opernpremiere im Stadttheater oder das

Konzert des zweiten Hanseatischen Infanterieregiments am Sonntag im großen Konzertgarten beim Hammer Park. Hier wurde für Haarwuchsmittel, Velozipede, Knaben- und Herrenanzüge sowie für Matratzen und solide Bettgestelle aus Eisen geworben.

Am interessantesten erschienen Sophie die rot umrandeten Plakate der Kriminalpolizei. Es wunderte sie nicht, dass sich besonders viele Leute für den neuen Aushang interessierten.

»Kennst du den?«, fragte ein dürrer, hochgewachsener Mann die Frau an seiner Seite.

Sie hatte sich bei ihm eingehakt. »Nö. Woher soll ich den denn kennen?«

Die beiden trollten sich, und Sophie konnte ein wenig weiter nach vorne rücken, um sich das Plakat genauer anzusehen. Es war beschämend, sich wie die anderen an einem öffentlichen Aushang informieren zu müssen. Immerhin war ihr Mann Leiter eines Kommissariats. Eigentlich hätte sie über Vorkommnisse im Stadthaus direkt von ihm erfahren müssen. Zumindest wünschte sie sich das. Hauke aber hielt sie aus seinem Leben als Polizist heraus. Und das schmerzte sie mehr, als sie zugeben wollte.

Sophie starrte die Zeichnung an. Ein Mann Mitte vierzig mit nichtssagendem Gesicht. Seine Kontur zeugte von gutem Essen. Tote Augen, bei denen sie sich fragte, ob sie zu Lebzeiten auch schon so entseelt gewesen sein mochten. Er kam ihr bekannt vor. Ein verzerrtes Bild ging durch ihren Kopf. Sie überlegte. Plötzlich fiel es ihr wieder ein! Es war jener Mann, der fuchsteufelswild Carlottas Garderobe verlassen hatte. Jener Mann, der mit wutverzerrter Stimme Drohungen ausgestoßen hatte.

Sophie trat näher. Was ihm passiert war, stand dort nicht, einzig die Frage, ob jemand ihn kenne. Sophie ahnte, dass er tot sein musste. Bedauern empfand sie nicht darüber. Stattdessen fragte sie sich, ob sie Hauke über den Vorfall im Theater informieren oder zuvor besser mit Carlotta sprechen sollte.

Andererseits konnte es auch sein, dass sie sich irrte. Sie ging noch einen Schritt näher an das Bild. Die Beliebigkeit des Gesichts, die Qualität der Zeichnung. Es musste so sein. Und dennoch …

Wie in Trance lief Sophie nach Hause.

KAPITEL 25

50 000 M Belohnung!
Obige Belohnung verdienen sich alle Leser, die sich der großartigsten Erfindung des 19. Jahrhunderts, des Thermophors, bedienen. Thermophore sind Gefässe, welche ohne Feuer Wärme erzeugen und 4 bis 10 Stunden Flüssigkeiten und Speisen warm erhalten.

Original: »Hamburgischer Correspondent«, November 1899

Carlotta richtete ihren Hut auf dem sorgsam frisierten Haar, während sie sich kritisch im Spiegel auf Sophies Wohnungsflur betrachtete. Sie sei gekommen, um mit Sophie endlich den Zoologischen Garten zu besuchen, der wegen des Briefes kürzlich hatte ausfallen müssen.

Hauke war natürlich nicht zum Mittagessen erschienen. In der ganzen Wohnung roch es nach Fisch. Und Telse war mucksch, als Sophie kundtat, sie würde heute gerne das Essen zubereiten. Sie konnte die Kündigung ihrer Köchin nur mit dem Versprechen abwenden, dass sie demnächst eine größere Gesellschaft plane. Ein achtgängiges Menü müsse es schon sein, hatte sie Telse gesagt und ihr als Fachfrau die Speisenfolge überlassen.

Während Telse in der Küche Löffler-Bechtels »Großes illustriertes Kochbuch« und das »Hamburger Kochbuch für die gehobene bürgerliche Küche« nach geeigneten Rezepten durchforstete, spielte Sophie mit ihrer Tochter Henriette und dem Püppchen Pippa im Salon, als es an der Wohnungstür klingelte.

»Der Kutscher wusste, wo ich Sie finden kann«, erklärte Carlotta Francini munter und trat einfach an Sophie vorbei in den Flur. Nichts an ihr verriet die gestrigen Schmerzen, die

Ohnmacht oder die Verzweiflung. Statt sich in der Villa von Siems zu erholen, wie es der Arzt verlangt hatte, war Carlotta in die Admiralitätstraße gefahren, um Sophie zu einer Ausfahrt zu überreden. Die frische Luft würde ihr guttun, und die Herren von Siems seien auf der Werft unabkömmlich. »Glücklicherweise«, hatte Carlotta mit einem schelmischen Lächeln hinzugefügt und versichert, der kleine Ausflug würde nicht länger als ein oder zwei Stunden dauern.

Sophie fragte sich, wie sie ihre Freundin unauffällig nach dem Mann ausfragen könnte, der sie im Theater beleidigt hatte. Jener, der Carlotta unverhohlen bedroht und sie entsetzlicher Dinge bezichtigt hatte. Wäre Sophie ein Mann gewesen, sie hätte dem Kerl mit Fäusten ihre Meinung gesagt. Nun aber war er tot. Ob es einen Zusammenhang zwischen seinem Tod und Carlotta gab?

Sophie musterte im Spiegel das unschuldige Gesicht der Frau neben sich. Nichts an ihr zeigte auch nur den Hauch eines dunklen Geheimnisses. Sophie begann schon, an ihrer Intuition zu zweifeln. Vielleicht hatte der Beruf ihres Mannes sie derart verändert, dass sie menschliche Abgründe selbst dort sah, wo keine existierten. Bildete sie sich etwa alles ein, nur damit ihr Leben ein wenig mehr Aufregung bot?

Sie schloss den Knopf ihres Capes und nahm sich vor, Carlotta nach dem Mann in der Garderobe zu fragen. Sie brauchte Gewissheit. Allerdings wollte sie nicht neugierig wirken oder gar ihrer Freundin unterstellen, etwas mit dem Tod eines Menschen zu tun zu haben. Außerdem war es unschicklich, mortale Dinge dieser Art unter Frauen zu diskutieren. Andererseits, vielleicht musste sie nur den rechten Moment finden.

Deshalb hatte sich Sophie zu dem Ausflug überreden lassen, zumal mit Telse und Emma in der Wohnung ein verschwiegenes Gespräch unmöglich war, so oft wie die beiden auf den Flur lugten, nur um noch einen Blick auf die berühmte Schönheit zu werfen. Gerade verschwand Emmas Gesicht wieder kichernd in der Küche.

Einen Abschiedskuss für Henriette später stiegen Sophie und Carlotta die Stufen hinunter.

»Wissen Sie, liebe Sophie, welches Wort uns Frauen seit jeher verwehrt wird?«, fragte sie über die Schulter.

Sophie verneinte. »Welches Wort ist es?«

»Ich.«

Sie hatten die erste Etage erreicht.

Sophie blieb stehen. »Ich?«

Carlotta drehte sich zu ihr um.

»Ja. Ich.« Sie lächelte. »Stets sind wir die Gattin von Soundso, die Mutter von Soundso, die Vorsitzende des Vereins Soundso, die Sopranistin in der neuen Oper vom Komponisten Soundso. Das sind die Worte, mit denen wir vorgestellt werden, mit denen wir uns sogar selbst vorstellen. Sie zum Beispiel sind die Ehefrau von Hauptkommissar Sötje. Ihre Leistung bestand also darin, einen Hauptkommissar zu heiraten.« Sie ging weiter.

Sophie wusste, was Carlotta meinte. »In unserer Straße nennen alle die Gattin des Zahnarztes Frau Doktor, dabei hat sie weder ein Studium noch eine Ausbildung in dieser Richtung. Dennoch legt sie äußersten Wert auf diese Bezeichnung. Dann ist da noch Frau Regierungsrätin Bender oder Frau Oberpostdirektorin Herling. Ja, Sie haben recht, es ist absurd. Man sollte uns nach dem benennen, was wir erreicht haben. Bedauerlicherweise erlaubt man uns nichts anderes zu sein als die Frau von Soundso.«

Sie dachte darüber nach, wie sehr es ihr geschmeichelt hatte, dass Polizeirat Roscher ihr zu gerne einen Posten im Stadthaus angeboten hätte. Natürlich war das nur so dahergesagt, dennoch hatte es ihr über Gebühr gefallen. Obwohl es in den Ohren so manch anderer Frau sicherlich wie eine Beleidigung geklungen hätte.

In der Eingangstür verharrte Carlotta erneut. »Stets sind wir nur, was die Männer uns sein lassen.«

Sophie erschrak über die Ernsthaftigkeit in Carlottas

Stimme. »Ich hörte, dass es Bestrebungen einiger Frauen gibt, dies zu ändern.«

Carlotta lächelte milde. »Der Weg wird so lang sein, dass ich ihn nicht mehr erleben werde.«

»Bitte, liebe Freundin, sagen Sie so etwas nicht.«

Sie traten zur Kutsche, die vor dem Haus auf sie wartete. Der Kutscher öffnete die schwarz glänzende Tür mit dem Wappen derer von Siems, und Sophie und Carlotta stiegen ein.

Als die Kutsche mit einem Ruck anfuhr, nahm Sophie das Thema wieder auf. »Sie haben Glück, Carlotta. Kein Gatte gängelt Sie oder sagt Ihnen, was Sie tun dürfen und was nicht. Niemand verwehrt Ihnen, ›ich‹ zu sagen.«

Carlotta lächelte. »Ja. Ist das nicht wunderbar! *Ich* treffe tatsächlich so manche Entscheidung, die mir ein Mann verbieten würde.«

»Ist das der Grund, warum Sie noch nicht verheiratet sind?«, fragte Sophie so leise, als wären noch andere Personen bei ihnen.

Carlotta überlegte.

»Wäre der Richtige dabei gewesen, hätte ich ihm nur zu gerne mein Ich geschenkt.« Sie schaute auf ihre zarten Hände, die ohne Ehering waren. »Nun ist es zu spät.«

»Zu spät? Ich bitte Sie, Carlotta! Die besten Ehen werden nicht in jungen Jahren geschlossen, sondern wenn Menschen mit Erfahrung aufeinandertreffen.« Sie dachte an ihren Vater, der verzweifelt versucht hatte, für seine vierundzwanzigjährige Tochter irgendeinen willigen Heiratskandidaten zu finden. Es war Glück im tiefsten Unglück, dass ihre Familie bald darauf alles verloren hatte und die beschämende Suche abbrechen musste, da es kein Vermögen mehr zu heiraten gab. Dann begegnete sie Hauke. Eine Ehe aus Liebe.

»Wie glücklich Sie sich schätzen können, liebe Sophie«, meinte Carlotta, als könnte sie Sophies Gedanken lesen. »Sie haben einen guten Mann und ein wunderbares Kind. Dank Henriette werden Sie beide weiterleben, selbst wenn Sie längst nicht mehr auf Erden wandeln. Kinder machen einen Menschen unsterblich.«

Sophie nickte. Ja, sie konnte sich wirklich glücklich schätzen. Sie verstand jedoch nicht, warum sie sich nicht so fühlte. Schnell schob sie den trüben Gedanken beiseite und schaute aus dem Kutschenfenster.

»Carlotta, wohin entführen Sie mich?«, wollte sie wissen. Sie fuhren nicht nach Norden, sondern in die Altstadt. »Das ist nicht der Weg in den Zoologischen Garten.«

Carlotta lachte. »*Ich* habe unsere Pläne geändert, ohne es unserem Freund von Siems oder seinem Sohn mitzuteilen. Es war vielleicht nicht die ehrlichste Art, wohl aber die einfachste. Und Ihnen habe ich es nicht erzählt, um Ihnen das Abenteuer leichter zu machen.«

»Oh.«

»Nein! Sagen Sie nicht ›Oh‹, als würden wir etwas Unerlaubtes tun. Fragen Sie lieber, wohin die Reise gehen soll.«

Zaghaft erkundigte Sophie sich nach dem Ziel des Ausflugs.

»Zur Bank. Genauer gesagt, zu ›Hartmann & Nölting‹ in der Ferdinandstraße. Ich gedenke, ein Schließfach zu mieten und ein wenig Geld anzulegen.« Zufrieden grinste sie. »Ja, *ich* habe Geld, und *ich* verwalte es allein. Gerne nehme ich den Ratschlag eines männlichen Freundes an, doch entscheiden tue *ich* über mein Geld.«

»Woher wissen Sie denn so viel über derlei Dinge?« Sophie war es unmöglich, ihr Erstaunen zu verbergen. Sie hatte eine Haushaltskasse, die Hauke kommentarlos einmal im Monat auffüllte. Aber ein eigenes Konto? Investitionen tätigen? Mit einer Bank? Noch nie hatte Sophie von einer Frau gehört, die sich Derartiges auch nur zutraute. Voll Bewunderung musterte sie ihre Freundin.

»Mein väterlicher Freund, so möchte ich ihn nennen, zeigte mir damals, wie wichtig es ist, auch in Geldangelegenheiten ein Mindestmaß an Wissen zu besitzen. Zwar dachte er, ich würde dieses Wissen nutzen, um meinem künftigen Mann eine kluge Gesprächspartnerin in Sachen familiärer Investitionen zu sein, ich hatte allerdings anderes vor.«

»Ihr väterlicher Freund?«

Langsam rollte die Kutsche am Hamburger Rathaus vorbei Richtung Alster.

»Ja. Eines Tages kam ein älterer Herr in unsere Trattoria. Wie immer sang ich am Abend für die Gäste. Danach sprachen Signor Batella und mein Vater lange miteinander. Mein Vater beschloss, ich solle mit dem Signore nach Mailand fahren, wo er mir eine Gesangsausbildung bei einem Freund ermöglichen wollte.« Carlotta bemerkte Sophies zweifelnden Blick und fügte schnell hinzu, dass die Absichten des alten Mannes absolut christlich und ehrenwert gewesen seien. »Signor Batella hatte keine eigene Familie. Und er liebte die Musik. Ich lebte in seinem Palazzo wie eine Prinzessin und erhielt von den besten Lehrern Gesangsunterricht. Leider war besagter Freund ebenso alt wie mein Signor Batella, und so wurde ich mit nur siebzehn Jahren von dessen Sohn Giovanni Lamberti unterrichtet.«

»Eine Prinzessin, die sich in Geldangelegenheiten auskennt? Es wird immer eigenwilliger.«

Carlotta lächelte. »Signor Batella war nicht nur ein großer Gönner der Musik, sondern auch Bankier. Für ihn war ich die Tochter, die er nie hatte. Als er vor vier Jahren starb, vererbte er mir einen Teil seines Vermögens sowie eine jährliche Apanage und einen Rat.«

»Einen Rat?«

»Ich solle mich vor jungen Männern in Acht nehmen, die es nur auf mein Vermögen abgesehen hätten. Es gebe kaum etwas Schlimmeres.«

Sophie horchte auf. »Was könnte schlimmer sein als gierige junge Männer?«

»Gierige alte Männer«, antwortete Carlotta flüsternd.

Sie lachten.

Da hielt die Kutsche. Sophie sah hinaus und erkannte einen

hohen klassizistischen Bau, dessen Portal in goldenen Lettern verkündete, dass die Bank »Hartmann & Nölting« hier ihren Sitz hatte. Die Lettern waren kleiner als jene über dem Portal der »Warburg Bank« und die Säulen bescheidener als jene vor der »Berenberg Bank«. Trotzdem atmete alles an diesem Ort Ehrwürdigkeit.

Als Sophie ausstieg, spürte sie, wie ihr Herz bis zum Hals schlug. Sie hatte das Gefühl, etwas weitaus Verboteneres zu tun, als nur mit Carlotta den Nachmittag zu verbringen. Sie schaute an der Gebäudefront hoch, in den lichtgrauen Himmel über Hamburg. Hoffentlich erfuhr Hauke nichts von alldem.

Einen Schritt hinter Carlotta trat Sophie in die hohe Halle ein, deren reich verzierte Stuckdecke von weißen Säulen getragen wurde. Ohne Umschweife lief Carlotta zu einem Schalter und verlangte, den Bankdirektor zu sprechen, mit dem sie einen Termin vereinbart habe.

Der Bankangestellte zögerte, als hoffte er, einen männlichen Begleiter an Carlottas Seite zu finden. Sein Blick blieb an Sophie hängen. Sie lächelte ihn entschuldigend an.

»Gehe ich recht in der Annahme, vor mir die wunderbare Carlotta Francini zu haben?«

Die Stimme hinter Sophie ließ sie zusammenzucken.

Auch Carlotta drehte sich um, legte ihr sphärisches Lächeln auf und reichte dem Herrn mit den gestreiften Hosen und dem schwarzen Gehrock die Hand zur Begrüßung. »Bankdirektor Winkler, nehme ich an.«

Sophie konnte sich nicht erklären, wo der Herr plötzlich hergekommen war.

Artig nahm der beleibte Mann die ihm gebotene Hand und deutete den geforderten Kuss darauf an.

»Ihr Diener, gnädige Frau«, säuselte er. »Meine Gattin und ich waren Zeugen Ihres unerwarteten Auftritts im Stadttheater neulich. Fulminant! Wahrlich fulminant. Meine Frau war so ergriffen. Und ich wage zu behaupten, dass so mancher noch immer bedauert, an jenem Abend nicht dabei gewesen zu sein.

Bitte sehen Sie mich und meine Frau als Ihre treuesten Bewunderer.« Endlich ließ er Carlottas Hand los.

Fast hätte Sophie losgekichert und konnte sich gerade noch in ein Hüsteln retten. Galant reichte der Bankdirektor Carlotta den Arm.

»Wollen wir?«, fragte er, als führte er sie zum Tanz.

»Mit Vergnügen, Direktor Winkler.«

Gemeinsam durchmaßen sie die Halle, und Sophie bemerkte, wie sich so mancher Herr stirnrunzelnd nach der schönen Dame umdrehte. Ein wenig unschlüssig blieb Sophie stehen, bis sich Carlotta zu ihr umdrehte und ein Zeichen gab, sie möge folgen.

***

»Was danach passiert ist, glaubst du mir nicht, Hauke!« Sophie löste die Klammern aus dem Haar, das weich über ihre Schultern fiel. Sie war von diesem Nachmittag noch immer beschwipst, immerhin hatte der Herr Direktor den Damen nicht nur ein Gläschen Champagner angeboten, sondern ihnen auch voller Stolz den Tresor und die Schließfächer im Souterrain des Hauses gezeigt. »Ich war noch nie in einer Bank, wusstest du das?«

Zum Glück hatte Hauke keinen Streit vom Zaun gebrochen, als sie ihm gestand, mit Carlotta entgegen seiner Anweisung den Nachmittag verbracht zu haben. Er hatte erst ein wenig gegrummelt und sich dennoch jedes Detail des kleinen Abenteuers erzählen lassen.

Eigentlich waren hundert Striche mit der Bürste über ihr langes Haar das allabendliche Ritual. Diesmal zählte Sophie nicht mit. Stattdessen berichtete sie, wie Bankdirektor Winkler ihrer Freundin den Hof gemacht hatte.

»Anfangs behandelten sie Carlotta wie eine kleine, dumme Prinzessin, aber sie ließ sich nicht um den Finger wickeln. Im Geschäftszimmer des Herrn Direktors saß plötzlich eine ganz andere Frau. Wie ausgewechselt, verstehst du, was ich meine?« Sie wartete auf keine Antwort, sondern plapperte weiter. »Carlotta nahm ein Bündel Geldscheine aus ihrer Handtasche und legte es auf den Schreibtisch des Direktors. Ich hatte ja keine Ahnung, dass sie so viel Geld bei sich trug! Ich wäre gestorben vor lauter Angst, jemand könnte es mir wegnehmen.« Sophie drehte sich zu ihrem Mann um, der bereits im Bett saß und sie beobachtete. »Es müssen mindestens tausend Mark gewesen sein, Hauke. Ich habe noch nie so viel Geld gesehen.« Wieder fuhr sie mit ihrer Bürste durch die lockigen Haare. »Direktor Winkler bot ihr vier Prozent. Carlotta lachte ihn aus und sagte, dass man ihr bei ›Berenberg‹ mehr geboten habe. Und natürlich sei das hier nur eine erste Tranche, denn sie gedenke, ihr Erbe bei mehreren Banken anzulegen. So auch diese. Daraufhin bot er fünf Prozent.«

Sophies Redeschwall brach ab. Aus großen Augen strahlte sie Hauke an.

Brav fragte ihr Mann: »Und wie viel Zinsen hat der Direktor der Bank ihr gewährt?«

»Neun, Hauke! Dabei liegt der übliche Satz bei aktuell sieben Prozent.« Sie wandte sich wieder ihrem Spiegelbild zu. »Und für morgen Abend hat er sie zu einem Diner in sein Haus an der Alster eingeladen. Das ist nicht weit vom Waisenhaus entfernt, in dem Carlotta so schön mit den Kindern gesungen hat.« Ein letztes Mal ging die Bürste durch ihr langes Haar. »Natürlich hat sie das Angebot unter einem Vorwand abgelehnt, versprach jedoch, seiner Frau eine kleine Aufmerksamkeit zu senden. Ist das nicht reizend von ihr?«

»Sie hat abgelehnt? Warum denn das?«

»Ach, es ging ihr gestern gar nicht gut. Sie hatte Leibschmerzen, und der Arzt verschrieb ihr Ruhe. Heute sah sie wie das blühende Leben aus.« Sophie schüttelte lachend den Kopf. »Sie ist so unglaublich stark.« Sie legte die Bürste auf den Frisiertisch und huschte schnell unter die warme Bettdecke zu ihrem Mann. »Und dem Waisenhaus spendet sie einen Flügel.

Kein Klavier, nein, einen echten ›Bechstein‹.« Sie kuschelte sich an Haukes Schulter. »Außerdem hat sie ein Gesangsstipendium für besonders begabte Kinder des Hauses ins Leben gerufen. Sie meinte, dass auch andere Kinder aus armen Verhältnissen so viel Glück im Leben haben sollten wie sie. Ist das nicht wunderbar?« Sie schloss die Augen, denn obwohl sie ihrem Mann eigentlich noch so schrecklich viel erzählen wollte, überfiel sie plötzlich eine bleierne Müdigkeit. »Sie ist eine wunderbare Person«, nuschelte sie halb schlafend. Ein vager Gedanke mäanderte noch träge durch ihren Kopf. Sie hatte ganz vergessen, Carlotta die Frage nach dem Mann von der Litfaßsäule zu stellen. Ach, morgen war auch noch ein Tag.

Sophie kuschelte sich noch dichter an Hauke. »Ich möchte auch ein Bankkonto haben, Liebster. Nur ein kleines …«

Dann schlief sie ein.

Hauke blickte auf seine schlafende Frau. Lange schon hatte er sie nicht mehr so aufgeregt, ja fast schon glücklich erlebt. Lange schon war es her, dass ihre Wangen vor Freude so geleuchtet hatten. Zärtlich legte er die Bettdecke über ihre Schultern und gab ihr einen Kuss auf die Stirn. Er hätte sie tadeln müssen, dass sie entgegen seiner Anweisung mit der verdächtigen Frau unterwegs gewesen war. Immerhin machte es seine Arbeit um einiges schwieriger. Solange nicht geklärt war, was Carlotta Francini von Pastor Krause gewollt hatte, so lange durfte Sophie ihre Freundin nicht sehen. Das zumindest würde Roscher verständlicherweise von ihm verlangen.

Andererseits hatte Hauke so von viel Geld im Besitz der Frau erfahren. Geld, dessen Herkunft erst geprüft werden musste. Gleich morgen früh würde er ein Telegramm nach Mailand senden, um mehr über diesen Signor Batella zu erfahren und das Erbe. Schlimmstenfalls war alles eine Lüge. Was, so fragte sich Hauke, als er das gleichmäßige Atmen seiner Frau neben sich in der Dunkelheit hörte, plante diese Sängerin nur in der Stadt? Er würde von Kelling bitten herauszufinden, ob

Carlotta Francini in einer Beziehung zu dem Toten von der Brücke stand.

Dass niemand den Mann bisher vermisste, ließ Hauke langsam daran zweifeln, dass sie es tatsächlich mit einem Bürger der Stadt zu tun hatten. Vielleicht war er ein Reisender. Hauke seufzte. Sollte dem so sein, würde es seine Arbeit nicht erleichtern.

Mit offenen Augen sinnierte er über Sophies heutigen Tag. Die Sängerin war in sein Zuhause eingedrungen, und das beunruhigte ihn sehr. Er wusste nicht, warum, denn gegen die Frau lag nichts vor. Ein Gefühl der Enge legte sich um seine Brust, ließ seinen Atem flacher gehen. Ja, er hatte Angst. Wo nur rührte sie her?

Hauke dachte an die Hinrichtung der Wiesner von heute früh.

Wie gerne hätte er Sophie erzählt, dass es mit dieser schrecklichen Person endlich vorbei war. Dass die Wiesner nun keine Kinder mehr töten könne, dass Sophie nie wieder schlecht wegen dieser Kreatur der Hölle träumen müsse. Aus Sorge, dass all die Erlebnisse von vor zwei Jahren wieder zwischen sie treten könnten, hatte er geschwiegen.

Sophie drehte sich zu ihm.

»Liebster, ich vergaß …«, sagte sie schlaftrunken. »Der Mann auf der Zeichnung … Ist er tot?«

Hauke schwieg.

»Ich glaube, ich habe ihn gesehen.«

KAPITEL 26

Orientfahrt. Die Hamburg-Amerika-Linie veranstaltet im kommenden Jahr wieder eine ihrer großen Orientreisen, über die der übersichtliche Prospekt soeben herausgekommen ist. Die Reise findet mit dem Pracht-Schnelldampfer »Auguste Viktoria« statt und nimmt mit der Abfahrt ab Genua am 11. Februar 1900 ihren Anfang.

Original: »Hamburgischer Correspondent«, Oktober 1899

»Wir danken Ihnen, Fräulein Francini, dass Sie sich Zeit für uns genommen haben.« Polizeirat Roscher hatte die Befragung rücksichtsvollerweise in die Villa von Siems gelegt, was Hauke die Gelegenheit bot, jenen Ort genauer zu betrachten, an dem sich seine Frau in letzter Zeit öfter aufhielt.

Carlotta Francini saß auf der Récamiere im Salon. Elegant und betörend schön. Hauke konnte sich gut vorstellen, dass viele Verehrer sie umschwärmten. Und ja, sie war eindeutig die Frau auf Schröders Zeichnung, die der Kriminalassistent nach der Befragung von Fräulein Klattmeyer und der Küstersgattin angefertigt hatte.

Zum Glück bestritt die Francini ihr Treffen mit Pastor Krause nicht. Im Gegenteil. Sie behauptete sogar, darüber nachgedacht zu haben, gegen den Mann Anzeige zu erstatten, da er ihre Spende nicht wie gewünscht verwendet habe.

»Warum taten Sie es nicht?«, hakte Roscher nach.

Maximilian von Siems mischte sich ein. In Vertretung seines Vaters und in Ermangelung eines vormundschaftlich handelnden Ehemanns oder männlichen Verwandten wähnte er sich offenbar als Beschützer der jungen Frau.

»Weil mein Vater ihr dazu riet«, beantwortete er statt Carlotta Francini die Frage. »Eine solche Anschuldigung bedarf einer sehr genauen Prüfung. Gleich nächste Woche wollte mein Vater Fräulein Francini einen Anwalt empfehlen, der in ihrem Namen der Sache auf den Grund geht. Schlussendlich haben wir es hier vorerst mit einem Verdacht zu tun, dessen Beweise ausstehen.«

»Warum erst jetzt, Fräulein Francini? Immerhin ist es zwei Wochen her, dass Sie davon erfuhren.«

Die Sängerin strich die Falten ihres Spitzenkleids glatt. »Mein Aufenthalt in Hamburg dient einzig und allein meiner Erholung. Ein Prozess wäre dem nicht dienlich gewesen, nehme ich an. Außerdem bin ich Ausländerin – und nur eine Frau.«

Roscher nahm seinen Kneifer von der Nase und putzte das Glas. »Ich fasse also zusammen: Das Fräulein Francini transferierte an Pastor Krause vor einiger Zeit telegrafisch vierhundert Mark, um ein bestimmtes Armengrab auf dem Friedhof der Gemeinde mit einem Marmorstein zu versehen und die Grabpflege für Jahre zu veranlassen. Außerdem sollten drei Dankgottesdienste für die Verstorbene in der Gertrudenkirche abgehalten werden. Das Geld akzeptierte der Pastor und die damit genannten Bedingungen. Ein schriftliches Dokument liegt hierfür vor. Die Wünsche des Fräuleins setzte er nicht um, wovon sich Fräulein Francini nach ihrer Ankunft in Hamburg persönlich überzeugen musste.«

»So ist es«, unterbrach Maximilian von Siems Roschers Ausführungen. »Weder hatte er einen Grabstein anfertigen lassen noch die Dankgottesdienste abgehalten.«

Hauke bemerkte, wie von Siems wie zufällig der Francini mit den Fingern über die Schulter strich. Sogleich erstarrte sie.

»Verlangten Sie das Geld denn nicht zurück, Fräulein Francini?«, wollte Roscher wissen.

Sie schaute auf ihre Hände, die sie im Schoß gefaltet hatte. »Er versuchte, mich davon zu überzeugen, dass das Geld in zwei neuen Bleiglasfenstern für die Kirche weitaus besser angelegt sei.«

»Sie stimmten ihm nicht zu?« Roscher schob das Monokel zurück an seinen Platz.

Statt einer Antwort berichtete sie, dass sich der Pastor kategorisch geweigert habe, für eine Person wie Dorothea Sutter Gottesdienste abzuhalten. »Seiner Ansicht nach ist das Leben einer unverheirateten Sängerin vor Gottes Augen nicht würdig. Ich könne mich freuen, meinte er, dass er mir das Geld nicht zurückgeschickt, sondern in etwas Nützliches wie die Fenster investiert habe.«

»Das, meine Herren«, ereiferte sich Maximilian von Siems, »war eine billige Ausrede, um die Unterschlagung zu rechtfertigen. Dieser Mann hat nicht damit gerechnet, dass sich die großzügige Spenderin persönlich von der ordnungsgemäßen Verwendung ihrer Gelder überzeugen würde.« Er fuhr sich durch das lockige Haar. »Ein Skandal war unausweichlich. Vielleicht sollten Sie lieber hier den Grund für seinen Tod suchen. Es steht zu befürchten, dass das Vorgehen des Herrn Pastors nicht einmalig gewesen sein könnte.«

Carlotta Francini erhob sich.

»Leider kann man Tote nicht anzeigen.« In ihren Augen funkelte ein wütendes Feuer. Sie hob den Kopf ein wenig höher. »Ich denke, ich habe all Ihre Fragen beantwortet.«

Sie lief zur Tür, wollte den Raum verlassen, als sich Hauke in die Befragung einmischte, obwohl Roscher ihm dies strengstens untersagt hatte.

»Verehrtes Fräulein Francini, warum rief der Herr Pastor Ihnen nach, der Apfel falle nicht weit vom Stamm?«

Abrupt blieb die Francini stehen. Aufmerksam betrachtete Hauke jede ihrer Bewegungen. Sie drehte sich um und blickte ihn aus schmalen Augen an. Die Wut darin ging für Haukes Dafürhalten weit darüber hinaus, verärgert zu sein. Dort blitzte noch etwas anderes. Ob die zarte Person zu Ausbrüchen neigte? Er würde nicht umhinkommen, Sophie zu fragen, in welcher Verfasstheit sich die Sängerin normalerweise befand.

Im nächsten Moment war die Wut verschwunden und die junge Frau wieder Herrin ihrer selbst. Nun lag eine Milde in ihrem Blick, als hätte der Ausbruch zuvor nie stattgefunden. »Ich kann mich nicht entsinnen, dass Pastor Krause so etwas zu mir sagte.«

Maximilian von Siems erhob sich.

»Warum sollte er auch?«, stimmte der junge Mann ihr zu. »Sie kannten sich nicht.«

»Und warum spendeten Sie Ihr Geld gerade für dieses eine Grab?« Hauke entsann sich, dass Sophie ihm von einem Besuch auf einem Friedhof erzählt hatte.

»Wie ich bereits sagte, Frau Sutter war eine Sängerin, so wie ich es bin. Ihr Leben war sehr traurig.«

»Sie starb vor achtzehn Jahren. Es ist doch höchst unwahrscheinlich, dass sich Ihre Wege einmal kreuzten.«

»Ich hörte irgendwo von ihrem Schicksal. Es kann in Berlin gewesen sein, als ich dort vor drei Jahren vor Ihrem Kaiser sang.« Sie ließ die Worte wirken. »Ich spende öfter für mittellose Sänger und Sängerinnen, denn ich habe nie vergessen, wo ich herkomme. – Auf Wiedersehen, meine Herren.«

Hauke folgte ihr in die Halle. Er erwischte sie, als sie gerade die erste Stufe zu ihren Räumen hinauf genommen hatte. »Eine Frage noch, Fräulein Francini, warum könnte Pastor Krause behauptet haben, dass Geld von Ihnen sei schmutzig und Sie – bitte verzeihen Sie mir, es sind nicht meine Worte – eine verrufene Person, ebenso wie Dorothea Sutter?«

Ohne eine Antwort erklomm Carlotta Francini die Treppe.

»Wer war der Mann in Ihrer Garderobe, der Sie beschimpft hat?«

Wie zu Stein erstarrt, blieb sie stehen. »Was meinen Sie?«

»Er habe Ihr Leben zerstört, sollen Sie gesagt haben. Er drohte Ihnen, jedem zu sagen, was für ein liederliches Ding Sie seien. Er nannte Sie ein …«

»Was fällt Ihnen ein, Mann!« Mit hochrotem Kopf eilte Max von Siems neben die Frau, stützte sie, denn sie wankte, musste sich am Geländer festhalten. »Sind Sie von Sinnen?« Er fasste sie am Arm. »Wer behauptet so etwas Infames? Ich werde unseren Anwalt …«

Langsam drehte sich Carlotta Francini um. »Ihre Frau?«

Hauke nickte. »Sie hat die offizielle Aussage bereits gemacht.«

Carlotta lächelte müde. »Sie ist eine gute Freundin. Ich habe von ihr nicht weniger als das erwartet. Warum interessiert es Sie überhaupt, was dieser schreckliche Mensch mir an den Kopf geworfen hat?«

»Er ist tot.« Hauke zog die Zeichnung aus der Tasche und zeigte sie der Francini. Alle Farbe schwand aus ihrem Gesicht.

In diesem Moment trat ein Mann in Gehrock und Hut zu ihnen. Niemand hatte ihn in die Halle kommen hören.

»Was ist hier los?«, donnerte Hermann von Siems, während sein wütender Blick zu Hauke ging.

KAPITEL 27

Meteorologische Betrachtungen. Ein umfangreiches Hochdruckgebiet höchsten Luftdrucks über England und Siebenbürgen erstreckt sich von Westeuropa nach dem Schwarzen Meere, während Depressionen über Nordrussland und jenseits der Alpen lagern.

Original: »Hamburgischer Correspondent«, November 1899

Zurück im Stadthaus holte Polizeirat Roscher eine Flasche und zwei Gläser aus einem Fach in seinem Schreibtisch.

»Trinken Sie einen Schluck Cognac, Sötje.« Er schenkte ein. »Das beruhigt ungemein.« Zufrieden ließ er sich auf einen der beiden Besuchersessel fallen. Er wies Hauke mit einer Geste an, ebenfalls Platz zu nehmen. Roscher schwenkte den Weinbrand im Glas und lächelte. »Guter Tropfen. Der Chef der Pariser Kriminalpolizei Goron hat ihn mir geschenkt. In seinen Memoiren bezeichnet er mich als Policier du plus grand mérite, wussten Sie das?« Er war amüsiert. Es gab wenig Männer in der Stadt, die sich so wenig aus Schmeicheleien machten wie der Polizeirat. Auffordernd sah er Hauke an, bis er an seinem Glas genippt hatte. »Sicherlich fragen Sie sich, warum ich so guter Stimmung bin.«

Hauke nickte, während der Cognac brennend seine Kehle herunterrann.

»Ich bin kein Heiliger, Sötje. Es freut mich einfach, wenn ich recht habe. Und Ihre Frau ist famos.« Auch Roscher trank einen Schluck. Er schloss kurz die Augen, genoss. »Wie sie uns so einfach mir nichts, dir nichts eine Verbindung zwischen der Francini und dem zweiten Toten vorlegt. Kolossal. Schade, dass sie kein Mann ist.« Der Polizeirat grinste Hauke an. »Oder zum Glück. Je nach Standpunkt.«

»Warum haben wir Fräulein Francini nicht mit ins Stadthaus genommen? Sie gab zu, von Kroppke bedroht worden zu sein.«

»Weil das kein ausreichendes Motiv ist. Wie hätte sie ihn oder Pastor Krause aufknüpfen sollen? Und wann? Sie ist niemals allein. Nein, Sötje, sehen wir, wie es ist: Wir stochern im Nebel.«

»Sie muss nicht allein gehandelt haben«, gab Hauke zu bedenken.

»Da stimme ich Ihnen vollauf zu, Sötje. Es wäre gut zu wissen, mit wem sie Kontakt hatte. Eine kleine Maus im Haus wäre praktisch.«

Hauke ahnte, wer die kleine Maus in der Villa von Siems sein sollte.

»Wie möchten Sie, dass wir vorgehen sollen, Herr Polizeirat?«, wechselte er das Thema.

»Vorsichtig und mit Bedacht, mein lieber Sötje.« Roscher leerte sein Glas.

Hauke stellte seines auf den Tisch und erhob sich.

»Mundet Ihnen der Cognac nicht, Herr Kommissar?«

»Ja gewiss, Herr Polizeirat, aber Kriminalassistent Schröder und ich müssen noch zu Frau Kroppke fahren, um ihr die traurige Nachricht zu überbringen.«

»Unangenehm.«

Hauke nickte und wollte sich schon verabschieden, als Roscher ihn breit anlächelte.

»Bevor Sie gehen, Sötje, werde ich Ihnen bedauerlicherweise einen weiteren Wermutstropfen einschenken müssen. Ich möchte, dass Ihre Frau den Kontakt zu besagter Dame aufrechterhält.«

Hauke wollte widersprechen.

»Sie haben mich richtig verstanden, Herr Kommissar.« Roscher stand auf. »Ich möchte, dass Sie Ihrer Frau erlauben, weiterhin Kontakt zu Fräulein Francini zu pflegen.« Da war sie also, die kleine Maus im Haus.

»Warum? Die Person ist Teil unserer offiziellen Ermittlungen.«

»Doch nur ein kleiner, lieber Sötje.« Er ging zurück zu seinem Schreibtisch, nahm die Flasche und schloss sie weg. »Ich habe das Gefühl, dass Hermann von Siems Himmel und Hölle in Bewegung setzen wird, um unsere Ermittlungen mit Anwälten und guten Freunden aus dem Rathaus zu torpedieren. Wir müssen die Francini mit Glacéhandschuhen anfassen. Zuschlagen werden wir erst, wenn wir handfeste Beweise haben. Vertrauen Sie mir, Sötje: Vorläufig ist Ihre Frau unsere beste Karte im Spiel. Sagen Sie ihr, sie möge als Beobachterin fungieren. Mehr nicht. Schärfen Sie ihr ein, dass sie nicht im Auftrag des Stadthauses oder in meinem Auftrag handelt. Sie soll nur berichten.«

Hauke schluckte. »Es wäre mir lieber, wenn meine Frau nicht in dieser Sache …«

Roschers Blick wurde hart. »Kommissar Sötje, ich sage es Ihnen nur ein Mal: Ein toter Pastor und ein toter Anwalt sind alles andere als kleine Fische. Gewisse Herrschaften in der Stadt sitzen mir im Nacken. Allen voran Senator Hachmann, dessen Nichten von Krause getauft und konfirmiert wurden. Wir haben nicht die geringste Ahnung, warum die Männer sterben mussten. Wir wissen nicht, wer der Täter ist. Und wir wissen nicht, ob er sein Tagwerk vollendet hat.«

»Eine dritte Leiche?«

»Wir sollten schnellstmöglich herausfinden, ob jemand in Gefahr ist.« Er musterte Hauke einen Moment. »Also, werden Sie Ihre Frau bitten, uns zu helfen?«

Hauke presste die Zähne aufeinander und nickte.

***

Die Kutsche rüttelte Hauke ordentlich durch.

»Sie hätten einen Wachtmeister schicken können, Herr Kommissar«, sagte Schröder auf der Bank gegenüber.

»Hätte ich.«

»Der Wachtmeister hätte der Frau die Zeichnung gezeigt

und sie vom Tod ihres Mannes unterrichtet. Sie wird sicherlich mit etwas Schrecklichem rechnen, zumal ihre Vermisstenmeldung schon zwei Tage im Revier lag.«

Die Kutsche überquerte die Lombardsbrücke, die die Binnen- von der Außenalster trennte. Bevor es nach Norden ging, hieß es, an der Baustelle für den neuen Bahnhof Dammtor vorbeizukommen. Der alte Bahnhof wurde abgerissen, um ihn ein Stück weiter in kaiserlich-pompöser Manier, auf einer Art Viadukt über die Straße verlegt, neu zu errichten.

Seit Jahren vibrierte die ganze Stadt voller Tatendrang. Man baute und gründete, plante und investierte, als hätte ein Goldrausch die sonst so sparsamen Hamburger Kaufleute erfasst. Vielleicht, so hatte Sophie kürzlich gesagt, wollte man so die Schande der Choleraepidemie tilgen, die vor sieben Jahren die Stadt heimgesucht hatte. Eine Episode, die dem Ruf der Stadt im ganzen Kaiserreich nachhaltig geschadet hatte und an die keiner in Hamburg gerne erinnert werden wollte. Vielleicht war all das innovative Streben auch nur die Freude auf das nächste Jahrhundert, das in weniger als vier Monaten Anlass zu größten Feuerwerken geben würde. Wer wusste das schon so genau?

Eines nur war Hauke klar: Er würde bis dahin einen Mörder dingfest machen müssen. Polizeirat Roscher wurde nervös. Anders ließ es sich nicht erklären, dass er Sophie in die Angelegenheit hineinzog. Haukes Magen krampfte sich zusammen. Sophie.

Sie passierten den Bauplatz, wo auf Fuhrwerken unzählige Eisenträger herbeigeschafft wurden, Arbeiter Sand schaufelten oder Steinblöcke übereinanderstapelten, während Kutschen und Fahrradfahrer zwischen Passanten und fliegenden Händlern von zwei Schutzmännern dirigiert wurden, dass es zu keinen Unfällen kam.

Die Kutsche bog in den Mittelweg, der parallel zum Alsterufer an hübschen, gutbürgerlichen Häusern entlangführte. Unter dem herbstbunten Blätterdach der breiten Straße zwischen Alsterufer und prächtiger Rothenbaumchaussee ließ ein leichter Wind das rot leuchtende Laub zu Boden wehen. Der feuchte Duft des Herbstes drang durch das offene Droschkenfenster herein, während Schröder neben ihm saß und wie ein Weib plapperte.

Hauke ahnte, warum der Kriminalassistent diesen schweren Gang zu Frau Kroppke lieber einem Wachtmeister abgetreten hätte. Mitteilungen dieser Natur zu überbringen, hatte regelmäßig Tränenausbrüche oder Schimpftiraden zur Folge, die sich der gestandene Schröder lieber ersparen wollte.

»Sie hätten die Dame auch ins Stadthaus bestellen können«, merkte er an.

»Hätte ich. Sie hat allerdings nichts verbrochen, soweit mir bekannt ist. Und Damen der besseren Gesellschaft bestellt man nicht ein, wenn es sich vermeiden lässt. Denken Sie an Polizeirat Roscher. Was würde er dazu sagen, seine Nachbarn und Bridgepartner in unserem Kommissariat vorzufinden?«

Schröder seufzte und gab auf. Sie ließen die St.-Johannis-Kirche hinter sich, vor der ein Gärtner gerade verbissen das Laub zusammenharkte, das der Wind immer wieder auseinanderblies.

»Außerdem erhoffe ich mir im Hause Kroppke ein Bild von dessen Person und Familie. Außer dass er tot ist, wissen wir nichts über ihn. Je mehr wir über Balthasar Kroppke erfahren, umso näher kommen wir den Tätern, denn dass es sich um einen profanen Raubüberfall handelt, können wir wohl ausschließen.« Hauke schlug freundschaftlich auf Schröders Schulter. »Das schaffen Sie schon. Frauen sind weitaus stärker, als wir Männer glauben.« Er dachte an Sophie.

»Wenn Sie meinen, Herr Kommissar«, murmelte Schröder und rutschte unbehaglich auf der Bank herum. »Ist ja nur, weil ich mich … also, die Idee, Frauensleute mit in den Polizeidienst zu nehmen, fände ich überlegenswert, wenn ich das mal so sagen darf. In Situationen wie diesen könnten sie recht hilfreich sein. Was denken Sie?«

Hauke grummelte vor sich hin.

Vor Hausnummer 59 stiegen sie aus. Der Kriminalassistent richtete Mantel und Melone. Auch Hauke hatte, mit Rücksicht auf seinen Vorgesetzten und die Dame des Hauses, auf Cordhose und gewachste Jacke verzichtet und stattdessen einen schwarzen Mantel übergezogen sowie einen Hut aufgesetzt. Er kam sich verkleidet vor wie ein Gockel.

»Läuten Sie mal, Schröder. Dann haben Sie es schneller hinter sich.«

Es dauerte nur wenige Sekunden, bis die Tür von innen aufgerissen wurde. Eine junge Frau stand vor ihnen. Sie mochte kaum älter als Ende zwanzig sein. Ängstlich sah sie Schröder an. Eine Strähne hatte sich aus ihrer Frisur gelöst.

»Sie wünschen?«, hauchte sie, als wäre sie außer Atem.

Hauke stellte sich und Schröder vor. Sogleich wurde die Blässe in ihrem Gesicht eine Nuance weißer. Frau Kroppke wankte ein wenig. Schnell stützte sie sich an einem Tischchen nahe der Tür ab.

Schröder sprang vor, um die Frau aufzufangen, sollte sie in Ohnmacht fallen. In diesem Moment trat aus dem hinteren Teil des Hauses eine schwarz gekleidete Dame. Ihre Gesichtszüge waren hart. Die Schwiegermutter, mutmaßte Hauke. Er sollte recht behalten.

»Sie haben meinen Sohn gefunden?«, fragte sie.

»Dürfen wir eintreten, Frau …?«

»Herta Kroppke«, stellte sie sich schnörkellos vor. »Also, haben Sie?«

Hauke antwortete nicht, sondern musterte die Frau, über deren Schultern ein Fuchspelz hing. »Wir würden Sie und Ihre Schwiegertochter gerne sprechen.«

Mit einer fahrigen Bewegung bat die junge Frau sie herein. Hauke fiel ein lebensgroßes Porträt des Hausherrn auf, das gegenüber der Haustür, gezwängt zwischen Treppe und Salontür, an der Wand hing. In Herrenpose, mit erhobenem Kinn, gekleidet in die Robe eines Juristen, die nur schwerlich das

Banale seiner Aura übertünchen konnte, blickte Kroppke wie Donnergott Thor auf die Besucher seines Hauses nieder.

Hauke und Schröder wechselten einen Blick.

Man führte sie in den Salon, einen Raum zum Repräsentieren, vollgestopft mit dunklen Möbeln, die die Wände sprengten. Kristallkaraffen mit Cognac und Sherry. Mehrere schwere Teppiche auf dem Parkettboden. Seidenbezogene Sessel und ein Sofa. Ein mit Intarsien verzierter Spieltisch. Königsblaue Samtvorhänge. Eine silberne Zigarrenkiste auf dem Rauchtisch. Zentralheizung und elektrisches Licht. Der Raum wirkte, als würde er nur selten genutzt werden.

Unter den strengen Augen der Schwiegermutter fing sich die Hausherrin und bot den Gästen einen Kaffee an.

»Mit Milch und Zucker bitte!«, rief Schröder ihr nach, als sie in die Küche ging, statt nach dem Personal zu läuten.

Es schien Hauke, als wüsste sie bereits, welch schlechte Nachricht er zu überbringen hatte, und wollte den Moment hinauszögern.

»Nun? Ich höre.« Die Schwiegermutter hob den Kopf.

»Wollen wir nicht warten?«, fragte Schröder.

Die Frau legte den Kopf schief, musterte den Polizisten, als wäre er ein unartiger Schuljunge, den sie gerade bei einem Streich erwischt hatte. »Er ist der Sohn meines verstorbenen Mannes. Wir können also offen sprechen. Sie können es ihr später ja schonend beibringen. Ich nehme an, dass er tot ist. Ich wüsste nicht, warum sich ansonsten ein Kommissar hierherbemühen sollte.«

Bevor Hauke etwas erwidern konnte, kehrte die Hausherrin mit einem Tablett zurück. Ihre Hände zitterten so sehr, dass die Porzellantassen darauf klirrten und die Kanne zu kippen drohte.

»Sie haben ihn gefunden, oder?« Ihre Augen flackerten, als sie das Tablett auf dem Tisch abstellte. »Darum sind Sie sicherlich hier. Ich meine, welchen Grund sollten Sie sonst haben?«

»Nun stell dich nicht so an, Ida!«, maßregelte ihre Schwiegermutter sie. »Du wirst einen Neuen finden. Hast darin ja Übung.«

Schröder sog die Luft ein, und Hauke glaubte nicht, was er gerade gehört hatte. Er sprang der jungen Frau zur Seite, bereit, sie aufzufangen, sollte sie unter der Wucht dieser Worte zu Boden sinken. Nichts geschah. Ida Kroppke schaute ihre Schwiegermutter nur leer an, als wären ihr Beleidigungen dieser Art nur allzu bekannt.

»Sind Sie sich sicher, dass mein Mann nicht mehr nach Hause kommt?«, flüsterte die junge Frau.

Schröder nahm ihr die Kanne aus der Hand, und Hauke führte sie zu einem freien Sessel.

»Wir wollten Ihnen diese Nachricht ein wenig schonender überbringen, Frau Kroppke.« Er bedachte die Alte mit einem strengen Blick.

Als wäre sie nicht auf dieser Welt, sondern schaute in die unendliche Ferne, saß Ida Kroppke da und starrte die Wand an. »Er kommt nicht zurück? Nie wieder?«

Schon überlegte Hauke, ob er einen Arzt rufen lassen sollte.

Da ging ein Ruck durch die junge Frau. Sie sprang auf und nahm die Kaffeekanne erneut zur Hand. »Milch und Zucker, Herr Kommissar?«

Während eine Träne über ihr Gesicht lief, schenkte sie den Kaffee in die Porzellantassen. Hauke wusste, dass jeder Mensch anders auf einen Schock reagierte. Dennoch war er vom unerwarteten Wechsel im Benehmen der Frau überrascht. Ihre Hand zitterte kein bisschen mehr.

In diesem Moment öffnete sich eine Schiebetür, hinter der Hauke das Speisezimmer vermutete. Ein Mädchen in weißem Spitzenkleidchen kam herein und lief zu Frau Kroppke, um den Kopf im Schoß der Mutter zu verstecken. Ihm folgte eine jüngere Ausgabe von Ida Kroppke mit geflochtenen Zöpfen und hochgeschlossenem Kleid.

Schnell stellte die Hausherrin die Kanne zurück auf den Tisch.

»Das sind meine Töchter Rosa und Martha. Rosa ist fünf Jahre alt, ihre Schwester wird bald dreizehn«, erklärte sie, wobei sie zärtlich den Kopf der Kleinen streichelte. »Hast du auch brav den Herren Guten Tag gesagt, Rosa?«

Mit versteinerter Miene löste sich die Kleine von ihrer Mutter und knickste. Auch ihre ältere Schwester deutete einen Knicks an, dabei sah sie Hauke und Schröder ängstlich an.

»Komm, Rosa«, sagte sie abrupt und nahm die Hand der kleinen Schwester. »Wir müssen jetzt gehen.«

Doch die Kleine wollte die Mutter nicht loslassen.

»Dürfen wir wieder nach Hause fahren, Mama?«, wollte sie stattdessen wissen.

Unmerklich nickte die Mutter, woraufhin sich die Kleine von ihrer älteren Schwester aus dem Salon ziehen ließ. Hauke war klar, dass die Kinder nebenan alles mit angehört haben mussten. Interessanterweise wühlte sie der Tod des Stiefvaters nicht sonderlich auf.

»Nach Hause?«, fragte er Frau Kroppke.

Sie nickte.

»Meine Mädchen und ich wohnen erst seit zwei Jahren in Hamburg. Wir kommen aus Lübeck. Ich war schon einmal Witwe und lernte Balthasar Kroppke über eine Anzeige kennen«, erklärte sie, während sie Schröder einschenkte.

Hauke konnte sich des Eindrucks nicht erwehren, die junge Witwe versuchte, eine gewisse Erleichterung über den Tod ihres Mannes zu verbergen.

»Woran ist er denn gestorben?«, unterbrach die Stiefmutter des Verstorbenen das Gespräch.

»Erhängt«, platzte es aus Schröder heraus.

»Balthasar hat sich erhängt?« Ida Kroppke stellte die Kanne ab und ließ sich auf den Stuhl sinken.

»Die Umstände seines Todes müssen noch geklärt werden«, sagte Hauke und funkelte Schröder erbost an. »Können Sie uns etwas über den Umgang Ihres Mannes sagen? Mit wem pflegte er Kontakte? Hatte er kürzlich Besuch?«

»Ich kann Ihnen wenig sagen«, entschuldigte sich die junge Witwe verwirrt. Offensichtlich passte eine Selbsttötung nicht in das Bild, das sie von ihrem Mann hatte.

Dennoch erfuhren Hauke und Schröder, dass Kroppke als Rechtsanwalt in einer unbedeutenden Kanzlei nahe dem Großneumarkt tätig gewesen war. Er schien seit einiger Zeit voll Hoffnung auf eine Position in der Oberschulbehörde gewesen zu sein, da er sich seit Jahren im Schulwesen der Stadt engagiert hatte.

»Er erteilt ... erteilte Kindern aus einfachen Verhältnissen Unterricht, wenn es seine Zeit erlaubte. Er war Vorsitzender in mehreren Vereinen. Besonders lag ihm jener Wohlfahrtsverein für das Waisenhaus am Schulweg am Herzen, wo er bis vor zehn Jahren den Chor geleitet hat. Musik war seine Leidenschaft.« Frau Kroppke nahm einen Schluck Kaffee, wobei sie elegant die Tasse hielt, während sie über die weiteren Vorzüge ihres Mannes sprach. »Bis vor einigen Jahren stand er auch dem Euthymia-Chor vor, dessen Sänger und Sängerinnen bei Stiftungsfesten auftraten. Er pflegte enge Kontakte zu Julius Bernuth, dem Dirigenten der Hamburger Singakademie und dem Leiter der philharmonischen Konzerte.«

Hauke erfuhr, dass Kroppke ein kleines, rechtschaffenes Licht mit großen Ambitionen gewesen war. Wer hätte ein Interesse haben können, einen wie ihn zu töten?

Bald darauf machten sich Hauke und Schröder wieder auf den Weg zurück zum Stadthaus. Erleichtert schloss der Kriminalassistent die Augen. Keine der Damen war ohnmächtig geworden oder hatte gejammert oder gar hysterisch geschrien, auch wenn es zeitweise ganz danach ausgesehen hatte.

Was Schröder beruhigte, ließ Hauke nervös werden. »Die Frau wirkte fast erleichtert, als sie vom Tod ihres Mannes hörte.«

Schröder zuckte mit den Schultern. »Schlechte Ehen soll

es geben. Vielleicht hat er sie vermöbelt. Männer tun das. Das ist nicht nur Sache der einfachen Leute, Herr Kommissar, das können Sie mir glauben. Auch wenn das unter den feinen Herrschaften nicht gerne zugegeben wird.«

»Ich konnte keine Blessuren entdecken. Müsste eine Ehefrau nicht wenigstens so tun, als trauerte sie? Und sei es nur, um das boshafte Reden der Nachbarn zu vermeiden?«

»Hat sie sich denn verdächtig gemacht, Herr Kommissar?« Fragend sah Schröder ihn an.

Hauke drängte sich ein Gedanke auf, den er einfach nicht fassen konnte. Irgendetwas bei ihrem Besuch im Hause Kroppke hatte ihm mehr offenbart als all die Worte der beiden Frauen zusammen. Er wusste nur nicht, was es gewesen sein könnte. »Das lässt sich noch nicht sagen.«

»Wenigstens wissen wir, dass Balthasar Kroppke am Abend vor seinem Auffinden in ›Schümanns Austernkeller‹ verabredet gewesen sein soll, bevor man ihn an ein Brückengeländer gehängt hat. Das ist doch schon mal was.«

»Warum aber, Schröder, hat Balthasar Kroppke die Francini in ihrer Garderobe im Theater aufgesucht? Warum hat er sie beschimpft? Woher kannten sie sich?«

KAPITEL 28

Donnerstag, 23. November, vormittags 11 Uhr,
Bergstraße 9, Kunsthandlung Thiemsen.
75 Ölgemälde zum Preis für 50 Gemälde abzugeben.

Original: »Hamburgischer Correspondent«, November 1899

Die Frau wehrte sich mit einer Kraft, die die Männer überraschte.

»Nun macht schon!«, rief der dritte. Er stand ein wenig abseits auf dem Teppich im Salon und beobachtete das Gerangel.

Stunden hatten sie im hinteren Garten darauf gewartet, dass die Köchin endlich mit dem Korb überm Arm auf den Markt ging.

»Halt de Feut vun de Hex fest!«, rief einer der beiden keuchend und versuchte, ihr den Lappen auf den Mund zu drücken.

Wild schlug sie um sich. Ihre Finger erwischten seinen Schopf. Sie zerrte an seinen Haaren, schlug seinen Kopf gegen die Wand, während sich ihr üppiger Körper hin und her warf und erstickte Laute aus ihrem Mund drangen. Wieder rutschte der Lappen von ihren Lippen. Sie schrie. Er ließ los, griff sich an die Stirn. Blut. Er fluchte, holte aus und schlug der Frau hart ins Gesicht. Sofort lag sie still da.

»Hättn wi gliecks dohn schalln«, grummelte der andere. »Tünkrohm, de Hex erst …«

»Maul halten!«, zischte der dritte. »Weitermachen!«

***

Hauke sah Sophie zu, wie sie Henriette in der Zinkwanne den Rücken einseifte.

»Was meinst du damit, wer Carlotta Francini wirklich ist?«, fragte Sophie.

Sie legte das Stück Seife in die Schale neben sich, griff nach einer Kanne und ließ warmes Wasser über den Rücken der Kleinen laufen, die an einer Ecke des Waschlappens in ihren Händchen saugte.

»Nun, ich dachte mir, da du sie in den letzten Tagen öfter getroffen hast, kannst du mir zu ihrer Person ein wenig sagen.«

Sophie wischte mit dem Handrücken eine Haarsträhne aus dem Gesicht. »Warum, Hauke? Hat sie etwas verbrochen?«

Er schwieg.

Henriette ließ den Lappen ins Wasser platschen, was sie mit einem Lachen quittierte. Erfolglos versuchte Sophie, den Spritzern auszuweichen, ließ ein energisches »Nein« hören und nahm Henriette den Waschlappen weg. Die Kleine jammerte auf und wand sich in der Hand ihrer Mutter wie ein Aal.

»Hat es etwas mit deinem Fall zu tun?«, rief Sophie in das Quengeln der Tochter hinein.

»Äußerte sich die Francini irgendwann noch einmal zu dem Mann in ihrer Garderobe?«, wollte Hauke wissen.

Energisch hob Sophie die Kleine aus dem Wasser auf ihren Arm. »Nein. Warum sollte sie das tun? Er war nur ein aufdringlicher Verehrer.«

»Nun ja, ein Verehrer, der das Fräulein mit Du ansprach.« Hauke reichte ihr ein Handtuch, das über einer Stuhllehne gehangen hatte.

»Ach, das war nur in der Hitze des Gefechts. Er war entsetzlich aufgebracht. Andererseits bin ich mir nicht sicher, ob ich durch mein Auftauchen nicht Schlimmeres verhindern konnte. Wer war er?«

Hauke hielt inne, überlegte, was er ihr sagen durfte und was nicht. »Er war im Vorstand jenes Waisenhauses, für das deine Freundin so großes Interesse hat. Jenes, das ihr beide erst vorgestern besucht habt. Sie und Balthasar Kroppke könnten sich früher dort begegnet sein.«

»Unsinn! Carlotta ist zuvor nie in dem Haus gewesen. Du weißt doch, dass es ihr erster Besuch in der Stadt ist.« Sophie rubbelte Henriettes Haare trocken. »Sie war sehr interessiert und erkundigte sich nach allen möglichen Kleinigkeiten im Heim. Ob das Essen für die Kinder gut sei oder seit wann die Leiterin Frau Nihan das Haus leite und was aus ihrer Vorgängerin geworden sei. Sie wollte sogar wissen, ob die Schlafsäle der Kinder im Winter beheizt seien. Hauke, so etwas tut keine Frau, wie du sie in ihr siehst.« Sie setzte die Kleine auf den Boden und zog Henriette das Nachtzeug an. »Was immer du glaubst zu wissen, Hauke, es ist falsch. Carlotta ist der zarteste und liebenswürdigste Mensch, der mir je begegnet ist. Ihr macht einen Fehler!«

Hauke ging in die Stube und ließ sich in einem Sessel nieder, um die »Hamburger Nachrichten« zu lesen. Kurz darauf erschien Sophie im Türrahmen. Auf ihrem Arm die frisch gebadete Henriette, die das Köpfchen auf die Schulter der Mutter gelegt hatte.

Er ließ die Zeitung auf den Schoß sinken. Wie die beiden so dastanden und ihn anschauten ... Hauke lächelte, weil eine Woge tiefer Dankbarkeit ihn bei dem Anblick umfing. Sophie und Henriette waren alles, was er im Leben sein Eigen nennen wollte. Nichts war so wichtig wie sie.

Dass sein Vorgesetzter ihm befahl, Sophie noch einmal zu der Sängerin zu lassen, behagte ihm ganz und gar nicht. Auf irgendeine verschlungene Art und Weise war die Francini mit dem Tod zweier Menschen verknüpft. Sophie in die Nähe dieser Person zu lassen, erschien ihm keine gute Idee.

Da drückte seine Frau ihm das Kind in den Arm, das ihn munter anbrabbelte. Er konnte nicht anders, als seine Tochter anzustrahlen.

Seine Frau musterte ihn ernst. »Also, was soll Carlotta Francini getan haben?«

Hauke blickte zärtlich in Henriettes hellblaue Augen und half ihr, sich auf seinem Oberschenkel aufzurichten. Sanft wehrte er ihr Händchen ab, als sie die Finger in seine Haare krallte und mächtig zog.

Sophie verschränkte die Arme vor der Brust und blickte ihn entschlossen an. »Was immer du über Fräulein Francini wissen willst, musst du dir von anderen sagen lassen. Ich hintergehe ihre Freundschaft nicht.«

Hauke seufzte. »Du sollst sie nicht hintergehen. Ich brauche nur deine Einschätzung. Neigt sie zu unerwarteten Gefühlsausbrüchen? Pflegt sie Kontakte zu Männern?«

»Nur weil sie hübsch und berühmt ist oder auf einer Bühne steht, muss sie nicht gleich unschickliche Männerbekanntschaften haben, Hauke! Wer behauptet Derartiges?«

Ihr scharfer Ton ließ Henriette aufhorchen. Mit aufgerissenen Äuglein schaute sie zu ihrer Mutter, wimmerte und hielt ihre Ärmchen der Mama entgegen. Sogleich kam Sophie zu ihr und nahm sie Hauke ab.

»Sieh nur, was du getan hast!«, fauchte sie ihn an. »Sie muss ins Bett. Es ist spät.«

Sophie verließ den Raum.

Seufzend erhob sich Hauke aus dem Sessel, wobei die Zeitung von seinen Oberschenkeln rutschte. Er folgte seiner Frau hinaus in den langen Korridor. »Es gibt Gerüchte über deine Freundin.«

»Neid ist nichts weiter als die Eifersucht darüber, dass sich das Glück auch mit anderen Menschen beschäftigt als nur mit einem selbst.«

Er holte sie ein und stellte sich ihr in den Weg. »Sophie, du kennst sie besser als ich. Versuche, mehr über ihre Vergangenheit zu erfahren. Ich habe zwar ein Telegramm nach Italien schicken lassen, aber die Antwort lässt auf sich warten.«

»Nach Italien? Warum fragst du sie nicht einfach?«

Hauke seufzte erneut. »Jeder Mensch hat Geheimnisse.«

»Carlottas Leben ist ein offenes Buch. Ihre Mutter war Deutsche und ihr Vater ein Italiener aus dem Norden. Dort sang Carlotta nach dem Tod der Mutter zur Unterhaltung der

Gäste, bis ein gewisser Signor Batella sie hörte und zu sich nach Mailand holte. Sie lebte in seinem Palazzo und genoss eine exquisite Erziehung sowie eine sehr gute Ausbildung zur Sängerin. Carlotta weiß, dass sie viel Glück in ihrem Leben gehabt hat.«

Hauke nickte bei jedem ihrer Worte. »Ich weiß, ich weiß, aber wer ist sie? Warum ist sie überhaupt in der Stadt? Was will sie hier? Was plant sie?«

Entsetzt sah Sophie ihn an.

»Plant? Was sollte sie planen? Sie erholt sich im Haus eines Freundes von ihren anstrengenden Engagements in Chicago und Wien.« Sie trat näher. »Der Sohn besagten Freundes hat ihr erst kürzlich einen Heiratsantrag gemacht. Sollte sie einwilligen, könnte es sein, dass aus Carlotta vielleicht die Schwiegertochter des Freiherrn von Siems wird. Eine Frau aus allerbester Gesellschaft, mit der man es sich nicht grundlos verscherzen sollte.« Sie drehte sich um und ließ ihn stehen.

»Ach! Das wusste ich noch gar nicht!«, rief Hauke ihr nach.

Sophie trat in das gemeinsame Schlafzimmer, um Henriette in das Gitterbettchen zu legen.

»Wenn du mir nicht helfen willst, Sophie, dann vielleicht Polizeirat Roscher«, vernahm sie Haukes Stimme aus dem Flur.

»Was hat Kriminalrat Roscher damit zu tun?«, rief sie zurück.

»Er bittet dich, eine kleine Maus in der Villa von Siems zu sein.«

Sie lächelte. »Mich? Oh.«

In diesem Augenblick klingelte es an der Wohnungstür.

Ihr Mann öffnete. »Schröder, was liegt an?«

»Eine Tote in der Adolphstraße 2«, hörte Sophie den Kriminalassistenten sagen. »Wir sollten einen der Dampfer bis zum Alsteranleger Walhalla nehmen, Herr Kommissar. Das geht schneller als die Droschke. Die Frau in der Wohnung wurde übrigens …«

»… erhängt, vermute ich«, vollendete Hauke den Satz.
Sophie spitzte die Ohren.
»Jo. Der Ehemann fand sie, als er nach Hause kam. Er ist Bankdirektor bei ›Hartmann & Nölting‹ in der Ferdinandstraße. Sein Name ist … Moment, ich habe es mir aufgeschrieben.«
Sophie lauschte, bis die Wohnungstür zugezogen wurde.
»August Winkler«, murmelte sie. »Sein Name ist August Winkler.«

KAPITEL 29

NEU!
Trockne dein Haar mit Luft! Wir bringen hiermit einem geehrten Damenpublikum zur Kenntnis, dass in unserem Geschäft Lufttrocknungsmaschinen in Benutzung sind. Ein warmer Luftstrom trocknet in wenigen Minuten das champoonierte Haar. Kein heißes Plätten, kein Ausdünsten, kein Ausdörren. Vogel & Müller, Bergstraße 9.

Original: »Hamburgischer Correspondent«, Dezember 1899

Es war noch früh am Morgen. Viel zu früh, um seine Aufwartung zu machen. Doch nach einer äußerst unruhigen Nacht und einem wenig fruchtbaren Gespräch mit ihrem Mann, in dem er partout nichts über die tote Bankiersgattin berichten wollte, hielt es Sophie nicht mehr in der Wohnung. Sie erteilte Telse Anweisungen für das heutige Abendessen. Anweisungen, die die Köchin höchstwahrscheinlich ignorieren würde. Emma wiederum bat sie, noch einige Dinge beim Schneider abzuholen, sobald sie mit Henriette vom Spaziergang in den Wallanlagen zurückgekehrt sei.

Derart in ihrer Rolle als Hausfrau bestärkt, brach Sophie in die Elbchaussee auf. Sie musste herausfinden, in welch gefährlichen Strudel ihre Freundin geraten war. Sicherlich gab es einen harmlosen Grund, warum Carlotta den toten Pastor und den Mann vom Plakat gekannt hatte. Auch die Angelegenheit mit Bankier Winkler und seiner verstorbenen Frau ließ sich bestimmt erklären. Dennoch, in Sophies Kopf drängten sich immer mehr Fragen, die einer Erklärung bedurften. Einer Erklärung, die die Polizei ebenfalls von Carlotta verlangen würde, wenn sie erst einmal wusste, dass ein Zusammenhang zwischen den Personen und ihrer Freundin bestand.

Solange es möglich war, wollte Sophie das vor Hauke und seinem Vorgesetzten verheimlichen. Sie wusste nicht, was passiert war, nur dass ihre neue Freundin in großen Schwierigkeiten steckte, ohne es zu ahnen.

Sophie bestieg die Straßenbahn Richtung Altona, um über die Palmaille bis nach Neumühlen zu gelangen. Von dort aus würde sie eine Droschke mieten. Während die Bahn die Altonaer Generalkommandantur passierte, überlegte sie, wie sie ihr frühes Erscheinen in der Villa von Siems erklären sollte.

Sie stierte aus dem Fenster.

Es musste eine Erklärung geben. Schon länger meinte Sophie, dass Carlotta ein Geheimnis haben müsste. Vielleicht lag darin ja die besondere Wirkung der Sängerin auf ihre Umgebung. Die Aura einer rätselhaften Traurigkeit, gepaart mit Schönheit und Geist, Bildung, Jugend und Talent. Welch menschliches Wesen konnte sich dem entziehen? War auch sie, Sophie, dem verfallen? Sah sie die Dinge womöglich nicht mehr, wie sie waren, sondern wie sie sie sehen wollte? Hatte die Polizei recht, wenn sie hinter der Fassade ein Verbrechen vermutete?

Eine halbe Stunde später hielt die Droschke vor der Villa von Siems. Sophie stellte fest, dass statt morgendlicher Ruhe im Hause von Siems eine ungeahnte Umtriebigkeit herrschte. Fuhrwerke standen hintereinander und wurden von einer Vielzahl Bediensteter abgeladen, Stühle in einheitlicher Größe und Farbe in die Villa getragen, Töpfe mit mannshohen exotischen Pflanzen auf Bretter mit Rollen gehievt und an ihren Platz geschoben. Der Butler beaufsichtigte das Treiben aufmerksam und bestimmte, was wohin zu bringen sei, während die Köchin einen Bottich mit lebenden Fischen begutachtete und den Fischhändler anwies, die Ware nicht durch die Halle, sondern zum Dienstboteneingang zu liefern.

Sophie bezahlte den Kutscher und hielt direkt auf den Butler zu, der sich verneigte, als er sie erkannte. Sie erkundigte sich nach Carlotta. Erst wollte der Butler sie holen.

Sophie jedoch lehnte dankend ab. »Sie haben wirklich genug zu tun. Sagen Sie mir einfach, wo ich sie finden kann.«

Der Mann zögerte. Offenbar war ihm derart umständliches Vorgehen nicht geheuer, andererseits war er gerade tatsächlich unabkömmlich. Und da kein anderer Bediensteter in Sicht war, schickte er Sophie zur Orangerie, wo das Fräulein gerade ihr Frühstück einnehme, dem einzigen Ort, wo eine Dame bei diesem Trubel noch zur Ruhe kommen könne.

Sophie dankte ihm und wollte schon in die Halle, als er ihr vorschlug, das Haus zu umrunden und den Wintergarten über die Terrasse zu betreten.

»Im Foyer kann ich nicht für Ihre Sicherheit garantieren.« Wie aufs Stichwort ertönte in diesem Moment ein mächtiges Scheppern und Klirren aus dem Haus. »Wenn Sie mich bitte entschuldigen wollen?«

Schnell kehrte der Mann in die Eingangshalle zurück, um dem Tohuwabohu dort ein Ende zu bereiten.

Sophie begab sich zur Rückseite des Hauses, die nach Westen zeigte. Der weite Park lag zu ihrer Rechten. Schon hatte sie die Terrasse erreicht, nahm die vier Steinstufen hinauf und wollte gerade die Seitentür des Wintergartens passieren, als sie Carlotta entdeckte. Sie war nicht allein. Bei ihr war Hermann von Siems, sein Gesicht in Wut verzerrt. Aus schmalen Augen schossen Blitze auf Carlotta nieder, die mit gefalteten Händen in einem Korbsessel saß und das Gewitter mit gesenktem Haupt ertrug.

Sophie verharrte. Sie konnte unmöglich in diesem Moment durch die Tür treten. Sich zurückziehen mochte sie auch nicht, denn etwas sagte ihr, dass Carlotta gleich eine Freundin brauchen würde. Schnell drückte sie sich an die Hauswand, von wo aus sie die unangenehme Szene im Blick behalten konnte, ohne gesehen zu werden. Was nur hatte den Hausherrn so aufgebracht, dass er derart die Haltung verlor?

Natürlich wäre es angemessen gewesen, dass sie sich dezent zurückzöge, um nicht Zeuge dieser Kompromittierung zu werden, nur konnte Sophie nicht anders. Geheimnisse jeglicher Art faszinierten sie. Vielleicht war das der Grund, warum sie einen Polizisten geheiratet hatte. Und sicherlich war das der Grund, warum Polizeirat Roscher wollte, dass sie sich hier umhörte.

Der Hausherr ließ eine Faust auf den Tisch niedersausen. Eine Tasse fiel um und rollte zu Boden. Heißer Kaffee ergoss sich über die weiße Tischdecke. Carlotta zuckte zusammen, starrte von Siems an, öffnete den Mund. Der Mann zeterte weiter. Sophie konnte seine Stimme hören, jedoch nicht verstehen, worum der Streit ging. Plötzlich holte er aus und ohrfeigte Carlotta.

Carlotta schrie auf und warf die Hände vors Gesicht. Sophie stieß sich von der Hauswand ab, wollte hinübereilen, den Mann fragen, wie er sich eine derartige Züchtigung eines Gastes herausnehmen könnte – und blieb, wo sie war. Ihr Herz raste. An ihren Schläfen pochte es, als müsste ihr Kopf gleich platzen.

Ja, Männer schlugen Frauen. Aber hoffentlich nur die eigenen! Was, um alles in der Welt, hatte den Hausherrn so erregt, dass er derart aus der Fassung geriet?

Von Siems verließ wutschnaubend den Wintergarten. Zurück blieb eine zitternde Carlotta, die wie eine griechische Statue aus weißem Marmor hinaus in den Park starrte. Tränen liefen über ihre Wangen.

Sophie lauschte dem wilden Schlag ihres Herzens, versuchte, ihre Gedanken zu ordnen. Ich muss mich beruhigen!, mahnte sie sich. Sie wäre eine schlechte Freundin, wenn sie aufgeregt wie ein Huhn in den Wintergarten stürmte und zugäbe, ein weiteres Mal unfreiwillig Zeugin einer Demütigung geworden zu sein. Es würde Carlottas Scham nur vergrößern.

Sophie schloss die Augen und zählte bis zwanzig. Als sie sie wieder öffnete, ging sie forsch zur Tür des Wintergartens. Der Korbsessel, in dem Carlotta eben noch gesessen hatte, war leer. Unter dem Tischchen mit ihrem Frühstück hatte sich eine braune Kaffeelache auf den Fliesen gebildet. Sophie drückte die Türklinke hinunter. Dann noch einmal und noch einmal, bis sie begriff, dass die Tür abgeschlossen war. Der Schlüssel steckte von innen.

Was sollte sie tun?

Sicherlich war Carlotta in ihre Räume gestürmt, um zu verhindern, dass das Personal ihren Zustand erfasste. Vielleicht ließ sie oben ihre Koffer packen, um das Haus so schnell wie möglich zu verlassen. Sophie jedenfalls hätte genau das getan. Sollte von Siems doch mit den Gästen machen, was er wollte. Bei dem Konzert am Abend kann er auch gerne selbst singen, schimpfte Sophie stumm, während sie zurück zum Eingangsportal stapfte. Erstaunlicherweise hatte offenbar niemand etwas von dem Vorfall im Wintergarten bemerkt, denn das eifrige Treiben hatte um keinen Deut nachgelassen.

Der Sohn des Hausherrn, Maximilian, lief mit großen Schritten, einen Wanderstock in der Hand, über den Rasen von der Elbe zum Haus. Er trug ein samtenes Käppi, das er schräg auf den Kopf gesetzt hatte.

Als er Sophies gewahr wurde, trat er auf sie zu. »Frau Sötje, so früh schon auf den Beinen?«

Kurz war Sophie geneigt, ihm von dem Vorfall zu erzählen, der sie noch immer aufwühlte. Sie riss sich zusammen. So sehr, dass es sie schmerzte. Mit trockener Kehle fragte sie von Siems, ob er von einer frühmorgendlichen Wanderung zurückgekehrt sei und wie es ihm gefallen habe.

Weitschweifig, wie es seine Art war, blumig und wortgewaltig, berichtete er vom erhabenen Sonnenaufgang und den Schreien der Möwen, der Farbe des Wassers und irgendwelchen hehren Gedanken, die ihn an den Landungsbrücken von Blankenese überkommen und zu einem heroischen Gedicht inspiriert hatten.

»Werden Sie heute Abend zu unserem Liederabend anwesend sein, liebe Frau Sötje?«, erkundigte er sich.

Sie wollte andeuten, dass sie eben etwas gesehen habe, das

sie fragen ließe, ob der heutige Abend überhaupt stattfinde. Sophie schwieg. Stattdessen nickte sie nur.

»Sollten Sie unsere gemeinsame Freundin zu sehen wünschen, muss ich Sie leider enttäuschen. Fräulein Francini empfängt heute keine Gäste. Sie muss sich auf ihren Auftritt am Abend vorbereiten. Herr Bachur wird gleich mit einigen Musikern zur Probe eintreffen.« Wie aufs Stichwort rollten drei Kutschen von der Straße herbei. »Ah, das müssen sie sein!«, rief der junge Mann begeistert. »Wenn Sie mich entschuldigen wollen?«

Er verbeugte sich rasch. Ein flüchtiges Lächeln, bevor er den Kutschen nachhastete, die mitten in das Gewühl vor dem Portal gerieten.

Tief in Gedanken versunken, kehrte Sophie zurück zur Elbchaussee. Sie würde Carlotta eine Nachricht schicken und ihre Hilfe anbieten. Mehr konnte sie im Moment nicht tun. Gleichzeitig haderte sie mit sich, ob sie den Vorfall Polizeirat Roscher melden sollte.

KAPITEL 30

Das Sexualleben und der Pessimismus (1M).
Die Kritik hat sich lobend als auch tadelnd ausgesprochen. Das eine Mal »geistreich«, das andere Mal »Giftpilz«. Das große Publikum möge unbeirrt durch Lob und Tadel sich selbst ein Urtheil bilden.
Verlag Max Spohr.

Original: »Hamburgischer Correspondent«, Oktober 1899

»Die Francini ist die einzige Gemeinsamkeit, die alle drei Morde haben.« Von Kelling ließ sich auf den Besucherstuhl fallen. »Das reicht nicht, zumal sie die Frau von Bankdirektor Winkler niemals persönlich getroffen hat.«

Hauke nickte. Sie waren gerade von einem Tatort zurückgekehrt, der nach den letzten beiden Morden noch mehr Fragen aufwarf, als ihnen lieb war.

Neubauer holte eine Brotdose aus seiner ledernen Aktentasche, ließ die Klammern daran aufklappen und nahm den großzügig mit Harzer belegten Klapper mit beiden Händen heraus. Zufrieden musterte er den Genuss, der gleich seine Sinne erfreuen würde. »Die Frau hätte keinen von denen allein aufhängen können.«

Angewidert sah von Kelling zu, wie sein Kollege herzhaft in das Brot biss und, mit sich und der Welt im Reinen, zu kauen begann. »Wie können Sie nur etwas essen?«

Die Frau des Bankdirektors hatte sich mit aller Kraft gegen ihre Angreifer gewehrt. Weitaus mehr als die beiden Opfer davor. Offenbar hatte das Chloroform bei ihr nicht sogleich die Wirkung gezeigt wie bei den Männern.

Mindestens einer der Angreifer, von denen sie dank der Haushälterin des Pastors annahmen, dass es auch hier drei gewesen sein mussten, hatte sich bei dem Überfall ernstlich verletzt. Das zumindest ließen die Blutspuren an der Wand vermuten.

Von Kelling seufzte. »Drei Erhängte. Und wir wissen nichts.«

»Falsch!« An Haukes Schläfe pochte eine Ader. »Wir kennen den Zusammenhang, nur haben wir ihn übersehen. Darum fangen wir noch einmal von vorne an.« Er befahl den Männern, alle Unterlagen zusammenzukramen, um sie Seite für Seite, Blatt für Blatt noch einmal durchzugehen. »Die Opfer waren nicht zufällig gewählt. Die Mörder kannten ihre Opfer, wussten, wo sie wohnen, wie man ungesehen in die Häuser gelangt, wann sie allein anzutreffen waren. Sie wurden beobachtet.« Er beugte sich über seinen Schreibtisch. »Fragen wir noch einmal die Nachbarn und Familien der Opfer. Wenn sich Fremde nahe den Häusern von Winkler und Krause herumgetrieben haben, hat vielleicht jemand sie bemerkt.« Drei Morde ohne erkennbares Motiv. Roschers Standpauke eben hatte es in sich gehabt. »Und prüfen Sie noch einmal, ob die Francini die tote Bankiersgattin nicht doch zuvor gesehen haben könnte. Sie ist unsere einzige Verbindung.«

Von Kelling blickte auf. »Ich weiß nicht recht, Herr Kommissar, die Francini als Mörderin? Das will mir nicht einleuchten. Warum sollte sie drei Menschen umbringen wollen, die ihr mehr zufällig als absichtlich begegnet sind?«

»Nur weil ein Moralapostel und ein ungehobelter Anwalt einen beleidigen, tötet man niemanden, oder?«, sagte Schröder.

»Erinnern wir uns ...« Hauke begann, im Raum auf und ab zu gehen. »Kroppke soll der Francini damit gedroht haben, ihr Geheimnis der Gesellschaft bekannt zu machen, wenn sie nicht umgehend die Stadt verlässt. Was immer es war, er glaubte, die Sängerin mit seinem Wissen ruinieren zu können. Und nun ist er tot. Das scheint mir ein mächtiges Motiv zu sein. Finden Sie heraus, welches Geheimnis diese Frau hat.«

Schröders Augen flogen noch einmal über die Papiere auf seinem Tisch. »Gleichzeitig soll Carlotta Francini auch gesagt haben, dass sie ihn ebenso vernichten könne. In der Aussage Ihrer Frau steht: ›Sie haben mein Leben zerstört. Und ich werde es Ihnen niemals verzeihen.‹ Jeder in der Stadt würde erfahren, welch Teufel er sei. Er habe mehr zu verlieren als sie.«

Hauke nickte. »Gut, besuchen Sie noch einmal die Witwe und die Kanzlei, in der Balthasar Kroppke gearbeitet hat. Ich will auch sein Geheimnis kennen.«

»Und die anderen beiden?«, wollte von Kelling wissen. »Der Pastor hatte Geld unterschlagen, so zumindest die Version der Francini. Das wäre ein Grund für eine Anzeige, aber nicht für Mord. Und welche Geheimnisse die ehrbare Gattin des Bankdirektors gehabt haben soll, ist mir schleierhaft. Was hatte gerade sie mit der Francini zu tun? Nein, wir sind auf einer falschen Fährte.«

Hauke ließ seine Leute reden. Tief in seinem Inneren sagte ihm eine Stimme, dass Carlotta Francini die Lösung aller Fragen war.

Noch immer war auf sein Telegramm nach Italien keine Antwort gekommen. Er hatte Sophie nicht gesagt, dass er nicht nur eines nach Italien geschickt hatte, sondern auch nach Chicago und Wien, um vom dortigen Konzertagenten Näheres über die große Sängerin und ihre Verpflichtungen zu erfahren. »Machen wir für heute Schluss, meine Herren. Ich rede morgen früh mit Staatsanwalt Keßler, um eine offizielle Vorladung für Carlotta Francini zum Verhör zu erwirken und eine Durchsuchungsgenehmigung für ihre Räume zu erhalten.«

Die Männer zogen ihre Mäntel und Jacken an.

»Hoffentlich haben die Mörder ihre Arbeit erledigt und der Alptraum kann aufhören«, sagte Neubauer noch, bevor er sich von Hauke verabschiedete.

KAPITEL 31

Special-Offerte!
Deutsche Schaumweine: Kupferberg Gold, 3,50 M, Rottweiler Gold, 3,35 M, Rheingold von Söhnlein & Co, 4,60 M.
Champagner: Deutz & Geldermann, 5,50 M, Moet Chandon, 7,60 M, Veuve Clicquot, 8,00 M.
Preise je Flasche.
M. Kempinski, Jungfernstieg 24.

Original: »Hamburger Nachrichten«, Dezember 1899

Nachdem Hauke um sechs Uhr noch immer nicht zu Hause war, beschloss Sophie, die Einladung zum Liederabend in der Villa von Siems allein anzunehmen. Auch wenn es ihrem Mann nicht gefallen würde, hatte sie von Polizeirat Roscher gewissermaßen die Erlaubnis dazu erhalten. Sie wollte Augen und Ohren offen halten.

Außerdem musste sie unbedingt mit Carlotta reden. Der Vorfall am Morgen, die Ohrfeige, der Streit, wie, um alles in der Welt, konnte sie unter diesen Umständen einen Liederabend in der Villa geben?

Mit etwas Glück hatte sie bereits das Haus verlassen, und der Abend würde kurzfristig abgesagt werden. Um das herauszufinden, musste sich Sophie wohl oder übel auf den Weg in die Elbchaussee machen.

Emma sollte bis zu ihrer Rückkehr bei Henriette bleiben. Es hatte Sophie eine Mark aus der Haushaltskasse extra gekostet, denn eigentlich hatte das Kindermädchen heute seinen freien Tag.

Zum Glück hatte Sophie das Kleid von ihrem Opernbesuch noch nicht an die Adresse der Gräfin zurückgeschickt, sodass es heute ein weiteres Mal zum Einsatz kommen konnte. Sie würde ihre Haare ein wenig anders arrangieren und eine weinrote Samtschärpe tragen, damit nicht jeder gleich sah, dass sie schon wieder dasselbe Kleid trug. Falls jemand sie überhaupt im Stadttheater bemerkt hatte.

Es war bereits halb neun, als die Mietdroschke vor der Villa von Siems hielt. Das angekündigte Büfett hatte sie sicherlich verpasst. Büfetts waren eine lustige Neuerung, die kürzlich am Kaiserhof in Berlin ihren Einzug gefunden hatte und seither en vogue an so manchem Abend in der feinen Gesellschaft war. Man ging an eine reich gedeckte Tafel und bediente sich an den Köstlichkeiten selbst. Mit dem Teller in der Hand stand man herum, statt an einem Tisch vom Personal bedient zu werden. Äußerst leger und informell, diese Büfetts, sowie schrecklich englisch, wie die Gräfin kürzlich mit säuerlicher Miene gemeint hatte.

Sophie war nicht nach Essen zumute. Sie wollte lieber versuchen, ein persönliches Wort mit Carlotta zu wechseln, um zu sehen, wie es ihr ging. Sofern sich ihre Freundin überhaupt noch in der Stadt befand. Erstaunt stellte Sophie fest, dass der Abend offenbar genau so stattfinden würde, wie Hermann von Siems es geplant hatte. Carlotta hatte also weder die Villa verlassen, noch gedachte sie offenbar, auf diesen Abend zu verzichten. Vielleicht hatte sich der Hausherr bei Carlotta entschuldigt und Abbitte für sein unentschuldbares Benehmen getan. Das war die einzige Erklärung, die Sophie finden konnte.

Der Weg von der Straße zum Haus war von Fackeln erleuchtet. An der Seite des Hauses standen mehrere Kutschen in Reih und Glied. Die Fenster in der Villa waren allesamt erhellt und ließen ihr warmes Licht auf das Portal fließen.

In der Empfangshalle herrschte reges Treiben. Man ging umher, ein Glas Champagner in der Hand, und plauderte mit den anderen Gästen. Sophie erkannte Haukes Dienstherrn Senator Hachmann im Gespräch mit Syndikus Werner von

Melle, einem Mittvierziger und Sohn des ehemaligen Bürgermeisters Emil von Melle. Hinter einer halb offenen Flügeltür entdeckte sie den Saal, den man mit jenen Stühlen in Reihe ausgestattet hatte, die heute früh von den Fuhrwerken abgeladen worden waren. Sophie schätzte, dass der Hausherr für den Abend mindestens hundert Gäste in sein Haus gebeten hatte. Nahe einem der bodentiefen Fenster, die in den dunklen Park hinausgingen, entdeckte Sophie Maximilian von Siems im angeregten Gespräch mit Kaffeehändler Lassally, der kürzlich Vater eines kleinen Jungen namens Oscar geworden war.

Auch die Theaterdirektoren Bachur und Bittong hatten sich an diesem Abend eingefunden. Etwas schien sie zu besorgen, denn sie hielten die Köpfe dicht beieinander und waren so sehr in ein Gespräch vertieft, dass sie nicht einmal bemerkten, wie ein Livrierter ihnen von einem Tablett zwei Gläser Champagner anbot.

Sophie vermutete, dass der Inhalt der Unterhaltung sicherlich nicht den heutigen Abend betraf, sondern die Zukunft des Stadttheaters. Wahrscheinlich schmiedeten sie Pläne, wie sie der Eröffnung des neuen Schauspielhauses an der Kirchenallee im kommenden Jahr begegnen könnten, dessen Bau vor anderthalb Monaten begonnen hatte. Die tragende Figur des heutigen Abends, Carlotta Francini, war mit Sicherheit der Grund, warum sich die Herren hierherbemüht hatten. Eine Sängerin wie die Francini auch nur für eine Saison an Hamburg zu binden, wäre für die beiden Theatermänner ein Gottesgeschenk.

Sophie schlenderte weiter durch die Gästeschar, stets auf der Suche nach Carlotta. Wo war ihre Freundin?

Da sie auch Hermann von Siems nicht ausmachen konnte, fragte sie einen der Bediensteten, wo die Sängerin zu finden sei. Man erklärte ihr, Fräulein Francini bereite sich im Musikzimmer im Ostflügel auf ihren Auftritt vor und wünsche, nicht gestört zu werden. Sophie bedankte sich und überlegte, ob sie unauffällig dorthin huschen sollte, um Carlotta zumindest toi, toi, toi für ihren Auftritt zu wünschen und bei der Gelegenheit zu sehen, wie es ihr ging. Da erklang ein tiefer Gong aus der Halle, erfüllte den Raum und ließ die Gespräche verebben. Der Hausherr, der oben auf der Balustrade stand, bat die werten Gäste, sich im Saal zu versammeln, da das Konzert gleich beginnen werde.

Munter plaudernd begab sich das Publikum durch die Flügeltüren und nahm in den Reihen Platz. Auf einer kleinen Bühne befanden sich bereits die Musiker des Stadthausorchesters, von denen einige sicherlich auch an jenem Abend gespielt hatten, als Sophie ohne ihren Mann im Parkett hatte sitzen müssen. Und auch heute war sie ohne Hauke außer Haus. Anders als das letzte Mal war es nicht Wut, die ihre Aufregung über seine Abwesenheit begründete, sondern Angst. Eine unerklärliche Beklemmung ergriff sie, als könnte jeden Moment etwas Schreckliches passieren.

Dieses unangenehme Gefühl steigerte sich noch – als nichts geschah. Man wartete. Fünf Minuten. Zehn Minuten. Schon machte sich Unruhe in den Reihen breit.

Der Hausherr sprach in der Tür zur Halle mit dem Butler, der nur ein bedauerndes Gesicht aufsetzte. Von Siems gab seinem Sohn ein Zeichen, zu ihm zu kommen. Maximilian sprang von seinem Stuhl in der ersten Reihe und ging zu seinem Vater. Nach einigen hastig gewechselten Worten eilte der junge Mann fort. Hermann von Siems indes lächelte fahrig den ein oder anderen Gast an, küsste einer Dame die Hand. Er wirkte nervös.

Aufmerksam beobachtete Sophie den Mann, der ihre Freundin am Morgen geschlagen hatte. Wut stieg in ihr auf, während ihre Augen dem vornehmen Herrn im Frack folgten. Warum nahmen sich Männer heraus, Frauen zu schlagen? Eine Frau wie Carlotta schlug man nicht! Andererseits hatte Carlotta gänzlich anders auf die Ohrfeige reagiert. Sie hätte eine kämpferische Reaktion erwartet, ein Aufbegehren, eine

Szene, die dieser Kerl niemals würde vergessen können. Sie war Carlotta Francini. Eine unabhängige Frau, die sich Derartiges nicht bieten lassen musste. Stattdessen hatte sie geweint. Wo nur war all der Kampfgeist ihrer Freundin geblieben?

Im Publikum wurden Fragen laut, wo die Künstlerin sei. Der Hausherr reagierte mit einem Lächeln und der Bitte um Geduld.

Endlich kehrte Max zurück. Er zuckte mit den Schultern. Hermann von Siems reckte das Kinn, ließ den Blick über seine Gäste schweifen, bis er Sophie im Publikum erblickte. Er gab auch ihr ein Zeichen, sich zu ihm zu begeben.

Überrascht erhob sich Sophie und zwängte sich in ihrem geliehenen Kleid durch die Reihe. Sie spürte die neugierigen Blicke der Anwesenden in ihrem Rücken.

»Frau Sötje, ob Sie uns in einer misslichen Angelegenheit helfen könnten?«, raunte er ihr zu. Er berührte sie am Oberarm und schob sie in die leere Eingangshalle. »Das Fräulein Francini, vielleicht ist ihr unpässlich geworden … sie …«

Ach, dachte Sophie, ließ das Fräulein Francini den Hausherrn etwa in eine äußerst peinliche Situation geraten, indem sie sich weigerte, vor seinen Gästen aufzutreten? Zwar passte solch eine kleingeistige Attitüde nicht zu Carlotta, aber zu gönnen wäre es dem Mann.

»Reden Sie mit ihr. Die Tür zum Musikzimmer ist von innen verschlossen, und sie antwortet nicht. Ich mache mir Sorgen.«

Von Siems schien sich tatsächlich zu sorgen. Ob allerdings um Carlottas Befinden oder einen ruinierten Abend, war für Sophie nicht auszumachen. Sie nickte und folgte mit ungutem Gefühl in der Magengegend Maximilian in den anderen Flügel der Villa.

Am Ende eines Korridors verhielt der Sohn des Hausherrn vor einer Eichentür seine Schritte, vor der Carlottas Zofe Isabella stand.

»Per favore, aprite, signorina!«, flehte sie durch die geschlossene Tür.

Sophie schob das Mädchen beiseite.

»Carlotta! Können Sie mich hören? Ich bin es, Sophie. Bitte öffnen Sie!« Sie hielt ein Ohr an das Holz, horchte auf ein Geräusch. Doch da war nichts. An Max gewandt, wollte Sophie wissen, ob schon jemand von draußen in den Raum geblickt habe.

»Ich werde hinausgehen und durchs Fenster schauen.«

Sophie war überrascht von so viel Tatendrang. Erst jetzt bemerkte sie, dass es zu regnen begonnen hatte. Ein heftiger Schauer schlug gegen eines der Fenster.

»Carlotta! Bitte öffnen Sie die Tür. Sie haben Herrn von Siems genügend Schrecken eingejagt. Er hat seine Lektion gelernt.« Sie horchte, während ihr Hals immer enger wurde, bis sie fast keine Luft mehr bekam. Sie richtete sich an die Zofe. »Isabella, hatte deine Herrin wieder Schmerzen, als sie sich in den Raum begab?«

Heftig schüttelte das Mädchen den Kopf. »Gesund wie Fisch in Wasser. Nix krank.«

Plötzlich überkam Sophie ein schrecklicher Gedanke. »War Fräulein Francini betrübt oder melancholisch, als du sie das letzte Mal gesehen hast?«

»Traurig.«

In diesem Moment glaubte Sophie, ein Rascheln hinter der Tür zu hören. Ein Möbelstück wurde über das Parkett geschoben.

»Carlotta! Carlotta! Bitte sagen Sie doch etwas!« Noch einmal horchte sie an der Tür, hinter der es wieder still war. »Bleib hier!«, befahl sie Isabella, die neben ihr stand. »Rede mit ihr. Ich hole Herrn von Siems, damit die Tür aufgebrochen wird.«

Mit wehendem Kleid rannte Sophie zurück in die Eingangshalle. Mittlerweile hatte die Unruhe die gesamte Gästeschar erfasst. Man hatte seinen Platz verlassen, umlagerte den Hausherrn, fragte und fragte. Sophie stürzte aus dem Gang auf von Siems zu.

Keuchend berichtete sie, dass sie meinte, ein Geräusch aus dem Musikzimmer gehört zu haben. »Haben Sie keinen Schlüssel für die Tür?«

»Unterstellen Sie etwa, wir hätten nicht daran gedacht, Frau Sötje?«, zischte er verärgert. »Der Schlüssel steckt von innen. Ohne Werkzeug werden wir nicht in den Raum gelangen können.«

Er gab dem Butler die Order, Werkzeug zu besorgen, als sein Sohn klitschnass in die Halle trat.

Max schüttelte sein nasses Haar. »Die Vorhänge sind zugezogen. Ich konnte nichts sehen. Habe geklopft ...«

»Trockne deine Haare. Danach kümmerst du dich um die Gäste, Maximilian.«

Er weigerte sich. »Ich werde helfen, wenn ich kann.«

Der Hausherr trat vor die Gäste und entschuldigte sich für die Unannehmlichkeit. Er bat die Anwesenden, sich noch ein Gläschen Champagner zu nehmen, bis die Angelegenheit geklärt sei.

»Eine klemmende Tür, wie es scheint«, versuchte er halbherzig zu erklären, als der Butler auch schon mit einer Brechstange in der Halle erschien und mit Max in den Nebenflügel lief. »Wir werden das Fräulein Carlotta aus ihrer misslichen Lage befreien.«

Sophie folgte dem Hausherrn. Gerade als sie den Flur erreichten, setzte der Butler das Werkzeug an, um die Tür aufzustemmen. Carlottas Zofe drängte sich ängstlich an die Wand und betete, als sich die Männer gegen die Tür warfen. Nach dem dritten Versuch sprang diese endlich mit einem lauten Krachen auf. Max fiel in den Raum, stolperte, ging zu Boden. Schnell rappelte er sich wieder hoch.

Das Zimmer dominierte ein schwarz glänzender Flügel. Deckenhohe Regale an der einen Wand. Alte Instrumente hingen über einem altmodischen Kamin. Ansonsten herrschte ein entsetzliches Durcheinander im Raum. Ein kleiner Tisch lag umgestürzt auf dem Boden, wie auch eine Kristallkaraffe und ein zerbrochenes Glas. Überall waren Noten verstreut. Ein umgefallener Stuhl. Sophie lief zum Chaiselongue, das in einer dunklen Ecke stand, wohin das elektrische Licht von den Wänden nicht fiel. Sie hoffte, hinter dem Möbelstück Carlotta zu finden, stellte jedoch erleichtert und besorgt zugleich fest, dass dem nicht so war.

»Wo ist sie?«, rief Sophie und schaute zu Hermann von Siems, der blass und ratlos dastand.

Max schob die Vorhänge beiseite.

»Das Fenster zum Park ist verschlossen.« Zu seinen Füßen bildete sich eine Regenlache.

Entgeistert sah sich Sophie um.

»Sie muss hier sein!« Sie eilte hinaus. »Hat jemand sie fortgehen sehen?«, rief sie dem Butler zu.

Der Mann schüttelte nur den Kopf.

Sophie war verwirrt. Der Schlüssel steckte von innen. Niemand hatte diesen Raum verlassen. Nicht durch die Tür. Nicht durch die Halle. Nicht durch das Fenster. Und niemand hatte den Kampf gehört, der hier offenbar stattgefunden hatte.

»Ich werde sie suchen. Vielleicht irrt sie im Garten umher. Vom Wahn geplagt!« Max riss das bodentiefe Fenster auf. Sogleich warf der Wind die Vorhänge auf, und der Schauer strömte in den Raum.

»Max! Warte!«, rief Hermann von Siems ihm nach, doch sein Sohn war bereits in der Dunkelheit verschwunden. Von Siems wandte sich an seinen Butler. »Ferdinand, stellen Sie einen Suchtrupp zusammen. Wir werden den Park durchsuchen!«

Mit Fackeln und in mehrere Gruppen eingeteilt durchkämmten die Bediensteten wenig später gemeinsam mit dem Hausherrn das Gelände. Auch einige Gäste hatten sich der Suche angeschlossen.

Zum Glück hatte es zu regnen aufgehört, und der Vollmond brach immer wieder durch die zerrissene Wolkendecke, tauchte Haus und Garten in fahles Licht, ließ die Schatten der Bäume und Sträucher lebendig werden, was Sophie einen Schauder über den Rücken jagte. Sie konnte nicht anders, als ihre Angst in den äußersten Winkel ihres Herzens zu drängen, um Carlotta zu suchen.

Unten am Hang glänzte die obsidianschwarze Elbe. Der Mond spiegelte sich auf ihren Wellen.

Kein Schiff war zu sehen.

Kein Vogel war zu hören.

Die Welt schien tot.

Plötzlich gellte ein entsetzlicher Schrei durch die Nacht. Sophie zuckte zusammen, hielt inne, horchte. War es ein Käuzchen gewesen? Oder etwa der Schmerz eines Menschen?

»Von wo kam der Ruf?«, verlangte einer der Gäste zu wissen.

Wieder jagte ein Wehklagen durch die Nacht.

Sophie rannte über den nassen Rasen in jene Richtung, aus der sie den Laut gehört hatte. Aus den Augenwinkeln sah sie weitere Schatten schnell herbeikommen.

Sie lief um eine hohe Buchsbaumhecke, die den Hauptteil des Parks abschirmte. Im Mondlicht erkannte sie den Schatten eines runden Pavillons, der mit seinen weißen Säulen an einen griechischen Tempel erinnerte und im Sommer sicherlich als schattiger Ort für ruhige Stunden diente.

Sophie hielt inne, schluckte. Dort saß jemand.

Sie trat näher.

Auf den Stufen des Pavillons kauerte eine Gestalt und weinte. Nein, klagte. Klagte die Götter an, die ihr das Herz herausgerissen hatten. Max' Schultern zitterten. Die Arme auf die Knie gestützt, hielt er weinend den Kopf in Händen.

Das aber war es nicht, was Sophie so fassungslos machte. Es war der Körper, der hinter ihm auf der Marmorbank ruhte. Die Gestalt trug ein weißes Kleid, dessen Stoff im Mondlicht glänzte, als wären die Sterne des Himmels herniedergeregnet.

Die weißen Hände zum Gebet gefaltet, lag sie da, das Gesicht von einem hauchzarten Schleier verhüllt.

Hermann von Siems erreichte ebenfalls den Pavillon. Er drängte und schubste sich durch die Gästeschar. Mit der Fackel in der Hand trat er näher an Carlottas Körper.

»Mein Gott, das habe ich nicht gewollt«, murmelte er immer wieder.

Vorsichtig, ja fast schon zärtlich nahm er den Schleier von ihrem Gesicht. Sofort sprang er mit einem entsetzten Schrei zurück. Dabei entglitt ihm die Fackel. Sein Schrei riss Sophie aus ihrer Agonie. Sie lief zu ihm und starrte auf das, was er sah.

Carlottas Gesicht war zur Fratze entstellt. Die Augen aufgerissen in blanker Angst. All die Schönheit und Reinheit ihrer Erscheinung waren vergangen, der Todeskampf hatte ihr alles Elysische geraubt, sie zu einem Menschen aus Fleisch und Blut gemacht. Sophie schwankte, hörte noch Isabellas Jammern, die in das Klagen von Max einfiel. Schneeweiß im Gesicht, lehnte Hermann von Siems an einer der Säulen und presste die Hände vor seinen Mund.

Obwohl Sophie weiche Knie hatte und befürchten musste, ohnmächtig zu werden, wankte sie zum Butler, der bei den Gästen stand und sich nicht näher traute.

»Lassen Sie im Stadthaus anrufen und nach Kommissar Sötje fragen.«

Der Mann reagierte nicht. Er schaute zu seinem Arbeitgeber, dem stumme Tränen übers Gesicht liefen, die er nicht einmal wegwischte. Endlich nickte der Butler und eilte zurück zum Haus.

Sophie trat zu Max und legte ihm eine Hand auf die Schulter. »Was ist passiert?«

»›Leb wohl, du kühnes, herrliches Kind! Du meines Herzens heiligster Stolz! Leb wohl! Leb wohl! Leb wohl!‹«, stammelte er, während sein Oberkörper vor und zurück ging.

Die Zeilen kamen Sophie bekannt vor. Offenbar zitierte Max unter Schock Wagners »Walküre«.

Plötzlich bemerkte sie eine Bewegung am Rand des Geschehens. Isabella! Laut jammernd rannte sie fort. Sophie konnte die Zofe so gut verstehen. Mit Carlotta war auch ihr Leben dahin.

KAPITEL 32

Vermißt wird seit dem 6. d. Mts. das 18jährige Dienstmädchen Margarethe Sörensen, das bei einer Herrschaft in der Gr. Bergstraße conditionierte. Die Vermißte hat am 6. d. M. ihren Ausgehtag gehabt und ist nicht wieder zurückgekehrt. Da die S. ein ordentliches Mädchen war, vermuthet man, daß ihr ein Unglück zugestoßen ist.

Original: »Altonaer Nachrichten«, November 1899

Sophie stand in der Tür. Ihr Gesicht war bleich, in ihren Augen schimmerten Tränen. Sie hatte sich geweigert, unten bei den anderen zu bleiben, wo Schröder und von Kelling die Namen der über hundert Gäste notierten und die Anwesenden in zwei Gruppen einteilten. In jene, die keine Hinweise jeglicher Art zum Tod Carlotta Francinis geben konnten, und in jene, von denen man sich Hinweise versprach. Zum Glück hatte der Hausherr seine Fassung wiedergefunden. Der Sohn hingegen hatte einen Zusammenbruch erlitten, und ein Arzt war gerufen worden.

Hauke hatte neben seinen Männern auch die vom Kommissariat 4 mitgenommen und einen Beamten zu Polizeirat Roscher nach Hause geschickt, um ihn zur Villa von Siems zu bitten. Mit sage und schreibe vierzehn Mann waren sie angerückt, hatten die nötigen Vorkehrungen getroffen, Spuren gesucht, Fotografien anfertigen lassen, die Tote in die Rechtsmedizin nach Eppendorf verbracht, den Tatort zur erneuten Besichtigung bei Tagesanbruch abgeriegelt und mit der Befragung der völlig aufgebrachten Gäste begonnen.

Alles war vorschriftsmäßig verlaufen.

Einzig Sophies Anwesenheit entzog sich der üblichen Vorgehensweise und brachte Hauke in Bedrängnis. Wie gerne hätte er sie in die Arme geschlossen, ihr gesagt, dass all das nichts mit ihr zu tun habe. Er konnte sehen, dass sie sich Vorwürfe machte, den Tod ihrer Freundin nicht verhindert zu haben. Er hätte seine Frau trösten müssen. Aber das ging nicht. Er war hier in seiner Eigenschaft als Vertreter der Obrigkeit. Man erwartete von ihm ein sachliches Vorgehen, auch in diesem Fall.

Ganz offensichtlich war die Sängerin vergiftet worden. Ob durch eigene Hand oder durch fremde Schuld, musste sich noch klären. Im Musikzimmer jedenfalls fand man eine leere Tasse, in der zuvor ein starker Kräutertee gewesen war. Der Mandelgeruch daraus war unverkennbar.

Aus der Halle rollten immer wieder Wellen verzweifelten Klagens herauf. Jedes Mal zuckte Sophie zusammen.

Hauke ging zu ihr. »Bitte warte unten im Salon. Schröder wird dich später befragen müssen.«

Sie wollte nicht und setzte einen Fuß in den Raum.

Verstand sie nicht, dass es ihm unmöglich war, ermittelnder Kommissar zu sein und zugleich ihr Ehemann, der sich entsetzlich um ihr Gemüt sorgte?

Unmerklich schüttelte er den Kopf, und sie trat zurück in den Türrahmen.

»All das erinnert mich an Wagner«, sagte sie leise. »Die Art, wie sie dalag … die gefalteten Hände … der am Boden zerstörte Liebhaber … wir, das Publikum.«

»Richard Wagner?«

Sie lächelte matt. »Wenn du dich mit ihm beschäftigt hättest, wüsstest du, dass Frauen in seinen Opern oft eine besondere Rolle spielen. Am tragischsten ist es, wenn sie sterben und zuvor noch ihren Mördern verzeihen. Das macht sie auf eine poetische Weise unsterblich. Den Mörder lässt Wagner somit als Verlierer zurück.«

»Was sollte Carlotta Francini ihrem Mörder verzeihen? Dass er sie umgebracht hat?« Neubauer gab sich Mühe zu verstehen.

»Ich weiß es nicht«, sagte Sophie kaum hörbar. »Ich weiß nur, dass sie es bestimmt getan hätte. Sie sprach oft vom Tod und vom Verzeihen.«

Bevor Hauke fragen konnte, was das genau bedeuten sollte, rief Neubauer ihn zu sich.

Einen sorgenvollen Blick auf seine Frau werfend, wandte sich Hauke dem Kriminalassistenten zu, der ihm ein Stück Papier reichte.

»Hier ist die Rechnung für ein Grabmal. Das Geld für den Pastor hatte sie wohl abgeschrieben und stattdessen die Sache selber in die Hand genommen. Die Dame hat sich ihre Mildtätigkeit etwas kosten lassen.« Als Neubauer Sophies entsetzten Blick bemerkte, entschuldigte er sich schnell. »War nich so gemeint, Frau Kommissar«, murmelte er. »Is mir nur so rausgerutscht.«

Hauke hob die Brauen, als er die Summe auf dem Papier las. Neubauer hatte recht. Die Verstorbene war der unbekannten toten Sängerin gegenüber äußerst großzügig gewesen. Die Rechnung war noch keine Woche alt und in bar beglichen worden.

Plötzlich erschien Hermann von Siems neben Sophie. Sie zuckte zusammen.

»Was kann ich für Sie tun, Herr von Siems?«, fragte Hauke.

»Haben Sie etwas gefunden?«, wollte er wissen. Das sonst so joviale Lächeln war einem schmalen Mund gewichen, die Augen lagen tief in ihren Höhlen, als hätte er seit Tagen nicht geschlafen. Er rang die Finger, während sein Blick durch Carlottas Gemach hetzte, als suchte er etwas. Vielleicht sie.

Hauke trat vor ihn, sodass sich von Siems nicht mehr umsehen konnte. »Was hätten wir denn finden sollen?«

Von Siems zögerte. »Irgendetwas, das uns sagt, warum sie sterben musste. Wer nur kann so etwas Entsetzliches tun?«

Hauke schob den Mann sachte auf den Flur zurück. »Warten Sie bitte bei Ihren Gästen.«

Von Siems nickte und warf einen letzten Blick in den Raum, bevor er ging.

»Ach, und nehmen Sie bitte meine Frau mit!«, rief Hauke ihm nach.

Nur widerwillig ließ sich Sophie von Hermann von Siems nach unten führen, wo überall Menschen in Gruppen leise in Gespräche vertieft herumstanden, als wäre es unschicklich, am Ort des Todes die Stimme zu erheben.

Nahe einer Tür zum Dienstbotentrakt entdeckte Sophie Carlottas Zofe. Ängstlich schaute Isabella zu ihr herüber, und Sophie hatte den Eindruck, sie wollte ihr etwas zurufen, doch als sie Hermann von Siems bemerkte, klappte ihr Mund wieder zu.

Das Mädchen ließ Hermann von Siems nicht aus den Augen. Er war zu einem älteren Herrn getreten, der sich gerade in den Mantel helfen ließ, um die Villa zu verlassen. Rasch gab Isabella Sophie zu verstehen, zu ihr zu kommen.

»Isabella, was ist los?«, raunte Sophie, als sie das Mädchen erreicht hatte.

Die Zofe zog Sophie mit sich durch die Tür. Dahinter führten die Stufen ins Souterrain, von wo Geschirrklappern zu hören war. Hastig reichte Isabella ihr einige zusammengefaltete Seiten. Es waren jene, die Carlotta vor einigen Tagen verzweifelt gesucht und die Sophie hinter dem Vorhang auf dem Boden gefunden hatte.

»Du hast sie gestohlen?«

Vehement schüttelte die junge Frau den Kopf.

»*No, nessuna donna!* Signor von Siems wollten stehlen. Ich schneller.« Sie nahm Sophies Hand und legte den Brief hinein. »Signorina Carlottas Herz traurig.«

Sophie starrte auf die Seiten. »Herr von Siems?«

»*Sì, sì*, Polizisten schon hier. Ich nehmen Brief, er mich sehen, raus, raus rufen, dann Schlüssel von Tür.« Sie machte eine Handbewegung, die das Drehen eines Schlüssels zeigen sollte.

»Er jagte dich aus Carlottas Schlafzimmer und durchsuchte den Raum?«

Isabella nickte heftig. »Aber ich Brief in Rock.«

»Welcher der beiden von Siems war es?« Sophie hielt die Luft an.

»Alter Mann. Nicht junger. Nur alter.«

»Das müssen wir sofort meinem Gatten sagen.«

Isabella jammerte auf. »Nix *polizia*! Bitte. Nix Gatten! Niemand glauben Zofe. Herr reich. Ich arm. Bitte, nix *polizia*!«

Sophie entfaltete die eng beschriebenen Seiten. Es war unzweifelhaft die Schrift einer Frau. Das Datum lag achtzehn Jahre zurück. Offenbar war der Brief oft gelesen worden, wie Tränenflecke und eine eingerissene Ecke bewiesen. »Meine geliebte Tochter …«

Endlich verstand Sophie, warum Carlotta so verzweifelt gewesen war, als der Brief aus ihrem Boudoir verschwunden war.

Sie schaute Isabella an, die sie aufmerksam beobachtete. »Weißt du, was in dem Brief steht?«

Die Zofe verneinte.

»Kannst du bei Gott schwören, dass du den Brief nicht aus Carlottas Schublade genommen hast?«

Isabella nickte, während sie unter dem hohen Kragen ihres Kleids eine Kette mit einem silbernen Kreuz herausnestelte und es küsste. »Schwören!«

Nach allem, was passiert war, glaubte Sophie keine Sekunde mehr daran, dass der Umschlag rein zufällig hinter den Vorhang gerutscht war. Sicherlich hatte Carlotta gründlich danach gesucht. Nein, es gab nur eine Erklärung: Der Dieb hatte das Schreiben zurückbringen wollen und war genau in dem Moment überrascht worden. Er oder sie musste den Raum schnell verlassen, wollte das Kuvert aber nicht wieder mitnehmen. Also täuschte der Dieb ein Malheur vor, indem er den Brief beim Vorhang fallen ließ. Plötzlich fiel Sophie ein, dass sie eine Tür hatte zuschlagen hören, als sie und Carlotta das Schlafzimmer betreten hatten.

Neugierig geworden, las Sophie weiter und erfuhr, dass ihre

Freundin Carlotta nicht nur die Welt belogen hatte, sondern auch sie.

Mit zitternden Händen dankte Sophie dem Mädchen. Sie musste sofort zu ihrem Mann.

Sophie eilte in die Halle zurück und wollte gerade die Stufen in die erste Etage nehmen, als sie ihn die Treppe herunterkommen sah. Neben ihm ging der Arzt, den man wegen Maximilian von Siems' bizarren Benehmens im Park gerufen hatte. Natürlich konnte jeder verstehen, dass der feinsinnige junge Mann am Boden zerstört war. Das Auffinden einer Toten hätte jeden an den Rand des Erträglichen gebracht, dennoch schien ein Arzt die beste Lösung im Fall dieses recht fiebrigen Auftretens von Max.

Sophie trat in Haukes Weg und reichte ihm den Brief. »Die Zofe überließ ihn mir. Er ist von Carlottas Mutter – Dorothea Sutter.«

Erstaunt blickte Hauke sie an und griff nach dem Umschlag. »Die Frau vom Friedhof?«

Sophie nickte. »Carlotta besuchte das Grab ihrer Mutter, als ich bei ihr war.«

»Das Geld für den Grabstein war also für die Mutter gedacht.« Hauke überlegte. »Darum war die Francini so echauffiert, als der Pastor das Geld für etwas anderes ausgegeben hatte.«

Sophie reichte ihm ein weiteres Stück Papier. »Das lag ebenfalls im Umschlag. Es ist eine Zahlungsanweisung auf den Namen von Dorothea Sutter, erstellt vor siebenundzwanzig Jahren.«

Hauke nahm auch diesen Zettel und las. Dann stieß er einen leisen Pfiff aus. »Warum hat sie das Geld nie von der Bank abgeholt?«

Sie hob die Schultern.

»Wofür war das Geld?«

»Für ein Kind ohne Vater, nehme ich an«, flüsterte Sophie. »Carlotta war Dorothea Sutters Tochter, und der Vater ist …«

Sie wies auf den Namen am unteren rechten Rand der Anweisung.

»Ach. Es gab also keinen Vater in Italien?«

Sophie schüttelte den Kopf. »Die Zofe nahm den Brief an sich, kurz nachdem man Carlotta gefunden hat.«

»Warum?«

»Sie ist klug.« Sophie lächelte. »Hermann von Siems kam in Carlottas Schlafzimmer, wo er Isabella überraschte. Er jagte sie hinaus, schloss hinter ihr die Tür ab und durchsuchte wahrscheinlich das Zimmer nach ebendiesem Brief.«

Stirnrunzelnd betrachtete Hauke das Beweisstück in seinen Händen. Plötzlich nahm er Sophie vor aller Augen in die Arme, was nicht seine Art war.

»Ich habe dir auch etwas zu sagen, Liebste«, flüsterte er ihr ins Ohr. »Deine Freundin war todkrank. Sie hätte nicht mehr lange zu leben gehabt. Vielleicht ist ihr ein noch schrecklicheres Schicksal als jenes von dieser Nacht erspart geblieben. Bösartige Geschwulste in ihrem Körper.«

Der Arzt, der neben ihnen stand, hatte Haukes Worte gehört. Bedauernd nickte er und ergänzte leise, dass das Fräulein Francini ihm bei seinem letzten Besuch im Vertrauen gesagt habe, dass sie bei Heilern in Chicago und Wien gewesen sei, um sich Strahlen auf den Krebs schießen zu lassen, die angeblich helfen sollten.

Jetzt begriff Sophie, warum Carlotta so sicher gewesen war, niemals mehr heiraten zu können, warum sie so oft von Vergebung gesprochen und ihr Geld mit vollen Händen gespendet hatte.

***

»Ja!«, rief Hermann von Siems und durchmaß mit wenigen Schritten das Speisezimmer, vorbei an einer langen Tafel mit halb leeren Servierplatten, auf denen die Reste eines gedünsteten Lachses antrockneten, der Käse dunkle Ränder bekam und die Pastete in den Schüsseln dunkel anlief. »Ja, ich wusste es.« Wütend schlug er mit der Faust gegen die Wand. »Sie war das Kind von Dorothea Sutter!« Er fuhr herum.

»Sie waren damals bereit, viel Geld an Dorothea Sutter zu zahlen. Warum?«, fragte Hauke.

»Das wissen Sie!«

»Was weiß ich? Erklären Sie es mir.«

Der Mann nahm seinen Weg wieder auf.

Schröder stenografierte die Aussage des Mannes. Vor einer der beiden Türen, die vom Salon in die Halle führten, blieb von Siems stehen, als überlegte er, ob er fliehen sollte. Er wusste nicht, dass Hauke vor jeder Tür einen Mann postiert hatte. Dann drehte er sich abrupt um und feuerte einen wütenden Blick auf Hauke. Lange würde er seine Contenance nicht mehr aufrechterhalten können.

»Haben Sie Carlotta Francini erdrosselt, Herr von Siems?«

Der Mann zuckte unter den Worten zusammen. »Sind Sie von Sinnen! Warum sollte ich das tun?«

»Damit niemand erfährt, dass sie Ihre Tochter war.«

»Tochter! Woher hätte ich das wissen sollen? Mein Gott, ich wollte sie heiraten! Wissen Sie, was das bedeutet?« Von Siems warf die Hände hoch. »Ich erfuhr erst heute Morgen, dass sie Dorotheas Kind ist.«

»Haben Sie sie deshalb geohrfeigt?« Plötzlich ging Sophies Stimme scharf durch den Raum.

Hauke und Schröder wandten sich herum. Mitten im Salon stand Sophie und funkelte von Siems an. Keiner hatte sie durch die andere Tür hereinkommen hören. Der Beamte, an dem sie sich offenbar vorbeigestohlen hatte, sah Hauke zerknirscht an. Er kannte seine Frau und würde den Mann später nicht allzu hart ermahnen.

Von Siems lachte. »Geohrfeigt? Wer sagt denn so etwas?«

»Ich!«, rief Sophie bitter. »Es war in der Orangerie. Heute früh. Ich wollte zu Carlotta, um ihr für den Abend alles Gute zu wünschen.« Verächtlich schnaufte sie. »Und Sie haben sie geschlagen. Warum?« Ihre Stimme überschlug sich vor Wut. »Carlotta wollte bestimmt kein Geld von ihrem Vater. Sie war reicher, als Sie es je sein werden, Herr von Siems! Warum also?«

Von Siems wandte sich an Hauke. »Wie redet diese Person mit mir?«

»Die Antwort auf diese Frage würde mich auch interessieren.« Von einer Ohrfeige hatte er noch gar nichts gewusst.

Von Siems hetzte durch den Raum, suchte offenbar Ausflüchte für sein Handeln. Als ihm nichts einfiel, blieb er stehen.

»Sie hat sich in mein Haus und in mein Herz geschlichen. Genau wie ihre Mutter es damals getan hat!« Schmerz lag in seinen Augen. »Ich habe ihre Mutter geliebt. Wäre ich nicht verheiratet gewesen, hätte ich sie geheiratet.«

»Sie wollten eine einfache Sängerin heiraten?«, fuhr Sophie auf. »Das glaube ich Ihnen nicht. Leute wie Sie nehmen sich, was sie wollen. Sie gehen stets ihres Weges, ohne sich umzudrehen.«

»Sängerin? Nein, Dorothea war das Dienstmädchen meiner Eltern«, erwiderte er überrascht.

Sophie stockte der Atem. Also war auch das eine der vielen Lügen Carlottas gewesen.

Von Siems ließ sich auf einen Stuhl fallen. Alle Kraft schien aus seinem Körper gewichen zu sein. Er zog ein samtenes Kästchen aus der Jackentasche und ließ den Deckel aufklappen. Ein Diamantring, eingerahmt von blauen Saphiren, steckte darin.

»Ich wollte Carlotta heiraten, wissen Sie? Die Verlobung sollte heute Abend bekannt gegeben werden.« Seine leise Stimme war kaum zu hören. »Ich spürte eine Verbundenheit zu ihr, die weit über das Übliche hinausging. Woher sollte ich denn wissen, dass sie …? Mein Gott!« Die Schatulle mit dem Ring fiel zu Boden. Von Siems warf die Hände vors Gesicht.

Für Hauke lag hier ein handfestes Motiv für einen Mord. Und wenn er es sich recht überlegte, sogar zwei Motive: der abgewiesene Liebhaber und der mögliche Skandal. Wie aber hätte der Mann den Mord begehen sollen? Er war den ganzen Abend bei den Gästen gewesen, nicht eine Minute hatte man ihn allein gesehen. Hauke machte sich eine gedankliche Notiz, dass er dies noch einmal nachprüfen lassen musste, sofern Polizeirat Roscher den Fall nicht selbst übernehmen wollte, statt ihn in den Händen des Kommissariats 5 zu belassen. Außerdem hatte Hauke genug mit den drei Erhängten zu tun.

Sophie zitterte. Seine Frau war wütend wie eine Furie und zugleich tief verzweifelt. Hauke trat zu ihr.

»Geh besser nach Hause zu unserem Kind, Liebste. Ich komme bald nach.« Es kostete Sophie sichtlich Mühe, Hermann von Siems nicht die Augen auszukratzen. »Bitte«, sagte er leise. »Vertraue mir.«

Endlich nickte sie. Hauke wies von Kelling an, Sophie mit der Kutsche heimzubringen. Sie würde morgen ihre Aussage im Stadthaus machen können.

Draußen dämmerte bereits der nächste Tag.

KAPITEL 33

Strafvollstreckungsrequisition. Die Sängerin Auguste Stolzenbach, wohnhaft Hamburg, jetzt unbekannten Aufenthalts, ist durch rechtskräftigen Strafbefehl des Königlichen Amtsgerichts Meldorf wegen Gewerbesteuer-Übertretung zu einer Geldstrafe von 24 M oder eventuell 4 Tagen Haft verurtheilt. Es wird ersucht, die Strafe zu vollstrecken.

Original: »Hamburgischer Correspondent«, Oktober 1899

»Wer sagt uns eigentlich, dass es nur die drei waren, die der Mörder erhängt hat?«

Hauke blickte Schröder fragend an. »Was meinen Sie?«

Schröder kratzte sich am Bart. »Na ja, bisher ermitteln wir bei drei feinen Leuten, weil … Also, Mord in solchen Gegenden fällt eben mehr auf als Tote im Gängeviertel, wenn ich das so sagen darf.«

Hauke schaute auf das Telegramm vor sich. Mailand bestätigte, was Carlotta Francini behauptet hatte. Sie war die Erbin eines enormen Vermögens gewesen. Dass der alte Batella sie in einem Gasthaus hatte singen hören, stimmte nicht ganz. Er hatte das junge Mädchen dem Direktor eines fahrenden Zirkus abgekauft, um ihre Stimme ausbilden zu lassen. Hauke konnte verstehen, warum die Francini die Version eines liebenden Vaters und einer toten Mutter jener einer fragwürdigen Schaustellerkarriere vorzog.

Er sah auf. »Woran denken Sie, Schröder?«

Wieder kratzte sich der Kriminalassistent am Bart, als könnte es ihm helfen, seine Gedanken zu ordnen. »Tja, also, Sie sagten, wir sollten noch einmal all unsere Notizen durchgehen.«

»Und?«

»Habe ich gemacht. Dabei fiel mir ein, dass Griebel vom Vierten …«

»Der Fotograf?«

»Jo, der. Also, dass der so spät am Tatort beim Herrn Pastor war, weil er noch mit einem Freitod im Gängeviertel beschäftigt gewesen war.« Er hielt inne. »Na ja, ich dachte mir, dass wir nur nach ähnlichen Fällen in den besseren Stadtteilen gesucht haben, aber …«

»Gut, Schröder. Prüfen Sie, ob es Vorfälle wie unsere auch in den Armenvierteln gab. Vielleicht haben Sie recht und unser Mörder tötet nicht nur bei den Reichen.« Hauke ärgerte sich darüber, dass er nicht selbst daran gedacht hatte.

»Habe das schon geprüft, Herr Kommissar.« Schröder schob Hauke einen ausgefüllten Vordruck über den Tisch. »Else Leiner. Sie war der Grund, warum der Fotograf später beim Pastorat erschienen ist. Das zweite Revier hielt es für eine Selbsttötung. Kein Grund, es ans Stadthaus weiterzureichen.« Er legte ihm noch einige unscharfe Fotografien vor. »Diese Aufnahmen hat der Griebel an dem Abend gemacht.«

Hauke nahm die Bilder und hielt sie hoch. Eine Frau hing an einem Strick, der mehrfach um einen Balken gewickelt und mit einem Doppelknoten gesichert war. Unter ihren Füßen befand sich ein umgekippter Stuhl.

Hauke begriff, warum der Tod dieser Else Leiner dem Kriminalassistenten verdächtig erschienen war. »Der Balken. Er ist zu hoch, als dass sie das Seil so daran hätte befestigen können. Nicht einmal, wenn sie auf einem Stuhl gestanden hätte.«

Schröder nickte. »Wer immer das Ende vom Strick am Balken befestigt hat, muss mindestens einen Meter achtzig groß sein.«

»Ein Ehemann?«

»Witwe.«

»Beruf?«

Schröder hielt inne. »Sie war Hebamme, bis der Suff kam. Seit einigen Jahren hatte sie sich wohl als Engelmacherin verdingt, heißt es.«

»Hatte sie einen Zettel bei sich?«

Schröder schüttelte den Kopf. »Man hat nichts gefunden, was nicht verwundert. Die Behausung soll ein Drecksloch sein. Wenn da ein Zettel war, ist er jetzt futsch.«

Hauke erhob sich. »Gut gemacht, Schröder. Sehr gut. Sagen Sie dem Vierten, dass wir übernehmen. Ich werde Hauptkommissar Schindler schonend beibringen, dass er den Fall nicht bekommt, obwohl es eigentlich seiner ist.«

Schröder schmunzelte. »Etwas sagt mir, dass sich der Herr Hauptkommissar nicht um Fälle im Gängeviertel reißt. Und dass der Herr Polizeirat uns den Henker zuwies, wird die Kollegen im Vierten eher freuen als verdrießen. So richtig voran kommen wir mit der Sache ja nicht.«

»Henker?«

Schröder nickte. »Jo, sie nennen unseren Mörder den Henker von Hamburg. Hörte schon, dass die feinen Leute anfangen, ihre Türen und Fenster nachts zu verrammeln und zu verriegeln, aus Angst, sie könnten die Nächsten sein.«

Hauke meinte, ein zufriedenes Grinsen hinter Schröders Bart gesehen zu haben. »Nun gut. Ich gehe zu Polizeirat Roscher, um ihn über alles zu informieren.« In der Tür drehte er sich um. »Informieren Sie die anderen. Finden Sie heraus, ob Else Leiner in letzter Zeit Besuch von einer vornehmen Sängerin hatte. Ach ja, unsere Carlotta hieß in Wahrheit Anna Sutter. Suchen Sie mal in den Taufregistern nach dem Namen. Vor allem im Register der Gemeinde von unserem werten Herrn Pastor. Vielleicht haben Mutter und Tochter dort eine Zeit lang gelebt.«

Langsam fanden die Fäden zueinander.

Auf dem Weg in das Reich des Polizeirats beschloss Hauke, dass es Zeit wurde, Schröder für eine Beförderung vorzuschlagen.

***

»Wann gedenken Sie, Herrn von Siems zu befragen, Herr Kommissar?« Roschers Stimme schnitt durch die zigarrenrauchgeschwängerte Luft des Raums, noch bevor Hauke die Tür ganz geöffnet hatte, um einzutreten. »Der Mann sitzt wie ein ordinärer Gefangener in seinem eigenen Haus und wartet.«

Hauke positionierte sich vor dem Eichenschreibtisch des Polizeirats, ohne Platz zu nehmen, da er ihm diesmal keinen anbot. »Es dürfte Herrn von Siems in seiner Villa nicht an Komfort mangeln. Wenn ich den Bericht des Rechtsmediziners vorliegen habe und einige andere Punkte geklärt sind, werde ich Herrn von Siems aufsuchen.«

Roscher sprang auf und ließ die Faust auf die Tischplatte knallen. »Das werden Sie nicht! Ich werde ihn befragen. Wie können Sie ihn nur verdächtigen? Sie ruinieren seinen Ruf ohne einen handfesten Beweis.«

»Herr von Siems hat Carlotta Francini am Morgen ihres Todes geschlagen. Er gab zu, wütend auf sie gewesen zu sein, da er sich von ihr getäuscht fühlte. Er hatte bereits in gewissen Kreisen von seiner Verlobung gesprochen und sogar einen wertvollen Ring gekauft. Der Skandal, den ihre Weigerung, ihn zu heiraten, mit sich gebracht hätte, wäre schon unangenehm genug gewesen. Die Tatsache, dass er seiner eigenen Tochter einen Antrag gemacht hat, dürfte ...«

»Das ist kein Grund für einen Mord!« Roscher warf die Hände hoch. Dabei löste sich ein Glutregen aus dem Ende der Zigarre in seiner Rechten.

»Es gibt Männer, die haben wegen weniger Zurückweisung getötet«, widersprach Hauke. Er musste an den jungen von Siems denken. Auch er war zurückgewiesen worden.

Polizeirat Roscher schnaufte. »Nun, eine Heilige war die Verstorbene jedenfalls nicht. So viel ist klar.« Er schubste einen Aktendeckel über den erstaunlich aufgeräumten Schreibtisch.

Hauke trat vor und fing die Unterlagen gerade noch rechtzeitig auf, bevor sie zu Boden fielen.

»Der Bericht. Sie wurde vergiftet.«

Hauke nickte. »Das wissen wir bereits. Wir haben Reste in ihrem Kräutertee gefunden. Den Tee brachte ihr die Zofe. Sie wird zur Stunde befragt. Fräulein Francini hatte wohl noch versucht, Hilfe zu holen. Wir fanden unter ihren Fingernägeln Farbe vom Türblatt und Kratzer am Rahmen.«

Roscher krauste die Stirn. »Ich dachte, der Raum wäre von innen verschlossen gewesen?«

Hauke nickte. »Als wir die Tür aufbrachen, steckte drinnen ein Schlüssel. Wahrscheinlich hat sie es nicht mehr geschafft, ihn umzudrehen.«

»Und warum schloss sie sich überhaupt ein?«

»Das konnte uns die Zofe bisher nicht erklären. Zumindest sei es ungewöhnlich, meinte sie.« Hauke klappte den Bericht auf. Geübt überflog er die Zeilen, als er auf der zweiten Seite an einer Stelle hängen blieb. Mutilation des Uterus.

Als könnte Roscher wissen, was Hauke gerade dachte, erklärte er: »Ihr Unterleib war nach einer verpfuschten Abortion in jungen Jahren verstümmelt. Sie hat ein Kind verloren, zu einer Zeit, als sie selbst fast noch ein Kind war. Sie konnte keine Kinder bekommen.« Er zog an seiner Zigarre. Die hatte ihre Glut bei seinem Ausbruch eingebüßt. Er schien die Lust an dem Stumpen verloren zu haben und legte die Zigarre in den Aschenbecher, statt sie noch einmal zu entzünden.

Hauke schloss den Aktendeckel und klemmte ihn unter den Arm.

»Ich lasse die Kutsche für zwei Uhr holen«, erklärte Roscher. »Sie kommen mit in die Elbchaussee. Bringen Sie mir bis dahin alles, was Sie finden können.«

Ohne einen Gruß verließ Hauke die Amtsstube seines Vorgesetzten. Er hatte vier Leichen und eine tote Sängerin. Kein Wunder, dass sich Hauptkommissar Schindler vom Vierten und die anderen die Hände rieben, während sie sich freuten, diesen unlösbaren Fall dem Neuen zu überlassen.

KAPITEL 34

Die »Times« vom Freitag unterziehe an leitender Stelle die Haltung der englandfeindlichen deutschen Presse einer außerordentlich abgeschmackten eingehenden Kritik, auf welche die deutsche Presse die Antwort nicht schuldig bleiben wird. Unabhängigkeit des Urtheils und politische Selbständigkeit – Eigenschaften, durch die die Presse erst zum Sprachwerkzeug der öffentlichen Meinung werden könne – seien den deutschen Zeitungen abhanden gekommen.

Original: »Hamburger Nachrichten«, Oktober 1899

Seine Leute hatten ganze Arbeit geleistet. Sie wussten nun, dass sich hinter der berühmten Sängerin Carlotta Francini eine junge Frau mit dem Namen Anna Sutter verbarg. Als Tochter eines Dienstmädchens und eines unbekannten Vaters, so stand es fälschlicherweise in der Geburtsurkunde, war das Kind im ärmlichsten Teil Hamburgs bei seiner Mutter aufgewachsen, die ihren Lebensunterhalt als Näherin und Küchenmagd verdient hatte. Anna hatte gerade ihren neunten Geburtstag gefeiert, da starb ihre Mutter, und das Kind wurde im Waisenhaus in der Schulstraße untergebracht. An einem tristen Ort für Waisen von vier bis zehn Jahren. Im Nachlass der Mutter befand sich besagter Brief, den die Tochter wie ihren Augapfel gehütet hatte. Darin erfuhr das Mädchen den Namen seines leiblichen Vaters, begleitet von der Bitte, ihm keine Schuld zu geben. Er sei ihre große Liebe gewesen, leider sei er nicht frei gewesen. Die Mutter schrieb, ihre Tochter möge stets in die Kirche gehen und brav dem Herrn Pastor ihr Herz ausschütten, wenn etwas sie bekümmere. Dass ausgerechnet Pastor Krause jener Geistliche war, dessen Gottesdienste die Heimkinder dreimal in der Woche ertragen mussten, nur um zu hören, wie unnütz und minderwertig, verdorben und liederlich sie allein durch ihre Geburt seien, konnte die gute Frau nicht wissen. Hauke war sich sicher, dass die kleine Anna getan hatte, worum ihre Mutter sie gebeten hatte.

Hauke fragte sich, warum Dorothea Sutter das Geld von Hermann von Siems nicht hatte annehmen wollen. War sie eine derart stolze Frau gewesen, dass sie sich nicht von ihm hatte bezahlen lassen wollen wie eine Käufliche? Stattdessen lebte sie lieber in Armut? Sie musste eine bemerkenswerte Frau gewesen sein.

Hauke schob Schröders Bericht zur Seite.

Wie passte Carlotta Francinis Tod in das Gesamtbild?

Ebenso war noch völlig offen, ob Carlotta Francini etwas mit den Morden zu tun hatte. Falls ja, wie hatte sie es bewerkstelligt, die Leute nach all den Jahren ausfindig zu machen? Um die Leute zu töten, bedurfte es außerdem mehrerer Komplizen. Wer waren diese Leute? Es mussten mindestens drei sein, so die Aussage des Fräuleins Klattmeyer. Leider hatte niemand die Francini zu Lebzeiten je mit verdächtigen Personen gesehen oder bemerkt, dass sie heimlich das Haus verlassen oder den Telefonapparat im Haus Hermann von Siems' genutzt hatte.

Dennoch, Hauke war überzeugt, dass alle Morde etwas miteinander zu tun hatten. Wer konnte ein Interesse am Tod der Sängerin haben? Ein Komplize, den sie nicht hatte bezahlen wollen? Jemand, der ihr auf die Schliche gekommen war? Was sollte dieses theatralische Aufbahren der Leiche? Anders als die ersten vier Toten war die Francini nicht erhängt worden und hatte auch keinen Zettel mit dem Wort »schuldig« bei sich. Man hatte sie vergiftet. Gift, das Tatwerkzeug der Frauen. Oder musste er davon ausgehen, dass Sophies Freundin ihrem eigenen Leben ein Ende gesetzt hatte?

Hauke seufzte. Mit jedem Toten wurden es mehr Fragen, die es zu beantworten galt. Leise fluchte er.

Da klopfte es an der Tür, und ein Uniformierter steckte den Kopf herein. Er räusperte sich. »Herr Kommissar, eine Frau ist unten in der Halle. Sie will Sie sprechen. Sagt, es sei wegen ihr'm Mann.«

Hauke grummelte. »Soll hochkommen.«

»Will sie nicht. Sagt, sie will nur was abgeben.«

Wut stieg in Hauke auf. »Soll ich etwa runtergehen?«

Der Mann hob unschlüssig die Schultern. »Also hoch willse nich, hat sie gesagt. Und mir geben will sie den Brief auch nicht, hat sie gesagt.«

Verärgert schob Hauke seinen Stuhl nach hinten. »Hat sie Ihnen denn wenigstens ihren Namen genannt?«

»Jo, Witwe Kroppke.«

»Ach.«

Als Hauke die Stufen in die Eingangshalle hinunterlief, sah er bereits die Witwe von Balthasar Kroppke. Sie war ganz in Schwarz gekleidet, mit einem breitkrempigen Hut, über dessen Rand ein Tüllschleier hing, sodass ihr Gesicht kaum auszumachen war. Mit den beiden Töchtern auf der Holzbank gegenüber dem Wachhabenden saß sie da und wartete. Als sie Hauke erblickte, trat sie ihm entgegen.

»Guten Tag, Frau Kroppke. Sie wollten mich sprechen?«

»Wir kommen gerade von der Beerdigung«, sagte sie statt einer Begrüßung.

Hauke entdeckte zwei Koffer nahe der Holzbank, auf der die Frau eben noch gesessen hatte. »Sie verreisen?«

»Wir verlassen die Stadt. Ich werde nie wieder nach Hamburg zurückkehren«, erklärte sie erstaunlich gefasst. »Der Grund, warum ich bei Ihnen vorspreche, Herr Kommissar … Also, es war nötig, den Schreibtisch meines verstorbenen Mannes aufzuräumen. Dinge mussten geordnet werden, Vorbereitungen getroffen. Der Anwalt der Familie half mir und natürlich meine Schwiegermutter. Ich bin beiden sehr dankbar dafür. Dann fand ich das hier …« Sie suchte in ihrer Tasche und zog einen geöffneten Briefumschlag heraus, den sie Hauke reichte. »Er ist von dieser Sängerin, die kürzlich … verstorben ist. Ich las davon in der Zeitung.«

»Ach.« Hauke nahm den Umschlag entgegen und zwang sich, den Brief darin nicht gleich herauszuholen.

»Ich denke, für Sie sind vor allem die letzten Zeilen darin von Interesse.« Sie trat einen Schritt näher. »In diese Stadt überzusiedeln, um einen fremden Mann zu heiraten, war ein sehr, sehr großer Fehler von mir«, sagte sie leise. Dabei warf sie ihren beiden Mädchen einen Blick zu, die brav auf der Holzbank saßen und zu ihnen herüberschauten. »Ich weiß, ich sollte das nicht sagen …«

»Was?«

»Wer immer Balthasar Kroppke das angetan hat, ich bin ihm dankbar dafür.«

Hauke hatte sich also nicht geirrt. Sie war über den Tod ihres Mannes erleichtert und machte daraus keinen Hehl. Im Gegenteil, in ihrer Stimme schwangen so viel Verachtung und Hass mit, dass er sich fragte, ob sie in seine Berechnung als Verdächtige mit einbezogen werden müsste.

»Wir werden bei Verwandten in Dresden wohnen.« Sie reichte ihm einen Zettel mit einer Adresse darauf. »Leben Sie wohl, Herr Kommissar.«

Da nichts gegen die Frau vorlag und sie ihre Aussage bereits gemacht hatte, musste Hauke die Witwe gehen lassen, obwohl es in seinem Magen rumorte. Mit den Koffern in Händen und den Kindern an ihrer Seite verließ Frau Kroppke das Polizeihauptquartier.

Hauke zog eine Seite aus dem Umschlag. Carlotta Francini schrieb, dass sie ihm verzeihe. Vergeben indes könne sie ihm nicht, weil seine widerwärtigen Taten niemals zu rechtfertigen seien, nicht vor Gott und nicht vor dem Gesetz, nein, sie wolle ihn von alldem nicht freisprechen, denn es sei in jeder Hinsicht unentschuldbar gewesen. Sie habe allerdings die Sinnlosigkeit von Hass erkannt, seine vernichtende Wirkung auf Geist und Seele, darum würde sie ihn und seine Schändlichkeit ziehen lassen, wohin auch immer seine dunkle Seele ihn führe. Gezeichnet Anna Sutter/Carlotta Francini.

Hauke stopfte das Papier zurück ins Kuvert und rannte der Witwe von Balthasar Kroppke hinterher.

»Frau Kroppke! Auf ein Wort!«, rief er ihr nach.

Er erwischte die Frau gerade noch, als sie mit den Kindern in eine Droschke stieg.

Sie drehte sich zu ihm um, während die Kinder bereits im Wagen saßen.

»Was soll das bedeuten?«, fragte Hauke.

Verwirrt sah sie ihn an. »Sie wissen es nicht? Ich dachte, weil Sie Polizist sind …«

»Bitte, Frau Kroppke, welches düstere Geheimnis hatte Ihr Mann?«

»Sagen Sie nicht, er sei mein Mann gewesen«, zischte sie, wobei sie einen Blick zur Kutsche warf, wo sich die Mädchen ängstlich am Fenster drängten. »Balthasar Kroppke heiratete mich nicht um meiner Person willen, sondern wegen meiner Töchter.«

»Das verstehe ich nicht«, log Hauke, denn er verstand sehr wohl. Er musste es jedoch mit eigenen Ohren hören.

Tief atmete sie ein, schien ihre Worte mit Bedacht zu wählen. »Es gab einen guten Grund für ihn, warum er kleine Mädchen im Waisenhaus unterrichtete. Am liebsten waren ihm jene, die frisch aus dem Kindesalter entwachsen waren, ohne schon Frauen zu sein.« Sie schämte sich sichtlich bei diesen Worten, sah zu Boden.

»Seit wann wussten Sie es?«

»Ich kann es Ihnen nicht sagen.«

Hauke überlegte, dass sie sicherlich lieber mit einer anderen Frau darüber geredet hätte als gerade mit ihm. Eine Frau war bedauerlicherweise in diesem Haus nicht zur Stelle. »Bitte, Frau Kroppke. Ihr verstorbener Mann … Balthasar Kroppke war nicht das einzige Opfer des Mörders.«

Die Witwe zögerte.

»Die anderen werden ebenso Schuld auf sich geladen haben wie er«, sagte sie hart.

»Möchten Sie wirklich, dass ein Mörder ungestraft durch die Straßen der Stadt streift? Wer weiß, was er als Nächstes tun wird? Wollen Sie das verantworten?«

Widerwillig schüttelte sie den Kopf.

»Gut. Bitte beantworten Sie meine Frage. Seit wann?«

»Etwa vor vier Monaten sah ich ihn aus dem Zimmer der Kinder treten. Nachts. Meine Tochter war seit Längerem eigenartig. Es war nicht das erste Mal, sagten die Mädchen. Und als ich letztens ein Kuvert suchte, entdeckte ich diese … diese schmutzigen Bilder in seinem Schreibtisch.« Sie flüsterte beschämt, als wäre die widerwärtige Art ihres Mannes auch ihre Schuld. Sie drückte eine Hand fest auf den Mund, um nicht laut aufschluchzen zu müssen.

»Wo sind die Bilder jetzt?«

»Ich habe sie verbrannt. Alle.«

»Das ist sehr bedauerlich.« Hauke dachte darüber nach, was er nun tun sollte. Er brauchte eine Aussage von der Witwe, die sichtlich um ihre Fassung rang.

»Bitte!«, flehte sie. »Ich muss keine neue Zeugenaussage machen? Nein? Bitte nicht.«

Hauke wusste, dass er der armen Frau kein Protokoll zumuten konnte, bei dem mindestens ein weiterer männlicher Beamter anwesend sein würde. Sie hatte genug gelitten. »Ich muss Sie allerdings um einen Gefallen bitten, Frau Kroppke … Sobald Sie in Dresden sind, suchen Sie einen Notar auf und geben einen detaillierten Bericht zu dem ab, was Sie mir eben gesagt haben. Lassen Sie diesen Bericht beglaubigen und an Polizeirat Roscher ins Stadthaus schicken. Sollte ich noch Fragen haben, werde ich mich bei Ihnen melden.«

Sie wollte widersprechen, sicherlich bitten, man möge ihr diese Demütigung ersparen, aber Hauke blieb hart.

»Wenn Sie mir versprechen, Frau Kroppke, alles zu berichten, was Sie zur Sache wissen, bleibt Ihnen vielleicht eine

Aussage im Präsidium oder vor Gericht erspart, sobald wir den Mörder Ihres Mannes gefasst haben.«

»Dürfen Sie mich denn einfach gehen lassen?«, fragte die Witwe vorsichtig.

»Nein. Ich nehme es auf meine Kappe.«

Ein vages Lächeln huschte über ihr Gesicht.

»Danke, Herr Kommissar. Danke.« Sie nahm seine Hände in ihre. »Ich kann mit meinen Töchtern in dieser Stadt keine Minute länger bleiben. Verstehen Sie das?«

Hauke verstand. Er sah der Flüchtenden nach, wie sie in die Kutsche stieg und wegfuhr. Gerne hätte er ihr gesagt, dass man vor bösen Geistern niemals flüchten könne. Sie würde es noch früh genug erfahren.

KAPITEL 35

Nach einer Verfügung des Staatssecretairs des Reichspostamts werden mit dem 1. Januar 1900 Postwertzeichen mit einem neuen Markenbild (Brustbild einer Germania) ausgegeben werden. Den vorhandenen Werthen treten solche von 30, 40 und 80 Pfennig hinzu.

Original: »Hamburger Nachrichten«, Oktober 1899

Bei ihrem ersten Besuch im Waisenhaus war Sophie das Gebäude nicht annähernd so trist erschienen wie heute. Vielleicht lag es daran, dass man sich beim letzten Mal von seiner besten Seite hatte zeigen wollen und dass Blumen in Vasen auf den Fensterbänken gestanden hatten, die nun fehlten. Die Jungen und Mädchen, denen Sophie auf dem Weg in das Büro der Heimleiterin begegnete, trugen heute keine festlich blauen Uniformen, sondern sackähnliche graue Schürzen über ihren leinenen Hemden und Blusen. Ihre Blicke waren leer, manche Augen voll Wut, in den meisten glaubte Sophie Einsamkeit zu erkennen. Sie dachte an Carlotta, die selbst einmal diese Gänge entlanggegangen war, ebenso traurig und einsam.

Eine Sache ließ Sophie keine Ruhe. Warum hatte man die kleine Anna mit zehn Jahren nicht fortgeschickt, so wie all die anderen Kinder, die man als billige Arbeitskräfte zu Bauersleuten oder reichen Leuten brachte? Die Stadt wollte für diese Bälger nicht weiter Geld aus dem Fenster werfen. Sie sollten gefälligst für Kost und Logis arbeiten. Und so holten die Kleinen Wasser, machten Feuer, halfen bei der Ernte, putzten und wuschen für fremde Menschen, die ihnen dafür Prügel und einen Kanten Brot zukommen ließen. Sophies Herz zog sich zusammen. Nur die kleine Anna hatte bleiben dürfen. Warum? Um das herauszufinden, war Sophie in die Schulstraße aufgebrochen. Sie musste einfach die Wahrheit über das Leben ihrer toten Freundin wissen.

Kurz darauf saß Sophie der Leiterin des Waisenhauses, Frau Nihan, gegenüber. Die Frau hatte die Hände hinter ihrem Schreibtisch auf die Akte von Anna Sutter gelegt.

»Ich kann mir nicht vorstellen, dass Carlotta Francini tatsächlich einmal zu unseren Kindern gehört haben soll.« Sie schüttelte ungläubig den Kopf, als wäre es ihr unverständlich, wie einer ihrer Schützlinge hatte reich und berühmt werden können. »Sie muss sehr viel Glück in ihrem Leben gehabt haben.«

Statt einer Antwort nickte Sophie stumm. Tot sein war für sie kein Glück.

»Ist sich die Polizei ganz sicher, dass Anna Sutter und Carlotta Francini ein und dieselbe Person sind?«

Wieder nickte Sophie. Offenbar war sie noch rechtzeitig erschienen, bevor sich Haukes Männer die Akte der kleinen Anna aus den Untiefen der Kellerräume des Waisenhauses hatten bringen lassen können. Ein muffiger Geruch ging von dem Pappordner aus.

»Warum durfte Anna länger bleiben als die anderen Kinder? Fand sich für sie keine geeignete Arbeitsstelle?«, wollte Sophie wissen.

Zögerlich klappte die Frau die dünne Akte auf und blätterte darin. »Ihr Talent. Sie muss ein außergewöhnlich musikalisches Kind gewesen sein, und die damalige Leiterin beschloss, für Anna eine Sondererlaubnis zu erhalten, dass sie noch bleiben durfte. Als Gegenleistung musste sich das Mädchen um die Kleineren im Haus kümmern, wofür sie Essen und Trinken sowie Unterricht erhielt.« Sie blätterte weiter. »Hier! Die Erlaubnis wurde vom Vorstand des Wohltätigkeitsvereins viermal für je ein Jahr verlängert.«

»Sie war also vierzehn, als sie das Haus verließ. Wohin ging sie?« Gespannt folgte Sophie dem Blick der Frau, der über die Seiten huschte. Sophie kämpfte mit ihrer Ungeduld.

»Das Kind lief weg.« Die Frau sah auf.

»Warum?«

»Das ist mir nicht bekannt. Auf alle Fälle war es undankbar. Wir haben ihr ein Dach über dem Kopf gegeben, obwohl sie schon viel zu alt war.« Ihr Blick richtete sich wieder auf die Zeilen. »Die damalige Heimleitung, Frau …« Sie hielt inne. »Oh.«

Sophie rutschte auf ihrem Stuhl nach vorne. »Ja?«

Die Leiterin klappte die Akte eilig zu. »Nichts. Das war es. Das Kind lief fort. Seither hatten wir nie wieder etwas von ihm gehört.«

»Bis zu dem Tag, an dem Carlotta Francini um einen Besuch bat.«

»Ich wusste nicht, wer sie war.« Die Frau erhob sich. »Von unserer Seite ist alles rechtens. Es gibt keinerlei Beschwerden über die ordnungsgemäße Abwicklung des Falls.«

Sophie horchte auf. »Fall?«

Mit erhobenem Kinn, das nur schwer ihre Unruhe verbergen konnte, stand Frau Nihan vor Sophie, um sie hinauszugeleiten. Der Besuch war für sie beendet. Nicht so für Sophie. Sie rührte sich nicht von ihrem Stuhl.

»Fall? Was für ein Fall«, insistierte sie.

Die Frau räusperte sich. »Wir sprechen hier generell von Fällen, wenn Kinder zu uns gebracht werden. Das ist nichts Besonderes. Anna Sutter war eben auch nur ein Fall.«

Sie wies mit der Hand zur Tür.

Sophie tat, als würde sie nicht verstehen. »Die Polizei wird sich für die Akte von Carlotta Francini interessieren.«

»Anna Sutter«, widersprach die Leiterin.

»Was steht in der Akte, dass Sie eben ›Oh‹ sagen mussten?«

»Nichts. Bitte gehen Sie.«

Sophie lächelte. »Ich war an Carlotta Francinis Seite, als wir Ihr Waisenhauses besucht haben. Was immer geschehen ist, man hat der Kleinen hier eine Möglichkeit eröffnet, ihr Leben nicht als Dienstmagd fristen zu müssen. Jemand half der kleinen Anna, zu einer der größten Sängerinnen unserer Zeit zu werden. Sie war etwas Besonderes. Und nun sagen Sie nichts weiter als ›Oh‹? Hat die kleine Anna nicht mehr verdient als das? Immerhin hat Carlotta Francini Ihrem Haus eine großzügige Spende zukommen lassen, ja sogar ein Stipendium für begabte Kinder ins Leben gerufen.«

Die Frau schnaufte. »Begabt? Anna war eine Ausnahme. Nichts weiter als eine hübsche Ausnahme. Die anderen Kinder sind nicht wie sie.«

Sophie erhob sich von ihrem Stuhl und blickte der Heimleiterin lange in die Augen. »Können Sie mit Sicherheit sagen, dass es unter all den Kindern kein Talent gibt? Egal wofür?«

Vielleicht weil sie keine Antwort wusste, vielleicht weil ihr Sophies Blick unangenehm war, drehte die Heimleiterin ihr den Rücken zu und kehrte zurück hinter ihren Schreibtisch. »Nein, das kann ich nicht.«

»Wer erkannte Annas Talent?«

»Der damalige Chorleiter, Herr Kroppke. Er pflegte Kontakte zur Hamburger Singakademie. Herr Kroppke wollte diese Verbindung für das Kind nutzen.«

»Tat er es?«

Die Frau schüttelte den Kopf. »Einen Monat vor ihrem Vorsingen in der Akademie verschwand sie spurlos.«

Sophie legte den Kopf schief und nahm wieder Platz. »Frau Nihan, Sie verschweigen mir etwas. Ich spüre es.«

»Nein.«

»Doch. Und Sie müssen es sagen. Wenn nicht mir, dann der Polizei. Sie wissen, unter welch grausigen Umständen Carlotta Francini gestorben ist. Und auch Balthasar Kroppke.«

»Ich habe nichts damit zu tun!«, rief die Frau und hob abwehrend die Hände.

»Das weiß ich. Aber etwas in Annas Akte ließ Sie eben zusammenzucken. Es mag für die Polizei unbedeutend sein. Vielleicht auch nicht. Ich kann Ihnen helfen, das zu beurteilen, weil ich gewisse Einblicke in die Ermittlungen habe.«

Sophie schlug einen besorgten Ton an. »Die Polizei wird die Akte requirieren, Frau Nihan. Wahrscheinlich wird man Sie ins Stadthaus bringen. Der Skandal …«

Die Frau schlug die Hände vor den Mund, sah Sophie entsetzt an. »Ich war damals noch nicht Leiterin im Heim«, presste sie hervor. »Ich kam erst später ins Haus.«

»Sie kannten Anna Sutter?«

Frau Nihan schüttelte den Kopf. Langsam fand sie ihre Fassung wieder. »Ich muss Sie um unbedingte Diskretion bitten. Nein, ich muss es sogar verlangen.«

Sophie nickte und erfuhr von den Gerüchten über die damalige Heimleitung, Ottilie Grevenkopp, die Kinder gegen Geld an Leute vermittelte, ohne zu fragen, was mit ihnen geschah.

»Das ist nicht unbedingt üblich und sicherlich auch kein Vergehen«, erklärte die Heimleiterin eilig.

»Eine Vermittlungsgebühr, die die Frau für sich selbst einstrich?«

Die Frau zögerte, putzte ihr Lorgnon mit einem weißen Taschentuch, das sie aus dem Ärmel gezupft hatte. »Ja. Es betraf allerdings nicht alle Kinder in dem Alter. Nur die Mädchen.«

»Was waren das für Arbeiten?«

Nervös zuckte einer ihrer Mundwinkel, während sie ihr Taschentuch weiter über das Glas rieb. »Ich weiß nicht, ob ich das Recht habe …«

»Frau Nihan«, begann Sophie in engelhafter Geduld, obwohl sie am liebsten aufgesprungen wäre und geschrien hätte. Was, um Gottes willen, hatte man den Kindern hier angetan? »Die Polizei wird nicht sonderlich geduldig mit Ihnen sein. Man wird Sie vorladen. Der Skandal wird die Stadt erschüttern.«

Blass, sehr blass war das Gesicht der Frau.

»Sie haben recht. Also gut, Herr Kroppke holte einige Mädchen, die zu seinen Favoritinnen zählten, zu sich in sein Haus, um ihnen … Privatunterricht zu erteilen. Vor allem Anna. Er sei ganz vernarrt in sie gewesen, hieß es. Natürlich nur wegen ihres musikalischen Talents.« Schwer atmete die Leiterin ein. »Es war zwei Jahre nach Annas Verschwinden … Ich hatte meine Anstellung gerade erst angetreten, als …«

»Ja?«

»Also, die damalige Leiterin, Frau Grevenkopp, musste dem Vorstand Rede und Antwort in einer delikaten Angelegenheit stehen.«

»Warum musste sie das?«, fragte Sophie so ruhig, wie es ihr möglich war.

»Jemand hatte behauptet, die Leitung habe die Mädchen gegen Geld an Männer ausgeliehen.«

Sophie glaubte, ihren Ohren nicht zu trauen. Ihr Herzschlag setzte für einen Moment aus. »Wollen Sie damit etwa sagen, dass …?«

Sie nickte. »Es waren nur Gerüchte. Die Lehrerin, die derart schmutzige Dinge behauptet hatte, wurde selbstverständlich entlassen. Man befragte Frau Grevenkopp und Herrn Kroppke. Natürlich bestritten beide die Vorwürfe.«

Sprachlos sah Sophie die Leiterin des Waisenhauses an.

»Nicht jeder war von der Unschuld der beiden überzeugt. Frau Grevenkopp kam einer Entlassung durch ihre Heirat zuvor.«

»Wie hieß Frau Grevenkopp später?«

»Winkler. Ottilie Winkler.«

***

Es regnete wie aus Kübeln. Hauke und Schröder sprangen vom Alsterdampfer auf den Anleger, noch bevor der Matrose den Tampen um den Poller gelegt hatte. »Walhalla«, stand in schnörkeligen Buchstaben auf dem Schild beim Wartehäuschen.

An dieser Station waren Schröder und er bereits vor einigen Tagen an Land gegangen, als man die tote Bankiersgattin gefunden hatte. Heute würden sie die Wohnung von Direktor

Winkler noch einmal aufsuchen. Wenn sie Glück hatten, würde sich ein Brief, wie ihn Frau Kroppke im Schreibtisch ihres Mannes entdeckt hatte, auch in den Unterlagen im Hause Winkler sicherstellen lassen.

Schröder spannte den Schirm auf.

»Bedauerlich, dass der Polizeirat seine Kutsche selber brauchte. Ich finde das Gefährt besonders bei diesem Wetter recht praktisch«, maulte er. »Hätten wir den Herrn Bankdirektor und die Heimleiterin vom Waisenhaus nicht einfach zu uns ins Stadthaus bitten können?«

Hauke antwortete nicht.

In der Adolphstraße 2 kletterten sie in die zweite Etage, wo sie die Messingglocke läuteten. Niemand öffnete. Sie klingelten ein weiteres Mal, jedoch ohne Erfolg. Gerade wollten sie gehen, als die Tür zur Nachbarwohnung geöffnet wurde und das schrumpelige Gesicht einer alten Dame durch den Spalt lugte.

»Was wollen Sie denn von Direktor Winkler?«, fragte sie mit krächzender Stimme, als würde sie selten reden.

Hauke und Schröder wiesen sich ordnungsgemäß als Polizisten aus und erkundigten sich, ob der Herr Direktor bald wiederkomme. Sie erfuhren, dass heute die Beerdigung der Frau Direktorin auf dem Ohlsdorfer Friedhof und darum niemand zu Hause sei.

Schon hob Schröder an, zu sagen, Herr Winkler möge sich bei ihm im Stadthaus melden, als Hauke fragte, ob die Nachbarin einen Schlüssel zur Wohnung habe.

Natürlich hatte sie, und sie war recht erpicht darauf, sie den Herren Polizisten zu zeigen. Sie folgte Hauke und Schröder in den Salon, wo der Herr Direktor seine Frau am Fensterkreuz erhängt aufgefunden hatte.

Hauke ging zu einem kleinen Sekretär. Ein delikates Biedermeierstück mit vielen Intarsien. Er öffnete die Schubladen und Fächer.

»Leer«, sagte er enttäuscht.

»Oh, der Herr Direktor ist ein ordentlicher Mensch. Gleich am nächsten Tag wurden die Kleider seiner Gattin abgeholt und der Schmuck verkauft.«

Hauke und Schröder sahen sich erstaunt an.

»Und die Korrespondenz? Was könnte er damit gemacht haben?«, wollte Hauke wissen.

»Verbrannt, nehme ich an. Also ich verwende altes Papier zum Anzünden meines Herds.«

Hauke und Schröder liefen an der alten Frau vorbei in die Küche. Nahe dem Kohleherd stand eine Holzkiste mit Zeitungen. Schröder kniete sich hin und räumte die Kiste leer.

»Was soll das?«, rief die Alte in der Tür besorgt. »Sie machen ja alles unordentlich.« Schon schien sie es zu bedauern, dass sie die Herren Polizisten eingelassen hatte.

In dem Moment drang ein Siegesschrei aus Schröders Mund. »Hier! Ich hab ihn!«

Er reichte Hauke das Kuvert.

Zufrieden nickte Hauke, als er Carlotta Francinis Schrift erkannte. Auch in diesem Brief verzieh die Sängerin einem Menschen. Hauke fragte sich, was, um alles in der Welt, die Frau eines Bankdirektors Schreckliches begangen haben könnte.

»Auf zum Waisenhaus. Wir müssen mehr über Anna Sutter wissen«, sagte er.

Schon stürzten sie aus der Wohnung. Von oben hörten sie noch die Stimme der alten Frau. »Wer ist diese Sutter?«

Das Waisenheim in der Schulstraße war ein vierstöckiger Klinkerbau mit zwei Flügeln. Es sah aus wie jede Volksschule in der Stadt, nur war es erheblich größer. Sie liefen den Weg zum Haupteingang entlang. Hauke spürte die Blicke einiger Kinder im Rücken, die trotz des Wetters im Regen ein Beet harken mussten. Kleine, hohlwangige Gestalten, triefend nass.

»Unsere nächste Klientel«, grummelte Schröder.

»Sie meinen, aus jedem dieser Kinder wird ein Verbrecher?«

Schröder nickte. »Ist vererbt. Da können die Kinder nich

mal was für. Die Eltern sind schuld. Das ist so klar wie Kloßbrühe. Die sehen wir alle in ein paar Jahren wieder.«

Hauke stimmte ihm nicht zu. »Glauben Sie mir, Schröder, einige hier könnten ebenso Großes vollbringen wie Carlotta Francini. Das Problem ist, dass wir es den Kleinen nicht zutrauen.«

Schröder schnaufte verächtlich.

Da sah Hauke Sophie im Eingang erscheinen.

Auch Schröder hatte sie gesehen. »Nanu, ist das nicht Ihre Frau, Herr Kommissar?«

Überrascht blieben sie stehen.

Sophie warf einen missmutigen Blick gen Himmel und spannte ihren schwarzen Schirm auf. Schnellen Schrittes lief sie durch den Regen auf Hauke und Schröder zu, ohne sie zu bemerken.

Kurz bevor seine Frau ihn passierte, stellte sich Hauke ihr in den Weg. »Darf ich fragen, was dich hierhertreibt?«

Erschrocken sah Sophie auf.

»Hauke?« Sie suchte nach einer Antwort. »Nun, ähm, Henriette ist bei Emma und Telse …«

»Das meinte ich nicht.« Er nahm seine Frau am Oberarm und zog sie zur Seite. »Was, verdammt noch eins, machst du hier?«

Sie riss sich los. »Frage lieber, was ich eben erfahren habe.«

Er schwieg.

»Na gut, dann wirst du es eben selbst herausfinden müssen. Falls die Heimleiterin es dir überhaupt sagt. Die Angelegenheit ist nämlich sehr unangenehm und verfänglich. Sollte sie an die Öffentlichkeit gelangen, wird es ein Skandal ungeheuren Ausmaßes …«

»Jaja, ich habe verstanden. Also, was hast du gehört?«

»Eure tote Bankiersfrau war die ehemalige Leiterin dieses Waisenhauses. Sie soll Kinder gegen Geld vermittelt haben. Einige wohl auch stundenweise, wenn ich es so ausdrücken darf. Zumindest an einen gewissen Balthasar Kroppke.« Stolz schaute sie ihn an. Als das Lob ausblieb, wurde sie ernst. »Wusstest du davon etwa schon?«

Hauke nickte. »Und die kleine Anna?«

Sophie nickte. »Vor allem sie. Unter dem Vorwand, ihr Talent fördern zu wollen, setzte er sich dafür ein, dass sie im Heim bleiben musste. Er hielt sie quasi gefangen, bis sie mit vierzehn Jahren fortlief.«

»Wohin?«

»Das weiß niemand. Ich habe da aber eine gewisse Ahnung. Wir müssen einschlägige Personen besuchen, die jungen Frauen in gewissen ...«

»Wir haben die Frau bereits gefunden. Jedenfalls vermute ich, dass sie es war, denn sie starb auf die gleiche Weise wie dieser Kroppke, die Winkler und der Pastor. Alle drei hatten einen Zettel bei sich, auf dem ›schuldig‹ stand. Jener bei der ersten Toten wurde nicht gefunden. Wahrscheinlich weil keiner danach suchte. Sie war eine Engelmacherin.«

Die Regentropfen schlugen auf den Stoff des Schirms über ihren Köpfen und rannen in beständigen kleinen Bächen über den Rand in Haukes Nacken.

»Armes Kind«, flüsterte Sophie.

»Alles passt zusammen«, sagte er leise. »Ich frage mich nur, wie sie es gemacht hat.«

»Carlotta?« Sophie funkelte ihn an. »Du glaubst, *sie* hat die Leute umgebracht? So ein Unsinn! Sie hat mit den Morden nichts zu tun gehabt. Wenn du ihr nur begegnet wärst, wüsstest du es. Niemals hätte sie einen Menschen töten können oder seinen Tod beauftragen. Hauke, das musst du mir glauben.«

»Sie hatte Motive. Die Heimleiterin, die sie an Kroppke gegen Geld verlieh. Der Chorleiter, der sie schwängerte. Der Pastor, der Moralapostel, der ihr die Hilfe verweigerte. Die Engelmacherin. Kaum kehrt sie zurück nach Hamburg, sterben diese Menschen.«

»Sie war es nicht!« Sophies Stimme überschlug sich. »Jemand anders ist der Mörder. Wir müssen es nur beweisen.«

»Wir? Nein, Liebste. Der Polizist in der Familie bin ich. Du bist nur eine Ehefrau und Mutter.« Er sah, dass seine Worte sie verletzten.

Sie straffte den Rücken. »Wie könnte ich vergessen, wer ich zu sein habe. Du wirst ja nicht müde, mich darauf hinzuweisen.«

Mit diesen Worten ließ sie ihn im Regen stehen.

Schröder, der all das aus sicherer Entfernung beobachtet hatte, eilte herbei und hielt Hauke den Schirm über den Kopf.

»Frauen«, murmelte er unbestimmt.

»Es sind die einzigen Wesen, die wir Männer immer wieder unterschätzen, Schröder. Vergessen Sie das nie.«

***

Sobald man den Anfang des Fadens gefunden hatte, konnte man das Gespinst aus Lügen entwirren, und die Wahrheit trat zutage. So fühlte sich Hauke, als er nach der schockierenden Aussage der Heimleiterin nun auch noch eine Abschrift der letzten Predigt von Pastor Krause vor sich auf dem Schreibtisch liegen hatte.

Darin hieß es, dass Verzeihen eine sehr christliche und löbliche Tat sei, doch müsse man sehr genau prüfen, wem man verzeihe, denn einige Kreaturen seien der christlichen Nachsicht nicht würdig. Krause erwähnte mit keinem Wort Carlotta Francini respektive Anna Sutter. Jedoch sprach er von falscher Schönheit, die einem Mann die Sinne vernebelte, sodass er den Pfad des Herrn verließe, ohne es zu merken. Alles in allem, so schloss Hauke aus diesem selbstgefälligen Sermon, den die Gemeinde an einem Sonntag letzten Monats über sich hatte ergehen lassen müssen, konnte man die Worte des Pastors so verstehen, dass die kleine Anna selbst schuld gewesen wäre, dass sie in derartige Bedrängnis geriet. Und dass es die heilige Pflicht eines Pastors nun einmal war, zu erkennen, welche Seele gerettet werden könnte und welche nicht.

Angewidert schob Hauke die Seiten an den Rand des Schreibtischs.

Carlotta Francini war tot. Sie konnte nicht mehr sagen, was damals wirklich geschehen war. Auf erschreckende Weise begannen die Puzzleteile zusammenzupassen und ließen ein zutiefst abstoßendes Bild entstehen.

Hauke dachte an seine kleine Tochter Henriette. Wie schnell konnte es passieren, dass aus glücklichen Kindern von einem auf den anderen Tag Waisen wurden? Ohne Rechte. Ohne Würde. Ohne Liebe.

Sollte ihm im Dienst etwas geschehen, hätte sie zumindest noch ihre Mutter. Er dachte an die Choleraepidemie, die vor sieben Jahren in der Stadt gewütet hatte. So viele Kinder waren plötzlich ohne Eltern gewesen. Man verwahrte die Kleinen im Waisenhaus in der Schulstraße, bis sie ihre Schuld an die Gesellschaft zurückzahlen konnten. Worin diese Schuld bestand, konnte niemand so recht beantworten. Sie waren geboren worden. Das schien zu reichen.

Hauke presste die Hände gegen die Schläfen. Er musste verhindern, dass Henriette dieses Schicksal traf. Sofort spürte er Wut in sich aufkommen. Er hatte einen Fall zu lösen, nein, fünf Fälle. Ich muss mich auf die Fakten konzentrieren, schalt er sich stumm. Er durfte sich nicht von seinen eigenen Ängsten ablenken lassen.

KAPITEL 36

Kleine Chronik. Gestohlen wurde: aus dem Laden eines Schlachters an der Allee eine Geldcassette mit 60 M Inhalt; von einem Taubenboden an der Adolfstraße 8 Brieftauben; einem Arbeiter in der Conradstraße von einem Hausflur ein gelber Kinderwagen.

Original: »Hamburger Nachrichten«, September 1899

Der Telefonapparat auf dem Schreibtisch seines Vorgesetzten schrillte. Schröders Blick fiel auf den Mantel über seinem Arm. Er seufzte. Draußen war es längst dunkel, und seine Frau wartete mit dem Abendessen auf ihn. Er hatte es ihr versprochen, heute nicht zu lange im Stadthaus zu bleiben.

Schröder blieb stehen, wartete, ob das markerschütternde Bimmeln vielleicht enden würde. Da dem nicht so war, ging er langsam zum Schreibtisch und hob den Hörer auf.

»Hier Schröder. Kommissar Sötje ist nicht mehr im Haus«, brummte er betont knapp, damit der Wachhabende, der den Anruf durchstellte, gleich wusste, woran er war.

»Dann eben du, Schröder.«

Ein Knacken in der Leitung. Die Verbindung war da.

»Kriminalkommissariat 5, Stadthaus, Kriminalassistent Schröder am Apparat«, leierte er hinunter. Kaum hatte der Anrufer sein erstes Wort gesprochen, zuckte Schröder zusammen und nahm Haltung an. »Jawoll, Herr Polizeirat!« Mit hochrotem Kopf horchte er, was Roscher zu sagen hatte. »Zu Befehl, Herr Polizeirat! Sofort, Herr Polizeirat!« Schröder warf den Hörknochen zurück auf die Gabel. »So 'n Schiet, Herr Polizeirat«, murmelte er. Nun rief er unten in der Wachstube an. »Besorgen Sie mir mal 'ne Droschke, Schilling. Ich muss den Hauptkommissar aus seinem warmen Bett holen.«

»Kundschaft?«
»Jo. Aber wenigstens lebt die noch.«

Ein Gefängnisaufseher geleitete Hauke und Schröder über den Hof zu Block 3 im Untersuchungsgefängnis. Ihr Weg führte sie an jenem Ort vorbei, an dem die Wiesner ihren Kopf verloren hatte. Nichts erinnerte mehr an das Schafott. Kein Blut auf dem Boden, kein Strohhalm, nichts. Dennoch schauderte Hauke und horchte in sich hinein. Müsste er nicht so etwas wie Genugtuung empfinden, jetzt, da der Gerechtigkeit Genüge getan war? Er verspürte nichts dergleichen.

Der Aufseher in seiner blauen Uniform öffnete eine Tür und ließ sie ein.

Ein Schutzmann erhob sich von einem Holzstuhl, wo er offenbar auf die Männer aus dem Stadthaus gewartet hatte, und trat auf sie zu. »Plinke, Revier 11. Moin.«

»Moin. Warum haben Sie den Polizeirat informiert?«, blaffte Hauke. Roscher mochte nicht für Nichtigkeiten aus dem Bett geholt werden.

Der Uniformierte stockte. »Das war mein Reviervorsteher. Er dachte wohl, dass es wichtig wäre.«

Hauke vermutete eher, dass sich da jemand in den höheren Etagen einschmeicheln wollte.

»Es ist ja auch nur eine Prügelei gewesen. Nichts Besonderes, dachten wir zuerst. Jedenfalls hat der Kerl, den wir mitgenommen haben, nach dem Polizeirat oder dem Leiter vom fünften Kommissariat verlangt.«

Schröder trat einen Schritt vor. »Ach, und wenn ein Besoffener etwas verlangt, macht die Hamburger Polizei einen Diener und tut, was er will?«

Plinke zuckte mit den Schultern. Schröders wütendes Gebrüll ließ ihn kalt wie ein Fisch.

»Jo, auch wieder wahr.« Er nahm den Helm ab und kratzte sich am Kopf.

»Was ist vorgefallen, Schutzmann Plinke?«, mischte sich

Hauke ein, der alles andere als begeistert gewesen war, noch in die Nacht hinauszumüssen.

Plinke wandte sich an ihn. »Also, da war eine Schlägerei in der ›Schönen Herta‹. Dat is 'n Etablissemang an der Reeperbahn. Ein gewisser Karl Köhler ist dabei zu Tode gekommen. Suff, allesamt blau wie die Haubitzen. Na ja, der Täter sitzt hier und hat gesagt, er sagt nix, bis ...«

Hauke blickte nach oben. »Prügeleien gehören nicht zu unseren Aufgaben, Schutzmann Plinke.«

»Jo. Der hat was Wichtiges auszusagen, hat er gesagt. Ist 'n harter Hund. Will nur mit dem Polizeirat oder mit Ihnen sprechen.«

»Keine Papiere?«, hakte Schröder nach.

Kopfschütteln. »Hat nur gesagt, ich soll sagen, dass er den Henker kennt.«

Mit einem Mal war Hauke hellwach.

»Bringen Sie uns zu ihm.« Zwar gab es immer wieder Leute, die meinten, zu spektakulären Fällen etwas beitragen zu können; da Hauke und seine Männer noch immer nicht recht vorankamen und der Polizeirat ihnen im Nacken saß, konnte man sich den Kerl in der Zelle ja mal ansehen.

Eine Minute wollte Hauke ihm gewähren. Wenn er bis dahin nichts Brauchbares zu berichten hatte, würde Hauke zurück in die Admiralitätstraße fahren, um endlich mit Sophie reden zu können. Das war es nämlich, was er gerade hatte tun wollen, als es an der Tür geklingelt hatte. Sie musste endlich begreifen, in welche Gefahr sie sich ständig begab. Henriette konnte auf ihren Vater verzichten, nicht aber auf ihre Mutter. Oder, schlimmer noch, auf beide Eltern.

Der Schlüsselbund des Beamten klimperte an seinem Gürtel, als er die kleine Klappe in der Eisentür aufmachte und einen Blick in die Zelle warf.

»Aufstehen! Gesicht zur Wand!« Er steckte einen großen Bartschlüssel in das Schloss, drehte ihn dreimal herum und zog die in den Angeln quietschende Tür auf.

Hauke und Schröder traten ein.

Der beißende Geruch von Schnaps und Urin empfing sie. Der Mann an der Wand blickte sie über die Schulter an. Deutlich war sein von der Schlägerei blessiertes Gesicht zu erkennen. Der Hemdkragen war voll Blut gesogen. Niemand hatte seinen Kopf verbunden, wo eine Wunde bereits verschorfte.

»Herr Reindel, welch Überraschung«, sagte Hauke. »Ich dachte, Sie wären Ihrem Vater nachgereist?«

Der Mann, dessen Schultern den engen Raum auszufüllen schienen, drehte sich um. Man hatte seine Füße in Ketten gelegt.

»Sie wollten, dass ich hierherkomme. Also, da bin ich.«

Schwer ließ sich Reindel auf die Holzpritsche fallen, die in dem kargen Raum neben einem Eimer für die Notdurft das einzige Möbelstück war.

Der Henkerssohn verzog schmerzvoll das Gesicht. »Ist er tot?«

Hauke wusste, dass der andere die Schlägerei nicht überlebt hatte, gedachte diese Karte jetzt noch nicht auszuspielen. »Warum sollte er?«

»Habe ein bisschen doll zugehauen. Wollte ihm nur einen Denkzettel verpassen.«

»Worum ging es in Ihrem Streit?«

»Um den Knoten.«

Hauke und Schröder wechselten einen Blick.

»Knoten?« Hauke stellte sich dumm, um den Mann zum Reden zu bringen. Nur wer redete, konnte sich verplappern.

Reindel stierte Hauke an. »Ich will keine Anzeige. Sie machen das, ja? Keine Anzeige, weil ich den Hund verprügelt habe. Geschah ihm ja auch recht.«

»Sie wollen ohne Anzeige hier raus?«

Der Mann nickte eifrig.

»Und was bekommen wir dafür?«

»Die Wahrheit. Ich weiß nämlich, wer Ihr Mörder ist.«

»Wovon reden Sie? Wir haben die Mörderin bereits. Sie ist tot.«

»Sie?« Reindel lachte. »Quatsch. Der Kolben-Kalle war es mit seinem Bruder Joost.«

»Und wer ist dieser Kolben-Kalle?«, wollte Schröder wissen. Schon hatte er seinen Notizblock und den Bleistiftstummel aus der Jackentasche gezogen.

Reindels Fußfesseln rasselten. »Na der, den ich vermöbelt habe.«

»Bürgerlicher Name?«, fragte Schröder, obwohl sie den Namen des Toten kannten – Karl Köhler.

»Sag ich nich. Erst will ich wissen, ob unser Handel steht.«

Hauke lehnte sich an die Wand und verschränkte die Arme vor der Brust. Er zwang sich ein Lächeln ins Gesicht. »Für ein paar Beulen und eine gebrochene Rippe ist noch niemand aufs Schafott gekommen. Und im Fall einer einfachen Prügelei lässt sich sicherlich etwas machen, Herr Reindel. Solange Ihr Kolben-Kalle nicht auf einer Anzeige besteht und außer ein paar blauen Flecken nichts zu melden ist, sehe ich kein Problem.«

Erleichtert atmete der Henkerssohn aus. »Jaja, das habe ich mir auch gesagt. Wird schon nicht so schlimm sein, hab ich mir gesagt. Auch wenn der Kalle … Da war viel Blut.«

»Also, was wollen Sie uns mitteilen?«

Erstaunt erfuhren sie, wie die vier Morde vonstattengegangen waren. Eifrig stenografierte Schröder mit. Ein unbekannter Mann sei auf Kolben-Kalle zugekommen und habe viel Geld für ein wenig Arbeit geboten. Erst meinten die beiden, es handelte sich nur um Einbrüche, bis der Fremde jedem von ihnen fünfzig Mark extra bot, wenn sie die Leute gleich aufknüpften. Gerne hätte Hauke gewusst, woher Reindel diesen Kolben-Kalle kannte. Doch er ließ den Mann erst einmal reden.

Offenbar ließ der Auftraggeber der beiden Spießgesellen die Opfer zuvor auskundschaften. »Dann sind sie hin und haben getan, was der Mann gesagt hat.«

»Und das hat Ihr Freund einfach so zugegeben?«, fragte Hauke.

Reindel grinste schief. Ihm fehlte ein Zahn.

»Nee«, sagte er lang gezogen und offenbar mit sich zufrieden. »Da hatte er schon ein paar Schläge einstecken müssen.«

»Und weiter?«

Reindel zögerte. »Mein Alter, der darf das hier nicht erfahren. Sie sagen es ihm nicht, nein? Ich meine, wenn es keine Anzeige gibt, muss er ja auch nichts wissen.«

Fast hätte Hauke gelacht. Dieser Schrank von einem Mann hatte Angst vor seinem alten Vater?

»Der verflucht mich!«, erklärte Reindel, als könnte er Haukes Gedanken lesen. Er schien nicht der Hellste zu sein. »Glauben Sie mir! Er hat den Blick.«

Hauke stimmte dem Mann auf der Pritsche nicht zu. Der alte Reindel machte auf ihn einen netten, ja großväterlichen Eindruck. Bei seinem missratenen Sohn aber konnte der Alte sicherlich äußerst unangenehm werden.

»Und der Knoten? Sie haben etwas von einem Knoten gesagt«, hakte Schröder nach.

Hauke beschloss, dem Kriminalassistenten die weitere Befragung zu überlassen. Schröder musste zeigen, was er konnte, wenn er ihn für eine Beförderung empfahl.

»Er ist nicht mein Freund. Wir haben zusammen in der ›Schönen Herta‹ gesoffen, wenn mein Vater nach Hamburg geholt wurde.«

»Für eine Hinrichtung?«

Reindel nickte. »Klar, sonst interessiert sich ja keiner für uns.«

»Weiter!«

»Letztes Mal, also vor einem Jahr, da waren wir wegen so einem Offizier hier, der ein Dienstmädchen abgemurkst hat. Bin danach noch um die Häuser gezogen. Und als meine Börse leer war, haben die anderen mich eingeladen.« Er bemerkte Schröders fragenden Blick. »Na ja, ich habe ihnen gezeigt, was ein Henker so tut. Dafür haben sie mir ein paar Schnäpse ausgegeben. Einer von denen, das war der Kolben-Kalle, der wollte es ganz genau wissen. Kam mit einem Seil an und wollte seinen Bruder aufhängen. Der dumme Kerl hat tatsächlich seinen Kopf in die Schlinge gesteckt. Rindvieh, der!« Reindel lachte, während er gleichzeitig versuchte, seine zitternden Hände festzuhalten. Es misslang. »Kann ich was zu trinken haben?«

Schröder wies zu dem zinnenen Wasserkrug in der Ecke.

Reindel aber wollte nicht. »Ein Bier? Nur ein Bier, ja? Bitte, Herr Amtmann, nur eins.«

»Ich lasse eine halbe Flasche Schnaps kommen, wenn du uns die Wahrheit sagst«, mischte sich Hauke ein. Ihm waren schon öfter Männer über den Weg gelaufen, die erst Schnaps brauchten, bevor Körper und Geist wieder funktionierten.

»Ich bin kein Lügner!« Reindel wollte aufspringen. Schröder schoss vor und drückte ihn zurück auf die Bank. »Ich sage die Wahrheit. Bestimmt. Ich sage die Wahrheit. So wahr mir Gott helfe!«

»Weiter!«, bellte Schröder unnötig laut.

Reindel starrte ihn an, versuchte, den Faden wiederaufzunehmen. »Er gab mir Schnaps aus.«

»Sagtest du schon.«

»Jaja, Moment ... Ich muss nachdenken ...« Sein Gesicht erhellte sich. »Einmal hat er einen Hund aufgeknüpft und wollte wissen, ob es so richtig war. Er hat geübt. Mein Vater würde sich über den Kolben-Kalle bestimmt freuen. Ist ganz eifrig bei der Sache, der Kerl. Kennt keine Bedenken.«

»Und warum glaubst du, dass gerade dieser Kolben-Kalle es war, der die Leute aufgehängt hat?«

»Weil die Schlaufen falsch herum sind. Er macht alles mit der falschen Hand.« Reindel hielt seine Linke vor. Auch sie hatte bei der Prügelei gelitten. »Habe das sofort auf dem Bild gesehen. Und das Seil war zu rau, weil es vorher verspleißt worden war. Kolben-Kalle arbeitet ab und zu bei einem Reepschläger auf der anderen Hafenseite, wenn er Geld braucht. Manchmal lässt er Hanf mitgehen. Daraus macht er einfache Seile, die er heimlich verkauft. Minderwertiges Zeug. Für eine echte Hinrichtung nicht gut genug.«

Die Dinge fügten sich ineinander wie ein Puzzlestück ins andere, dachte Hauke.

»Wer war der Auftraggeber?«, stellte Schröder die wichtigste Frage von allen.

Reindel schüttelte den Kopf. »Hat er nicht sagen wollen. Vornehm. Und reich. Bei der Bankfrau gab es siebzig Mark, weil die den Bruder vom Kalle ordentlich gegen die Wand gehauen hat.«

»Joost Köhler?«

Reindel nickte.

Das stimmte mit den Spuren am Tatort überein.

Schröder zweifelte daran, dass der Kerl nicht wusste, wer die Aufträge zu den Morden gegeben hatte. Mit immer lauter werdender Stimme stellte er die Frage wieder und wieder. Die Antwort blieb gleichwohl stets dieselbe. Reindel wusste es nicht.

Hauke stieß sich von der feuchten Wand ab. »Wie oft hat die Bande es getan?«

»Viermal. Das hat er gesagt, bevor er zu Boden ging.«

»Überleg noch einmal. Waren es nicht fünf Leichen?« Hauke dachte an Carlotta Francini.

»Fünf? Nein, vier, hat er gesagt.« Der Mann kratzte sich am Bart. Er zitterte. »Warum fragen Sie nicht Kolben-Kalle? Der muss es ja wissen.«

»Das geht nicht.« Schröder grinste schief.

Reindel sah den Kriminalassistenten erschrocken an. »Der Kalle, dem geht es gut, ja? Der wird doch wieder, oder?«

Hauke und Schröder schwiegen.

Reindel fluchte leise.

»Ich brauche was zu trinken. Mir … mir ist nicht gut«, stammelte er leise.

»Wie heißt der vornehme Mann? Hatte er die Aufträge erteilt? Die Opfer ausgesucht?« Schröder gab Reindel eine Kopfnuss, als der nicht sogleich antwortete.

»Woher soll ich das wissen? Ich war nicht dabei! – Schnaps! Ich brauche einen Schnaps! Nur einen«, jammerte er. Seine Hände zitterten wie Espenlaub. »Ich bezahle auch.«

Hauke gab Schröder einen Wink, mit hinauszukommen.

In das Echo der zugeschlagenen Zellentür mischten sich die verzweifelten Rufe Reindels nach Hochprozentigem.

»Nehmen Sie die Aussage auf, Schröder. Wir brauchen unbedingt einen Hinweis auf den Auftraggeber. Und Reindel junior ist unser einziger Zeuge.«

»Vielleicht der alte von Siems?«, mutmaßte Schröder.

»Warum gerade der?«

»Na, vielleicht wollte er all jene töten, die wussten, wer Carlotta Francini wirklich war. Wegen dem Skandal.« Kaum ausgesprochen, schüttelte sich Schröder. »Nee, das klingt völlig verrückt.«

»Wie lange, Herr Kriminalassistent, sind Sie bei uns?«, fragte Hauke unvermittelt.

Schröder sah auf. »Zwei Jahre, Herr Kommissar. Warum?«

»Somit wissen Sie also, dass Sie und ich die verwirrten Seelen der Mörder niemals verstehen können, oder? Mörder denken anders als wir. Deshalb müssen wir auch verrückte Gedanken prüfen.«

Er nickte. »Wem sagen Sie das?«

Nachdem das geklärt war, schlug Hauke ihm freundschaftlich auf die Schulter.

»Holen Sie aus dem Mann alles heraus, was er weiß oder zu wissen glaubt. Ich mache mich mit ein paar Mann auf den Weg, um den Bruder von unserem toten Kolben-Kalle zu finden. Joost Köhler ist soeben zu unserem einzigen Verdächtigen geworden. Hermann von Siems nehme ich mir anschließend vor.« Er setzte sich in Bewegung. »Noch etwas, Schröder. Geben Sie dem Reindel ruhig Schnaps, wenn wir seine Aussage haben. Danach sagen Sie ihm, dass er seinen Freund totgeschlagen hat. Nicht vorher.«

Als Hauke den Hof überquerte, blickte er zu dem leeren Schafottplatz. Ob der Sohn des Henkers dort schon bald seinen Kopf verlieren würde, mussten die Richter entscheiden.

KAPITEL 37

Telegramm. Die Finanzdeputation war am Sonnabend durch die Versuche mit drahtloser Telegraphie recht befriedigt. Dr. Cantor, Privatdocent, erläuterte die Vorgänge in längerem Vortrag. Man hofft, daß die vier Elbfeuerschiffe bald die ersehnte telegraphische Verbindung mit Cuxhaven und Hamburg durch die drahtlose Telegraphie erhalten werden.

Original: »Hamburger Nachrichten«, Oktober 1899

Kaum hatte Hauke die Wohnung verlassen, klingelte es an der Tür. Sophie sprang vom Sofa auf, hoffte, ihr Mann wäre zurückgekehrt. Sie musste ihn unbedingt davon überzeugen, dass Carlotta unmöglich diese schrecklichen Verbrechen in Auftrag gegeben haben konnte, derer er sie verdächtigte, zumal sich die Frage stellte, wer in ihrem Auftrag Derartiges hätte ausführen sollen. Sophie begriff, wie sehr die arme Carlotta in die Morde verstrickt gewesen war, deren Ausgangspunkt in Carlottas Kindheit lag. Die Gedanken schwirrten in Sophies Kopf. Untätig in ihrer guten Stube zu sitzen und zu warten, dass Hauke endlich nach Hause kam, drohte, sie verrückt zu machen.

Sophie riss die Tür zum Flur auf, sah noch, wie Emma mit jemandem an der Wohnungstür sprach. Enttäuscht sank ihr das Herz. Es war nicht ihr Mann. Offenbar sprach das Kindermädchen mit einem Fremden.

»Ich werde der Dame des Hauses Bescheid sagen. Warten Sie bitte.«

Leise schloss Sophie die Stubentür und stellte sich in die Mitte des Raums. Emma klopfte artig und trat ein. Sie knickste und meldete zu Sophies Überraschung, dass der Kutscher des

Herrn von Siems vor der Tür stehe. Er habe eine Nachricht für die Hausherrin. Sie reichte Sophie das Kuvert.

»Danke, Emma«, murmelte sie und zog das Schreiben aus dem Umschlag.

In hastiger Eile bat Hermann von Siems Sophie, in der Villa zu erscheinen, wenn ihre Zeit es erlaube. Der Nachsatz war Makulatur, denn die Worte waren in aller Dringlichkeit geschrieben. Was nur konnte der Mann von ihr wollen?

»Der Kutscher steht vor der Tür?«

»Ja, Frau Sötje. Ich glaube, er wartet auf eine Antwort.«

Nein, dachte Sophie und ging ohne ein weiteres Wort auf den Flur hinaus, warf ihren Umhang um und setzte ihren neuen Hut auf, der ihr ohne Carlotta an ihrer Seite mit seinen Filzschleifen und Bändern plötzlich schrecklich übertrieben vorkam.

»Sagen Sie meinem Mann, wo er mich finden kann, Emma.« Sie ging zur Wohnungstür, wo der Kutscher seinen Zylinder gezogen hatte und sich verbeugte.

»Wo denn?«, rief Emma.

»In der Elbchaussee.«

Als Sophie eine halbe Stunde später in die dunkle Halle trat, hielt sie inne. Erschrocken glaubte sie für einen Moment, den Schatten ihrer Freundin Carlotta auf den Stufen zu sehen. Doch da war niemand. Stattdessen trat Hermann von Siems aus dem Raucherzimmer, das stets nur von den männlichen Gästen des Hausherrn aufgesucht wurde.

»Kommen Sie, Frau Sötje!«, rief er und ging zurück in den Raum.

Ein strenger Zigarrengeruch hing in der Luft, und im Aschenbecher auf dem Beistelltisch vor dem lodernden Kamin lagen bereits drei Stumpen. In einem Kristallglas daneben brach sich der Feuerschein in bunten Farben, die den Whisky zum Leuchten brachten. Von Siems ließ sich in einen Ohrensessel fallen.

»Bitte nehmen Sie Platz, Frau Sötje.« Es war ein Befehl, kein Wunsch.

Sophie spürte, dass sich Widerstand in ihr regte, obwohl sie neugierig darauf war, was er von ihr wollen könnte. Sie trat einen Schritt vor.

Mit einer einladenden Bewegung hieß er sie erneut, sich auf den Sessel neben seinem zu setzen.

Sophie schüttelte den Kopf. »Sie baten mich her. Ihre Zeilen klangen dringend. Hier also bin ich.«

Offenbar war der Mann es nicht gewohnt, dass man seinem Wunsch widersprach. Sein rechter Mundwinkel zuckte.

»Natürlich, verzeihen Sie. Ich habe Sie zu nachtschlafender Zeit holen lassen. Wie ungehobelt von mir.« Er wartete wohl darauf, dass sie ihm verzieh. Sophie schwieg. »Nun …« Er räusperte sich und erhob sich, um mit ihr auf Augenhöhe zu sein. »Sie wissen, dass Ihr Gatte mich für Carlottas Tod verantwortlich macht?«

»Mein Mann bat Sie, sich für Fragen zur Verfügung zu halten, wenn ich mich an den Abend recht entsinne.«

»Ich werde in meinem eigenen Haus gefangen gehalten.« Der Mann nahm das Glas zur Hand und lief im Raum umher. Die toten Tiere an den Wänden schienen ihm mit ihren Augen zu folgen.

»Das wird kaum der Grund sein, warum Sie mich zu sich beordert haben.«

»Nein. Mein Sohn … Maximilian …«, begann er stockend.

»Was ist mit ihm?«

»Er hatte einen nervösen Zusammenbruch, nachdem er Carlotta Francini in unserem Garten gefunden hat.«

»Ich war Zeugin«, sagte sie unterkühlt. Noch immer sah sie Hermann von Siems vor sich, wie er Carlotta ins Gesicht geschlagen hatte. Sie würde ihn ihre Verachtung spüren lassen, falls er überhaupt zu Gefühlen fähig war. Ihr Blick folgte ihm.

»Der Arzt sorgt sich um Max. Mein Sohn ist sehr empfindsam. Sie müssen wissen, dass seine Mutter früh starb.«

Was wollte er damit sagen? Dass seine verstorbene Frau an der Fragilität des Sohns schuld wäre?

»Er gab Max einige Beruhigungsmittel, sodass mein Sohn schlafen kann.« Von Siems blieb stehen. »Vorhin begab sich der Butler nach oben, um nach Max zu sehen. Mein Sohn ist fort! Und ich weiß nicht, wo er ist. Ich fürchte, dass er eine Dummheit begehen könnte.«

»Dummheit?«

Von Siems schluckte. »Maximilian hat vor zwei Jahren versucht, seinem Leben ein Ende zu setzen. Erst unsere Italienreise ließ ihn wieder aufleben. Nach einem Rückfall in die alte Schwermütigkeit erholte er sich zwar, aber seit einiger Zeit …«

»War das in dem Jahr, als Sie und Ihr Sohn Carlotta Francini kennenlernten?«

Hermann von Siems nickte, und Sophie wurde klar, warum Maximilian bei der Italienreise plötzlich aufgeblüht war. Er hatte sich in die Sängerin verliebt und ihr sogar einen Heiratsantrag gemacht. Einen Antrag, den sie abgelehnt hatte, was zu einer erneuten schwermütigen Phase geführt zu haben schien.

»Ich weiß nicht, wo Max ist.«

Sophie meinte, Sorge in seiner Stimme auszumachen. »Warum haben Sie Carlotta geschlagen?«

»Wie bitte?«

»Ich möchte wissen, was Sie veranlasste, Carlotta an dem Morgen zu schlagen.«

Von Siems knallte sein Glas auf den Tisch neben sich.

»Das ist unwichtig. Wichtig ist nur, dass Maximilian verschwunden ist!« Er lief auf Sophie zu, ergriff sie an den Oberarmen. »Bitte, Frau Sötje! Ich darf das Haus nicht verlassen. Vor der Tür steht ein Polizist.« Die letzten Worte spuckte er fast aus. »Suchen Sie meinen Sohn! Ich habe Angst, dass er sich etwas antut.«

»Dann hätten Sie Ihre beiden Kinder verloren.« Kaum hatte sie die Worte ausgesprochen, taten sie Sophie leid.

»Oh Gott!« Als hätte er sich die Hände verbrannt, ließ von Siems sie los und trat erschrocken zwei Schritte zurück.

Mit einem Mal stand in diesem opulent eingerichteten

Raum, in dieser herrschaftlichen Villa an dieser prächtigen Straße, die von Reichtum erzählte, kein mächtiger Mann mehr, sondern nur noch ein einsamer, der unendliche Angst um sein Kind hatte. Ein Mann, der nicht verstand, was passiert war oder wie.

»Warum rufen Sie nicht die Polizei, Herr von Siems?«

Er schwieg, und Sophie beantwortete sich die Frage selbst. Es war der Skandal, den der Kaufmann fürchtete. Niemand sollte von den Abgründen seiner Familie erfahren.

Sie seufzte. »Darf ich seine Räume sehen?«

Von Siems nickte.

Maximilian von Siems bewohnte ein einziges Zimmer in dem großen Haus. Es lag im ersten Stock, am Ende eines Flurs. Die Fenster gingen zu den Stallungen hinaus. Sophie fiel auf, dass sich der Raum an demselben Flur befand wie die Räumlichkeiten von Carlotta, deren Fenster hingegen in den Park wiesen.

Vom Boden bis zur Decke reichten Regale, gefüllt mit Büchern und Büsten des von Max so verehrten Richard Wagner. Auf einem Holzpult vor einem mannshohen goldgerahmten Spiegel entdeckte sie Notenblätter. Sophie trat näher. »Tristan und Isolde – Erster Aufzug«. Sie berührte den Taktstock auf dem Pult und drehte sich fragend zu von Siems, der in der Tür wartete.

»Er kennt jede Wagneroper auswendig, und die Libretti kann er fehlerlos singen.« Von Siems wollte sich offenbar für seinen Sohn entschuldigen. »Auch wenn es ihm an Talent mangelt, er wäre gerne Sänger geworden. Natürlich ist das als Kaufmannssohn unmöglich.«

Sophie verstand. Maximilian sollte als einziger Sohn seines Vaters die Nachfolge in der Werft antreten. Das war sein Schicksal, und niemand fragte, ob er sich diese Zukunft auch wünschte.

Das Bett war ungemacht. Auf dem Nachtschrank standen ein leeres Wasserglas und ein Glaskrug, daneben drei Tabletten.

»Ist das Max' Medizin, die der Arzt ihm verschrieben hat?«

Der Vater nickte. »Max sollte je eine davon zu den Mahlzeiten nehmen. Schlaf sei die beste Medizin, sagte der Arzt.«

Sophie fragte sich, ob man Verzweiflung wegschlafen könnte.

Sie sah sich weiter um. Zwischen zwei hohen Regalen waren drei Haken angebracht, nicht in einer Reihe, sondern wie hingeworfen.

»Was hing dort?« Sophie wies zur leeren Wand.

Von Siems überlegte.

»Ich glaube, es waren Requisiten vom Stadttheater. Pollini hatte Max den Schild des Siegfried und eine Lanze geschenkt. Natürlich waren es keine echten Waffen, trotzdem verehrt Max die Geschenke sehr. Er sammelt alles Mögliche von den Aufführungen. Letztens hat er einen türkischen Dolch erstanden, um ihn den Herren Bittong und Bachur zu überreichen. Max findet, man müsste Wagner mit echten Waffen aufführen. Entsetzlich.« Er verfolgte, wie sich Sophie im Zimmer umsah. »Bitte, Frau Sötje, suchen Sie meinen Sohn.«

Sie nickte langsam, obwohl sich ihre Gedanken überschlugen. Wo nur sollte sie ihn suchen? Ihr fiel jener Ort ein, wo Carlotta gefunden worden war. »Haben Sie schon im Park nachsehen lassen?«

»Jaja, natürlich. Da ist er nicht. Wir haben auch das Haus von oben bis unten durchkämmt. Sogar den Strand sind wir abgelaufen. Nichts.« Er holte tief Luft.

Noch einmal blieb Sophies Blick an der leeren Wand hängen. »Gibt es einen Ort, wo er am liebsten ist?«

Von Siems' Augen leuchteten. »Ja, das Stadttheater!«

»Dachte ich es mir doch.«

KAPITEL 38

Berlin. Bei einer Wasserfahrt in der Nähe der Pfaueninsel ertrank gestern Abend ein Mitglied des literarischen Bureaus, der Schriftsteller Homann. Die Leiche ist bisher nicht aufgefunden. Gläubiger desselben werden ersucht sich zu melden.

Original: »Hamburger Nachrichten«, Juni 1899

Es war Nacht. Der Kutscher jagte die Pferde zurück zur Stadt. Erst auf Höhe Altonas zügelte er die Tiere, während sich Sophie im Inneren der Droschke festhielt und sich fragte, wie wahrscheinlich es sein könnte, dass Maximilian von Siems ins Stadttheater geflohen war, um seinem Leben ein Ende zu setzen. Oder gab es einen anderen Grund für Max, dorthin zu fahren? Wenigstens war er planvoll vorgegangen, denn er musste sich eine Mietdroschke in die Stadt genommen haben, da in den Stallungen keines der Pferde fehlte.

Wäre es nicht viel einfacher gewesen, sinnierte Sophie, während sie sich am Sitz festklammerte, sich in der Villa zu erschießen oder die nahe Elbe als letzten Ort zu wählen? Andererseits, überlegte sie weiter, was wusste sie schon von derartigen Dingen? Menschen, die ihrem Leben ein Ende setzen wollten, handelten sicherlich nicht nach pragmatischen Gesichtspunkten. Und ein Maximilian von Siems schon gar nicht. Somit war das Theater für ihn ein sehr viel wahrscheinlicherer Ort als andere.

Sophie hatte Hermann von Siems zugesagt, im Stadttheater nach seinem Sohn zu suchen. Selbst wenn sie ohne Max zurückkehrte, hätte sie zumindest ihr Versprechen gehalten. Vielleicht war Herr von Siems überängstlich, was seinen Spross anbelangte. Vielleicht aber auch nicht.

Sie passierten die Wallanlagen, die um diese Zeit in tiefe

Düsternis getaucht waren. Kein Mensch war auf den Straßen, kaum Lichter in den Fenstern.

Portal und Hintereingang des Theaters würden längst verschlossen sein. Die letzte Aufführung war seit Stunden vorüber und das Haus sicherlich menschenleer. Sie würde an den Türen rütteln, Hallo rufen und dann unverrichteter Dinge zurück in die Elbchaussee fahren, wo der junge Mann bestimmt längst in seinem Bett schlief.

Kurze Zeit später hielt der Kutscher vor dem Hauptportal des verdunkelten Stadttheaters. Nun brannten keine Feuer in den Schalen über den Säulen, und keine vornehmen Herrschaften strömten durch das Portal, um sich von livrierten Dienern die Opernumhänge und die Zylinder abnehmen zu lassen.

Sophie stieg aus und bat den Kutscher zu warten. »Es wird nicht lange dauern.«

Der Mann tippte sich an den Hut. »Wenn Madame es so wünschen.«

»Genau das tue ich.« Sophie lächelte in sich hinein. Sie klang wie Carlotta.

Ganz wie sie erwartet hatte, waren die Haupteingänge verschlossen. Alles Rütteln und Rufen half nichts. Sophie umrundete das Gebäude und begab sich zum Seiteneingang.

Überrascht stellte sie fest, dass diese Tür nicht abgeschlossen war. Zögerlich öffnete Sophie sie und lugte in den Gang dahinter, der im Dunkeln lag.

»Hallo?«, rief sie.

Niemand antwortete.

In einiger Entfernung glaubte sie, Stimmen zu hören.

Während Angst und Neugier in ihr miteinander heftig stritten, tastete Sophie sich den Gang Schritt für Schritt vorwärts, bis ein Stück voraus Lichtschein durch einen Spalt fiel.

Ihre Fingerspitzen fuhren an der Mauer entlang, immer tiefer in das Gebäude hinein.

Sein gesprochener Singsang erreichte Sophies Ohr.

»›Weh! Weh! Süßestes Weib! Du traurigste aller Getreuen! Gegen dich wütet in Waffen die Welt: und ich, dem du einzig vertraut, für den du ihr einzig getrotzt, mit meinem Schutz nicht soll ich dich schirmen, die Kühne verraten im Kampf? Ha, Schande ihm, der das Schwert mir schuf, beschied er mir Schimpf für Sieg! Muss ich denn fallen, nicht fahr ich nach Walhall: Hella halte mich fest!‹«

Es waren Zeilen aus Wagners »Walküre«. Der Ton war schmerzverzerrt.

Sie tastete sich weiter.

»Maximilian! Sind Sie es?« Ihre eigene Stimme erschreckte sie, denn sie wirkte ängstlich. So aber wollte sie sich nicht fühlen. »Herr von Siems! Sind Sie in der Nähe?«

Behutsam schob sie den Vorhang zur Seite. Einige Meter vor ihr führten Eisenstufen zur Bühne hinauf. Sie erkannte den Ort wieder. Links von ihr zweigte der Gang zu den Garderoben der Sänger ab, an dessen Ende sie jenem Mann begegnet war, der später hatte sterben müssen. Sophies Atem ging flach. Zögernd hielt sie auf das Licht zu, das von der Bühne drang. Maximilian zitierte wild Passagen aus Opern von Richard Wagner. Sie hatte den verlorenen Sohn gefunden.

Inzwischen hatte sie die unterste Eisenstufe erreicht. Ein Schatten auf der Bühne riss in grandioser Geste die Arme auseinander.

»›Der Feinde Meute hetzte mich müd. Gewitterbrunst brach meinen Leib!‹«, rief Max voller Verzweiflung.

Der junge Mann trug ein Kostüm, das Sophie an einen Auftritt als Siegfried erinnerte. Siegfried, der sich in seine eigene Schwester Sieglinde verliebt hatte. Das Kostüm war Maximilian von Siems viel zu groß, das schien ihn nicht zu stören. Er musste es sich aus einer der Garderoben genommen haben. Mit großen Schritten trat der junge von Siems an den Rand der Bühne.

Sophie schrie auf, denn sie dachte, er würde sich in den Orchestergraben stürzen. Der junge Mann hörte sie nicht und fuhr fort, Siegfrieds Worte für ein unsichtbares Publikum zu rezitieren.

»Max!«, rief Sophie.

Er aber redete in fieberhaftem Wahn weiter, wobei die Worte über- und untereinander holperten, wenn er zum Gesang wechselte. Libretto faltete sich in Libretto und stolperte aus ihm heraus. Maximilian von Siems war zweifelsohne dem Wahn verfallen.

Sophie wusste nicht, was sie tun könnte, um ihn in die Wirklichkeit zurückzuholen. Da kam ihr eine Idee. Sie war nicht weniger verrückt als die Szene vor ihr.

»Bravo!«, rief sie und stieg auf die Bühne. »Bravo!«

Max hielt inne, horchte. Dann begriff er offenbar. Das Publikum! Es tobte. Sie wollten mehr!

Tief verneigte er sich. Strahlte aus verweinten Augen zu den Logen hinauf. Dankte mit der Rechten auf dem Herzen.

»*Grazie! Mille grazie!*«, rief er wieder und wieder, während sich Sophie ihm Schritt für Schritt applaudierend näherte.

»Welch Aufführung! Ein Traum!«, rief sie überschwänglich.

Plötzlich zuckte der junge Mann zusammen und wirbelte zu ihr herum. In der Hand hielt er einen gekrümmten Dolch!

Sophie stolperte zurück. »Ich bin es, Max. Erkennen Sie mich? Sophie. Carlottas Freundin. Wir sind mit ihr in der Kutsche gefahren.«

Er legte den Kopf schief, wie ein Kind, das nicht verstand, während sie ihm die Handflächen entgegenstreckte, damit er sah, dass sie ihm nichts Böses wollte.

»Carlotta, unsere Freundin. Erinnern Sie sich?«

Da sackten seine Schultern zusammen, und Tränen liefen übers Gesicht, als er den Namen der Toten hörte.

»›Luft! Luft! Mir erstickt das Herz!‹«, rief er in dem monotonen Singsang, den sie vorhin schon gehört hatte. Es war ein Zitat aus »Tristan und Isolde«. Eine traurige Liebesgeschichte.

»Was ist passiert, Max?« Nur noch wenige Meter trennten sie.

Welch absurde Situation, dachte sie. Sie gaben hier ein Drama vor einem unsichtbaren Publikum. Ein falscher Siegfried, der sich vor Kummer krümmte. Den Dolch in der Hand. Eine Frau, die nicht in diese Szene gehörte, von Richard Wagner niemals vorgesehen war, denn sie zerrte der stummen Musik und ihrer erträumten Leidenschaft das Herz heraus, indem sie Siegfried daran erinnerte, dass seine große Liebe tatsächlich tot war. Carlotta war nicht als mutige Heldin gestorben, die elegant auf den Brettern herniedersank, das Publikum zu Tränen rührte, sondern als ein um Luft ringendes Wesen, das im Todeskampf die Fingernägel in die Tapete schlug und um Hilfe röchelte, während das Haus voller Gäste gewesen war, die aus ihrer Kehle die schönsten Töne hatten hören wollen.

»Ihre Verzweiflung, Max, ich teile sie.«

Die Worte waren sachte gesprochen, dennoch schienen sie dem jungen Mann noch mehr Schmerzen zu bereiten. Er eilte an den gegenüberliegenden Rand der Theaterbühne. Schon glaubte Sophie, er würde fliehen, aber Maximilian blieb stehen, als könnte er die Bühne nicht verlassen, bevor nicht der letzte Vorhang gefallen war.

»Ich tat so viel für sie, so viel.« Max warf Sophie einen schmerzvollen Blick zu, der von einem Moment zum anderen in Wut umschlug. Er stapfte zurück zum Publikum. »Sie war meiner nicht würdig! Ihr Sirenengesang hat mich wirr gemacht, hat mir die Sinne vernebelt! Rache habe ich geschworen, des Nachts an ihrem Bett. Und Rache ist es geworden.«

Sophie erschrak. Sprach er noch immer in Zitaten?

»Rache ist selten süß …«, flüsterte sie.

Maximilian fuhr herum, fixierte sie aus stechenden Augen. Kalt, eisig kalt, als hätten sie das Grauen gesehen. Sofort blieb Sophie stehen. Ihr Herz schlug bis zum Hals.

Noch immer hielt er den Dolch in der Hand. Sophie konnte sich nicht erinnern, in einer der Aufführungen bei Siegfried einen solchen bemerkt zu haben.

»Sie könne mich nicht heiraten, hat sie gesagt. Ihre Vergangenheit sei zu bitter, um die Gnade einer süßen Zukunft zu haben. Sie hat geweint!«

Sophie wusste, dass er von Carlotta sprach.

»Geweint hat meine Liebe. Es hat mir das Herz herausgerissen.« Er schlug sich mit der Faust gegen die Brust.

»Haben Sie darum Rache geschworen?«

»›Nie sollst du mich befragen, noch Wissens Sorge tragen, woher ich kam der Fahrt, noch wie mein Nam und Art!‹«, fiel er wieder in seinen Wagnersingsang.

Sophie wollte ihn nicht so einfach mit »Lohengrin« davonkommen lassen. »Rache? Wofür? Gegen wen? Warum?«

Er zuckte zusammen. Hatte Schwierigkeiten, die eine Welt für die andere zu verlassen. Sein Geist schwebte woanders.

»Es reicht, Herr von Siems!« Sophie marschierte zu dem jungen Mann und verpasste ihm eine Ohrfeige, die man wohl selbst in der letzten Reihe des Zuschauerraums hätte hören können, wenn jemand dort unten gesessen hätte. Sein Kopf flog zur Seite. »Reißen Sie sich endlich zusammen!«

Entsetzt sah er sie an, rieb sich die Wange, als könnte er nicht glauben, was passiert war. Schon befürchtete Sophie, er würde sich voller Wut auf sie stürzen.

Wo, zur Hölle, war Hauke?

Eine Welle der Angst ließ ihre Knie weich werden. Wie hatte sie den Mann nur schlagen können? War sie von Sinnen? Sie war bereit, schreiend zurück in die Dunkelheit zu stürzen, sollte sich der Mann nur einen Zentimeter auf sie zubewegen.

Max von Siems indes blieb wie angewurzelt stehen. Leblos starrte er sie an.

»Sie haben sie entehrt«, flüsterte er. »Dabei war sie nur ein Kind. Sie haben ihr Schmerzen zugefügt. Ihrer reinen Seele, ihrem wunderbaren Körper.« Plötzlich ließ er sich vor Sophie auf die Knie fallen. Aus wässrigen Augen blickte er sie flehentlich von unten her an. »Ich legte ihr die Köpfe ihrer Peiniger zu Füßen. Sie sollte wissen, dass alles vorbei war. Keine schweren Träume mehr. Nur noch Licht.«

Sophie warf die Hände vor den Mund. Das war ein Geständnis. Soeben hatte Maximilian von Siems den Mord an vier Menschen gestanden.

»Ich hätte viel mehr als das für sie getan«, fuhr er fort.

»Sie? Aber wie, um Himmels willen?«

»Gefügige Helfer, für wenig Geld gekauft, führen aus, was des Herrn Wille ist.«

Sprachlos sah sie zu dem jungen von Siems hinunter. Er hatte es tatsächlich getan, verrückt vor Liebe zu Carlotta, die ihn nicht wollte, denn sie wusste, dass er ihr Halbbruder war. Siegfried und Sieglinde in einem Drama, das so nicht einmal ein Richard Wagner hätte schreiben können, sondern nur das Leben.

Hatte Carlotta von alldem gewusst?

Sophie beugte sich zu Max, wollte ihm aufhelfen, ihn stützen. »Und Carlotta? Was sagte sie, als Sie ihr das Pfand Ihrer Liebe brachten?«

Da entfuhr ein Schrei seinem Brustkorb, der Sophie nach hinten stolpern ließ. »Betrogen hat mich das Weib! Betrogen! Mit meinem eigenen Vater!«

Zuerst begriff Sophie nicht, was er meinen könnte, dann dämmerte es ihr. »Sie glauben, Carlotta wollte Ihren Vater heiraten?«

Max sprang auf. Wie ein Tiger im Käfig begann er, im Kreis zu gehen, schneller, immer schneller. Dabei fuchtelte er mit dem Dolch umher, drehte sich wie ein Derwisch.

»Gesagt hat er es mir. Den Ring! Er hat mir den Ring gezeigt.« Er lachte. »Ha! Offenbart hat er ihn mir. Eine Trophäe, die all meine Liebe der Lächerlichkeit preisgab. Gelacht haben sie über mich! – ›Blick ich umher in diesem edlen Kreise, welch hoher Anblick macht mein Herz erglühn! Kreis! Glühn! Herz! Kein Herz! Kein Herz!‹« Er driftete zurück in seinen Wahn.

Das durfte Sophie nicht zulassen.

»Wusste Carlotta, was Sie für sie getan haben?« Sie musste es wissen. Unbedingt!

»Unschuldig. Sie war unschuldig, bis zu dem Tag, als sie meinem Vater ihre Seele und ihren Körper geben wollte. Nicht mir, der ihre dunklen Geister vertrieb! Nein, ihm!«

»Aber nein!«, rief Sophie ihm halb erleichtert nach, weil Carlotta offenbar nichts von alldem gewusst hatte. Sie musste sich um sich selbst drehen, um Max nicht aus den Augen zu verlieren, denn er bewegte sich im Kreis um sie herum wie ein gehetztes Tier. »Sie hat seinen Antrag abgelehnt, Max! Hören Sie! Sie sagte es mir selbst. Sie wollte Ihren Vater nicht heiraten! Er hat sie deshalb geschlagen. Ich habe es mit eigenen Augen gesehen!«

Maximilian geriet ins Stolpern. Seine Füße kannten nicht mehr den Weg. Er sah hinunter, strauchelte, verlor das Gleichgewicht, fiel krachend zu Boden, versuchte, sich wieder aufzurichten. Seine Beine jedoch wollten ihn nicht tragen.

Sophie lief zu ihm, kniete sich vor den jungen Mann. »Carlotta hat Sie nicht betrogen, Max. Sie war ein gütiges Wesen. Ihr letzter Weg führte sie nach Hamburg, damit sie jenen vergeben konnte, die …«

Aus wächsernem Gesicht starrte er sie an. Sie konnte den Schweiß auf seiner Stirn sehen, seine Verzweiflung riechen.

»Sie hat niemanden betrogen. Dazu wäre sie nicht fähig gewesen.« Ihre Stimme wurde leiser. »Sie war das wunderbare Wesen, das Sie in ihr gesehen haben, Max.«

Schon glaubte sie, es geschafft zu haben, hoffte, dass er bereit war, zurück in die wahre Welt zu kommen. Da ging ein Zucken durch seinen Körper, seine Gesichtszüge verzogen sich zur Grimasse. Für einen Moment meinte Sophie, er könnte lächeln, als sie den Wahn in seinen Augen erkannte, der mit voller Wucht zurückgekehrt war. Mit einer Kraft, die sie nicht erwartet hatte, schubste Max sie von sich. Sie strauchelte, fiel rücklings hart auf die Bühnenbretter. Ein stechender Schmerz durchfuhr ihren Rücken.

»Welch Tor ich war!«, brüllte er.

Sie versuchte zu atmen, musste husten, beugte sich nach

Luft japsend vor, während er sinnlos aneinandergereihte Worte ins Publikum schrie. Sie keuchte und keuchte, bis endlich wieder Sauerstoff in ihre Lunge gelangte. Wie eine Ertrinkende schnappte sie nach Luft.

Plötzlich wurde ihr bewusst, dass Max' Wüten vorbei war. Stattdessen vernahm sie ein gequältes Röcheln. Sophie hockte sich auf alle viere. Langsam hob sie den Kopf. Ihr Blick suchte Maximilian, der einige Meter vor ihr am Boden kauerte.

Der Dolch! Er steckte bis zum Schaft in seinem Bauch. Maximilians Hände umklammerten den Griff, trieben die Klinge noch tiefer in seine Eingeweide. Er stöhnte.

»Max!«, kreischte Sophie und kroch zu ihm.

Er fiel in ihre Arme. Ein Lächeln lag um seinen Mund. »Ich gehe zu ihr. Sie wird mir verzeihen.«

»Was verzeihen?«

»Ich dachte, sie hätte mich verraten … aber …« Ein blutiges Rinnsal lief aus seinem schmerzverzerrten Mund. »Sie war mein. Und im Jenseits treffen wir uns wieder … Sie und ich … eins.«

»Was verzeihen, Max?«, rief Sophie und rüttelte an ihm.

Er schloss die Augen.

»Nein! Max! Sagen Sie mir, was Carlotta Ihnen verzeihen soll.« Er hatte nur halb gestanden. Seine Worte, sie brauchte seine Worte. »Max!«

Sie schüttelte ihn noch heftiger. Ein kleiner Rest Leben schien in ihm zu verharren. Ein letztes Mal öffnete er die Augen. Seine Hand glitt vom Dolch hinunter. Er tastete mit seiner blutverklebten Hand nach Sophies Fingern. Mit letzter Kraft führte er sie zum Griff, nötigte sie, den Schaft zu umfassen.

»Sie wollte meine Liebe nicht … Ich gab ihr …«, er hustete, Blut drang aus seinem Mund, »den Trank der Rache. Sie wird … mir verzeihen.« Seine Worte waren kaum noch zu verstehen.

Unaufhaltsam rannen Tränen über Sophies Wangen. Aus

weiter Ferne meinte sie ihren Namen zu hören. Jemand rief sie. War es Carlotta? War es der Tod?

»›Nun sei bedankt, mein lieber Schwan‹«, flüsterte Max. »›Leb wohl, leb wohl …‹«

***

Als Hauke die Flügeltür zum Zuschauerraum aufriss, warf sich ihm eine unwirkliche Szenerie entgegen. Leere Stühle in langen Reihen, die wie Geister zur hell erleuchteten Bühne blickten. Angespannte Stille, nur ein Wimmern war zu hören.

Sophie!

Sie beugte sich über den Mann, der in ihrem Arm lag. Ihre Hand am Heft eines Dolchs, der tief in seinem Bauch steckte.

Haukes Herz blieb für einen Moment stehen. Wie von Furien gehetzt, rannte er nach vorne, rief ihren Namen, wieder und wieder. Ihm folgten Schröder und die anderen Beamten. Und Hermann von Siems.

Noch bevor sie den Rand zum Orchestergraben erreicht hatten, schwand das letzte bisschen Leben aus Maximilian von Siems' Körper.

»Sie haben meinen Sohn umgebracht!«, brüllte der Vater, während er verzweifelt versuchte, den Aufgang zur Bühne zu finden. »Max!«

Sophie ließ vom Dolch ab und starrte voll Entsetzen die blutigen Finger an. Ihr Kopf fuhr herum. Sie sah Hauke aus weit aufgerissenen Augen direkt an.

»Ich … ich war es nicht«, stammelte sie.

KAPITEL 39

4 000 M in Gold auf dem Jerusalemer Kirchhof zu Berlin fand der Arbeiter Bollmann, der von einem Unbekannten wiederholt gefragt worden war, ob er nicht Geld gefunden hätte. Die Geldrollen trugen den Stempel der Deutschen Bank. Der Arbeiter verheimlichte den Fund und nahm das Geld in seine Wohnung. Während der Abwesenheit des Arbeiters stellte sich ein unbekannter Mann der Wirthin des Arbeiters als Criminalcommissar vor und erklärte, er müsse in der Wohnung eine Haussuchung vornehmen. Er fand die versteckten 4 000 M und noch sonstige Ersparnisse. Dann verschwand er spurlos.

Original: »Hamburger Nachrichten«, Dezember 1899

Der nasskalte Herbst war einem frostigen Winter gewichen. An den kahlen Ästen der jungen Bäume glitzerten Eiskristalle. Die erste kalte Nacht war vorüber. Der Geruch von Kohlefeuern hing über der Stadt. Die Leute legten sich warme Schals um und versteckten ihre kalten Finger tief in Wollhandschuhen, während sich die matte Sonne mühte, durch die nebligen Wolken zu stoßen.

Sophie hatte sich bei Hauke untergehakt. Schweigend bogen sie auf einen schmalen Weg ein, der weiter hinein in den Friedhof Ohlsdorf führte. Noch waren viele Grabstätten verlassen, warteten auf ihre toten Bewohner, die bald kommen würden. Der Tod war schon immer geduldig gewesen.

Bis dahin hatten sich die Reichen der Stadt bereits die schönsten Stellen gesichert. In einem Teil des Friedhofs, der Sophie mit seinen jungen Bäumen und Büschen an einen großzügigen englischen Park erinnerte, standen die Mausoleen dieser Familien. Auch jenes derer von Siems, wo man Maximilian zu Grabe getragen hatte.

Schweigend gingen Hauke und Sophie daran vorbei und bogen in einen der vielen Sandwege ein, der sie an einer Kapelle vorbeiführte.

»Dahinten muss es sein«, sagte Hauke leise und drückte den Arm seiner Frau. Sie war so tapfer gewesen, so stark.

Zwar hatte sich Hermann von Siems mit allen Mitteln gegen die Wahrheit zu wehren versucht, ja sogar Anwälte beauftragt, die Sophies Geisteszustand vor Gericht in Zweifel zogen. Sie sei die Verrückte gewesen, die im Wahn den jungen von Siems erstochen habe. Der unglückliche Vater hatte von Senator Hachmann und Polizeirat Roscher Haukes Entlassung gefordert, hatte gezetert und selbst verfasste Artikel im »Hamburgischen Correspondent« abdrucken lassen, um Sophie als Mörderin zu brandmarken. All das hatte indes die gegenteilige Wirkung dessen, was von Siems hatte erreichen wollen. Statt Polizeirat Roscher oder die Kommissarsgattin in Verruf zu bringen, konnte jeder in der Morgenausgabe lesen, wie es um den Verstand des Mannes bestellt war. Er schien zutiefst verwirrt, sodass Freunde ihm rieten, zur Erholung einige Monate an die See zu reisen. Irgendwann war Hermann von Siems endlich bereit gewesen zu akzeptieren, was ein jeder in der Stadt längst wusste. Maximilian von Siems hatte im Wahn vier Menschen töten lassen und die Sängerin Carlotta Francini eigenhändig vergiftet, weil er annahm, sie hätte seinen Vater heiraten wollen statt ihn. Dass er die Hand gegen sich selbst erhoben hatte, ließ sich recht schnell ermitteln, da der Einstichwinkel und die Position der angeblichen Mörderin Sophie Luise Sötje nicht übereinstimmten. Ihre Unschuld war recht einfach zu beweisen gewesen.

Hauke und Sophie traten zu einem eleganten Grabmal, auf dessen Sockel ein strahlend weißer Marmorengel saß. Schützend hielt er seine weiten Flügel über die beiden Frauen, die hier ihre letzte Ruhe gefunden hatten. Selbst er, der Himmelsbote, schien zu weinen, während seine Hand den Boden zu seinen Füßen segnete, den die Gärtner bereits mit frischem Tannengrün für den Winter abgedeckt hatten. Endlich waren Mutter und Tochter vereint.

Sophie legte einen Strauß Blumen auf die Zweige. Gemeinsam beteten sie.

Zum Abschied hauchte Sophie dem Engel einen Handkuss hinüber.

»Ich weiß, Carlotta und ihre Mutter sind im Himmel. Und ich weiß, dass Maximilian von Siems niemals dort hingelangen wird«, meinte sie bitter.

Sie hakte sich bei Hauke ein. »Lass uns nach Hause gehen.«

»Was ist eigentlich aus der Zofe geworden?«, fragte Hauke nach einer Weile, um seine Frau aus den trüben Gedanken herauszureißen.

»Carlotta hat sie in ihrem Testament bedacht. Das Mädchen ist zurück nach Italien gereist. Sie meinte, sie würde dort ein Café eröffnen mit dem Namen L'Angelo di Milano, der Engel von Mailand.«

»Du warst unglaublich mutig, Liebste. Und verrückt.«

Sie nickte. »Ich weiß.«

Schweigend liefen sie nebeneinander.

Nachts fand Hauke seit Maximilian von Siems' Tod kaum Schlaf. Immer wieder träumte er, der Dolch würde nicht im Leib des Mörders stecken, sondern in dem seiner geliebten Frau. Wäre er damals nicht zur Villa gefahren, in der falschen Annahme, Hermann von Siems wäre der Auftraggeber der Morde gewesen, niemals hätte er erfahren, dass Sophie Maximilian suchte.

Mittlerweile hatte Hermann von Siems, gebrochen an Leib und Seele, die Stadt verlassen. Niemand wusste, ob er je zurückkehren würde. Der Mann hatte seine beiden Kinder verloren, unter tragischen Umständen, die einer Wagneroper würdig gewesen wären.

Hauke nahm Sophie in seine Arme. »Tu das niemals wieder. Bitte! Versprich es mir.«

Lange sah sie ihn an. »Ich habe die Wahrheit gefunden, Hauke. Die ganze Wahrheit.«

»Es war gefährlich.«

Sie nickte. »Anfangs schien es ein Abenteuer. Danach war es eine Frage der Ehre, um Carlotta von deinem Verdacht zu befreien. Irgendwann wollte ich es einfach nur noch beenden. Verstehst du, was ich meine?«

Hauke verstand. So dachte auch er. Die Fälle, die er zu lösen hatte, waren anfänglich oft nur Fälle. Doch es gab jene, die mit jedem Tag mehr wurden, weil sie Fragen aufwarfen, die größer waren als er selbst. Diese Wege mussten bis zum Ende beschritten werden. Seien sie bitter oder süß.

»Du darfst nicht sterben, Liebste. Niemals.«

»Ich verspreche es, wenn du mir versprichst, dass auch du es nicht tust.«

Statt einer Antwort küsste er sie.

Das Stadttheater in Hamburg stand bis zum Zweiten Weltkrieg genau dort, wo sich heute die Staatsoper befindet. Erbaut 1827, stellte sich besonders unter Direktor Bernhard Pollini ab 1873 eine Begeisterung für den Komponisten Wagner ein, die Hamburg zu einem Wallfahrtsort für Opernfreunde machte, ähnlich wie Bayreuth. Pollini, selbst Opernsänger, litt darunter, dass er aus Kostengründen auch »leichte Muse« auf seine Bühne bringen musste, ja sogar Sprechtheater. Um die hohe Kunst der Oper und jene der leichteren Unterhaltung trennen zu können, kaufte er 1894 das bekannte »Thalia Theater« am Alstertor. Pollini sagte man ein recht energisches Wesen nach und ständige Probleme mit den Künstlern. Vor allem der junge Gustav Mahler und er gerieten regelmäßig aneinander, bis Mahler nach sechs Jahren der Stadt den Rücken kehrte und 1897 nach Wien ging. Pollini war nicht besonders lange mit einer jungen Sängerin verheiratet und verstarb, ganz so wie ich in meiner Geschichte erwähne, nach der Premiere der »Meistersänger«. Ob nun Wagner oder seine junge Gattin, die ständigen Geldprobleme oder der Ärger mit den Künstlern der Grund für seinen Tod mit nur neunundfünfzig Jahren waren, wird wohl nie geklärt werden können. Nach Bernhard Pollinis Tod 1897 folgten als Direktoren des Stadttheaters die Herren Max Bachur und Franz Bittong. Zwei elegante Männer, die sich mit dem künstlerischen und pekuniären Erbe des großen Pollini einer Vielzahl von Problemen gegenübersahen.

Friedrich Reindel wurde 1824 geboren und war einer der drei bekanntesten Scharfrichter in Preußen. Zwischen 1874 und 1898 vollstreckte er mindestens 212 Todesurteile allein in Norddeutschland, von denen er 196 als »tadellos« in seinem Tagebuch verzeichnete. Scharfrichter arbeiteten meistens freiberuflich und wurden gegen Honorar und Reisekostenerstattung zu den jeweiligen Orten der Hinrichtung beordert. Der Beruf des Scharfrichters blieb zumeist über Generationen in der Familie, die oft auch als Abdecker tätig war. Eine Zeitschrift charakterisierte Friedrich Reindel als »stattlichen Mann mit bleichem Gesicht, aus dem weit eher Gutmüthigkeit als Hartherzigkeit spricht«. Er entwickelte »behufs humanerer, schnellerer und sicherer Ausführung der Exekution«, wie er selbst schrieb, eine spezielle Richtbank, die er erstmals am 17. August 1883 in Holzminden anwandte, als er den Weber und Fabrikarbeiter Franz Ille enthauptete. Von dieser Richtbank haben Sie in diesem Roman bei der Enthauptung der (fiktiven) Gertrud Wiesner gelesen. Nach 1898 ist keine von Friedrich Reindel selbst vollzogene Hinrichtung mehr dokumentiert, obwohl er weiterhin erster Ansprechpartner der Polizeibehörden blieb. Er hatte rheumatische Beschwerden im Arm und übergab seine Aufgaben an Sohn Wilhelm, der jedoch wegen fortgesetzter Trunkenheit 1901 entlassen werden musste. Friedrich Reindels Enkel Ernst war Scharfrichter zur Zeit des Nationalsozialismus.

Litfaßsäulen in Hamburg im Jahr 1899? Eine pure Fiktion meinerseits. Obwohl die von Ernst Litfaß erfundenen Plakatiersäulen bereits ab 1855 in Berlin und später in anderen Großstädten aufgestellt wurden, gab es meines Wissens bis in die 1920er Jahre hinein in Hamburg keine dieser praktischen Annonciersäulen. Leider konnte ich nicht feststellen, wann genau die erste in der Stadt auftauchte. Das älteste Foto einer Litfaßsäule in Hamburg, das ich entdecken konnte, stammt aus dem Jahr 1927. Falls Sie, liebe Leserin und lieber Leser, darüber mehr wissen, freue ich mich über eine erhellende Nachricht.

Gertrud Wiesner taucht auch in diesem Fall meines Kommissars Sötje auf, nachdem er in »Tod in der Speicherstadt« die Kindsmörderin zusammen mit Sophie überführt hat.

Ich habe Gertrud Wiesner nach dem Vorbild der Elisabeth Wiese gestaltet, einer fünffachen Kindsmörderin, die Ende des 19. Jahrhunderts in St. Pauli lebte und gegen Kostgeld Kinder aufnahm. Die Wiese tötete die Kleinen und verbrannte ihre Leichen im Ofen. 1905 starb sie unter dem Henkersbeil im Hof der Untersuchungshaftanstalt Holstenglacis. Sie ging als »Die Engelmacherin von St. Pauli« in die deutsche Kriminalgeschichte ein. Unter diesem Titel schrieb meine Kollegin Kathrin Hanke einen True-Crime-Roman über die Mörderin.

Das »Waarenhaus Hermann Tietz« wurde 1897 am Großen Burstah in Hamburg eröffnet, nachdem Oscar Tietz zehn Jahre zuvor bereits mit seiner ersten Filiale in Weimar und später mit einer weiteren in Berlin sehr erfolgreich war. Tietz betrieb das erste moderne Kaufhaus der Hansestadt, das über einen beeindruckenden Lichthof mitsamt Freitreppen verfügte. 1912 zog das »Waarenhaus Hermann Tietz« an den Jungfernstieg, wo es später als »Alsterhaus« bekannt wurde. Als 1935 viele jüdische Unternehmen von den Nationalsozialisten enteignet wurden und der Betrieb einem langjährigen arischen Mitarbeiter überschrieben wurde, erhielt die Firma den Namen »Hertie«, ein Kürzel aus Hermann und Tietz. Heute ist das »Alsterhaus« ein Luxustempel des Konsums, der den Vergleich mit dem Berliner »KaDeWe« oder »Harrods« in London nicht scheuen muss. Ich selbst habe früher mit meiner Großmutter oft im »Alsterhaus« Königinnenpastete mit Reis gegessen. Meine Oma kannte das »Alsterhaus« als »Warenhaus Hermann Tietz« – nach 1912 nur noch mit einem a geschrieben. Dort kaufte ihre eigene Mutter für sie die Aussteuer und zum dreizehnten Geburtstag sogar einen Strohhut mit blauen Blumen darauf.

Danksagung

Liebe Leserin, lieber Leser!
An dieser Stelle möchte ich Ihnen dafür danken, dass Sie gemeinsam mit Hauke und Sophie durch all die kleinen und großen Abenteuer dieses Romans gegangen sind. Das nächste Jahrhundert bricht für die Familie schon bald an, und neue Fälle warten auf den Kommissar und seine umtriebige Gattin.

Ich möchte aber nicht nur Ihnen danken, sondern auch all jenen, ohne die dieses Buch nicht entstanden wäre. Eine wichtige Informationsquelle zum Thema Kriminaljustiz in der Kaiserzeit war mir Herr Matthias Blazek, der mich äußerst kenntnisreich über die Familie Reindel und das Henkersgeschäft informierte. Wie kein anderer war mein Mann Jürgen von der ersten Idee bis zur letzten Seite stets mit dabei. In guten wie in schlechten Zeiten, denn mit einer Autorin verheiratet zu sein, ist manchmal eine besondere Herausforderung. Susanne Brügmann danke ich von Herzen, denn als begeisterter Opernfan eröffnete sie mir die Welt der Werke von Richard Wagner. Meinen treuen Testleserinnen Inke Ulrich und Susanne Gwiasda sei ebenfalls für ihre kritischen Anmerkungen gedankt, die ich gerne aufgenommen habe. Das Team vom Emons Verlag war wieder einmal unschlagbar! Last, but not least muss ich Nadine Buranaseda erwähnen, (m)eine Lektorin der Extraklasse. Mit ihr erhielt der Text den letzten Schliff.

Danke euch allen!

Dennoch sei angemerkt: Sollten Sie Fehler auf den vergangenen Seiten entdeckt haben, gehen diese allesamt auf mein Konto. Ich freue mich aber, wenn Sie mir verraten, wo Sie sie entdeckt haben.

Für heute verbleibe ich mit den allerbesten Grüßen
Ihre Anja Marschall

ANJA MARSCHALL
FEUER
IN DER
HAFEN-
STADT
HAUKE SÖTJES ERSTER FALL
HISTORISCHER KRIMINALROMAN
emons:

ANJA MARSCHALL (HRSG.)
KAFFEE
MOKKA
TOT.
KURZKRIMIS
emons:

RÉALISATION : NORD COMPO À VILLENEUVE-D'ASCQ
IMPRESSION : CPI FIRMIN-DIDOT À MESNIL-SUR-L'ESTRÉE
DÉPÔT LÉGAL : MARS 2015. N° 122357-2 (128147)
IMPRIMÉ EN FRANCE